Ullstein

ÜBER DAS BUCH:

»Für mich gab es nur einen Grund, diese Aufzeichnungen zu veröffentlichen: Ich wollte jenen, die immer noch an der Existenz der Ufos zweifeln, beweisen, daß es sie gibt und daß es sich um Außerirdische handelt.« (J. J. Benítez)
Was war das für ein »Stern«, der eine Karawane leitete, der sich bei der Ankunft der Heiligen Drei Könige förmlich in Luft auflöste, um wieder zu erscheinen, als diese Bethlehem verließen? Der über dem Haus, in dem die Krippe mit dem Jesuskind stand, auftauchte? Viele Geheimnisse ranken sich um den Stern von Bethlehem. Bei genauerem Nachforschen wird deutlich: Es kann sich keinesfalls um die Explosion einer Supernova gehandelt haben. Ebensowenig um einen Kometen, der mit Eintritt in die Erdatmosphäre verglühte. Auch die von Keppler, Theologen und vielen Bibelexegeten vertretene Auffassung weist J. J. Benítez zurück. Der »Stern von Bethlehem« war auch kein Meteorit, denn das Phänomen, das beobachtet wurde, verharrte monatelang horizontal am Himmel . . .
J. J. Benítez, Spaniens bekanntester Ufologe, löst in diesem Buch eines der rätselhaftesten Phänomene der Geschichte. Handelte es sich beim »Stern von Bethlehem« um ein Ufo?

DER AUTOR:

J. J. Benítez ist nicht nur Spaniens, sondern auch Südamerikas bekanntester Ufologe. Seine Bücher erreichen Millionenauflage. Als Ullstein Taschenbücher sind von ihm erschienen: *Ufos: SOS an die Menschheit; 100 000 Kilometer zu den Ufos.*

J. J. Benítez

Das Ufo von Bethlehem

Aus dem Spanischen
von Werner Siebenhaar

Ullstein

Ullstein Buchverlage GmbH & Co. KG,
Berlin
Taschenbuchnummer: 35786
Titel der Originalausgabe:
El Ovni de Belen
Aus dem Spanischen von Werner Siebenhaar
Deutsche Erstausgabe
Mit zahlreichen Abbildungen
Oktober 1998
Umschlagentwurf:
Hansbernd Lindemann
Unter Verwendung einer Abbildung von
Joseph Drivas/The Image Bank
Alle Rechte vorbehalten
© J. J. Benítez
Plaza & Janes Editores, S. A.,
Barcelona
Printed in Germany 1998
Gesamtherstellung: Clausen & Bosse, Leck
ISBN 3 548 35786 5

Die Deutsche Bibliothek
CIP-Einheitsaufnahme

Benítez, Juan Josè:
Das Ufo von Bethlehem /J. J. Benítez.
Aus dem Span. von Werner Siebenhaar.
– Dt. Erstausg. – Berlin: Ullstein, 1998
(Ullstein-Buch; Nr. 35786)
ISBN 3-548-35786-5

Mein besonderer Dank gilt den Ärzten Antonio Hermosilla Moslina (Sevilla), José María Genis Gálvez (Sevilla), Manuel Molina (Granada), Manuel Vitoria (Bilbao) und Juan Ignacio Otazua (Algorta).

Außerdem halfen mir mit Ratschlägen, Informationen und moralischer Unterstützung Manuel Audije, U-Boot-Kapitän (Cartagena), Vicente Pérez Ballester (Madrid), Suk Joo Chung, J. O. Cardús, Leiter des Ebro-Observatoriums, J. M. Igartua (Theologe), Arsenio Alvarez, Lateinprofessor (Portugalete), Ana Benítez, Manuel Osuna, Ufologie-Feldforscher (Umbrete), Isaac Benadiba, Rabbi der jüdischen Gemeinde von Ceuta, Ignacio Mendieta, Pfarrer (Areta, Llodio) und Raquel Forniés, meine Frau.

Den »Heterodoxen«, die – Gott sei Dank – immer rarer sind als die Orthodoxen.

An einem friedlichen und sonnigen Vormittag im Dezember 1972 erlebte Juan González Domínguez, Einwohner des abgelegenen Dorfes Castañuelo in der Provinz Huelva, Spanien, das außergewöhnlichste Ereignis seiner zweiundvierzig Lebensjahre.

Es ging schon auf die Mittagsstunde zu, und er näherte sich mit seiner Ziegenherde auf dem Rückweg nach Castañuelo der Kreisstraße, die die Anhöhe von Aracena herunterkam, als ihn ein starker Knall nach oben blicken ließ. Ein unbekanntes Objekt, das am ehesten noch einem Kühlschrank ähnelte und das in der Sonne glänzte, setzte auf dem Straßenasphalt auf, einen Steinwurf von dem bestürzten Hirten entfernt. Auch die Hündin, die Juan beim Hüten der Herde half, und die Ziegen, die gerade auf die Straße laufen wollten, hielten entsetzt inne. Dieses abrupte Anhalten aber war die letzte Bewegung, die sie noch machen konnten. Eine unsichtbare Kraft lähmte sie. Das gleiche geschah mit Juan González. Solange diese Maschine auf der Erde blieb, war die Gruppe in der Stellung »eingefroren«, in der sie sich im Augenblick dieser Lähmung befunden hatte.

Der Hirte, der in diesem Moment einen Sack von etwa 40 kg Eicheln trug, konnte sehr wohl wahrnehmen, was sich da ereignete. Er sah, hörte, fühlte, konnte sich aber nicht rühren. Es war ihm noch nicht einmal möglich, leicht zu lächeln über »die albernen Stellungen meiner Hündin und der Ziegen«, wie er später berichtete.

Erst nach zwei oder drei Minuten, als das Flugobjekt sich unter Hinterlassung eines dichten weißen Rauchs in die Lüfte erhob, waren Juan González Domínguez und die Tiere wieder in der Lage, sich zu bewegen.

INHALT

ERSTES KAPITEL 15
Die Tatsachen sind heilig, die Kommentare frei. – Sind die Engel der Bibel wirklich verschwunden? – Wer »stößt« mich denn da immer vorwärts? – Je mehr ich forsche, um so weniger weiß ich. – Aber ich werde mich weiter mit den Theologen und über kritischen Zweiflern herumschlagen. – Eines aber kann ich schwören.

KAPITEL II 22
Castañuelo: die guten »Dienste« des Ramón Muñoz. – Juanito von den Weiden: Die Achillesferse vieler Wissenschaftler. – 1972: Die Lähmung des Juan und seiner Herde. – Algericas: Die Uhr ging nicht mehr. – Gallarta: Auf dem Balkon gelähmt. – Frankreich: Die Diskussion zweier Außerirdischer. – Estaban Peñate wird jene Gauloise-Zigaretten nie vergessen. – »Alle hatten das Antlitz nach oben gerichtet.« – Aber fliegen denn die »Engel« in Ufos? – Sieben Hypothesen, die den Leser erschrecken könnten.

KAPITEL III 43
Konnte sich Gott wirklich von den Menschentöchtern sexuell angezogen fühlen? – Die schönen Menschentöchter, und wie die Engel auch nicht »aus Stein« sein konnten. – Die katholischen Exegeten versuchen, das Problem unter den Tisch zu kehren. – Auch die Bibelsachverständigen geben zu: »In der Genesis fehlt etwas.« – Das seltsame »Abenteuer« der 200 »Wächter«. – Wollten die Elohim wirklich nur »Liebe machen«? – Einige Beispiele von sexuellen Übergriffen im zwanzigsten Jahrhundert. Drei Amerikanerinnen an Bord eines Ufos. – Und was geschieht, wenn der »Entführte« ein Mann ist? – Eine

schöne Außerirdische trat ein. – »Mir fiel auf, daß sie mich nicht ein einziges Mal küßte.« – Nicht alle sind »Piraten« des Weltraums.

KAPITEL IV 123
Jakob, alias »Israel«, stößt auf ein »Lager« der Elohim. – Wie der schlaue Enkel Abrahams die gesamte Verwandtschaft hereinlegt. – Ein »Engel« niederer Art? – Jakob bekam einen regelrechten »Judenhieb« ab. – Natürlich sind die »folkloristischen« katholischen Kommentatoren nicht damit einverstanden. – Wir sind viel gefährlicher als der Patriarch und seine Leute. – Schieß nicht auf Ufos, weil du sonst erblinden könntest ... oder sterben. – Klarmachen zum Gefecht auf dem spanischen Militärstützpunkt Talavera la Real. – Inácio de Souza zog in ein anderes Stadtviertel, weil er glaubte, er habe einen Außerirdischen umgebracht.

KAPITEL V 160
Auch Saulus wurde durch ein Ufo vorübergehend geblendet. – Die biblischen Kommentatoren wagen sich nicht an den Apostel von Tarso heran. – Die »Verirrung« des heiligen Lukas. – War Jesus von Nazareth in dem Raumschiff, das den heiligen Paulus blendete? – Alles war ein »Manöver«, um den listigen Saulus zu »fangen«. – Sodom: Gemäß den katholischen Exegeten war die Blindheit »eine optische Täuschung«.

KAPITEL VI 170
Die Elohim waren keine »Futurologen«. – Der Schlüssel: Sie leben länger als wir. – Abraham war mißtrauisch. – War der Patriarch von Ur ein »grober Bauer«, wie einige Exegeten andeuten? – Die »Astronauten« ließen ihn im Dunkeln. – Die Finsternis fiel auch eines Tages auf das

Landgut von El Bizco. – Während die Ägypter unter der tiefen Finsternis litten, erfreuten sich die Juden des »Lichtes«. – Die »Fachleute« der Kirche reden lieber von Sandstürmen. – »Der Pakt des Fleisches« oder ein neuer Schritt in Richtung meiner Exkommunizierung. – Die »rauchenden Öfen« und die »flammenden Feuer« werden heutzutage »Foo-Fighter« genannt. – Bei El Palmar: ein »Morgenstern« über der Hütte. – Bei Logroño: eine vom Radio angezogene »leuchtende Kugel«. – Ich habe einen wagenmutigen Freund. – Cádiz: eine »Flamme« unter dem Bett.

KAPITEL VII 211
Vor allem mein tiefer Respekt vor dem Heiligen Geist. – Die »Astronauten des Jahve« als Übermittler der Kraft des Heiligen Geistes. – Es genügte, in das Gesicht von Melecio zu sehen, um zu wissen, daß er ehrlich war. – Ein weiteres »bekanntes« Phänomen der Ufo-Forschung: der »heftige Wind«. – Tief im Herzen weiß ich, daß die »Feuerzungen«, die zu Pfingsten auf die Apostel niedergingen, »Foo-Fighter« waren. – Es ist schade, daß der heilige Lukas sich nicht ein wenig mehr außerhalb des Hauses umgeschaut hatte.

KAPITEL VIII 223
Sinai: »Die Sperrzone darf nicht betreten werden.« – Wie die »Engel« Vorsichtsmaßnahmen trafen. – Die Ufo-Sichtung mit den meisten Zeugen: 600 000. – Die »Schriftrolle« des Sacharja. – Kolumbien: 0,8 Milliröntgen nach einer Ufo-Landung. – Nach den Kommentatoren der Bibel »bin ich ein verbotener Ort für mich selbst«. – Und wenn das Sinai-Massiv noch radioaktive »Spitzen« hat?

KAPITEL IX 233
»Rauchvorhang« gegen Neugierige. – Eine »trockene Nebelbank« in Extremadura. – Ein steckengebliebener Traktor und ein weiteres Raumschiff, eingehüllt in Nebel über dem Hohlweg Los Garabatos. – Könnten noch Spuren der Raumschiffe Jahves auf den Granitfelsen des Sinai-Massivs zu finden sein? – Eine leuchtende »Wolke« über der Seine. – Auch bei Fuentesaúco wurden die »fliegenden Schriftrollen« des Sacharja gesehen. – Da wird doch wirklich behauptet, daß Gott sich vor unreinen Blicken verschleiern mußte!

KAPITEL X 249
Die »feurigen Wagen und Räder« ergreifen die Initiative im Alten Testament. – Mein Lieblingsprophet. – Elias mußte es sehr eilig gehabt haben, weil er seinen Mantel verlor. – Nach Meinung der katholischen Exegeten erfuhr der Prophet eine »ekstatische Entrückung«. – Wo war Elias aber geblieben? – Die Stelle, an der Jesus von Nazareth der Angelegenheit Wichtigkeit verleiht und verkündet, daß Elias Johannes der Täufer ist. – Trotz der Worte Christi leugnet »seine« Kirche die Reinkarnation. – Die Sage von den »Weggeholten« oder »Entrückten«. – Henoch ist ein weiterer, der nicht zurückkehrte. – Weltraumkleidung für Jesaia. – Baruch wurde nur ein paar Meter hochgehoben. – Die »Entführung« des Philippus und wie die »Astronauten« zwei Fliegen mit einer Klappe schlugen. – Fry, der skeptische Wissenschaftler, der den »Baum des Paradieses« sah. – »Freiheitsberaubung« bei der Internationalen Südamerika-Rallye: 70 km durch die Wolken.

KAPITEL XI 297
Grimmige Attacken einiger Theologen und Bibelsachverständiger gegen Ezechiel. – Ich stelle mich auf die Seite des Propheten. – Zehn »offizielle« Hypothesen versuchen die »Vision« des Ezechiel zu erklären. – Wer befindet sich denn da im Steinzeitalter: die Wilden in Polynesien oder viele unserer Bibel-Kommentatoren?

KAPITEL XII 310
In Pozo Gutiérrez hat man das »Rad« des Ezechiel auch gesehen. – Die Fanatiker versuchen, Gott unter allen Umständen zu verschleiern – und wenn es als »Rad mit Augen« ist. – Werden die Exegeten auch den Baupolier aus San Sebastian, der in der Gegend von Alicante ein »Rad mit Augen« gesehen hat, als »katatonisch schizophren« abqualifizieren? – Warum denn um den heißen Brei herumreden? Das Erlebnis Ezechiels am Fluß Kebar war »eine Begegnung der Dritten Art«.

KAPITEL XIII 319
Ein Ingenieur der NASA rekonstruiert das Raumschiff des Ezechiel. – So ganz hat Blumrich aber doch nicht recht. – Ein mysteriöser »Aperitif« vor dem Betreten des Raumschiffs. – Joe tauschte einen Krug Wasser für vier außerirdische »Kringel« ein. – Litt Ezechiel unter den Wirkungen der Schwerkraft? – Auch Jesus sprach von »leuchtenden Wagen«.

KAPITEL XIV 340
Ein kleines Geheimnis: Ich glaube an die Heiligen Drei Könige oder die Weisen aus dem Morgenland. – Die apokryphen Evangelien berichten mehr und besser über den »Stern« von Bethlehem. – Herodes schenkte dem Jesuskind ein Diadem. – Fast alle stimmen darin überein: die

drei Weisen aus dem Morgenland waren Perser. – Wo ist das »Testament Adams«? – Drei bis vier Monate konnte die Reise nach Bethlehem gedauert haben. – Esra war den Weg gezogen, den die drei Weisen zurücklegten. – Gab es eine »Ablösung« des »Sterns«, als sie nach Jerusalem kamen? – Die heilige Maria von Agreda »sah« den »Stern« auch. – Heutzutage glauben die Menschen nicht an Ufos, aber sie hängen einen »Stern« in den Weihnachtsbaum. – Zum Schluß »schütte ich mein Herz aus«.

QUELLENHINWEISE 389

ERSTES KAPITEL

Die Tatsachen sind heilig, die Kommentare frei. — Sind die Engel der Bibel wirklich verschwunden? — Wer »stößt« mich denn da immer vorwärts? — Je mehr ich forsche, um so weniger weiß ich. — Aber ich werde mich weiter mit den Theologen und über kritischen Zweiflern herumschlagen. — Eines aber kann ich schwören.

Eben bei der Erforschung dieses Ufo-Vorfalles faßte ich den Entschluß, mich an die vorliegende Studie zu machen. Die »Lähmung« des Hirten von Castañuelo und seiner Herde erinnerte mich an einen anderen »Vorfall«, von dem vor etwa zweitausend Jahren berichtet worden war und von dem ich in den sogenannten apokryphen Evangelien[1] erfahren hatte. Ich beziehe mich auf ein nicht weniger seltsames Ereignis, das in Kapitel XVIII des Protoevangeliums des Jakob beschrieben wird und in dem der heilige Joseph selbst erzählt, wie er die Höhle verließ, in die er sich mit Maria geflüchtet hatte, damit sie dort gebäre, als die ganze Umgebung eine fast magische Veränderung erfuhr. Die betreffende Passage lautet:

»1. Als ich eine Höhle gefunden hatte, führte ich sie – er meint dabei Maria – allda hinein und machte mich auf den Weg, eine hebräische Hebamme in der Gegend von Bethlehem zu suchen.«

»2. Ich, Josef, schickte mich zum Gehen an, aber ich

---

[1] Man bezeichnet diese Bücher der Bibel als »apokryph«, weil sie, obwohl heiligen Autoren zugeschrieben, von der Kirche nicht als kanonisch anerkannt werden. Gemäß den Theologen sind sie von Gott inspirierte Werke.

konnte es nicht, und als ich meine Augen hob, schien es mir, als stehe die Luft vor Überraschung still. Als ich dann ins Firmament blickte, sah ich alles unbeweglich. Die Vögel standen reglos am Himmel. Ich blickte mich um und sah ein Gefäß am Boden und einige Arbeiter dort beim Essen, mit den Händen im Gefäß. Aber die so taten, als kauten sie, kauten in Wirklichkeit nicht, und die, welche im Begriff waren, etwas Nahrung vom Teller zu nehmen, nahmen sie in Wirklichkeit nicht. Die, die die Nahrung in den Mund steckten, taten es nicht, sondern alle schauten nach oben.«

»Auch waren dort einige Schafe, die getrieben wurden, aber sie taten keinen Schritt, sondern standen wie gelähmt, und der Schäfer hob die Rechte, um sie mit seinem Stab zu schlagen, aber sie blieb in die Luft gereckt. Als mein Blick auf den Fluß fiel, sah ich einige Zicklein, die ihre Schnauzen ins Wasser gesteckt hatten, aber nicht tranken. Kurz gesagt, alle Dinge nahmen plötzlich nicht mehr ihren normalen Verlauf.«

Seit Jahren, praktisch seitdem meine Ufo-Archive beträchtlich anzuwachsen begonnen hatten, setzte sich eine Idee in mir fest – ich weiß nicht, ob ich sie Intuition, Gespür oder schlicht eine Schlußfolgerung nennen soll: Viele der Vorfälle, die ich auf der ganzen Erde untersucht hatte – sowohl Begegnungen mit den Ufos allein als auch solche mit ihren Besatzungen –, waren bestimmten Stellen der Bibel sehr ähnlich, manche sogar völlig gleich. Ich weiß, daß weder in irgendeinem der Texte des Alten und Neuen Testaments noch in den sogenannten apokryphen Evangelien jemals von »Ufos« oder »Raumschiffen« gesprochen wird, denn dies sind ja moderne Ausdrücke. Dennoch, wie schon gesagt, erinnerten mich die Beschreibungen von »Engeln«, von der »Herrlichkeit des Jahve« und von Gott selbst, die sich Hunderte von Malen in den Heiligen Schriften wiederholen – fast wider Willen – an die Erzählungen und Zeugenaussagen unserer Zeit über »nichtidentifizierte Flugobjekte« oder Wesen, die diese lenken.

Bevor ich beginne, einige dieser seltsamen »Zufälle« hier aufzuführen, muß ich den Leser darauf aufmerksam machen – wie ich es bei allen Arbeiten, die die heikle Thematik des Glaubens und der religiösen Grundsätze berühren oder in diese eindringen –, daß auch in diesem Bericht »die Tatsachen heilig und die Kommentare frei sind«.

Aus diesem Grunde soll niemand ein Dogma in dem sehen, was nur persönliche Auslegungen sind, die – natürlich – Irrtümern und einem starken Einfluß von Subjektivität unterliegen können. Es ist nicht meine Absicht – und ich werde nicht müde, dies zu betonen –, den Glauben oder die religiösen Prinzipien irgendeines Menschen herabzusetzen oder zu schwächen. Die mich ein wenig kennen, wissen, daß ich von der Suche nach der Wahrheit besessen bin. Und wenn ich mich entschieden habe, über diese Angelegenheit zu schreiben, so deshalb, weil sich meine Überzeugung im Verlauf der Jahre verstärkt hat: Ich bin sicher, daß diese »Engel«, die die Erde vor 4000 und 2000 Jahren besuchten und welche uns die Bibel so eingehend beschreibt, die gleichen sind, die auch heutzutage über unseren Horizonten kreuzen und die von der gerade erst entstehenden Wissenschaft, die man »Ufologie« nennt, als »außerirdische Wesen« bezeichnet werden. Also »Astronauten«, die Raumschiffe benötigen, um sich fortzubewegen, und die – wenigstens in vielen der Fälle, die ich untersucht habe – zweifellos menschenähnlich oder menschengleich sein können. Das schließt aber keinesfalls die Existenz anderer »Engel« aus, deren Wesen rein energetischer beziehungsweise spiritueller Natur ist, und die ich, natürlich, für möglich halte. Desgleichen erkenne ich die objektive Tatsache der Existenz von anderen außerirdischen »Astronauten« an, die auch Besatzungsmitglieder manche der zahlreichen Ufos sind, aber nichts mit diesen »Engeln-Astronauten-Missionaren«, wenn mir diese Bezeichnung gestattet ist, zu tun haben. Zusammengefaßt: Nach meiner Ansicht, die sich auf Tausende von Untersuchungen stützt, können die »Piloten« der Ufos in zwei Hauptkategorien eingeteilt werden: Zu der einen gehören diejenigen, die mit rein wissenschaftlichen Vorhaben oder Forschungsaufträgen zur Erde kommen. Zur anderen solche, die »spezielle« oder »göttliche« oder »erhabene« Missionen haben, immer im Dienste der Allmacht oder Gottes, und die, ich wiederhole es, ehemals als »Engel« oder »Abgesandte« bekannt waren.

So manche – besonders die Ungläubigen – können sich mit allem Recht fragen, warum ich mich auf ein derart waghalsiges »Abenteuer« eingelassen habe. Was kann ich wohl suchen wollen?

Dafür gibt es einen einzigen Grund, das glaube ich zumindest. »Etwas« oder »jemand« – auch das kann ich nicht genau definieren – scheint mich seit Jahren vorwärts zu »stoßen«. Und diese Stöße – subtil wie die Geburt oder der Tod eines Gedankens – befördern mich schließlich immer vor die unglaublichsten und schönsten Unternehmungen. So zum Beispiel: die unermüdliche Verfolgung der »Spuren« von Ufos, das Umherschweifen in der Mythologie und den Legenden sämtlicher Völker oder das Lesen der Bibel mit »neuen Augen« im Lichte des zwanzigsten Jahrhunderts und der Ufo-Forschungen ...

Dieses – ich weiß es sehr gut – ist nur ein neuer Versuch, eine neue Annäherung gewesen, Vorspiel von immer weiteren »Anstößen«, die immer spektakulärer und eingehender werden. Das weiß ich wirklich sehr gut ... Ich weiß, daß dieser »Jemand« mich auf andere, schwierigere

»Arbeiten« vorbereitet und daß mein Herz bald von neuem in den Heiligen Schriften suchen wird ...

Diese Worte mögen anmaßend erscheinen, aber das ist beileibe nicht meine Absicht. Gott weiß, daß ich selbst nicht verstehe, warum ich mich in »Abenteuer« wie das des »Abgesandten« oder der »Astronauten des Jahve« verwickelt sehe, oder mich immer wieder mit der Person des Jesus von Nazareth oder den »Engeln« befasse, die ich mich nicht scheue, »Astronauten« zu nennen. Habe ich mit meinen dreiunddreißig Jahren etwa Christus entdeckt? Oder suche ich einfach nur die Wahrheit, wie so viele andere ...?

Ich bin mir einer Sache ganz sicher: daß auf meiner unermüdlichen Suche eine unendliche Anzahl von Fallen und Feinden auftauchen wird, Unverständnis und sogar Haß entstehen und ich mich in der bittersten der Einsamkeiten mutlos fühlen werde: der Einsamkeit des eigenen Herzens. Deshalb werde ich mich allmählich immer mehr in mich selbst zurückziehen. Deshalb werde ich, obwohl sehr langsam, meinen Mund immer mehr schließen und meine Gefühle sprechen lassen. Je mehr ich forsche – ich habe es ja schon oft gesagt –, um so weniger weiß ich. Je mehr ich mich in das Geheimnis der »Nichtidentifizierten« oder des Kosmos vertiefe, um so unwürdiger und winziger erscheine ich mir selbst ... Aber auch gegen meinen eigenen Willen muß ich »in die Bresche springen« und den Menschen guten Willens alles, was ich in meiner neuen Arbeit ermitteln kann, zugänglich machen. Aus diesem Grund kümmern mich die Kritiken, der Spott oder die Beleidigungen kaum. Aus diesem Grunde werde ich mich weiter mit Theologen, Schreiberlingen und Exegeten beziehungsweise Bibelkommentatoren herumschlagen – im friedlichsten Sinne, den man dieser Redensart beimessen kann. Ich kenne, verstehe und respektiere ihre Auslegungen und Kriterien, und das einzige, um das ich sie im Gegenzug bitte, ist, daß sie meine Theorien auf die gleiche Weise behandeln. Im Grunde genommen können weder sie noch ich beweisen, wer näher an die Wahrheit herangekommen ist. Was ich mir von Herzen wünsche ist, daß sie meine Schriften als »das Ergebnis meiner eigenen Untersuchungen« ansehen beziehungsweise beurteilen. Ich verstehe vollkommen, daß diese Leute – die sich mit Körper und Seele, wie auch ich auf meinem Gebiet, dem Studium der Bibel verschrieben haben – solche Behauptungen, wie ich sie in diesem Buch hier aufstelle, nicht akzeptieren und sich die Haare raufen. Das kann ja auch gar nicht anders sein, weil sie an das Phänomen dieser berüchtigten Ufos weder glauben noch Untersuchungen darüber anstellen oder sich wenigstens entsprechend informieren. Dieser gerechtfertigte Wunsch scheint aber nach der gegenwärtigen Sachlage weder leicht noch bald erfüllbar zu sein ... Wir befinden uns also in einem Teufelskreis: Die Theologen, Exegeten und Wissenschaftler im allgemeinen – mit einigen achtenswerten Ausnahmen – glauben nicht an Ufos, weil sie das Phänomen nicht untersuchen. Und sie untersuchen es nicht, weil sie nicht daran glauben ...

Wie können wir aus dieser unnötig entstandenen Sackgasse herauskommen? Ehrlich gesagt, ich weiß es nicht. Das einzige, was mir einfällt, ist, die Bibelsachverständigen zu bitten, daß sie diese »Möglichkeit« nicht in Bausch und Bogen verwerfen, wenn sie schon nicht hingehen wollen und können, um diesbezügliche Nachforschungen anzustellen. Eine »Möglichkeit«, »Theorie« oder »Gewißheit« – je nach dem Fall und der Person –, die weit davon entfernt ist, die Göttlichkeit von Jesus oder seiner Werke und Absichten anzuzweifeln, und sie im Gegenteil in ein noch erhabeneres und helleres Licht rückt, falls das überhaupt möglich ist.

Wenn in mir der kleinste Verdacht aufgetaucht wäre, daß meine Schriften, Untersuchungen und Meinungen den Glauben der Menschen an Christus und den Allmächtigen schmälern oder beschmutzen könnten, würde keines meiner Werke das Licht der Welt erblickt haben. Dies kann ich schwören.

Aber gehen wir zu den Ereignissen über. Im Laufe der folgenden Seiten wird der Leser selbst beurteilen und folgern können, daß viele der aktuellen Fotografien und Berichte über Ufos oder ihre Besatzungen überraschende »Parallelen« mit anderen Ereignissen aufweisen, die uns die Bibel erzählt. Diese überwältigende Tatsache führt – wie der Leser erraten haben wird – fast unweigerlich zu einem Strom von Zweifeln und Fragen. Ein »Strom«, der – das kann ich aufgrund meiner persönlichen Erfahrungen versichern – rein und ohne Turbulenzen ist und aus dem man immer wieder bereichert auftaucht.

Lassen wir aber einige dieser Fragen für den Schluß.

KAPITEL II

Castañuelo: die guten »Dienste« des Ramón Muñoz. − Juanito von den Weiden: Die Achillesferse vieler Wissenschaftler. − 1972: Die Lähmung des Juan und seiner Herde. − Algerias: Die Uhr ging nicht mehr. − Gallarta: Auf dem Balkon gelähmt. − Frankreich: Die Diskussion zweier Außerirdischer. − Esteban Peñate wird jene Gauloise-Zigaretten nie vergessen. − »Alle hatten das Antlitz nach oben gerichtet.« − Aber fliegen denn die »Engel« in Ufos? − Sieben Hypothesen, die den Leser erschrecken könnten.

Wenden wir uns wieder dem Vorfall bei Castañuelo zu. Ich glaube, wenn mir ein Einwohner des paradiesischen Dorfes, Ramón Muñoz, der auch ein Freund meines guten Freundes und Meisters Manuel Osuna ist, nicht so gute Dienste erwiesen hätte, wäre der Fall der »Lähmung des Juan González Domínguez und seiner Herde« möglicherweise in Vergessenheit geraten. Ich beschäftige mich nun schon seit etlichen Jahren mit »Feldforschungen« und habe fast eine Million Kilometer auf den Spuren der Ufos zurückgelegt, aber mich fasziniert immer noch die so »zufällige« Art, in der ich von diesen Begegnungen erfahre. Solange der Fall auch schon zurückliegt, und so entlegen und vergessen der Ort auch zu sein scheint, immer taucht eine »Fährte« auf, eine Familie oder der Bekannte eines Bekannten des Zeugen, der mir schließlich Auskünfte erteilt. So geschah es auch bei dem Fall von Castañuelo.

Juan González wäre es nie in den Sinn gekommen, daß das, was sich da im Dezember 1972 auf dem Gelände von Los

Barrancos ereignete, von dem geringsten Interesse für andere Leute sein könnte. Er besprach es – das ja – mit seiner Familie und der Handvoll von Freunden, die ihm das Leben in diesem abgelegenen Dorf in der Sierra Morena beschert hatte. Aber dabei blieb es denn auch schon, und das Ereignis wäre sang- und klanglos in der Versenkung verschwunden, wenn da nicht auch der gute Ramón Muñoz in Castañuelo gewohnt hätte, ein Mann mit regem Geist, der direkt den sevillanischen Ufo-Forscher Manuel Osuna verständigte. Diese Gleichgültigkeit des »Juanito von den Weiden«, wie er dort genannt wird, spricht sehr für die Wahrheit seiner Aussagen. Juan ist ein gestandener Mann mit einer beneidenswerten Gesundheit und, wie fast alle Landbewohner, ohne die geringsten Anwandlungen von »phantastischen Einbildungen«. Juan erlebte oder »erlitt« – je nach Standpunkt – einen konkreten, physischen Einfluß, und bei beiden Gelegenheiten, bei denen ich mit ihm sprach, verwickelte er sich nie in den geringsten Widerspruch. Da er gewohnt ist, sich in den Wäldern und Bergen des Gebiets Huelva aufzuhalten, besitzt Juanito eine Eigenschaft, die wir Stadtbewohner gern hätten: eine ausgezeichnete Beobachtungsgabe. Im Gegensatz zu dem, was einige Pseudowissenschaftler behaupten – die sich mehr darum sorgen, welchen Eindruck sie vor Mikrophonen und Fernsehkameras machen und was ihre Kollegen von der Universität und vom Stammtisch sagen könnten –, sind es ebendiese bescheidenen Landarbeiter, Seeleute oder Hirten, die den ernsthaften Forschern die wirklichkeitsgetreuesten und ausführlichsten Zeugenaussagen über Ufos liefern. Für mich ist zum Beispiel die Aussage eines Fischers, der in der Lage ist, das kleine Boot eines Kollegen auf mehrere Meilen zu erkennen, aussagekräftiger und auch glaubhafter als die eines Bewohners irgendeiner Großstadt, dessen Sinne verkümmert und in extremem Maß von Reizen überflutet sind.

Aber beschäftigen wir uns doch mehr mit den Einzelheiten dieser seltsamen Lähmung:

»Also, Juan, Sie sagen, daß Sie an jenem Dezembermorgen des Jahres 1972 Ihre Herde durch ein Gelände mit Pinien und Eukalyptusbäumen trieben. Was geschah denn da?«

»Na ja – ich war da mit meiner Ziegenherde. Hatte Eicheln auf einem Grundstück gesammelt, das ich gepachtet habe, und gegen Mittag schulterte ich einen Sack voller Eicheln und machte mich mit den Ziegen auf den Weg durch ein Gelände, was wir ›Los Barrancos‹, das Schluchtenland, nennen. Die Ziegen waren schon in der Nähe der Straße, und ich ging ihnen hinterher, weil ich verhindern wollte, daß sie ohne mich über die Straße liefen. Da hörte ich eine Explosion und sah dann das... Es war da, aber so unwirklich. Die Ziegen und die Hündin wollten vor Schreck zu mir zurück, konnten aber nicht und blieben stehen.«

»Ohne sich zu rühren?«

»Ja, sie waren vollkommen reglos. Mir ging es ebenso. Weder die Tiere noch ich konnten auch nur einen einzigen Schritt machen. Außerdem spürte ich das Gewicht des Sacks mit den Eicheln gar nicht mehr.«

»Was kann denn dieser Sack so gewogen haben?«

»Ungefähr 40 Kilo.«

»Wie viele Ziegen hatten Sie denn da bei sich?«

»Zwanzig bis fünfundzwanzig. So genau weiß ich das nicht mehr.«

»Und alle blieben unbeweglich stehen?«

»Ja, auch die Hündin.«

Als ich gleich darauf den Schauplatz des Geschehens in Begleitung von Juan, *dem Mann der Weiden*, besichtigte, zeigte mir dieser »an Ort und Stelle« den genauen Punkt, an dem er von dem Ufo »eingefroren« worden war. Es handelte sich um eine kleine Ebene zwischen zwei mit Eichen,

Pinien und Eukalyptusbäumen bewachsenen Berghängen, durch die die Kreisstraße verläuft. Nach meinen Berechnungen befand sich der Zeuge in etwa fünfzig Metern Entfernung von dem Punkt, wo das Flugobjekt aufsetzte. Die Herde ihrerseits hatte sich zu diesem Zeitpunkt über ein Gebiet von etwa fünfzig Metern Durchmesser verstreut. Einige der Ziegen wurden von dem Phänomen überrascht, als sie sich schon am Straßenrand befanden.

»Dieser Zustand«, fuhr Juan fort, »dauerte zwei oder drei Minuten. Danach machte das Ding wieder einen Knall und stieg in die Luft. Es ließ eine Bahn von weißem Rauch zurück.«

Juan gestand mir, daß ihn die Stellungen der Tiere während der Lähmung, besonders die der Hündin, unwiderstehlich zum Lachen gereizt hatten.

»Das hätten Sie sehen sollen!«

»Ich kann mir vorstellen, daß ich begeistert gewesen wäre.«

»Die Hündin hob gerade die Pfote, und die Ziegen standen in wirklich lächerlichen Stellungen da.«

»Alle hatten sich zu Ihnen flüchten wollen und wandten sich in Ihre Richtung?«

»Fast alle. So konnte ich sie viel besser sehen. Ich hatte Lust darüber zu lachen, war aber nicht dazu imstande.«

»Sie konnten aber sehen und hören?«

»Ja, das schon. Ich habe ja gesagt, daß ich die beiden Explosionen hörte.«

»Wie sah denn dieses Flugobjekt aus?«

»Viereckig, wie aus Aluminium. Ich glaube, es war länger als zwei Männer mit ausgebreiteten Armen nebeneinander. Es hatte vier kurze Beine ... etwa dreißig bis vierzig Zentimeter lang. Was die Höhe angeht, so werden es fast zwei Meter gewesen sein.«

Auf mein Drängen nahm Juan einen Filzstift und zeichnete eine grobe Skizze in mein »Bordbuch«, die aber so deutlich war, daß sie mir eine Idee von der Form dieses Gefährts vermittelte. Als er die Zeichnung beendet hatte, gab »der Mann von den Weiden« folgenden Kommentar:

»Es sah aus wie eine Art Kühlschrank ..., aber mit einem sehr starken roten Licht oben und zwei kleineren Lichtern an den Seiten.«

»Hatte es irgendein Kennzeichen, eine Aufschrift oder etwas ähnliches?«

»Nein. Die Kappe glänzte sehr. Sie war wie aus nichtrostendem Stahl, aber da war kein Kennzeichen. Das Ding hatte aber zwei Fenster an den Seiten, etwas über den weißen Lichtern.«

»Haben Sie irgend jemanden im Innern gesehen?«

»Nein.«

Der Zeuge konnte ja logischerweise nicht sehen, wie das Ufo auf der anderen Seite aussah – aus dem einfachen Grund, weil er gelähmt war.

»Und bald darauf, wie ich schon erzählt habe, hörte ich wieder eine Explosion, und das Ding stieg auf und verschwand in den Himmel.«

»Wie hörte sich denn dieser Lärm an?«

»Etwa so, als ob man auf einen Blechdeckel haut.«

Juan kamen Zweifel, so daß er nach einem anderen Vergleich suchte.

»Das hörte sich so ähnlich an wie eine Lastwagentür, die mit Schwung zugeschlagen wird.«

»Stieg es vor oder nach der Explosion auf?«

»Gleichzeitig damit und ließ einen dichten weißen Rauch zurück.«

»Können Sie sich entsinnen, ob die Hündin bellte?«

»Als sie bewegungslos war, nicht. Nachher schon.«

»Wo sind denn die Ziegen hingelaufen, als sie sich wieder bewegen konnten?«

»Sie liefen wieder zur Straße.«

Der Hirte war darauf zu der Stelle geeilt, an der das Ufo niedergegangen war, und hatte eine Zeitlang nach irgendeiner Spur gesucht. Aber das war erfolglos. Die seltsame Maschine hatte nur eine dicke Rauchschicht und, natürlich, einen gehörigen Schrecken in der Seele des Einwohners von Castañuelo hinterlassen.

Algeciras: Die Uhr ging nicht mehr

Natürlich war das nicht der einzige Fall, in dem ein Zeuge in Gegenwart eines Ufos gelähmt wurde. In meinem Buch *Die Astronauten des Jahve* schilderte ich drei andere, ebenfalls aussagekräftige Fälle: den eines spanischen Piloten der Zivilluftfahrt, Antonio Manzano, der in dem El Cobre genannten Gebiet in der Umgebung von Algericas während der Jagd gelähmt wurde. Vor Manzano erschien mitten in der Nacht eine sehr helle Scheibe, die auf einem ebenen Gelände niederging.

»Ich hatte eine Taschenlampe in der Hand«, erzählte er mir, »und plötzlich, als ich einen Hügel hinaufstieg, sah ich auf dem sich anschließenden Gelände eine Art Scheibe, die sehr hell leuchtete. Ich befand mich zu jenem Zeitpunkt nicht weit von dem Objekt und versuchte, dorthin zu laufen. Aber das war unmöglich. Dieses seltsame Ding lähmte mich regelrecht. Ich konnte sehen und hören, aber meine Muskeln reagierten nicht mehr. Ich konnte weder vorwärts noch rückwärts gehen.

Ich kann mich noch entsinnen, daß da einige Schritte von der Scheibe entfernt jemand war. Es schien wie ein Mann auszusehen, aber größer als gewöhnlich, mindestens zwei Meter. Er hatte mir den Rücken zugewandt und schien etwas an seiner Maschine zu betrachten. Am Körper hatte er eine Art von metallischem Taucher- oder Schutzanzug, offenbar aus einem einzigen Stück.

Nach wenigen Sekunden ging er auf das Raumschiff zu, bückte sich, und ich sah ihn von unten in die Scheibe einsteigen. Danach sah ich ihn nicht mehr. Darauf wechselte das Ufo die Farbe, stieg langsam auf und schwebte dann reglos einige Meter über dem Boden. Zu meiner großen Überraschung entfernte es sich plötzlich mit einer ungeheuren Geschwindigkeit. Innerhalb von fünf Sekunden war es am Himmel verschwunden! Darauf konnte ich mich wieder bewegen, aber meine Taschenlampe, die ausgegangen war, als ich mich der Scheibe genähert hatte, funktionierte nicht mehr. Das gleiche stellte ich bei meiner Armbanduhr fest.«

Gallarta: Auf dem Balkon gelähmt

Im Jahre 1978 hatte ein bescheidener Möbeltischler, Einwohner des Stadtviertels La Florida in dem baskischen Ort Gallarta, ein ähnliches Erlebnis wie Juan *von den Weiden* und der Zivilpilot. Dieser Juan Sillero wurde eines Nachts durch ein starkes Summen geweckt. Er lief auf den Balkon des Hauses und blieb entsetzt stehen. In geringer Entfernung von ihm sah er eine riesige Scheibe von mehr als 50 Metern Durchmesser, die in einer Intensität strahlte, wie er es noch nie in seinem Leben gesehen hatte.[1]

»Die Maschine«, erzählte er mir bei einer unserer zahlreichen Zusammenkünfte, »schien in Schwierigkeiten geraten zu sein.

Zuerst stand sie unbeweglich in einer Art Notposition.

---

[1] Dieses interessante Erlebnis des Juan Sillero wurde in allen Einzelheiten von J. J. Benítez in seinem Werk *100 000 Kilometer zu den Ufos* (auf Deutsch bei Ullstein erschienen) beschrieben.

Statt waagerecht zu schweben, hatte sich die Scheibe ›verkantet‹. Einige ihrer großen ›Beine‹ oder Röhren drückten fast das Dach meines Hauses ein.

Als ich darauf reagieren wollte, fühlte ich mich wie gefesselt. Ich konnte mich nicht bewegen!«

Als ich Sillero fragte, ob diese plötzliche Lähmung nicht möglicherweise durch Schreck hervorgerufen worden sei, verneinte das der Möbeltischler mit dem Hinweis, daß dieser Zustand nur so lange gedauert hatte, bis das Objekt langsam hinter einem Pinienwald verschwunden war, der dem Haus von Juan Sillero Schatten spendet.

»Ich war natürlich erschrocken«, fügte er hinzu, »aber das war nicht der einzige Grund meiner Bewegungslosigkeit. Diese Maschine, da bin ich ganz sicher, war die Ursache dafür, daß ich noch nicht einmal schreien konnte.«

Frankreich: Die Diskussion zweier Außerirdischer

Der dritte Fall völliger Lähmung ereignete sich am 1. Juli 1965 auf einem Lavendelfeld in der Nähe des französischen Ortes Valensole, im Alpen-Département Haute Provence.

Der Zeuge war ein Bauer von etwa vierzig Jahren. Wieder ein Landbewohner, der außerstande war, eine solch komplizierte Geschichte zu erfinden ...

»Ich arbeitete an jenem Morgen seit 6 Uhr auf einem Lavendelfeld meiner Ländereien. Als ich mal eine Pause machte, hörte ich ein kurzes Pfeifen. Ich sah nichts und dachte, daß vielleicht ein Hubschrauber der Luftwaffe wegen eines Problems in der Nähe gelandet war.

Ich lief zu der Stelle, von der das Geräusch gekommen war, und als ich hinter einem Steinhaufen hervorkam, der mir die Sicht versperrt hatte, sah ich in etwa hundert Metern Entfernung ein seltsames Objekt, das auf einem der Lavendelfelder niedergegangen war. Ich ärgerte mich darüber.

Also beschleunigte ich meine Schritte, aber als ich näherkam, bemerkte ich, daß ›das Ding‹ kein Hubschrauber war. Es sah wie ein Rugbyball aus von etwa der Größe eines Dauphiné-Autos.

›Wie seltsam!‹ dachte ich, lief aber weiter.

Neben dem ›Ei‹ waren zwei Gestalten, besser gesagt: zwei ›Kinder‹. Das war der erste Eindruck, den ich von ihnen hatte, als ich näherkam. Aber was wollten zwei ›Kinder‹ auf meinem Lavendelfeld bei einer so seltsamen Maschine?

Ich verstand schließlich, daß es sich nicht um Kinder handeln konnte.«

Der Bauer kam bis auf etwa zehn Meter heran. Nach seinen eigenen Worten standen diese beiden Wesen leicht gebeugt. Eines kehrte ihm den Rücken zu, und das andere hatte ihm die Vorderseite zugewandt. Der Landbesitzer versicherte, daß beide – und zwar mit großem Interesse – eine der Lavendelpflanzen betrachteten.

»Als ich bis auf so etwa acht oder zehn Meter herangekommen war«, fuhr der Augenzeuge fort, »entdeckte mich das Individuum, das mir zugewandt war. Beide richteten sich auf. Dasjenige, das mir den Rücken zugewandt hatte, hob die rechte Hand und zeigte mir, jedenfalls glaube ich das jetzt, einen kleinen Gegenstand. Von diesem Moment an konnte ich mich nicht mehr rühren. Ich stand da wie angewurzelt, konnte aber sehen, fühlen und hören ...

Dieses Wesen steckte dann den Gegenstand schnell in ein ›Futteral‹, das es am Gürtel trug, und so blieben sie dann vor mir stehen und schienen zu diskutieren. Ich konnte sie nun besser betrachten. Es waren ›Männchen‹ von etwa einem Meter Höhe oder ein wenig mehr. Ihre Köpfe waren im Verhältnis zu ihren Körpern zu groß. Sie trugen einen dunkelblauen Raumanzug und an den Seiten eine Art Futterale. Das rechte der beiden war größer als das linke.

Ihre Haut war glatt und von einer den Europäern ähnlichen Farbe. Sie hatten keine Augenbrauen, aber ihre Augen waren wie unsere. Die Münder waren dagegen ein einfaches rundes Loch. Sie trugen keine Bärte, und die Schädel waren völlig kahl. Die Köpfe schienen direkt aus den Schultern hervorzutreten. Hälse hatten sie nicht.

Der restliche Körper war normal: Arme, Beine und so weiter. Wie ich schon sagte, sprachen die beiden Wesen einige Zeit lang miteinander, aber als ob sie diskutierten. Sie gaben mir unverständliche, kehlig klingende Laut von sich.

Obwohl ich noch nicht einmal den Kopf bewegen konnte, verspürte ich seltsamerweise keine Angst. Diese beiden Wesen strahlten eine ungeheure Ruhe aus.

Nach einigen Minuten kletterten sie gewandt in die Maschine. Zuerst benutzten sie dazu die rechte Hand, dann alle beide. Als sie drin waren, schloß sich eine Schiebetür von unten nach oben, wie die Tür eines Aktenschranks. Oben hatte dieser ›Rugbyball‹ eine durchsichtige Kuppel, die wie Plexiglas aussah. Dort konnte ich die beiden Wesen wieder sehen.

Ich blieb unbeweglich stehen. Bald darauf stieß der Apparat, der ungefähr drei Meter hoch war, ein dumpfes Geräusch aus, erhob sich etwa einen Meter über den Boden und begann, in Richtung der Hügel zu schweben. Die ganze Zeit über hatten mir die beiden Wesen ihr Gesicht zugewandt.

Als der Apparat ungefähr dreißig Meter weit geschwebt

war, beschleunigte sich die Geschwindigkeit extrem, und ich verlor ihn innerhalb von Zehntelsekunden aus den Augen.

Ich blieb noch etwa zehn bis fünfzehn Minuten wie versteinert dort stehen. Danach erst erlangte ich meine Bewegungsfähigkeit wieder.«

Estaban Peñate wird jene
Gauloise-Zigaretten nie vergessen

Nun werde ich diesen kurzen, aber aussagekräftigen Abschnitt über das »Erstarren zur Salzsäule« mitten im zwanzigsten Jahrhundert mit einem Fall abschließen, der wie der des Hirten aus Castañuelo bis heute noch nicht veröffentlicht worden ist.

Es geschah auf einem Bauernhof mit dem Namen La Borralla am Rand von Villablanca, einem kleinen Dorf acht Kilometer von der portugiesischen Grenze entfernt und auch in der Provinz Huelva gelegen.

Die Familie Peñate-Sánchez war mit der Überwachung der Felder beauftragt. Weder Juan, das Familienoberhaupt und vereidigter Feldhüter, noch seine Frau Dolores Sánchez Moreno oder ihr Sohn Estaban, der Hauptbeteiligte an diesem Ereignis, können sich noch an das genaue Datum erinnern. Das einzige, woran sie sich noch entsinnen, ist, daß es an einem Arbeitstag mitten im Sommer des Jahres 1977 oder 1978 war.

Der Vorfall war schon dabei, in Vergessenheit zu geraten, obwohl einige Nachbarn und Bekannte auch Bescheid wußten. Ich war die erste Person, die sich bis dahin ernsthaft für dieses geheimnisvolle Ereignis interessiert hatte, so daß die Familie zu Beginn unserer Zusammenkunft ein wenig beunruhigt war. Ich kann auch nicht behaupten, daß ich vom ersten Augenblick an von der Glaubwürdigkeit der Zeugen überzeugt war. Der Vorfall hatte nicht einmal das kleinste Echo in den Medien gehabt, so daß, wie ich schon anführte, ohne meinen Besuch auf dem Bauernhof »El Boyero«, auf dem die Peñates jetzt wohnen, alles in tiefem Schweigen untergegangen wäre.

Aber nun zu den Ereignissen:

An jenem Abend wies Juan Peñate seinen Sohn Esteban an, zu einem Baum zu gehen, der in einem Garten in der Nähe des Hofes stand – so ungefähr einen Kilometer entfernt. Dort hatte der Hirte von »La Borralla«, wie er es immer tat, am Fuß des Baumes ein paar Zigarettenschachteln hingelegt.

So machte sich denn Esteban Peñate Sánchez, der zu der Zeit etwa fünfzehn Jahre alt war, auf den einsamen Weg zu diesem Ort ...

»Ich nahm die beiden Gauloise-Schachteln und machte mich auf den Rückweg.«

Die Familie erklärte mir, daß Juan oder seine Frau dem Hirten normalerweise einige Einkaufsaufträge mitgaben, weil sie nicht so oft nach Villablanca kamen und der Hirte sowieso durch das Dorf gehen mußte. Deshalb ging Esteban häufig zu besagtem Baum.

»Ich hatte etwa hundert Schritte gemacht«, fuhr der Sohn des vereidigten Feldhüters fort, »als ich diese Wärme spürte. Ohne zu wissen warum, schaute ich nach oben.«

»Wenn es Sommer war, dann war Wärme doch etwas Normales.«

»Ja, aber nicht diese. Das war ein Wärmegefühl im ganzen Körper. Vom Kopf bis zu den Füßen.«

»Was für Kleidung trugst du denn?«

»Ein Hemd und eine Jeans.«

»Und was geschah dann?«

»Ich schaute also zum Himmel und sah ›es‹.«

»Was meinst du denn mit ›es‹?«

»So ein rundes, violettes Ding. Es glänzte sehr stark, leuchtete aber nicht. Ich bekam Angst und wollte nach Hause laufen, aber ich konnte mich auf einmal nicht mehr bewegen.«

»Vor Schreck?«

»Von wegen! Ich war gelähmt. Ich bekam alles mit, was vorging, aber mein Körper reagierte nicht.«

»In welcher Stellung überraschte dich denn diese Lähmung?«

»Ich hatte einen Fuß etwas nach vorn gesetzt. So wie beim Laufen.«

In dieser Stellung blieb Esteban etwa zehn Minuten lang. Das war genügend Zeit, um die Muskeln wieder zur Bewegung zu zwingen, aber auch, natürlich, um sich einzuprägen, was um ihn herum geschah, und vor allem das Aussehen dieses leisen, runden Gefährts.

»Jetzt, wo Sie mich darauf aufmerksam machen, wundert es mich, daß ich kein Geräusch weit und breit hörte. Dort gibt es viele Rebhühner, und normalerweise sieht man sie fliegen oder herumlaufen. Ich nehme an, wenn dort welche waren, ging es ihnen so wie mir.«

»Versuchtest du die Arme zu heben, zu laufen oder sonst irgendeine Bewegung zu machen?«

»Ja, ich versuchte alles, auch rückwärts zu gehen, aber es war unmöglich.«

»Kam das Objekt näher?«

»Nein, es blieb reglos.«

»Wie ging das dann aus?«

»Das Objekt verschwand schließlich in Richtung Portugal. Da ließ auch die Wärme nach, und ich konnte wieder gehen. Als ich das merkte, lief ich sehr nervös nach Hause...«

Seine Mutter bestätigte Estebans Angaben.

»Er kam bleich und schwitzend an, sehr aufgeregt.«

»In jener Nacht konnte ich nicht schlafen«, fügte Esteban hinzu, der sich bei der Erinnerung an das Ereignis wieder aufregte. »Ich ging mehrmals ans Fenster, aber ich konnte nichts mehr sehen.«

»Zu welcher Zeit wird diese Lähmung denn eingetreten sein?«

»So gegen Abend. Fast im Dämmerlicht.«

Am darauffolgenden Tag ging der Junge zurück zu der Stelle, aber er konnte nichts Ungewöhnliches entdecken.

»Da war nur eine Einzelheit, die mir auffiel: Der obere Teil des Baums, an dem der Hirte die Schachteln Zigaretten abgelegt hatte, war gelblich. Das gleiche stellte ich bei einem wilden Birnbaum in der Nähe fest. Die Blätter der Wipfel waren nicht grün, wie der Rest des Baumes, sondern gelb und sahen trocken aus...«

Wenige Tage danach hatte der Vater Estebans ein weiteres Erlebnis mit einem Objekt von sehr ähnlichem Aussehen wie das, das zweifellos die Ursache der Lähmung des Jungen gewesen war. Ich möchte aber den Bericht der zweiten Ufo-Sichtung von seiten dieser Familie bei einer anderen Gelegenheit wiedergeben.

»Alle hatten die Gesichter nach oben gewandt«

Die Beschreibung des heiligen Joseph in dem apokryphen Evangelium hatte einen großen Einfluß auf mich ausgeübt. Ich mußte es nochmals langsam lesen und den Text immer wieder durchgehen, um zu akzeptieren, was ich da vor Augen hatte. Ich hatte viele solcher Lähmungen untersucht, und als ich die verblüffende Ähnlichkeit dieser Passage aus dem Protoevangelium des Jakob mit dem Bericht von Juan *von den Weiden* feststellte, verschwanden meine

Zweifel. Dieses »apokryphe« Ereignis hatte wirklich stattgefunden. Und wenn das so war, was hatte dann das »Einfrieren« der Vögel, der Arbeiter, die aus einem Gefäß aßen, und des Hirten mit seinen Schafen vor fast zweitausend Jahren verursacht?

Die Antwort gibt uns der heilige Joseph in einem Schlüsselsatz: »... Alle hatten die Gesichter nach oben gewandt.«

Wenn diese Arbeiter auf den Feldern in der Nähe von Bethlehem von der Lähmung mit den Gesichtern zum Himmel gewandt überrascht worden waren, so ist es doch klar, daß dort »etwas« war, das Sekunden oder Sekundenbruchteile vor der völligen Bewegungslosigkeit oder zur gleichen Zeit ihre Aufmerksamkeit erregt hatte. Dies geschah ja auch, wie wir gesehen haben, mit dem Jungen aus Villablanca, Esteban Peñate. Die Lähmung fiel praktisch mit seinem Blick zum Himmel zusammen...

Auch Juan González, der Hirte von Castañuelo, schaute nach oben, überrascht von der Detonation, die der Landung des Ufos und der fast gleichzeitig eintretenden Lähmung vorausging. Es erübrigt sich wohl, hier noch anzuführen, daß keiner der vorgenannten Zeugen das Kapitel XVIII aus dem Protoevangelium des Jakob kennt...

Obwohl der heilige Joseph keinerlei Objekt am Horizont gesehen zu haben scheint – zumindest hat es der heiliggesprochene Autor nicht in besagtem apokryphen Evangelium erwähnt – bin ich sicher, daß ein Ufo für diese kollektive Lähmung »verantwortlich« war – oder, um genauer zu sein, ein Raumschiff, bemannt mit solchen »Engeln«, wie sie ständig in der Bibel vorkommen.

Es ist möglich, daß der Leser, der sich zum ersten Male mit solchen Themen beschäftigt, einen gewissen Unwillen verspürt und sich sogar die Haare rauft angesichts einer solchen Behauptung. Flogen die »Engel« wirklich in Ufos?

Aber selbst wenn man so etwas akzeptiert, was hatten denn die Ufos in den Augenblicken vor der Geburt des Messias vor?

Bevor ich fortfahre, ist wohl jetzt der Moment gekommen, eine kurze Pause in den Beschreibungen einzulegen, damit ich in diesem Zusammenhang einige meiner Ideen erklären kann – Ideen, die, wie ich ja schon auf den ersten Seiten dieses Werkes anführte, rein subjektiv sind, wenn auch tief in meinem Herzen verankert und die Frucht Hunderter von Untersuchungen und unzähliger Stunden des Nachdenkens.

Obwohl das Thema schon in meinen Büchern *Der Abgesandte* und *Die Astronauten des Jahve* behandelt worden ist, werde ich hier versuchen, die grundlegenden Argumente zusammenzufassen, die mich zu solchen Ideen bewogen haben, und ich hoffe, sie mit den noch in dieser Studie folgenden Fällen untermauern zu können.

1. Nach meiner Meinung war Jahve nicht Gott. Ich werde versuchen, das zu erklären. Ich glaube natürlich an Gott, aber an einen Gott ohne Körper und physische Formen. Aus Gründen, die wir noch nicht richtig verstehen können, hat die Große Kraft – so möchte ich Gott gerne nennen – einen »Plan« zur Ausführung gebracht, um diesen Planeten mit intelligenten Wesen zu bevölkern. Und es waren andere »intelligente Wesen« – sehr weit in ihrer Entwicklung fortgeschritten und dieser Großen Kraft nahe –, die damit beauftragt wurden, das menschliche Leben auf der Erde zu »säen« und seine richtige Entwicklung zu überwachen.

2. Aus Gründen, die wir auch nicht mit Sicherheit kennen, ist der Mensch – dieses neue »Kind Gottes« – Irrtümern verfallen, so daß die Diener der Großen Kraft – die sogenannten Engel – sich gezwungen sahen, einzugreifen.

3. Es ist wahrscheinlich, daß unter diesen Umständen »der Generalstab« des Himmels einen »Rettungsplan« für das Menschengeschlecht erdachte. Vor etwa viertausend Jahren brachten die Diener Gottes diesen »Plan« zur Ausführung, indem sie sich den Patriarchen zeigten und ein Volk – das jüdische – erwählten, um der Ankunft von Jesus von Nazareth, dem großen »Abgesandten«, den Weg zu bereiten.

4. Wegen des ursprünglichen und primitiven Zustands dieses Volkes wurden die »Vermittler« oder »Missionare« oder »Engel« Gottes mit Gott selbst verwechselt. Da es keine Möglichkeit gab, Abraham und seinen Nachfahren diesen »Rettungsplan« zu erklären, nahmen die »Engel« selbst die Rolle Gottes oder Jahves an oder simulierten sie. Einer der wichtigsten Bestandteile dieses »Plans« bestand schließlich darin, zu erreichen, daß jenes »dickköpfige« Volk für immer die Idee eines einzigen Gottes akzeptierte.

5. Dies würde auch die schrecklichen Gemetzel erklären – obwohl ich nicht weiß, bis zu welchem Punkte sie gerechtfertigt werden können –, die Jahve beging oder zuließ, bis das Volk Israel sich endgültig in dem gelobten Land niederließ. Hätte Gott hier selbst, direkt, gehandelt, so wären – davon bin ich überzeugt – andere Mittel angewandt worden. Aber es handelte sich um »Astronauten« – wenn auch sehr fortgeschrittene – aus Fleisch und Blut oder zumindest mit Eigenschaften, die mehr oder weniger denen der Menschen ähnelten.

6. Die Überwachung und Lenkung, die gesellschaftliche, hygienische und religiöse Ausrichtung des »auserwählten« Volkes wurde von den Raumschiffen dieser »Engel« beziehungsweise »Missionare aus dem Weltraum« oder durch persönliche Kontakte mit bestimmten »Auserwählten« durchgeführt. Nach meiner Meinung

wurden sowohl die einen wie die anderen fälschlich als ein und dasselbe angesehen, so daß sie überall im Alten wie im Neuen Testament »die Herrlichkeit des Jahve«, die »Rauchsäule«, die »Feuersäule«, der »Wagen aus Feuer«, der »Engel des Herrn« oder ähnlich genannt werden.

7. Es erscheint logisch, daß die strenge Überwachung, die diese »Astronauten« oder »Engel« ausübten, in der Zeit unmittelbar vor der Geburt des Messias sowie während dessen irdischer Lebenszeit verstärkt werden mußte. Das zahlreiche Auftauchen dieser Wesen im Neuen Testament stellt meiner Ansicht nach einen wichtigen Beweis für diese Theorie dar.

Wie sich der Leser wohl schon gedacht hat, wird diese Theorie von der katholischen Kirche nicht akzeptiert, wenn sie sie bis jetzt auch nicht rundweg verworfen hat. Und obwohl diese Art, die Heiligen Schriften zu »betrachten«, dem Wesen der Gottheit nicht widerspricht – nicht im geringsten – und auch nicht der Konzeption von der Erlösung der Menschheit, ziehen die traditionellen Sektoren der Kirche es vor, sie zu ignorieren oder, bestenfalls, viele dieser Passagen mit dem probaten Etikett »literarische Gleichnisse« zu versehen. Und was sind denn diese »literarischen oder midraschischen Gleichnisse«? Doch nur eine schnelle – aber falsche und unwissenschaftliche – Form der Erklärung für etwas, was nicht zu erklären ist, für die, die sich eingehend mit der Bibel befassen. Ein Beispiel dafür: der Stern von Bethlehem, auf den ich mich auf den nächsten Seiten beziehen werde. Die Passagen des heiligen Matthäus, in denen er von diesem Stern spricht, passen nicht in die Vorstellungen der Exegeten, weshalb sie – logischerweise, um diesem Evangelisten nicht widersprechen zu müssen (einige Theologen sind allerdings zu allem fähig) – für eine »diplomatische« Lösung optiert haben. Gemäß dieser ist die Geschichte des Sterns und der Heiligen Drei Könige eine wunderbare literarische Freiheit des Matthäus...

Ich muß hier vorausschicken, daß ich weder mit den sogenannten literarischen Gleichnissen noch mit den Argumenten einverstanden bin, die sie sich erdacht haben, um ihre Ansicht zu unterstützen. Aber lassen Sie mich Schritt für Schritt in diesem komplizierten »Abenteuer« vorgehen, in das ich mich verstrickt sehe.

Konzentrieren wir uns auf den Text der »Lähmung« von Menschen und Tieren im apokryphe Evangelium des Jakob. Wenn bis zum Konzil von Nizza im Jahre 325 zwischen den christlichen Gemeinden eine Vielzahl von Evangelien und Texten in Umlauf war, die sich auf das Leben und die Lehren Christi bezogen, warum wurden dann ab dieser Epoche die vier kanonischen Evangelien – die, welche heutzutage als Grundlage benutzt werden – anerkannt, während viele andere Schriften, die seit jeher akzeptiert worden waren, einschließlich solchen von den Heiligen Vätern, »aus dem Spiel« gelassen werden?

Das erste und wichtigste Argument der Kirche lautet, daß es unter der Legion von Schriften und Traditionen »mehr Spreu als Weizen gab«.

Das kann sogar möglich sein. Dennoch – und dies ist am bedauernswertesten – warfen die Verantwortlichen der Kirche zum Zeitpunkt der Auswahl der Texte, die die kanonischen Evangelien bilden sollten, eine Vielzahl von Fakten, die sich heutzutage, im zwanzigsten Jahrhundert, als von gleichem dokumentarischen Wert erwiesen haben wie die in Nizza akzeptierten, in den Sack des »Inoffiziellen«, des »Aprokryphen« und des »wenig Ernsthaften«. Es ist sehr wahrscheinlich, daß die Beschreibungen, die der heilige Joseph in dem bekannten Protoevangelium des

Jakob macht, von den Heiligen Vätern nicht verstanden werden konnten und folglich abgewiesen und vom Stamm der »göttlichen Inspiration« abgeschlagen wurden. Wir sehen doch, wie uns in unseren Tagen sehr ehrbare Zeugen Phänomene beschrieben haben, die denen im Kapitel XVIII des Jakob-Evangeliums ähnlich sind. Deshalb frage ich: Wie konnte dieser heilige Autor eine Situation beschreiben, »in der alle Dinge plötzlich nicht mehr ihren normalen Verlauf nahmen«, ohne auch nur die geringste Ahnung zu haben, daß das gleiche Phänomen zweitausend Jahre später auftreten würde? Es ist doch klar – ich sagte es ja schon –, daß diese vom heiligen Joseph erlebte Lähmung eine Tatsache war. Dennoch wurde sie nicht berücksichtigt. Wie viele Texte, die heute als »apokryph« bezeichnet werden, haben wohl das gleiche Schicksal erlitten? Wie viele Aufzeichnungen hat uns wohl die »Kurzsichtigkeit« (wenn sie auch guten Glaubens praktiziert wurde – das will ich nicht bestreiten) der Heiligen Väter unterschlagen?

Gehen wir zum letzten Teil dieses interessanten Themas über. Wenn die momentane Lähmung von Menschen und Tieren – einschließlich des Ehemanns der Jungfrau Maria selbst – eine Realität war, was könnte sie denn hervorgerufen haben? Warum hatte die Schar der »Engel« oder »Astronauten«, die alle Schritte des heiligen Joseph und seiner Familie auf dem Wege nach Bethlehem überwachen mußte, diese Entscheidung getroffen?

Wenn wir berücksichtigen, daß die Geburt von Jesus Christus kurz bevorstand, so ist es doch logisch, daß dieser so äußerst wichtige Zeitpunkt – auf den die »Astronauten« sosehr hingearbeitet hatten – große Sicherheitsmaßnahmen erforderte. Und welche Sicherheitsmaßnahme war besser als eine totale und kollektive Lähmung aller sich in der Nähe befindlichen Lebewesen? Ein oder mehrere

Raumschiffe näherten sich und senkten sich auf den Ort nieder, wie uns die »Apokryphen der Geburt«[1] berichten. Es ist fast als sicher anzusehen, daß diese Raumschiffe mit dem »Einfrieren« des Gebiets während eines unbestimmten Zeitraums beauftragt worden waren. Ferner ist es doch seltsam, daß die Augenzeugen in den fünf von mir aufgeführten Fällen von Lähmung immer in ihrer Nähe Flugobjekte sahen, die als Auslöser dieser Lähmungen angesehen wurden. Aber fahren wir doch mit diesen bedeutsamen »Parallelismen« zwischen dem, was uns die Bibel erzählt, und den von mir untersuchten Ufo-Fällen fort.

---

[1] In meinem Werk *Die Astronauten des Jahve* sind mehrere vollständige Texte der erwähnten Apokryphen Evangelien der Geburt des Herrn enthalten. Das Protoevangelium des Jakob sagt beispielsweise in diesem Sinne: »Als sie die Grotte erreichten, hielten sie (damit sind der heilige Joseph und die Hebamme gemeint) an, und da geschah es, daß eine leuchtende Wolke aufzog. Und die Hebamme rief aus: ›Heute ist meine Seele erhoben worden, weil ich mit eigenen Augen unglaubliche Dinge erblickt habe, denn es ist der Retter von Israel geboren worden!‹ Die Wolke zog sich von der Grotte zurück, und drinnen herrschte ein solch helles Licht, daß unsere Augen geblendet wurden.« Ich werde zwar auf den folgenden Seiten dieses Thema der »leuchtenden Wolken« noch eingehender behandeln, aber die an dem Phänomen der Ufos Interessierten werden schon erraten haben, daß diese Art der »Nichtidentifizierten«, sich zu manifestieren, in unseren Zeiten nicht selten vorkommt.

KAPITEL III

Konnte sich Gott wirklich von den Menschentöchtern sexuell angezogen fühlen? – Die schönen Menschentöchter, und wie die Engel auch nicht »aus Stein« sein konnten. – Die katholischen Exegeten versuchen, das Problem unter den Tisch zukehren. – Auch die Bibelsachverständigen geben zu: »In der Genesis fehlt etwas.« – Das seltsame »Abenteuer« der 200 »Wächter«. – Wollten die Elohim wirklich nur »Liebe machen«? – Einige Beispiele von sexuellen Übergriffen im zwanzigsten Jahrhundert. Drei Amerikanerinnen an Bord eines Ufos. – Und was geschieht, wenn der »Entführte« ein Mann ist? – Eine schöne Außerirdische trat ein. – »Mir fiel auf, daß sie mich nicht ein einziges Mal küßte.« – Nicht alle sind »Piraten« des Weltraums.

In der Genesis heißt es:

»Da sich die Menschen zu mehren begannen auf Erden und ihnen Töchter geboren wurden, da sahen die Kinder ... der Töchtern der Menschen, wie schön sie ... welche sie wollten. Da ... cht für immer im Men- ... als Fleisch ist. Seine Le- ... Jahre betragen. ... esen auf Erden; und auch ... ottessöhne mit den Men- ... n und diese ihnen Kinder ... n Helden der Vorzeit.« (6. ...

... ch mich zu diesem Teil der

Heiligen Geschichte besonders hingezogen. Das Interesse daran wurde ständig in mir wachgehalten, denke ich, vielleicht weil »etwas« davon von meinem kleinen Verstand nicht begriffen werden konnte. Wie konnte Gott denn diese Frauen sexuell anziehend finden? Und was noch schlimmer war: Wer waren diese »Kinder Gottes«, die »zu Weibern nahmen, welche sie wollten«?

Für einen einigermaßen ausgeglichenen Verstand macht dieser Text der Genesis keinen Sinn. Es scheint eine Verirrung des heiligen Verfassers zu sein. Wenn wir akzeptieren, daß Gott oder die Große Kraft eine »spirituelle« Größe ist (wie schwierig ist es doch, Gott »einzugrenzen«!), ohne menschliche Gestalt und rein menschliche Gelüste, wie konnte er dann Kinder mit den Töchtern der Menschen zeugen? Wie ist es möglich, daß die Heiligen Väter und die Kirche im allgemeinen diesen Bericht in dem Kanon oder »Katalog« der von Gott inspirierten Bücher zulassen? Hier fehlt ganz offensichtlich etwas.

Meine ersten Schritte zur Aufklärung dieses heiligen Textes führten mich zu zwei sachverständigen Doktoren der Kirche: Nácar und Colunga, Professoren der Theologie in Salamanca und Ratgeber des päpstlichen Bibelausschusses, um nur einige ihrer Titel zu nennen.

Ich wurde von der Interpretation dieser Exegeten doppelt überrascht. Sie gaben gleich zu Anfang zu, daß diese Passage »äußerst rätselhaft« sei. Was den Ausdruck »Kinder Gottes« betrifft – welcher mich persönlich am meisten verwirrt hatte –, so sagten sie wörtlich:

»Dieser Ausdruck in der Bibel ist mit Engeln gleichzusetzen. In diesem Sinne haben es auch die griechisch-alexandrinischen Übersetzer der Version aus den Siebzigern verstanden und übersetzten sie dann auch tatsächlich als »Engel«. Dieser Version entsprechend, interpretierte die apokryphe jüdische Literatur diese Passage als sexuelle Beziehungen zwischen den Engeln und den ›Töchtern der Menschen‹.«

Mich überraschte – wie ich schon sagte – diese freimütige und kühne Erklärung. Daß die Engel als »Kinder Gottes« angesehen wurden, erschien mir richtig, aber um so mehr überraschte mich natürlich, daß die Schwangerschaft dieser schönen Erdenbewohnerinnen Gott zugeschrieben wurde ...

Nun gut, wenn wir davon ausgehen, daß Engel die Verantwortlichen für die Schwangerschaft dieser Frauen waren, so folgt daraus die Frage: Was für eine Art von Engeln war das denn, die sich sexuell vom weiblichen Geschlecht der Menschheit angezogen fühlte? Wenn wir der Erzählung weiter folgen, ergibt sich die Antwort auf diese Frage von selbst. Die Frauen wurden schwanger und gebaren. Dies setzt doch voraus – jedenfalls solange nicht das Gegenteil bewiesen wird –, daß die Engel mit den weiblichen Menschen kopulierten, so wie es die Menschen des Planeten Erde schon immer getan haben.

Mit anderen Worten, diese sogenannten Engel waren »Menschen« aus Fleisch und Blut ...

Diese Hypothese – der »Engel« als »Kinder Gottes«, die Geschlechtsverkehr mit weiblichen Menschen hatten –, war im allgemeinen bereitwillig akzeptiert worden, bis im 4. Jahrhundert – nachdem die Kirche die Natur dieser Engel aufgeklärt (?) hatte – diese Textstelle einer neuen Interpretation unterzogen wurde. »Da Engel keine sexuelle Anziehung verspüren können«, erklärten die Doktoren der Kirche, »ist es unmöglich, daß der Ausdruck ›Kinder Gottes‹ sich auf besagte Engel bezieht.« Die meisten der Kirchenväter, die bis dahin die erste Version akzeptiert hatten, gingen danach zu der von Julius dem Afrikaner vorgetragenen Ansicht über. Dieser versicherte, daß – laut den biblischen Texten – die »Kinder

Gottes«, auf die die Genesis Bezug nimmt, die Nachfahren des Set, des dritten Sohnes von Adam und Eva, waren. Die »Menschentöchter« sind dann gemäß der von dem Afrikaner angebotenen »Lösung« Nachfahren des Kain.[1]

Diese »Lösung« von Julius dem Afrikaner kommt mir reichlich an den Haaren herbeigezogen vor. Sogar Nácar und Colunga zweifeln sie an und wenden sich in einer Geste bewundernswerter Umsicht einer anderen, weit wahrscheinlicheren Erklärung zu:

»Wir«, so sagen die Professoren aus Salamanca, »unterstützen die Ansicht von A. Clamer, der behauptet: ›Die Lösung der Frage ist in der Ausdrucksweise der ersten Verse des Kapitels 6 (hier ist die Genesis gemeint) zu suchen. Sie vermitteln den Eindruck, als ob man sie als Teile eines verstümmelten Textes ansehen muß, von dem bestimmte Grundzüge noch mehr oder weniger nachvollziehbar sind, insbesondere die Verse 3 und 4 ...‹

Dies wirkt logisch. In diesem Teil der Genesis fehlt etwas ... Es fehlen vielleicht andere Angaben, die aus unbekannten Gründen vom heiligen Verfasser oder von den Teilnehmern des in so trauriger Weise berühmt gewordenen Konzils von Nizza im 4. Jahrhundert verschwiegen wurden. Damals wurde ja eine Vielzahl von Evangelien und Traditionen verworfen unter dem Vorwand der Notwendigkeit, die Heilige Geschichte neu zusammenzustellen, zu vereinigen und zu ›reinigen‹.«

Dieser Teil, der in der Genesis fehlt, wurde aber in die apokryphen Evangelien aufgenommen und gerettet, so in das *Buch des Henoch*, in *Die Jubelfeste* und das sogenannte *Testament der zwölf Patriarchen*.

Lesen wir beispielsweise, was das berühmte »esoteri-

---

1 Das ist die Meinung des heiligen Chrysostomos, des heiligen Augustin, des heiligen Kyrill, des heiligen Hyronymus und anderer Kirchenväter.

sche« *Buch des Henoch* in seinem ersten Teil (Kapitel VI) sagt[1]:

»*Die Vereinigung der Engel mit den Töchtern der Menschen:* Es ergab sich, als die Kinder der Menschen sich vermehrten, daß in jenen Tagen schöne und angenehme Töchter geboren wurden, und die Engel, die Kinder des Himmels, sahen sie, begehrten sie und sagten unter sich: ›Laßt uns gehen und Frauen unter den Kindern der Menschen auswählen und selbst Kinder zeugen.‹«

An einer späteren Stelle sagt Henoch:

»Und alle antworteten ihm: ›Laßt uns einen Schwur tun und einer dem anderen versprechen, seinen Entschluß nicht zu ändern, sonst droht ihm ein Fluch.‹«

»Und jene (die sogenannten Wächter) waren zweihundert an der Zahl, die in den Tagen des Iared auf den Gipfel des Berges Hermon niedergingen. Sie nannten ihn Hermon, weil sie dort den Schwur geleistet hatten, wodurch sie sich unter Androhung eines Fluches verpflichteten.«

Im Kapitel VII des *Buch des Henoch* wird von »der Geburt und den Verbrechen der Giganten« gesprochen:

---

[1] Im *Buch des Henoch* sind eine Reihe von Schriften, Prophezeiungen und Ermahnungen enthalten, die meistens aus dem Munde des Henoch kommen. Dieser Patriarch – »der siebente nach Adam«, wie die Epistel des Judas angibt – genießt seit kurzem besondere Beachtung. Um zu erklären, warum er weniger Jahre als die anderen Patriarchen lebte, schreibt der hebräische Text der Genesis (5, 24): »Aber das war nur, weil Gott ihn zu sich nahm.« In der griechischen Version der Siebziger heißt es dazu: »Er gefiel Gott und ward nicht mehr gesehen, weil Gott ihn zu sich nahm.« Bonsirven und Daniel Rops sagen darüber: »Auf diese letztere Ausdrucksweise, die wieder im Ekklesiastikus (44, 16) zu finden ist, stützte sich ein Teil der Kontroversen über seine Erhebung und in den Himmel, die Offenbarungen, mit denen er dort betraut wurde usw.« All dies behandelt das *Buch des Henoch*.

Es ist sehr wahrscheinlich, daß die Originalausgabe dieses interessanten apokryphen Werkes in hebräisch geschrieben war. Daraus entstand eine griechische Version, von der einige Fragmente erhalten sind. Aus dem Griechischen wurde das Werk dann ins Äthiopische übersetzt und in die sogenannte *Äthiopische Bibel* aufgenommen. In dieser letzteren Sprache kann man heutzutage das zitierte *Buch des Henoch* lesen. Der Teil, der uns interessiert – hinsichtlich des Falls der Engel –, scheint in den Zeiten der Verfolgungen des Antiochos Epiphanes zusammengestellt worden zu sein, das heißt gegen 166 v. Ch.

»Diese und alle anderen nahmen sich Frauen, ein jeder eine, und begannen, mit ihnen Verkehr zu haben und sie die Wahrsagerei und Zauberei zu lehren, und sie selbst lernten die Kunst, Wurzeln zu schneiden und die Wissenschaft der Bäume.

(Die Frauen gebaren die Tyrannen, die alles verschlangen und dann die Menschen verschlingen wollten.)

Und sie begannen zu sündigen gegen die Vögel und gegen die Haustiere, die Reptilien und die Fische. Danach verschlangen sie das Fleisch und tranken das Blut. Da beklagte die Erde die Gewalttaten.«

In den drei darauffolgenden Kapiteln erzählt uns Henoch einige weitere interessante Einzelheiten:

»Verderbliche Wissenschaften, den Menschen gelehrt von schlechten Engeln:

Und Azazel lehrte die Menschen, Schwerter und Macheten, Schilde und Panzer herzustellen, und er zeigte ihnen die Metalle und die Kunst, sie zu bearbeiten und daraus Armbänder und anderen Schmuck anzufertigen; auch die Kunst, das Augenumfeld mit Antimon anzumalen sowie die Wimpern zu verschönern. Er zeigte ihnen die schönsten und kostbarsten Steine als Schmuck und alle Farbstoffe; auch die Umgestaltung der Welt. Die Unfrömmigkeit war groß und allgemein verbreitet. Sie trieben Unzucht, kamen vom richtigen Weg ab und aller Leben wurde verdorben.«

(An dieser Stelle erscheinen die Verzauberungen, die Formeln zum Brechen von Verhexungen, Lehren über Astrologie, Zeichen, die Bedeutung der Sternbilder und der Verlauf des Mondes.)

»Und in all dem Chaos«, fuhr Henoch fort, »schrien die Menschen, und ihr Geschrei stieg zum Himmel auf.«

Eingreifen der guten Engel

»Dann blickten Michael, Uriel, Raphael und Gabriel vom Himmel hernieder und gewahrten das viele vergossene Blut auf der Erde und das ganze Ausmaß der dort begangenen Ungerechtigkeit. Und sie sagten einer zum anderen: ›Das ist der Schrei der Erde, der zu den Himmelspforten dringt. An Euch, Heilige des Himmels, wenden sich jetzt die Seelen der Menschen und klagen: Tragt unsere Sache dem Allmächtigen vor!‹«

Bevor ich dazu übergehe, diese apokryphen Passagen zu kommentieren, lassen Sie uns die Version des *Buchs der Jubelfeste*[1] hinsichtlich der Beziehungen zwischen den »Kindern Gottes« und den »Töchtern der Menschen« betrachten.

In seinem Kapitel IV, in dem er Kain und Abel behandelt, sagt das Apokryph wörtlich:

»Es begab sich in jenen Tagen, daß die Engel des Herrn auf die Erde niedergingen, jene, die die ›Wächter‹ genannt werden, um die Kinder der Menschen zu unterrichten, damit Verstand und Ehrlichkeit auf der Erde herrsche. Henoch war der erste auf Erden geborene Mensch, der die Schrift und die Wissenschaft und die Weisheit lernte und der in einem Buch die Zeichen des Himmels nach der Reihenfolge der Monate beschrieb, damit die Menschen die Jahreszeiten nach der Ordnung der verschiedenen Monate erkennen konnten ...

---

[1] Das *Buch der Jubelfeste* handelt von den »Jubelfesten«, Perioden von 49 Jahren, in die Gott die Geschichte der Welt aufgeteilt hat und die er Moses erklärt, »während ein dienstbarer Engel diese Geschichte niederschreibt«. Dieses Apokryph wurde in hebräisch geschrieben, später ins Griechische übersetzt und von dort ins Lateinische, ins Äthiopische und möglicherweise auch ins Syrische. Ein Viertel der lateinischen Version ist gegenwärtig vorhanden. Die äthiopische blieb vollständig erhalten, und dieser wurden die hier aufgeführten Absätze entnommen. Eines der Fragmente des *Buchs der Jubelfeste* wurde vor kurzem in der Höhle der Manuskripte beim Toten Meer gefunden. Danach müssen wir die Schöpfung dieses Werkes auf das 2. Jahrhundert v. Ch. datieren.

Er [Henoch] sah die Vergangenheit und die Zukunft in einer Vision im Traum, so wie es den Menschen ergehen wird bis zum Tage des Gerichts. Er sah und verstand alle Dinge und schrieb sein Testament und verwahrte das Testament auf der Erde für alle Kinder der Menschen und ihre Nachfahren ...

Und in diesen sechs Jubelfesten des Jahres war er oftmals bei den Engeln Gottes, und sie lehrten ihn alles, was im Himmel und auf Erden ist, und er schrieb alles nieder. Er bezeugte auch, daß ›Wächter‹ mit Töchtern der Menschen gesündigt hatten, weil sie sich mit ihnen einließen und sich dadurch befleckten ...«

Schließlich macht Nephtali in dem sogenannten *Testament der Patriarchen*, einem anderen apokryphen Buch, das möglicherweise gegen Ende des 2. Jahrhunderts v. Ch. geschrieben wurde und in dem die letzten Empfehlungen der zwölf Söhne an jeden ihrer Nachfahren zusammengefaßt werden, eine andere Andeutung auf die »Kinder Gottes« und ihre »Sünde« mit den »Töchtern der Menschen«:

»... Auch die ›Wächter‹«, behauptet der Patriarch in seinem *Testament über die natürliche Güte*, »haben die Ordnung der Natür verändert.«

Diese »Aufklärungen« der apokryphen Bibel beseitigen – jedenfalls in großem Maße – den Nebel und die Lücken, die jener Teil der Genesis aufweist. Wie wir gesehen haben, nahm eine Gruppe von »Engeln«, die »Wächter« genannt wurden, Kontakt mit den Nachfahren von Adam und Eva auf, um – wie die apokryphen Schriften ausdrücklich anführen – diese »Kinder der Menschen« die elementarsten Methoden der Überlebenskunst zu lehren. Ein kleinerer Teil dieser »Mannschaft« (zweihundert laut Henoch) verschworen sich und faßten den einstimmigen Entschluß, »Kinder zu zeugen«. Die »offizielle« Bibel erzählte später, daß unsere »ersten Eltern« – nachdem der Versuch der mysteriösen Elohim, sie in dem nicht weniger mysteriösen »Garten Eden«, »in einem möglichst hohen Grad der Reinheit zu erhalten«, fehlgeschlagen war – aus dem sogenannten Paradies vertrieben wurden und sich auf die Erde begaben. Zu der Zeit, als sie sich vermehrt hatten, muß dieser »Kontakt« der »Wächter« mit den »Kindern der Menschen« stattgefunden haben. Ich möchte mich hier nicht in Spekulationen über die Gründe ergehen, die diese »Engel« gehabt haben konnten, um sich die schönsten Frauen auszusuchen und Nachfahren zu zeugen. Es wäre auch naiv, anzunehmen, daß bei einer Gruppe von Elohim – in der es zweifellos auch Frauen gegeben haben mußte – der einzige Grund, sich mit weiblichen Menschen zu paaren, die Wollust war. Könnten sie andere Beweggründe gehabt haben? Wollten diese hochentwickelten Wesen ihr eigenes Geschlecht unter den Menschen verewigen und dadurch versuchen, den fehlgeschlagenen »genetischen Versuch« des Paradieses zu korrigieren?

Ich lasse den Leser mit dieser Frage allein, denn – wie ich ja schon sagte – das ist nicht das Hauptanliegen der vorliegenden Studie, und ein Eindringen in solche Labyrinthe würde viel zu weit führen ...

Kommen wir also zu den Elohim zurück, die unter Mißachtung der »auferlegten Normen« Kinder mit den Töchtern der Menschen zeugten. (Der Ausdruck »Elohim«, den der Leser bestimmt kennt, wurde auch zur Bezeichnung von Jahve als schöpferischem Gott verwandt. Nach meiner Ansicht ist diese Übersetzung falsch. Die »Elohim« hatten nichts mit Gott oder Jahve zu tun. Es waren nur Diener, Engel oder »Astronauten« dieses Gottes beziehungsweise Jahve.)

Es ist klar – und darin stimmt die Genesis ohne Ausnahme mit den apokryphen Verfassern überein –, daß diese »Wächterengel« oder Elohim wie wir oder uns sehr ähnlich waren, obwohl feststeht, daß ihr geistiger und technologischer Entwicklungsgrad sie für die primitiven Patriarchen und ihre Nachfahren zu »Gott« oder »Göttern« machte. Ich glaube, ich habe das schon mit genügender Klarheit dargelegt, als ich meine grundlegenden Argumente über den großen »Plan« der Schöpfung und Rettung der Menschen vortrug. In diesem Punkt entferne ich mich von der Konzeption der Kirche über die Natur der Engel. Ich erkenne an, was ich ja auch schon sagte, daß es wirklich reine Geister im Dienste der Großen Kraft und der Vollkommenheit gegeben haben kann, aber ich glaube auch, daß es andere aus Fleisch und Blut gab, die wie die Menschen oder menschenähnlich waren. Diese »Engel« – immer im Dienste Gottes – waren und sind die richtigen Wesen, um Kontakte mit der menschlichen Rasse herzustellen, weil sie ihr physisch ähnlich waren. Trotzdem ist die Bibel noch voll von Fällen, in denen die Zeugen mit dem Gesicht zu Boden fielen, als sie diese »Männer« oder »Engel« sahen. Wenn wir heutzutage einige dieser von den Patriarchen erlebten »Erscheinungen« sehen könnten, würden wir uns mit den Händen an den Kopf fassen, weil wir in diesen »Engeln« »Astronauten« erkennen mit ihren Raumanzügen, Helmen, hochentwickelten Waffen und Transportsystemen. Manchmal frage ich mich, was wohl die Kleidung der ersten Geistlichen sein wird, die in den Weltraum gehen, und wie diese menschlichen »Missionare« in künftigen Jahrhunderten ausgerüstet sein werden, die sich zur Evangelisierung von Planeten, die nicht so weit entwickelt wie der unsere sind, anschicken werden ...

Und ich frage mich auch, ob es nicht geschehen kann, daß es bei diesen künftigen menschlichen Expeditionen zu anderen Galaxien, in vollem Prozeß der Eroberung, Kolonisierung oder Ausbeutung anderer von intelligenten Wesen bewohnter Welten nicht möglich ist, daß unsere Astronauten sich von den weiblichen Wesen dieser außerirdischen Völker angezogen fühlen und sich eines Tages entschließen, Kinder mit ihnen zu zeugen. Natürlich liegt das innerhalb des Möglichen. Es ist mehr als das: Die Forscher verfügen über aktuelle Zeugenaussagen – aus dem zwanzigsten Jahrhundert – über andere »Astronauten«, die weiterhin menschliche Männer und Frauen auswählen, um Kinder zu zeugen. Obwohl das unmöglich erscheint, gibt es Dutzende solcher Fälle. Andere »Astronauten«, wie ich sie nenne, die von anderen Zivilisationen außerhalb der Erde stammen, sind auch in unseren Tagen zur Erde gekommen und haben menschliche Wesen geraubt und sie gezwungen, sich mit ihnen zu paaren. Lassen Sie uns einige beredte Beispiele betrachten:

Einige Beispiele von sexuellen Übergriffen im zwanzigsten Jahrhundert

In der Nacht zum 2. Mai 1968 hatte Miss Shane Kurz eines der traumatischsten Erlebnisse ihres Lebens.

Nachdem sie einigen Hypnosesitzungen unterzogen worden war, erzählte diese junge Dame, die zu der Zeit in Westmoreland (Staat New York) wohnte, Ärzten und Ufo-Forschern, wie sie in das Innere eines seltsamen Schiffes gebracht und dort gezwungen worden war, mit einem Besatzungsmitglied Geschlechtsverkehr zu haben.

Nach Meinung des Forschers Hans Holzer, der sich mit dem Fall beschäftigte, wie auch der der Mediziner, die die Hypnose durchführten, sagte Shane die Wahrheit. Und was war diese Wahrheit?

In seinem Buch *Die Ufonauten* beschreibt Hans Holzer einen Teil des angsterregenden Erlebnisses der jungen Nordamerikanerin wie folgt:

»... Er schaut mich starr an ... sagt mir, ich müsse mich entblößen ... ich kann keinen Widerstand leisten ...

Er erzählt mir, daß er mich beobachtet und ausgewählt habe, sagt mir: ›Du wirst ein Kind von mir haben.‹ ...

Er zieht seine Jacke aus ... Ich will nicht hinsehen. Er hat da so eine Art Röhre ..., Gelatine ...

Ich bin nackt ... Liege auf einem Tisch. Er reibt mir etwas ..., es scheint Vaseline oder Gelatine zu sein, auf meinen Unterleib und meine Brust. Sagt mir, das werde mich stimulieren ... Das ist wie Vaseline, und es ist warm ..., er reibt es auch auf mein Geschlechtsteil und in mich hinein ...

Sein Körper ist mager, schmal gebaut ... Er ist anmutig, steigt auf mich hinauf ... Er ist kalt ...

Seine Haut ist sehr weiß ... Ich fühle mich sehr unbehaglich ... Da ist auch ein Gefühl der Wohligkeit, aber ich versuche es zu unterdrücken ... Ich glaube, daß es Vaseline ist.

Er schnurrt ... Das ist wie bei einem Tier ... Jetzt stöhnt er ... Er vergewaltigt mich ... Ich will nicht ...«

Auch die Sängerin Sandy Larson erlitt einen dieser sexuellen Angriffe durch ein Besatzungsmitglied eines Ufos.

Am 26. August 1975 fuhr Sandy in ihrem Auto von Fargo (Norddakota) zur Stadt Bismark. Sie wurde von ihrer Tochter und einem anderen jungen Mädchen begleitet.

Plötzlich hören die Insassinnen des Autos ein seltsames Donnern und sehen etwas wie einen Lichtblitz. Darauf erscheint eine Gruppe von zehn oder zwölf stark orangefarben leuchtenden Scheiben, die sich dem Auto nähern.

Mehrere dieser Scheiben schweben über dem Wagen, und von dann ab bleibt die Zeit für Sandy Larson stehen. Obwohl das Auto mit sechzig Stundenkilometern fährt, scheint es stillzustehen ...

Als die Objekte wieder verschwunden sind, bemerken Sandy und ihre Begleiterinnen, daß sie nun andere Sitze einnehmen.

Was war geschehen?

Als sie von dem bekannten Doktor Leo Sprinkle einer hypnotischen Rückführung zu diesem Erlebnis unterzogen wird, berichtet Larson, daß sie in das Innere einer dieser Maschinen geführt wurde. Dort wurde sie entkleidet.

Die Sängerin Sandy Larson wird auch in das Innere eines Ufo gebracht und verschiedenen sexuellen Handlungen unterzogen.

Nachdem ihr eine Lotion auf die erogenen Zonen gerieben worden war, fühlte sie sich sexuell stimuliert. Schließlich hatte eines der Besatzungsmitglieder des Ufos Geschlechtsverkehr mit ihr.

Trotz der zahlreichen Vergewaltigungsfälle von Frauen durch Mitglieder von Ufo-Besatzungen, ist keiner bekannt geworden – wenigstens denen nicht, die dieses Thema untersuchten –, daß vorher eine sexuelle Provokation durch eine der Frauen stattgefunden hatte. Wir erfuhren vom Fall einer Australierin, Marlene Travers aus Melbourne, die in der Nacht zum 11. August 1966 auch eine dieser gewaltsamen Begegnungen erlebte. Mrs. Travers, die zu jenem Zeitpunkt vierundzwanzig Jahre alt war, befand sich zu Besuch bei Freunden im Landesinnern, als sich plötzlich ein Licht kreisförmig über ihr bewegte. Dieses Objekt schwebte herunter und landete etwa 10 m von ihr entfernt. Die Frau wurde in das Ufo geführt und nach einer Reihe von Experimenten sexuell angegriffen.

Diese Begegnung dauerte mehrere Stunden. Marlene fiel in Ohnmacht und wachte danach entsetzt auf freiem Feld auf, an der Stelle, wo das Schiff niedergegangen war.

Sie wurde von Medizinern untersucht. Es wurden mehrere Verbrennungen festgestellt und – daß sie schwanger war. Als die Nachricht veröffentlicht wurde, verschwand Marlene Travers auf geheimnisvolle Weise.

Manchmal können weder die Mediziner noch die Opfer selbst angeben, ob bei solchen Entführungen sexuelle Gewalt ausgeübt worden war. Dennoch bleiben immer Zweifel ...

So auch bei der Entführung von drei Frauen in Stanford (USA).

Auch in diesem Falle näherten sich »Astronauten« von anderen Welten den Zeuginnen mit ihren Raumschiffen, führten sie in diese und unterzogen sie seltsamen Experimenten medizinischer Art. Barry J. Greenwood, der eine eingehende Untersuchung durchführte, berichtete folgendes über diesen Fall:

Drei Nordamerikanerinnen an Bord eines Ufos

»Obwohl die Beteiligten an den Vorfällen von Pascagoula, Betty und Barney Hill, Antonio Villas Boas und Travis Walton, das Aufsehen, das die Fälle seinerzeit erregten, nicht verdienten, ist diese Entführung von drei Frauen durch Besatzungsmitglieder eines Ufos ohne Zweifel ein Klassiker. Es geschah vor kaum vier Jahren und weist alle den auf Entführungen spezialisierten Ufologen schon hinlänglich bekannten Merkmale auf: Sichtung, nahes Herankommen, Erinnerungsverlust, physische Auswirkungen, Rekonstruktion durch Rückführungshypnose usw.

Gegen Ende des Jahres 1975 und 1976 wurden die Informationsmedien der USA[1] mehrere Fälle von Kontakten mit Ufos bekannt. Diese Beschreibungen wurden kurz nach dem Abenteuer von Travis Walton im November 1975 gemacht. Einige mögen argumentieren, daß der Fall Walton der Katalysator für die darauffolgenden Fälle war. Wir brauchen in den Ufo-Archiven ja gar nicht so weit zurückzugehen, um auf viele Beispiele zu stoßen, bei denen ein einziger Vorfall eine Reihe von ähnlichen Geschichten nach sich zog. Aber dennoch ist das kein Grund, den Wert der Begegnungen nach dem Walton-Fall oder der immer vorhandenen Möglichkeit wichtiger Entdeckungen abzuleugnen. Der detaillierteste und außergewöhnlichste Be-

---

1 Siehe auch die Erzählungen von Johny Sand, Las Vegas (Nevada), vom 29. Januar 1976 (*Las Vegas Sun*, 31. 1. 76) und Sandy Larson, Fargo (Norddakota), 26. August 1976 (*Toronto Sun*, Kanada, 13. 2. 76). Beide Ereignisse sind bis heute nicht untersucht worden.

richt aus dieser Zeit ist der aus Stanford (Kentucky) über eine Begegnung und Entführung, die zwei Monate nach dem Fall Walton stattfand. Es hat sich herausgestellt, daß es sich hier um einen wirklich sehr bedeutsamen Fall handelt.

Das Ereignis

»Am 6. Januar 1976 kehrte Mrs. Louise Smith, 44 Jahre, Haushaltsberatungs-Assistentin[1] des Casey County Extension Office nach einem Arbeitstag in ihr Haus in Liberty, Kentucky (USA), zurück. Sie machte sich das Abendessen und setzte sich darauf in ihr Auto, einen 1967er Chevrolet, den sie erst kurz zuvor gekauft hatte, um zur Tankstelle zu fahren. Dort traf sie Mona Stafford, Sekretärin, Junggesellin und erst seit einigen Wochen Freundin von Mrs. Smith. Miss Stafford war zu dieser Tankstelle gefahren und fragte Mrs. Smith, ob diese sie nicht zu ihrem Haus begleiten wolle, um ihr bei einer Näharbeit zu helfen. Mrs. Smith stimmte zu, so daß beide ihre Autos zu dem Wohnwagenheim von Miss Stafford fuhren. Um acht Uhr abends kam Mrs. Elaine Thomas dazu, 48, Hausfrau und eine gute Freundin der beiden anderen. Die drei Frauen begannen ein Gespräch, unter anderem über Kunst, ihre Lieblings- und Freizeitbeschäftigung. Dabei erzählte Miss Stafford, daß sie Geburtstag habe, so daß alle drei sich spontan entschlossen, zum Feiern auszugehen.

Sie kamen zwischen 21.30 und 22.00 Uhr beim Restaurant Redwood in der Nähe von Stanford an, etwa 50 km von Liberty entfernt. Das Trio verspeiste ein Geburtstags-

---

[1] Eine »Haushaltsberatungs-Assistentin« ist eine Person, die Familien in einem bestimmten Gebiet besucht und sie über die Zubereitung von Mahlzeiten, Ernährung und Gartenbau informiert, also etwa eine Art Sozialhelferin.

Das Objekt, das über dem Auto der drei Nordamerikanerinnen schwebte, war riesig: »Etwa so groß wie ein Rugbyfeld«, wie die Zeuginnen berichteten.

mahl, fertigte einige Skizzen über Leute und Bilder in dem Restaurant an und verließen es wieder gegen 23.15 Uhr.

Etwa gegen 23.30 Uhr, als sie in der Umgebung von Stanford auf offener Landstraße fuhren und Mrs. Smith lenkte, bemerkte Miss Stafford ein anscheinend brennendes Objekt, das bis auf einige Meter über der Landstraße von rechts nach links vom Himmel herunterkam. Die Frau glaubte, es handele sich um einen Flugzeugunfall, weshalb sie mit dem Auto heranfuhr, um zu sehen, ob es vielleicht Überlebende gebe. Da blieb das Objekt plötzlich auf der Höhe der Bäume in der Luft stehen in einer Entfernung von ca. 100 m von den Frauen.

Dieses Objekt, das dort in der Luft schwebte, war riesig. ›So groß wie ein Football-Feld‹ (amerikanischer Fußball beziehungsweise Rugby), sagte Mrs. Smith. Es war metallisch grau mit einer domartigen, leuchtenden Kuppel. Eine Reihe von roten Lichtern kreiste um die Mitte, und unten waren drei oder vier rot-gelbe Lichter zu erkennen. Das Objekt schwankte einen Moment und drehte dann nach hinten links vom Auto ab. Es war, als ob ihnen ein Polizeifahrzeug folgte. Mrs. Smith bemerkte bald ein nebelhaftes bläuliches Licht im Auto, das zur gleichen Zeit von selbst zu beschleunigen begann. Die Frauen waren wie versteinert. Der Geschwindigkeitsmesser zeigte 150 km/h an, und sie versuchten verzweifelt, diese Geschwindigkeit zu verringern. Mrs. Smith nahm den Fuß ganz vom Gaspedal, um ihren Freundinnen zu zeigen, daß das Auto völlig außer Kontrolle war.

Dann bemerkten sie verschiedene physiologische Auswirkungen. Alle drei Frauen fühlten sich, als ob sie Feuer in den Augen hätten. Mrs. Smith erinnerte sich später noch an schreckliche Kopfschmerzen. Es ist unklar, ob diese Effekte durch das Glänzen des Objekts oder durch irgend etwas anderes verursacht wurden, aber das war, wie wir gleich sehen werden, nicht das Ende der körperlichen Probleme der Frauen.

Unmittelbar darauf zog eine unbekannte Kraft das Auto nach hinten. Die Frauen hatten das Gefühl, daß sie über eine Reihe von ›Bodenschwellen‹ fuhren.[1]

Der nächste Anblick war eine breite, gut beleuchtete Straße vor ihnen. Auf dem Armaturenbrett des Autos leuchtete ein Licht auf, das den Stillstand des Motors anzeigte, obwohl das Auto noch sehr schnell fuhr. Sekunden später tauchte eine Straßenlaterne auf, und die Frauen waren sicher, daß sie sich in Hustonville, Kentucky, befanden, etwa 15 km von der Stelle, wo sie das riesige Flugobjekt zum ersten Male gesehen hatten.

Die Fahrerin erlangte wieder Kontrolle über das Auto, und als sie das Haus von Mrs. Smith in Liberty erreichten, merkten sie, daß es 1.25 Uhr morgens war. Sie hatten mehr als zwei Stunden für eine Strecke gebraucht, die sie normalerweise in 45 Minuten zurücklegten, und keine der Frauen konnte sich an die Zeit zwischen dem seltsamen Verhalten des Autos und ihrer Ankunft in Hustonville erinnern. Es gab da eine Lücke von 80 Minuten im Leben der Frauen.

Die Seltsamkeiten endeten aber nicht hier. Mrs. Smith ging ins Badezimmer, um sich die Hände zu waschen, und als sie ihre Armbanduhr ablegte, bemerkte sie, daß sich der Minutenzeiger mit der gleichen Geschwindigkeit wie der Sekundenzeiger bewegte. Der Stundenzeiger lief anomal schnell. Ein wenig darüber bestürzt, zog sie die Uhr auf. Beim Waschen fühlte sie plötzlich einen Schmerz an den Körperstellen, die mit dem Wasser in Berührung kamen.

---

1 Diese »Bodenschwellen« sind Hindernisse, die an einigen Stellen der Straße eingebaut werden, um zu hohe Geschwindigkeiten zu verhindern, denn es führt zu heftigen Erschütterungen, wenn man mit einer gewissen Geschwindigkeit darüber fährt.

Da ihr auch der Nacken schmerzte, bat Mrs. Smith Miss Stafford, dort nachzuschauen. Diese bemerkte eine rote Stelle von 7,5 cm Länge und 2,5 cm Breite, die einer frischen Verbrennung sehr ähnlich war. Auch die anderen Frauen hatten solche Brandstellen, mit dem Unterschied, daß sich diese Stelle bei Miss Stafford hinter dem linken Ohr befand, wogegen sie bei Mrs. Smith und Mrs. Thomas zwischen Schädelbasis und Schulterende lag.

Da Licht an der Tür des Nachbarhauses zu sehen war, baten die Frauen ihren Nachbarn Mr. Lowell Lee herüber und erzählten ihm ihre Geschichte. Mr. Lee ließ die Frauen jede für sich eine Skizze der Maschine anfertigen, so wie sie sie gesehen hatten. Er war von der großen Ähnlichkeit der Skizzen überrascht.

Die roten Stellen auf der Haut verschwanden nach ein paar Tagen, aber das Brennen in den Augen dauerte noch

Drei Nordamerikanerinnen wurden im Jahre 1976 in ein Ufo geführt und dort anscheinend verschiedenen »medizinischen Untersuchungen« unterzogen.

längere Zeit an. Alle drei Frauen hatten entzündete Augen. Die von Miss Stafford waren im schlimmsten Zustand. Sie konsultierte einen Arzt, der die Ursache des Schmerzes und der Entzündung nicht erklären konnte, ihr aber Augentropfen verschrieb, die nur sehr wenig halfen.

Jede der Frauen berichtete von einem Gewichtsverlust bis zu 7 kg, und alle hatten mehrere Tage nach der Begegnung Einschlafschwierigkeiten.

Schließlich erfuhren die Zeitungen von dem Vorfall, und in der Ausgabe der *Casey County News* in Liberty vom 12. Februar erschien ein Artikel darüber. Verschiedene Gruppen von Ufo-Forschern strömten zu dem Ort, einschließlich Forschern von MUFON, APRO, CUFOS und der nordamerikanischen Wochenzeitschrift *National Enquirer*.«

Die verlorene Zeit

APRO und der *National Enquirer* setzten sich mit Dr. R. Leo Sprinkle[1] in Verbindung, damit dieser hypnotische Rückführungssitzungen durchführe, um festzustellen, was den Frauen während dieser Zeitlücke von 80 Minuten geschehen war. Die erste Sitzung am Wochenende vom 6./7. März ergab wenig, weil die meiste Zeit mit der Diskussion verbracht wurde, welche Gruppe von Ufo-Forschern den Fall übernehmen sollte. Man kam schließlich zu einer Einigung, worauf vom 23. bis 25. Juli eine zweite Reihe von Sitzungen durchgeführt wurde. Nachstehend bringe ich eine Zusammenfassung der Einzelheiten dieser kollektiven Sitzungen:

»Die tatsächliche Ursache für die Erschütterungen des Autos beim vermeintlichen Fahren über Bodenschwellen

---

[1] Mir erscheint es wichtig, hier anzuführen, daß dieser Doktor sich intensiv mit dem Ufo-Thema beschäftigt. Er ist der Verfasser von mehreren wichtigen Artikeln darüber.

zeigte sich, als die Frauen in der Hypnose eine ›Tür‹ erwähnten. Diese Tür wurde danach gefunden, und sie stellte sich als ›Rinderschwelle‹[1] zwischen zwei Steinmauern heraus, über die das Auto gestoßen worden war. Ein Fahrweg verläuft von diese ›Tür‹ bis zu einem Farmhaus in der Nähe. Die Stelle befindet sich ca. 10 m entfernt von der Autobahn 78, auf der die Frauen gefahren waren.

»Wie man die Frauen aus dem Wagen herausgeholt hatte, ist ungeklärt, da sich keine von ihnen an diesen Teil der Episode erinnern kann. Mrs. Smith hatte den Eindruck, daß sie nach dem ›Experiment‹ zu ihrem Auto zurückkehrte.

Mrs. Smith war während ihrer Rückführungshypnose am 23. Juli sichtlich erschüttert und durchlief nacheinander mehrere Ebenen der Gefühlserregung wie Zusammenfahren, Weinen und Stöhnen. Sie erinnerte sich an einen heißen Ort, wo ihr Gesicht mit etwas bedeckt wurde. Diese Abdeckung war undurchsichtig, so daß sie bat, man möge sie wegnehmen, damit sie etwas sehen könne. Sie wurde dann auch von ihrem Gesicht entfernt, und sie konnte sehen, daß ein Humanoid vor ihr stand. Sie selbst lag auf dem Rücken.

Das Wesen war 1,30 bis 1,40 m groß, hatte eine graue Haut und war mit einem dunklen Anzug mit Kapuze bekleidet. Mrs. Smith konnte sehen, daß seine Hände eine sehr eigenartige Form hatten, sehr ähnlich dem Ende eines Vogelflügels. Auch die Augen waren erkennbar, sonst aber kein anderes Merkmal. Es gab keine verbale Kommunikation, aber Mrs. Smith wußte, was sie wollten, wenn sie sie anschauten. Offenbar untersuchten sie die Humanoiden und gaben ihr dabei Anweisungen wie: ›Bewege den Kopf‹, ›drehe dich um‹ usw. Mittels einer unbekannten

---

[1] Eine »Rinderschwelle« besteht aus Metallstangen, die mehrere Zentimeter aus dem Boden herausragen und verhindern sollen, daß das Vieh den Pferch verläßt.

Kraft hielten sie einen ihrer Arme fest und verhinderten, daß sie sich in ihrem liegenden Zustand bewegen konnte. Sie erinnerte sich an einen Schmerz, als der Humanoid sie während dieser Untersuchung am Arm zog. Einmal trugen sie eine Flüssigkeit auf ihr Gesicht auf und ließen sie sich aufsetzen. Sie machten einen Abdruck von ihren Körperformen. In einem späteren Fernseh-Interview äußerte Mrs. Smith die Befürchtung, daß sie sich selbst eines Tages durch die Straßen gehen sehen könnte.

Mona Stafford erinnerte sich daran, daß sie in einer Art Operationssaal lag. Dabei beobachtete sie ein großes ›Kristallauge‹[1]. Wie Mrs. Smith wurde auch bei ihr ein Arm festgehalten. Es kam ihr vor, als ob sie bei dieser Untersuchung von vier oder fünf Gestalten in weißen Kitteln und mit Masken auf den Gesichtern gequält worden wäre. Sie standen vor ihrem Bauch und spielten mit ihr wie mit einem Ball. Als sie schrie, zogen die Humanoiden die Beine nach hinten. Es kam Miss Stafford vor, als habe man sie in das Innere eines Berges oder Vulkans gebracht.

Elaine Thomas ›sah‹ sich in einem Raum mit einem Fenster liegen, der einem Brutschrank sehr ähnlich war. Vor dem Fenster standen Gestalten von ca. 1,20 m Größe, mit dunklen Augen und einer grau wirkenden Haut.

Ein Instrument in der Form einer kleinen ›Kugel‹ von ca. 4 cm Durchmesser wurde an die linke Seite ihrer Brust gedrückt, was ihr großen Schmerz bereitete. Um den Hals legten sie ihr eine Art Halsband, was ihr auch großen Schmerz bereitete, als sie sprechen wollte. Zuerst dachte sie, sie hätten ihr den Hals mit den Händen zugedrückt, aber dann verwarf sie diese Idee. Auch Mrs. Thomas fühlte sich unbehaglich und konnte noch kurze Zeit nach dem Vorfall einen roten Punkt auf ihrer Brust erkennen, der

---

1 Ich weise hier auf die große Ähnlichkeit mit dem Fall aus Pascagoula hin, bei dem der Zeuge Charles Hickson sagte, er sei von einem großen Kristallauge beobachtet worden.

wohl von dieser schmerzhaften Untersuchung stammte. Auch Mrs. Thomas zeigte bei dieser Rückführung auffallend heftige emotionale Reaktionen, wie Miss Stafford und Mrs. Smith.

Nach der hypnotischen Rückführung zog Dr. Sprinkle die nachstehenden Schlußfolgerungen aus den erhaltenen Informationen:

›Nach meiner Ansicht beschreibt jede der Frauen ein »wirkliches« Erlebnis und wendet ihre Intelligenz und Beobachtungsgabe so genau wie möglich an, um die während der Rückführungssitzungen erhaltenen Eindrücke zu beschreiben. Obwohl eine Ungewißheit hinsichtlich dieser Eindrücke besteht, besonders in bezug auf die Art, wie jede dieser Personen aus dem Wagen geholt und wieder dorthin zurückgebracht wurde, ähneln die Eindrücke während der ›verlorenen Zeit‹ denen anderer Zeuginnen. Sie wurden offensichtlich bei einer Begegnung mit einem Ufo entführt und untersucht.‹

Am 23. Juli unterzog der Kriminalbeamte James C. Young die Zeuginnen einem Lügendetektor-Test. Er ist der dafür zuständige Fachmann im Police Department von Lexinton (Kentucky) und Vizepräsident der Lügendetektor-Vereinigung von Kentucky. Dabei wurde jede der Frauen separat zwei Stunden lang geprüft. In dem von ihm unterzeichneten Bericht darüber zieht er nachstehende Folgerungen:

›Meiner Meinung nach glauben diese Frauen wirklich, eine solche Begegnung erlebt zu haben.‹ Und er fügt hinzu: ›Vor der Untersuchung dieser drei Personen stellte der durchführende Fachmann fest, daß diese Personen zuvor von Dr. Sprinkle und ... Mitgliedern des Mutual UFO Network befragt worden waren. Der Fachmann konnte nicht feststellen, inwieweit diese Befragungen die Meinung der betroffenen Personen beeinfluß haben können!‹

Dieser letzte Kommentar trägt dazu bei, die Schlußfolgerungen in meinem letzten Artikel über den Fall Travis Walton[1] zu revidieren, was die Zusammenarbeit zwischen den Ufo-Forschungsgruppen betrifft. Leider gibt es weiterhin widersprüchliche Untersuchungsverfahren bei wichtigen Fällen, was nur dazu dienen kann, den Schatten des Zweifels auf potentiell bedeutsame Sichtungen zu werfen.«

Zusätzliche Informationen

»Am 26. Juli rief Dr. Sprinkle die Frauen an, und sie teilten ihm mit, daß jede von ihnen wieder einige der Symptome von vorher gespürt habe, wie zum Beispiel Mattigkeit, überempfindliche Haut, Verbrennungsgefühl und – in letzter Zeit – anomal starke Menstrualblutungen. Möglicherweise waren die hypnotischen Rückführungssitzungen Ursache dafür, daß die Frauen diese Symptome wieder spürten. Das soll auch in anderen Fällen vorgekommen sein.

Mrs. Smith teilte mit, daß die Rücklichter ihres Chevrolet seit dem Vorfall nicht mehr funktionierten. Die Vorderlichter arbeiteten noch normal, aber die Elektrik in dem Teil des Autos, der der Kraft ausgesetzt gewesen war, die sie nach hinten gezogen hatte, war offenbar gestört. Es wurde auch festgestellt, daß der Lack auf dem Dach und

---

[1] »Bei der Untersuchung von Fällen dieser Art tritt eine große Schwierigkeit auf. In den letzten dreißig Jahren hat es recht viele Beispiele gegeben, in denen sich Spaßvögel ausgezeichnete Geschichten aufgrund vorheriger Erzählungen ausdachten und Fehler von anderen Lügnern weiter untermauerten. Wir haben hier ein Beispiel der unkoordinierten Untersuchung verschiedener Ufo-Ermittlungsgruppen kennengelernt und hoffen, daß sich die widersprüchlichen Behauptungen dieser Gruppen im Fall Walton nicht bei anderen außergewöhnlichen Fällen wiederholen. Ein künftiger Fall von Betrug könnte für einen unachtsamen Ermittler verwirrend sein. Und dabei ist die Zusammenarbeit bei Ufo-Untersuchungen von größter Wichtigkeit.«

mehr noch der auf der Motorhaube Blasen aufgeworfen hatte. Das Metall unter diesen Blasen begann wenige Tage danach zu rosten. Es sieht insgesamt so aus, als ob das Auto an seiner Oberfläche einer großen Hitze ausgesetzt worden wäre.

Mrs. Smith sagte auch, daß sich ihr geliebter Wellensittich nach dem Ufo-Vorfall eigenartig zu ihr benahm. In Gegenwart von Zeugen flog das Tier aufgeregt in seinem Käfig herum, sobald Mrs. Smith näher kam. Andere Personen konnten an den Käfig herantreten, ohne daß sich das Tier so gebärdete. Seitdem schien der Vogel keinen Kontakt mehr mit seiner Herrin haben zu wollen. Mehrere Wochen danach starb er.

Die Wetterstation von Lexington gab auf Anfrage für den 6. Januar, den Tag des Vorfalls, folgende Wetterbedingungen an:

›Sicht: 15 Meilen. Wolkendecke in 10000 Fuß Höhe. Temperatur: 38° F.‹

Einwohner der Gemeinde Casey Lincoln County erklärten, seltsame Lichter in diesem Gebiet gesehen zu haben, obwohl das nicht in direktem Zusammenhang mit dem Erlebnis der drei Frauen gebracht werden kann. Wir wollen hier zum Vergleich einen Fall erwähnen, der zwar nicht in dem Beobachtungsgebiet stattfand, aber in der gleichen Nacht. Mrs. Janet Steward, 29 Jahre, berichtete von einer Beobachtung, die sie um etwa 20 Uhr (Central Standard Time) gemacht hatte, als sie mit ihrem Auto in der Nähe von Bethal, Minnesota (USA), fuhr. Sie war dabei, ihre Freundin Mary Root abzuholen, als sie vor sich eine Gruppe von drei Lichtern erblickte. Das Licht in der Mitte war rot und die beiden seitlichen kleiner und grün. Mrs. Steward dachte, sie gehörten zu einem Hubschrauber, aber als sie näher kam, erkannte sie, daß das keine ihr bekannte Art von Maschine sein konnte. Die Lichter waren unzweifelhaft Teile eines Objekts. Dieses kam bis auf etwa 6 m an die Windschutzscheibe des Autos heran, das jetzt sehr langsam fuhr. Mrs. Steward konnte die Formen der Leuchten nicht klar erkennen, aber ihr Durchmesser betrug ca. 5 m. Sie war über das Auftauchen dieses Gefährts sehr erschrocken und stemmte sich in Erwartung eines Zusammenstoßes in ihren Sitz, als sich das Objekt wieder ein wenig entfernte und Mrs. Steward schnell zum Haus ihrer Freundin fuhr.

Mrs. Steward holte Miss Root ab, und als die beiden Frauen wieder zusammen auf der Straße fuhren, bemerkten sie ein rotes Licht, das ihnen folgte. Es kam erst hinter dem Auto her, flog dann eine Strecke von ca. 4 km lang über ihm und verschwand, als die beiden Frauen an ihrem Ziel (sie wollten an einem Abendkurs teilnehmen) ankamen.

Am Tage darauf begannen bei Mrs. Steward Menstruationsschmerzen, was sehr seltsam war, denn ihre Periode war erst seit sechs Tagen vorbei.

Am 3. Januar hatte sie eine vollständige Periode, und danach erlebte ihre Freundin Mary Root eine vorzeitige Periode, obwohl sie empfängnisverhütende Pillen nahm. Mrs. Steward beklagte sich in einem Zeitraum von vier Tagen nach der Sichtung über ein Brennen in ihren Augen, das sich am 11. Januar verschlimmerte. Ihre Augen fingen an, stark zu tränen, und ihr Sehvermögen nahm ab. Als sie aber an jenem Nachmittag zum Arzt gehen wollte, besserten sich ihre Augen und ihr Sichtfeld wurde wieder klar. Nach ständiger Behandlung mit Augentropfen waren sie am sechsten Tage wieder völlig gesund.«

Schlußfolgerungen

»Es bleibt zu hoffen, daß sich die Entführungsopfer von Stanford im Laufe der Zeit an mehr Einzelheiten ihres Erlebnisses entsinnen können. Dieser Vorfall ist ein weiterer in der wachsenden Liste von Entführungen durch Ufos, in denen die betroffene Person einer umfangreichen und häufig schmerzhaften physischen Untersuchung unterzogen wurde. Dies scheint der Hauptzweck der meisten dieser Entführungen zu sein: die verschiedenen Typen der menschlichen ›Tiere‹ zu studieren und zu katalogisieren. (Ich sage hier ›Tiere‹, weil die Verfahren, die die Ufo-Besatzungen bei unserer Untersuchung anwandten, die gleichen sind, die wir bei unseren Labortieren benutzen.) Ein ausgezeichnetes Beispiel für diese Hypothese ist die Entführung von José Antonio da Silva in Bebedouro (Brasilien) am 4. Mai 1969. Hier kann man von einer Musternahme von menschlichen Körpern verschiedener Typen sprechen, die die Vorstellung einer Ausstellung der menschlichen Physiologie aufkommen lassen. Vielleicht gibt es irgendwo da draußen im Universum ein berühmtes ›Kollegium für Erdstudien‹, das Daten über uns sammelt!«

Es sind nicht immer Frauen gewesen, die solche traumatisierenden Erfahrungen im Innern von Ufos gemacht haben. Wir Ermittler auf der ganzen Erde wissen von Fällen – ebenfalls glaubhaft und dokumentiert –, in denen die »Entführten« Männer gewesen sind. Einer der spektakulärsten und am besten untersuchten ist zweifellos der des Brasilianers Villas Boas.

Es handelt sich hier um eine einzigartige »Begegnung« mit einer »Astronautenfrau«, nach dem, was der Protagonist beschrieb ...

Und was geschieht, wenn die »entführte« Person ein Mann ist?

Der Fall, von dem wir hier berichten, ereignete sich zwischen dem 5. und 15. Oktober 1957 in der Nähe des Ortes San Francisco de Sales, im Staat Minas Gerais, Brasilien, und wurde uns von Herrn Antonio Villas Boas berichtet.

Dieser Mann erlebte drei solcher Begegnungen seltsamer Art, wobei die letzte ziemlich ungewöhnlich war. Denn da wurde er von außerirdischen Wesen zu einem ihrer Raumschiffe geführt mit einem unglaublichen Ziel: dem Akt der Zeugung zwischen Wesen verschiedener Welten.

Diese Vorgänge hatten ein großes Echo auf der ganzen Erde und riefen die unterschiedlichsten Ansichten auf den Plan. Im vorliegenden Werk werde ich sie auf der Grundlage dessen analysieren, was der Protagonist dem Arzt Olav Fontes und dem Journalisten João Martins ursprünglich erzählte, und anhand der Kommentare verschiedener weltweiter Publikationen.

Es handelt sich um einen wirklich außergewöhnlichen Fall, der neue Möglichkeiten bei den Kontakten mit Außerirdischen eröffnet, denn vielleicht ist das, was Herr Villas Boas erlebte, ein Vorläufer, eine Vorwegnahme einer Verbindung auf allen Ebenen zwischen uns und Wesen von anderen Welten.

Die Zeugenaussage und das Warum

»Mein Name ist Antonio Villas Boas. Ich bin dreiundzwanzig Jahre alt und lebe mit meiner Familie auf unserem Grundstück in der Nähe des Ortes San Francisco de Sales. Ich habe zwei Brüder und drei Schwestern, die alle in der Nähe wohnen. Zwei weitere sind gestorben. Ich bin der

Zweitjüngste. Wir Männer arbeiten mit Hilfe eines Traktors auf den Feldern. In der Zeit des Anbaus arbeiten wir in zwei Schichten. Am Tage machen zwei Angestellte die Arbeit. Nachts arbeite ich gewöhnlich allein, aber manchmal auch mit einem meiner Brüder. Am Tage schlafe ich dann. Ich bin unverheiratet und erfreue mich guter Gesundheit.

Ich nehme auch an einem Fernkurs teil, für den ich lerne, wenn ich Zeit habe. Für mich war es ein Opfer, nach Rio zu kommen, denn ich werde auf unseren Feldern sehr gebraucht, aber ich sehe es als meine Pflicht an, hier meine seltsamen Erlebnisse zu berichten, und ich bin bereit, das zu tun, was Sie für angemessen halten, einschließlich einer Erklärung vor den Zivil- und Militärbehörden. Dennoch möchte ich so schnell wie möglich zurückkehren, denn ich bin besorgt über den Zustand, in dem ich die Felder verlassen habe.«

ERSTE EPISODE

5. Oktober 1957, zwischen 23 und 24 Uhr

»Alles begann in der Nacht des 5. Oktober 1957. Wir hatten ein Fest in unserem Haus gefeiert und waren später als gewöhnlich in unsere Schlafzimmer gegangen, so gegen 23 Uhr. Ich befand mich in meinem Zimmer mit meinem Bruder João Villas Boas. Wegen der Hitze öffnete ich das Fenster, das auf den Hof unserer Landwirtschaft hinausgeht. Da sah ich genau in der Mitte einen silberfarbenen fluoreszierenden Lichtreflex, der heller als der Mond war und das ganze Gelände beleuchtete. Es war ein sehr weißes Licht. Anscheinend kam es von oben, wie das Licht eines nach unten gerichteten Autoscheinwerfers, der sein ganzes Umfeld beleuchtet. Aber am Himmel sah ich nichts.

Ich rief meinen Bruder, der aber ein sehr skeptischer Mensch ist und mir antwortete, daß es besser sei, sich schlafen zu legen. Also schloß ich die Fensterflügel, und wir legten uns beide zu Bett.

Da mich die Neugier nicht schlafen ließ, öffnete ich später wieder das Fenster. Der Lichtfleck war noch dort, an der gleichen Stelle. Ich beobachtete ihn weiter. Da begann er, sich langsam zu meinem Fenster hin zu bewegen. Ich schloß es schnell; so schnell, daß mein Bruder davon aufwachte. In der Dunkelheit unseres Zimmers beobachteten wir, wie das Licht durch die kleinen Spalten der Fensterflügel drang, danach zur Decke stieg und von dort aus einen Glanz verbreitete. Dann verschwand es aber und kam nicht zurück.«

ZWEITE EPISODE

In der Nacht des 14. Oktober 1957, neun Tage später

»Können Sie uns sagen, um wieviel Uhr der zweite Vorfall stattfand?«

»Es muß so zwischen 21.30 und 22.00 Uhr gewesen sein, obwohl ich das nicht mit Sicherheit sagen kann, weil ich keine Uhr trug.«

»Was taten Sie zu jener Zeit?«

»Ich bearbeitete mit meinem Bruder auf dem Traktor ein Feld. Da sahen wir plötzlich ein stark glänzendes Licht, so hell, daß es den Augen weh tat. Es stand am Nordende des Feldes und war schon da gewesen, bevor wir es erblickten. Es war groß und rund, etwa in Größe eines Wagenrades.«

»Wie weit war dieses Licht von Ihnen entfernt?«

»Es schien sich in einer Entfernung von 100 m zu befinden, hatte eine hellrote Farbe und beleuchtete einen großen Teil des Geländes. Möglicherweise war etwas darin, aber das kann ich nicht genau sagen, weil das Licht zu stark war, um mehr sehen zu können.«

»Was machten Sie dann?«

»Ich rief meinen Bruder, damit er mich dorthin begleiten sollte, aber er wollte nicht. Also ging ich allein hin. Als ich näher kam, bewegte es sich plötzlich mit ungeheurer Geschwindigkeit zum äußersten Süden des Feldes hin, wo es wieder stillstand. Dann ging ich in diese Richtung, und es wiederholte sich das gleiche Spiel, indem es zu der Stelle wechselte, an der es vorher gewesen war. Ich versuchte näherzukommen, und es wiederholte sich alles etwa zwanzig Mal. Ich wurde müde und kehrte zu meinem Bruder zurück.«

»Sahen Sie das Licht noch länger?«

»Das Licht blieb einige Minuten in dieser Entfernung still stehen. Von Zeit zu Zeit schien es Strahlen in alle Richtungen auszuschicken, mit Lichtgarben wie eine untergehende Sonne. Dann verschwand es, als wäre es ausgeschaltet worden. Ich weiß nicht, ob das wirklich so war, denn ich kann mich nicht mehr entsinnen, ob ich die ganze Zeit über in diese Richtung schaute. Ich kann auch einige Momente in eine andere Richtung geschaut haben, in denen das Licht schnell in die Höhe gestiegen und verschwunden sein konnte, bevor ich wieder dorthin blickte.«

KOMMENTARE

Wir haben also eine erste und eine zweite Annäherung, in der kein Kontakt erfolgte. Vielleicht führten die Wesen eine Untersuchung der Gegend und der ausgewählten Person durch. Wenn man von der Hartnäckigkeit ausgeht, mit der sie versuchten, sich Antonio Villas Boas zu nähern, kann man leicht folgern, daß er nicht zufällig ausgewählt worden war, sondern daß er wegen bestimmter Merkmale die geeignete Person für ihre Zwecke war. Sie wollten sich vielleicht auch ein Bild davon machen, wie er bei der endgültigen Begegnung reagieren würde.

Sowohl bei der ersten wie auch bei der zweiten Sichtung befand sich das Raumschiff in einer beträchtlichen Entfernung, so daß es nicht völlig zu sehen war, aber doch nahe genug, um das Gelände erkunden und vielleicht den Protagonisten psychologisch vorbereiten zu können, seine Neugier zu wecken, so daß er den Wunsch verspüren würde, eine weitere Erscheinung dieser Art zu erleben. Vielleicht suchten sie auch eine günstigere Gelegenheit für einen Kontakt.

In diesen beiden Episoden gibt es Besonderheiten, wie sie bei sehr vielen Fällen von Ufo-Phänomenen beobachtet wurden:

1. Das starke Licht, das verhindert, das Objekt zu erkennen, und das das ganze umliegende Gelände beleuchtet. Dieses Licht ändert zu bestimmten Zeiten die Farbe.

2. Das Stillstehen des Objekts in der Luft.

3. Die Geschwindigkeit, mit der sich das Objekt bewegte.

4. Die Geräuschlosigkeit der Bewegungen.

DRITTE EPISODE

Am folgenden Tag, dem 15. Oktober, findet die endgültige Begegnung statt, wie Antonio Villas Boas in seinen eigenen Worten berichtet:

»Ich war allein und pflügte mit dem Traktor auf dem gleichen Feld. Die Nacht war kalt und der Himmel sehr klar mit vielen Sternen. Um ein Uhr morgens sah ich plötzlich einen roten Stern am Himmel. Er sah wirklich aus wie einer dieser großen, glänzenden Sterne, war aber in Wirklichkeit kleiner, wie ich bald entdeckte, denn er begann schnell zu wachsen, als ob er in meine Richtung käme. In wenigen Augenblicken hatte er sich in ein leuchtendes, ei-

»Ich befand mich auf meinem Feld auf meinem Traktor, als plötzlich ein roter ›Stern‹ auf mich zukam und ganz in meiner Nähe landete.«

förmiges Objekt verwandelt, das sich mir mit einer eindrucksvollen Geschwindigkeit näherte. Das ging so schnell, daß es schon über meinem Traktor war, bevor ich noch darüber nachdenken konnte, was ich machen sollte. Dort hielt es an und ging plötzlich bis auf etwa 500 m über meinem Kopf nieder, so daß der Traktor und alles in der Umgebung taghell beleuchtet wurde, mit einem blaßroten Glanz, der so stark war, daß das Licht der Scheinwerfer des Traktors darin völlig verschwand.

Ich war furchtbar erschrocken, denn ich hatte keine Ahnung, um was es sich handeln konnte. Ich dachte erst daran, schnellstens mit dem Traktor wegzufahren, aber die Geschwindigkeiten, die mein Fahrzeug entwickeln konnte, waren so niedrig, daß ich kaum eine Chance gegen die enorme Schnelligkeit des Objekts hatte. Dieses stand immer noch still in der Luft. Ich dachte auch daran, vom Traktor zu springen und wegzulaufen, aber die vom Pflug aufgewühlte Erde hätte mich in der Dunkelheit behindert. So verharrte ich vielleicht zwei Minuten, ohne zu wissen, was ich tun sollte.

Das leuchtende Objekt bewegte sich dann nach vorn, hielt in einer Entfernung von 10 bis 15 m vor mir wieder an und begann dann, ganz langsam zum Boden niederzusinken. Es kam immer näher, und ich konnte zum ersten Male erkennen, daß es sich um eine seltsame Maschine von vorwiegend runder Form handelte, die von kleinen purpurroten Lichtern umkreist wurde und vorn einen riesigen Scheinwerfer besaß, mit dem sie das Licht von oben abgestrahlt hatte und das mich daran gehindert hatte, Einzelheiten zu erkennen.

Ich konnte jetzt die Form der Maschine deutlich sehen: Sie war wie ein großes, langgezogenes Ei mit drei metallisch aussehenden Zylindern vorn (einer in der Mitte und je einer an den Seiten). Am anderen Ende befanden sich drei Metallstäbe, die oben breit und an den Enden schmal waren. Ich konnte ihre Farbe nicht erkennen, weil sie von einem sehr stark phosphoreszierenden Rot, das den gleichen Farbton wie das Licht an der Vorderseite hatte, eingehüllt waren (ähnlich einer Leuchtreklame).

Oben auf der Maschine war etwas, das sich mit großer Geschwindigkeit drehte und ein starkes fluoreszierendes rötliches Licht ausstrahlte. In dem Moment, in dem die Maschine ihre Geschwindigkeit zum Landen reduzierte, nahm das Licht einen grünlichen Farbton an, der – so erschien es mir – mit der Umdrehungsgeschwindigkeit des Oberteils in Zusammenhang stand. Letzteres schien in diesem Moment die Form einer runden Scheibe oder abgeflachten Kuppel anzunehmen (die Form konnte man vorher nicht erkennen). Ich kann nicht sagen, ob wirklich die Form des Drehteils auf der Maschine rund war oder ob dieser Eindruck nur durch die Bewegung hervorgerufen wurde. Selbst als sich die Maschine auf dem Boden befand, stand es nie still.

Natürlich beobachtete ich die meisten dieser Einzelheiten erst später. In diesem ersten Moment war ich zu nervös und aufgeregt, um viel bemerken zu können. Als ich nämlich sah, wie ein Gestell aus drei metallischen Streben aus dem Fahrzeug herauskam, als es nur noch einen Meter über dem Boden war, verlor ich den Rest meiner noch vorhandenen Beherrschung. Diese metallischen Beine waren offenbar dazu bestimmt, das Gewicht der Maschine beim Aufsetzen auf den Boden zu tragen. Ich sah nicht, ob das tatsächlich geschah, weil ich den Traktor in Gang setzte (der Motor lief die ganze Zeit über), auf eine Seite fuhr und versuchte, mir einen Fluchtweg zu öffnen. Ich hatte aber erst einige Meter zurückgelegt, als der Traktor anhielt und seine Scheinwerfer erloschen. Ich kann nicht sagen, wie das geschah. Dann versuchte ich, ihn wieder anzulassen, aber er gab kein Lebenszeichen von sich. Darauf öffnete ich die Traktortür auf der Seite, die der seltsamen Maschine entgegengesetzt war, sprang hinunter und fing an, zu rennen. Ich hatte erst einige Schritte gemacht, als mich etwas am Arm ergriff.«

DIE WESEN

»Mein Verfolger war eine verhältnismäßig kleine Gestalt (er ging mir bis zu den Schultern), bekleidet mit einem seltsamen Anzug. In meiner Verzweiflung drehte ich mich heftig um und gab ihm einen starken Stoß, der ihn das Gleichgewicht verlieren ließ. Dadurch mußte er mich loslassen und fiel einige Meter von mir entfernt auf den Rücken. Ich versuchte, diesen Vorteil auszunutzen, indem ich weglief. Da aber wurde ich schnell von drei anderen Wesen an den Seiten und von hinten ergriffen. Sie packten mich an Armen und Beinen und hoben mich vom Boden hoch, so daß ich keine Möglichkeit der Gegenwehr mehr hatte. Ich konnte mich nur noch aufbäumen, aber sie hielten mich mit festem Griff. Ich begann laut um Hilfe zu schreien und beschimpfte sie, verlangte, daß sie mich freiließen. Während sie mich zu der Maschine trugen, bemerkte ich, daß meine Sprechweise ihre Neugier zu erregen schien, denn sie hielten jedesmal an, wenn ich ein Wort ausstieß, und beobachteten aufmerksam mein Gesicht, ohne mich aber loszulassen.

Auf diese Weise schleppten sie mich zu der Maschine, die in einer Höhe von etwa zwei Metern auf den bereits erwähnten drei Metallstreben auf dem Boden stand. Ein wenig hinter der Mitte war eine geöffnete Tür. Diese hatte sich von oben nach unten geöffnet und bildete ein Art Steg, an dessen Ende sich eine Treppe befand, die aus dem gleichen silbernen Metall wie die Seiten der Maschine bestand. Sie stellten mich auf diese, was kein leichtes Unterfangen war. Die Treppe war schmal, gerade breit genug für zwei Personen, die nebeneinander darauf standen. Außerdem war sie biegsam, so daß sie unter meinen Befreiungsanstrengungen von einer Seite zur anderen schwankte. An jeder Seite der Treppe war auch ein Geländer von etwa der Stärke eines Besenstiels.

Ich blieb mehrmals auf der Treppe stehen und versuchte zu verhindern, daß sie mich hineinhoben. Dadurch mußten sie aufhören und mich loslassen. Das Geländer war auch biegsam (später, beim Hinabsteigen, hatte ich den Eindruck, daß es nicht aus einem einzigen Stück bestand, sondern aus kleinen zusammengesetzten Metallteilen).«

»Ich versuchte wegzulaufen, wurde aber von drei Wesen ergriffen.«

Im Innern des Raumschiffs

»Als ich dann in der Maschine war, sah ich mich in einem kleinen quadratischen Raum. Seine Wände waren aus poliertem Metall und glänzten unter den Reflexen des fluoreszierenden Lichts, das vom Metalldach abgestrahlt wurde und aus vielen kleinen quadratischen Leuchten kam, die überall am oberen Ende der Wände in das Metall eingelassen waren. Ich konnte nicht zählen, wie viele es waren, denn die Außentür hob und schloß sich, wobei auch die Treppe eingefahren wurde.

Meine Umgebung wurde taghell erleuchtet. In diesem fluoreszierenden weißen Licht war es aber nicht mehr möglich, zu sehen, wo die Tür war, denn sie schien sich beim Schließen in einen Teil der Wand verwandelt zu haben. Man konnte die Stelle, an der sie sich befand, nur durch die an die Wand gelehnte Treppe erkennen. Mehr Einzelheiten konnte ich nicht sehen, weil einer der Männer – es waren im ganzen fünf – mir mit der Hand ein Zeichen gab, in einen anderen Raum zu gehen, den ich durch eine kleine geöffnete Tür erkennen konnte, die der Eingangstür gegenüberlag. Ich weiß nicht, ob diese zweite Tür schon offen gewesen war, als ich in das Raumschiff eintrat, weil ich bis zu jenem Moment nicht in diese Richtung geschaut hatte. Ich entschloß mich zu gehorchen, denn die Männer hielten mich immer noch fest. Da ich von ihnen umzingelt war, hatte ich sowieso keine andere Möglichkeit.

Wir verließen den kleinen Raum, in dem sich weder Instrumente noch Möbelstücke befanden, und traten in einen viel größeren ein, dessen Form die eines halben Ovals war. Er ähnelte dem ersten und hatte ebenfalls Wände aus poliertem Metall. Ich glaube, daß dieser Raum in der Mitte des Gefährts lag, denn in der Raummitte stand eine metallische Säule, die von der Decke bis zum Boden verlief. Oben und unten war sie breit und in der Mitte beträchtlich schmaler. Sie war rund und schien aus einem Stück zu bestehen. Ich glaube nicht, daß sie nur zur Dekoration diente, sondern eher zum Tragen der Decke. Der einzige Einrichtungsgegenstand, den ich erkennen konnte, war ein Tisch von seltsamer Form an einem Ende. Um ihn standen mehrere Drehstühle (wie es sie in Bars gibt). Alles war aus dem gleichen weißen Metall.

Ich stand eine mir unendlich erscheinende Zeit in diesem Raum – ich wurde immer noch von zwei Männern gehalten, während mich seltsame Gestalten betrachteten und zu mir sprachen. Ich sage nur deshalb ›sprachen‹, um es in irgendeiner Weise zu beschreiben, denn das, was ich da hörte, ähnelte in keiner Weise der menschlichen Sprache. Es war eine Reihe von Lauten, die dem Bellen eines Hundes ähnelten. Auch dies ist nur eine ganz entfernte Ähnlichkeit, aber es ist das einzige, was mir zum Beschreiben dieser Laute einfällt, die völlig anders waren als alles, was ich bis dahin je gehört hatte. Es war eine Art von langsamem Bellen und Knurren, nicht sehr hoch und nicht sehr tief, einige Laute lang, andere kürzer, und manchmal in verschiedenen Tonlagen. Und alles zur gleichen Zeit. Es waren aber einfache Töne, eine Art tierisches Bellen, und ich konnte nichts erkennen, was sich wie der Laut einer Silbe oder eines Wortes in einer fremden Sprache anhörte. Für mich klang alles so ähnlich, so daß ich nichts Besonderes im Gedächtnis behalten konnte.«

Die Vorfälle im Raumschiff

»Als das Bellen aufhörte, schienen sie ihre Probleme gelöst zu haben, denn die fünf ergriffen mich wieder und begannen, mich mit Gewalt auszuziehen. Ich wehrte mich und versuchte, es ihnen so schwierig wie möglich zu machen. Dabei schrie ich und protestierte. Sie konnten mich natürlich nicht verstehen, hielten aber inne und betrachteten mich, als ob sie mir zu verstehen geben wollten, daß sie gebildete Leute seien. Obwohl sie Gewalt anwendeten, taten sie mir dabei nie sehr weh und zerrissen auch meine Kleidung nicht, außer vielleicht mein Hemd (das schon vorher einen Riß hatte).

Schließlich, als sie mich völlig entblößt hatten, machte ich mir wieder große Sorgen. Ich wußte ja nicht, was nun kommen würde. Darauf näherte sich mir eine Gestalt mit einem Gegenstand in der Hand. Es war wie eine Art feuchter Schwamm. Damit begann die Gestalt, eine Flüssigkeit auf meinen ganzen Körper aufzutragen. Es war nicht einer dieser Gummischwämme, denn er war viel weicher. Die Flüssigkeit sah klar aus wie Wasser, aber ziemlich dick, ohne Geruch. Ich fror, denn die Temperatur war schon draußen niedrig gewesen, und es war in diesen beiden Räumen innerhalb der Maschine noch um einiges kälter. Als sie mich auszogen, fing ich an zu zittern, was durch die Flüssigkeit noch schlimmer wurde. Sie trocknete jedoch schnell, und schließlich spürte ich kaum noch einen Unterschied. Dann wurde ich von drei der Männer zu einer geschlossenen Tür geführt, die auch der gegenüberlag, durch die wir hineingekommen waren. Beide gaben mit den Händen Zeichen, daß ich ihnen folgen sollte. Sie bellten sich gegenseitig an und bewegten sich in derselben Richtung, mit mir in ihrer Mitte. Der Mann, der voraus ging, drückte auf etwas in der Mitte der Tür – ich konnte nicht sehen, was es war, vielleicht ein Hebel oder ein Knopf –, und die Tür teilte sich in zwei Hälften und öffnete sich nach innen. Als sie noch verschlossen war, reichte diese Tür von der Decke bis zum Boden. Oben hatte sie eine Leuchtschrift in roten Symbolen, die durch einen Lichteffekt 30 mm von dem Metall der Tür abzustehen schienen. Diese Inschrift war die einzige dieser Art, die ich in dem Raumschiff sah. Die Zeichen waren völlig anders als das, was wir als Buchstaben kennen ... Ich versuchte, mich wieder an ihre Formen zu erinnern, und schickte eine Skizze davon mit einem Brief an Herrn João Martins. Im Moment kann ich mich nicht mehr erinnern, wie sie aussah.

Besagte Tür führte zu einem kleineren quadratischen Raum, der in der gleichen Weise wie die anderen beleuchtet wurde. Nachdem wir eingetreten waren (ich und zwei von den Männern), schloß sich die Tür hinter uns. Ich drehte mich um und sah etwas, das ich nicht richtig erklären kann. Es war keine Tür mehr in dem Raum. Alles, was ich sehen konnte, waren Wände wie vorher. Ich weiß nicht, wie das geschah. Allerdings konnte es ja sein, daß sich etwas über die Tür geschoben hatte, das sie dann verbarg. Ich jedenfalls kann es mir nicht erklären. Nach kurzer Zeit teilte sich die Wand wieder, und da war noch eine Tür. Ich sah keinerlei Art von Abschirmung.

Diesmal kamen noch zwei Männer. Sie trugen zwei ziemlich dicke Röhren aus einer Art rotem Gummi in den Händen. Jede war länger als ein Meter. Ich kann nicht sagen, ob sich etwas in ihnen drin befand, aber ich weiß, daß sie hohl waren. Eine der Röhren war mit einem Ende an einem Glasgefäß in Form eines Kelches befestigt. Das andere Ende lief in einen Schlauch mit einer Art Saugkopf aus, den man mir an das Kinn setzte, dort, wo man jetzt noch eine dunkle Stelle erkennen kann, die als Narbe zurückgeblieben ist. Bevor der Mann, der diese Arbeit verrichtete, den Saugkopf ansetzte, hatte er mit den Händen auf die Röhre gedrückt, als ob er Luft aus dieser herauspressen wollte. In diesem Moment fühlte ich keinen Schmerz, auch nicht ein Kneifen oder so etwas. Ich hatte nur das Gefühl, daß die Haut angesaugt wurde. Später begann sich die Stelle aber zu entzünden und zu stechen (und noch später entdeckte ich auch, daß die Haut zerkratzt und abgeschabt war). Nachdem man mir die Röhre angesetzt hatte, sah ich, wie sich der gläserne Kelch am anderen Ende langsam mit meinem Blut füllte, bis er halbvoll war. Dann wurde die zweite Röhre angesetzt, diesmal auf der anderen Seite meines Kinns, wo auch eine Narbe zu erkennen ist, dunkel wie die erste. Jetzt wurde der Kelch bis oben hin gefüllt, bevor man mir den Saugkopf abnahm. Auch an dieser Stelle war die Haut abgeschabt, brannte und stach später wie auf der anderen Seite. Danach zogen sich die Männer zurück und schlossen die Tür hinter sich.

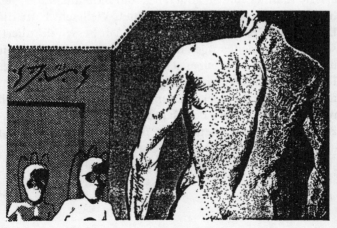

»Sie entkleideten mich mit Gewalt und forderten mich auf, ihnen in einen anderen Raum zu folgen. An einer der Türen sah ich seltsame Zeichen.«

Ich blieb danach längere Zeit in diesem Raum, vielleicht eine halbe Stunde. Nur ein großer Diwan von ziemlicher Höhe stand mitten in dem Raum. Er war weich wie aus Schaumgummi und überzogen mit einem dicken grauen, ebenfalls weichen Material.

Da ich von der Auseinandersetzung und der Aufregung erschöpft war, setzte ich mich auf diesen Diwan. In diesem Moment bemerkte ich einen eigenartigen Geruch, und mir begann übel zu werden. Mir schien, daß ich einen dicken Rauch einatmete, der mich fast erstickte – als ob eine bemalte Leinwand brennen würde. Vielleicht war es das auch, denn als ich die Wände betrachtete, sah ich zum ersten Mal, daß da in Höhe meines Kopfes eine Reihe von Metallröhren aus der Wand traten. Es waren Deckel darauf, die aber (wie eine Dusche) Löcher hatten, aus denen ein grauer Rauch strömte, der sich in der Luft auflöste. Dieser Rauch war die Ursache meiner Beschwerden. Ich weiß nicht, ob der Rauch auch schon herausgeströmt war, als die Männer mir im anderen Raum Blut abnahmen. Ich hatte ja vorher nicht darauf geachtet. Vielleicht hatte die Luft beim Öffnen und Schließen der Tür besser zirkuliert, so daß es mir nicht aufgefallen war. Jetzt jedenfalls war mir übel, und es wurde immer schlimmer, bis ich mich in einer Ecke des Raumes übergeben mußte. Danach hatte ich nicht mehr so große Schwierigkeiten, aber mir war immer noch reichlich übel wegen des Geruchs nach dem Rauch. Außerdem war ich sehr entmutigt und hoffte, daß nun bald etwas geschehen würde.«

Äußeres Erscheinungsbild der Wesen

»Ich hatte bis zu diesem Moment noch keine Vorstellung von dem Aussehen und den Gesichtszügen dieser Wesen. Die fünf waren in eine Art enganliegender Kombination aus einem dicken, aber weichen Material von grauer Farbe mit einigen schwarzen Streifen gekleidet. Dieser Anzug reichte ihnen bis zum Nacken, wo er in eine Art Helm überging. Dieser war aus einem mir ebenfalls unbekannten Material von gleicher Farbe, das steifer als das andere zu sein schien und hinten und vorn mit Streifen eines feinen Metalls verstärkt war. Auf der Höhe der Nase war auch ein solches metallisches Stück in Form eines Dreiecks. Dieser Helm verdeckte das ganze Gesicht und ließ nur die Augen hinter zwei runden Scheiben erkennen, die wie Brillengläser aussahen. Hinter diesen Gucklöchern beobachteten sie mich mit Augen, die mir kleiner als unsere vorkamen, aber ich glaube, das kam nur durch die Wirkung der Gläser. Alle hatten helle Augen, anscheinend blau, aber dessen bin ich mir nicht sicher. Über den Augen war der Helm doppelt so hoch wie bei einem normalen Kopf. Es kann sein, daß sich da noch etwas über den Köpfen in den Helmen befand, aber von außen konnte man nichts sehen. Oben traten drei silberne, in einer Kurve nach unten verlaufende Schläuche aus dem Helm (ich kann nicht sagen, ob sie aus einer Art Gummi oder Kunststoff waren). Diese Schläuche, zwei von den Seiten und einer in der Mitte, waren etwas dünner als ein Gartenschlauch, glatt, und führten in einem Bogen zu den Rippen des Körpers. Dort drangen sie in den Anzug ein, an dem sie auf eine Art befestigt waren, die ich schwer beschreiben kann. Der mittlere ging beim Rückgrat hinein, die beiden anderen bei einer Rippe unterhalb je einer der Schultern, etwa 10 cm unter den Achselhöhlen. Ungefähr da, wo die

Rippen beginnen. Ich konnte keine Ausbeulung oder Wölbung sehen, die angezeigt hätte, daß diese Schläuche an irgendein Instrument unter dem Anzug angeschlossen waren.

Die Ärmel des Anzugs waren lang und lagen eng an. Sie gingen bis zu den Handgelenken, wo sie in dicken Handschuhen gleicher Farbe mit fünf Fingern ausliefen. Sie schienen die Bewegungen der Hand etwas zu behindern. Diesbezüglich beobachtete ich, daß die Wesen die Finger nicht bis zu den Handflächen krümmen konnten, was sie aber nicht daran hinderte, mich festzuhalten oder die Gummiröhren bei der Blutabnahme geschickt zu handhaben. Der Anzug muß eine Art von Uniform gewesen sein, denn alle Mitglieder der Besatzung trugen in Brusthöhe ein rundes rotes Schild von der Größe einer Ananasscheibe, die von Zeit zu Zeit Lichtreflexe von sich gab. Sie strahlte nicht selbst Licht aus, sondern reflektierte es, so wie die nicht eingeschalteten Rückleuchten von Autos das Licht eines anderen Autos reflektieren, als ob sie selbst leuchteten.

Aus diesem Schild in der Mitte der Brust trat eine Art Silberstreifen (oder Streifen aus laminiertem Metall) hervor, der zu einem breiten und eng anliegenden Gürtel ohne Schnalle auslief, an dessen Farbe ich mich nicht entsinnen kann. An keinem der Anzüge sah ich Taschen. Ich kann mich auch nicht erinnern, Knöpfe gesehen zu haben.

Auch die Hosen lagen eng an Schenkeln und Beinen an, ohne irgendwelche Falten oder Nähte.

An den Fußknöcheln gab es keine Trennlinie zwischen Hosen und Schuhen. Sie gingen in einem Stück ineinander über.

Die Schuhsohlen waren anders als unsere – etwa 5 bis 7 cm dick. Die Schuhe sahen wie Tennisschuhe aus und waren an der Spitze etwas zurückgebogen, aber nicht spitz.

Wie ich nachher beobachten konnte, waren diese Schuhe wohl beträchtlich größer als die Füße. Dennoch bewegten sich diese Wesen sehr leicht und gelenkig.

Sie hatten die gleiche Statur wie ich (vielleicht ein wenig kleiner unter Berücksichtigung der Helme), mit Ausnahme von einem, dem ersten, der mir noch nicht einmal bis ans Kinn reichte. Alle schienen kräftig zu sein, aber nicht so sehr, daß ich mich in einem Kampf Mann gegen Mann vor ihnen gefürchtet hätte.«

Die außerirdische Frau

»Nach einer sehr langen Zeit schreckte mich ein Geräusch an der Tür auf. Ich schaute dorthin und erlebte eine ungeheure Überraschung: Die Tür war offen, und eine Frau trat ein. Sie kam langsam auf mich zu, vielleicht belustigt über die Überraschung, die in meinem Gesicht zu erkennen war. Mir blieb fast die Luft weg, und das hatte seinen Grund. Denn die Frau war völlig nackt, so nackt wie ich, und ebenfalls ohne Schuhe.

Außerdem war sie schön, obwohl in einer anderen Weise als die Frauen, die ich kenne. Ihr Haar war blond, fast weiß (wie die Wasserstoffblonden), weich und nicht sehr voll. Es reichte ihr bis zur Mitte des Halses. Die Enden waren nach innen gebogen. Es war in der Mitte gescheitelt. Ihre Augen waren groß und blau, eher lang als rund und an den Enden spitz zulaufend. Ihre Nase war gerade, nicht gestülpt oder spitz zulaufend. Sie war nicht allzu groß. Die Backenknochen in ihrem Gesicht waren auffällig, weil sie sehr hoch waren, was das Gesicht breiter machte (viel breiter als das der südamerikanischen Indianerfrauen). Aber direkt darunter wurde es plötzlich viel schmaler und endete in einem sehr feinen Kinn. Dieses

Merkmal gab dem unteren Teil des Gesichts eine vorwiegend dreieckige Form. Ihre Lippen waren sehr dünn und kaum sichtbar. Ihre Ohren (die ich später sah) waren klein und meiner Ansicht nach nicht anders als bei den Frauen, die ich kenne. Die hochliegenden Wangen aber machten den Eindruck, als befände sich darunter ein hervorstehender Knochen. Wie ich jedoch später feststellte, faßten sie sich weich und fleischig an, und ich fühlte keinen Knochen.

Ihr Körper war viel schöner als der irgendeiner Frau meiner Bekanntschaft. Sie war schlank mit großen, festen Brüsten, schmaler Taille und einem kleinen Bauch, breiten Hüften und großen Schenkeln. Ihre Füßen waren klein, ihre Hände lang und fein, die Finger und Nägel normal. Sie war beträchtlich kleiner als ich; ihr Kopf reichte mir nur bis zur Schulter.

Die Frau kam schweigend auf mich zu und sah mich mit dem Ausdruck von jemandem an, der etwas will. Plötzlich umarmte sie mich und begann, ihr Gesicht an meinem Gesicht zu reiben, von einer Seite zur anderen. Gleichzeitig spürte ich ihren Körper an meinem. Ihre Haut war weiß, und ihre Arme waren von kleinen Sommersprossen übersät. Ich bemerkte keinen Geruch an ihrer Haut oder ihren Haaren.

Die Tür schloß sich wieder. Erst dann, als die Frau mich umarmte und mir unmißverständlich zu verstehen gab, was sie wollte, begann ich, sexuell erregt zu werden. Das mag unglaublich erscheinen in der Situation, in der ich mich befand. Ich glaube, daß es an der Flüssigkeit lag, mit der man meine Haut eingerieben hatte. Jedenfalls weiß ich, daß ich äußerst erregt wurde, was mir so vorher noch nicht passiert war. Ich vergaß schließlich alles und reagierte auf ihre Zärtlichkeiten. Alles war normal. Sie verhielt sich, wie es jede Frau getan hätte.

Das war es also, was sie von mir gewollt hatten: Samen, um ihre eigene Art zu verbessern. Ich war eigentlich verärgert, wollte das im Moment aber nicht so wichtig nehmen, denn ich hatte schließlich einige angenehme Momente erlebt.

Natürlich würde ich sie nicht für eine unserer Frauen eintauschen. Ich möchte eine Frau, mit der man sprechen und sich verständlich machen kann, was ja hier nicht der Fall war. Außerdem hätte mich das Bellen und Knurren, das sie in gewissen Momenten ausstieß, beinahe meine Erektion gekostet wegen des unangenehmen Gefühls, sich mit einem Tier zu paaren.

Mir fiel auf, daß sie mich nicht ein einziges Mal küßte. Ich erinnere mich, daß sie in einem gewissen Moment den Mund öffnete, als ob sie es tun wollte, dann aber kam ein sanfter Biß ins Kinn statt eines Kusses.

Bald darauf öffnete sich wieder die Tür. Einer der Männer erschien auf der Schwelle und rief die Frau, worauf sie den Raum verließ. Vorher drehte sie sich aber noch zu mir um, zeigte auf ihren Bauch, dann auf mich und wies dann mit einem Lächeln (oder etwas, was mir so vorkam) auf den Himmel, ich glaube in Richtung Süden. Dann verschwand sie.

Einer der Männer kam mit meiner Kleidung herein und machte mir Zeichen, mich anzukleiden, was ich schweigend tat. Alle Gegenstände waren noch in meinen Taschen, außer meinem Feuerzeug Marke ›Homero‹. Ich weiß nicht, ob sie es genommen hatten oder ob es während der Auseinandersetzung bei meiner Gefangennahme herausgefallen war. Deshalb versuchte ich auch gar nicht zu protestieren.

Wir gingen hinaus in den anderen Raum. Dort saßen drei andere Besatzungsmitglieder auf den Drehstühlen und sprachen (oder besser: knurrten) miteinander. Das

Wesen neben mir gesellte sich zu ihnen und ließ mich in der Mitte des Raumes neben dem Tisch stehen, den ich vorher erwähnt hatte.

Ich war nun vollkommen ruhig, weil ich wußte, daß sie mir keinen Schaden zufügen wollten. Während sie sich so miteinander unterhielten, versuchte ich, die Zeit für Beobachtungen zu nutzen und mir alle Einzelheiten, die ich sehen konnte (Wände, Möbelstücke, Uniformen usw.) einzuprägen. So bemerkte ich, daß auf dem Tisch in ihrer Nähe ein quadratischer Kasten stand, der einen Glasdeckel hatte mit schwarzen Markierungen an den Stellen, die auf unseren Uhren den Zahlen 3, 6 und 9 entsprechen. An der Stelle der 12 aber waren nebeneinander vier kleine schwarze Markierungen. Ich weiß nicht, was das bedeuten sollte, aber es war so.

Zuerst dachte ich, dieses Instrument sei eine Art von

Zur Überraschung von Villas Boas erschien eine nackte Frau in dem kleinen Raum.

Uhr, denn einer der Männer warf von Zeit zu Zeit einen Blick darauf. Ich glaube aber inzwischen nicht mehr, daß es eine war, denn er schaute ziemlich lange darauf, und außerdem bewegte sich kein Zeiger. Bei einer Uhr hätte man doch so etwas sehen müssen, schließlich verstrich ja einige Zeit.

Dann kam ich auf die Idee, mir diesen Kasten zu nehmen. Ich dachte daran, daß ich etwas mitnehmen müßte, um einen Beweis für mein Abenteuer zu haben. Wenn ich diesen Kasten bekommen könnte, wäre das Problem gelöst. Es hätte doch sein können, daß ihn mir die Männer schenkten, sobald sie mein Interesse sahen.

Langsam näherte ich mich ihm immer mehr, und sie achteten nicht darauf. Dann nahm ich das Instrument in beide Hände und hob es vom Tisch auf. Er war schwer, vielleicht mehr als 2 kg. Mehr konnte ich aber nicht feststellen, denn einer von ihnen sprang blitzschnell auf, stieß mich zur Seite und nahm mir dabei den Kasten ab. Entrüstet stellte er ihn wieder an die vorherige Stelle. Ich wich zurück, bis ich mit dem Rücken an einer Wand stand. Dort blieb ich still stehen, obwohl ich sehr erschrocken war. Es war jedoch besser, mich ruhig zu verhalten, weil sie mich nur dann mit Rücksicht behandelten, wenn ich mich gut betrug. Das einzige was ich tat, war, mit den Fingernägeln an der Wand zu kratzen, aber sie glitten von dem polierten Metall ab, ohne eine Spur zu hinterlassen. Also wartete ich.

Die Frau sah ich nicht wieder, nachdem sie aus dem Zimmer gegangen war, aber ich entdeckte, wo sie war. Im vorderen Teil des großen Raumes gab es eine andere Tür, durch die ich noch nicht gegangen war. Jetzt war sie ein wenig geöffnet, und von Zeit zu Zeit hörte ich Geräusche von der anderen Seite, als ob sich jemand bewegte. Es konnte nur die Frau gewesen sein, weil alle anderen mit mir im gleichen Raum waren. Ich stellte mir vor, daß der vordere Raum dem Ort entsprach, an dem sich der verantwortliche Pilot eines Raumschiffs aufhält. Konnte das aber nicht nachprüfen.«

Außerhalb des Raumschiffs

»Schließlich erhob sich einer der Männer und machte mir Zeichen, ihm zu folgen. Die anderen blieben sitzen, ohne mich anzuschauen.

Wir gingen in Richtung des kleinen vorderen Raums bis zur Außentür, die wieder mit ausgefahrener Treppe geöffnet war. Wir stiegen aber nicht aus, sondern der Mann machte mir Zeichen, daß ich ihn zu einer Art Plattform begleiten sollte, von der zu beiden Seiten der Tür ein Steg ausging. Dieser Steg verlief um die Maschine, und obwohl er eng war, konnte man dort in beiden Richtungen gehen.

Wir gingen in Richtung Vorderseite. Zuerst bemerkte ich eine Art von metallischem, quadratischem Vorsprung, der fest an der Außenwand der Maschine angebracht war (auf der anderen Seite befand sich ein ähnlicher). Wenn diese beiden Vorsprünge nicht so klein gewesen wären, hätte ich sie für Flügel gehalten, die die Maschine im Flug unterstützten. Ihrem Aussehen nach glaube ich, daß sie vielleicht nach oben und unten bewegt werden konnten, um den Steig- und Sinkflug des Raumschiffes zu regulieren. Ich habe jedoch zu keinem Zeitpunkt, auch als sich das Raumschiff in die Luft erhob, gesehen, daß sie sich bewegten. Deshalb kann ich mir ihre Funktion nicht richtig erklären.

Als wir dann weiter in Richtung Vorderseite gingen, zeigte mir der Mann die drei großen Metallstäbe, die ich schon erwähnt habe. Die beiden äußeren ragten seitlich und der mittlere genau vorn hervor, als ob sie große zylindrische Metallzähne wären, und saßen fest an der Wandung des Raumschiffs. Sie hatten die gleiche Form und Länge, waren an der Basis sehr breit und wurden dann immer dünner, bis sie in einer Spitze ausliefen. Ich weiß nicht, ob sie aus dem gleichen Metall wie das Raumschiff selbst bestanden, denn sie strahlten ein leicht fluoreszierendes rotes Licht ab, als ob sie aus einem hellroten

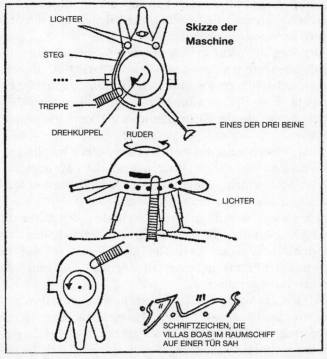

Skizzen des Raumschiffs, das in Brasilien landete und in das Antonio Villas Boas im Oktober 1957 geführt wurde.

Material gewesen wären. Ich spürte allerdings keine Hitze.

Ein wenig oberhalb der Stelle, an der sie an der Maschine angebracht waren, befanden sich auf ihnen rote Lichter. Die beiden seitlichen Lichter waren klein und rund. Die an der Vorderseite war auch rund und riesengroß. Es war der Frontscheinwerfer der Maschine, den ich ja schon beschrieben habe.

Um das Raumschiff herum, ein wenig über dem Umlaufsteg, auf den sie ein rötliches Licht warfen, waren unzählige kleine quadratische Lampen angebracht, die denen zu gleichen schienen, die für die Innenbeleuchtung der Maschine verwendet wurden.

Der Steg lief nicht um die gesamte Vorderseite herum, sondern endete dort an einer dicken Glasplatte, die teilweise außen überragte und sich zu den Seiten hin erstreckte, wobei sie fest im Metall eingebettet war. Vielleicht diente sie der Sicht, denn es gab dort nirgendwo Fenster.

Andererseits wäre das wohl nur schwerlich möglich gewesen, denn von außen betrachtet sah das Glas matt aus. Ich weiß zwar nicht, wie es von innen aussah, meiner Meinung nach aber auch nicht durchsichtig.

Ich glaube, daß diese großen zylindrischen Stäbe die Energie freisetzten, die die Maschine vorantrieb, denn als sie sich erhob, nahm deren Helligkeit derart zu, daß sie sich mit den Frontscheinwerfern zu einem einzigen, sehr starken Licht vermischte.

Als ich das Vorderteil der Maschine gesehen hatte, gingen wir zum Hinterteil zurück, das viel bauchiger als das Vorderteil war. Vorher hielten wir aber noch einige Augenblicke an, und der Mann zeigte nach oben, wo sich die riesige Kuppel in Form einer Scheibe langsam drehte, völlig von einem fluoreszierenden grünlichen Licht beleuchtet, von dem ich nicht weiß, wo es herkam. Auch bei dieser langsamen Bewegung konnte man einen Laut hören, als ob Luft von einem Staubsauger eingesaugt würde, so etwas wie ein Pfeifen.

Später, als die Maschine aufzusteigen begann, erhöhte die Scheibe ihre Drehgeschwindigkeit so sehr, daß sie nicht mehr zu erkennen war. Es war nur noch das Licht zu sehen, dessen Leuchtkraft sehr zunahm und farblich zu einem hellen Rot überwechselte. In diesem Augenblick verstärkte sich auch das Geräusch zu einem wahrhaften Dröhnen. Ich verstand weder die Ursachen dieser Veränderungen noch die Funktion dieser leuchtenden Scheibe, die keinen Moment aufhörte, sich zu drehen. Da sie aber da war, mußte sie ja eine Funktion haben.

In der Mitte dieser Drehkuppel oder -scheibe schien ein kleines rötliches Licht zu liegen, aber die Bewegung erlaubte es mir nicht, das deutlich zu erkennen.

Wir gingen also zum hinteren Teil der Maschine und kamen wieder an der Tür vorbei. Am Ende, wo bei Flugzeugen das Heck ist, befand sich ein dreieckiges, senkrecht aufragendes Metallstück, das quer über den Steg verlief. Es war nicht höher als mein Knie, und ich konnte bequem darüber steigen. Als ich das tat, bemerkte ich am Boden des Umlaufstegs je auf beiden Seiten des Dreiecks eine breite, aber kurze vorstehende Leuchte. Das schienen Positionslichter zu sein, wie bei einem Flugzeug, nur daß sie keine Lichtblitze aussandten.

Ich nehme jedoch an, daß das dreieckige Metallstück eine Art von Ruder zur Richtungsänderung der Maschine war. Jedenfalls sah ich, wie es sich bewegte, als die Maschine, die bis dahin beim Start unbeweglich in einer gewissen Höhe geschwebt war, plötzlich die Richtung änderte, bevor sie sich mit einer phantastischen Geschwindigkeit entfernte.

Da wir den hinteren Teil der Maschine nun besichtigt hatten, kehrten wir zur Tür zurück. Mein Führer zeigte auf die Treppe und bedeutete mir, hinabzusteigen, was ich auch tat. Als ich auf festem Boden stand, schaute ich nach oben. Mein Führer stand immer noch dort. Dann zeigte er auf sich selbst, auf den Boden und schließlich nach oben, in Richtung Süden. Darauf gab er mir mit einer Geste zu verstehen, ich solle mich entfernen, und verschwand im Innern des Raumschiffs.«

ABFLUG

»Jetzt verkürzte sich die Metalltreppe, und die Stufen legten sich übereinander zu einer Art Plattenstapel. Als die Treppe so den oberen Teil der Tür erreicht hatte – sie war ja vorher am Fuß der Tür gewesen –, fing auch diese an, sich zu heben, bis sie sich in die Wandung des Raumschiffs einfügte und nicht mehr zu sehen war.

Die Leuchten der zylindrischen Stäbe oder Zähne, der Frontscheinwerfer und die Drehscheibe gaben zunehmend mehr Helligkeit ab, und die Scheibe drehte sich immer schneller. Das Raumschiff begann langsam senkrecht aufzusteigen. In diesem Moment hoben sich die drei Streben des Drehbeins, auf dem die Maschine gestanden hatte, zu den Seiten hin. Das Unterteil jedes Beins (das schmaler und abgerundet war und in einem länglichen Fuß endete) begann, in das obere Teil zu gleiten (das viel breiter und quadratisch war). Diese Oberteile wurden dann in die Maschine eingefahren. Ich konnte danach die Stelle nicht mehr erkennen, an der sie in den Rumpf eingezogen worden waren. Das Raumschiff stieg weiter langsam auf, bis es eine Höhe von 30 bis 50 m erreicht hatte. Dort hielt es einige Sekunden an, und gleichzeitig nahm die Helligkeit noch mehr zu. Die Drehscheibe begann, sich mit einer ungeheuren Geschwindigkeit zu drehen, während ihr Licht verschiedene Farben annahm, bis es ein Hellrot erreicht hatte. In diesem Augenblick änderte die Maschine abrupt die Richtung und erzeugte einen stärkeren Lärm, eine Art ›Hämmern‹ (dies geschah, als das sogenannte Ruder sich zu einer Seite bewegte). Dann neigte sich das Raumschiff leicht zu einer Seite hin und raste wie ein Geschoß in Richtung Süden. Die Geschwindigkeit war so groß, das es in wenigen Sekunden verschwunden war.

Ich ging zu meinem Traktor zurück. Ich hatte das Raumschiff etwa um 5.30 Uhr morgens verlassen. Eingestiegen war ich so etwa um 1.15 Uhr. Demnach hatte ich ungefähr vier Stunden und fünfzehn Minuten darin verbracht.

Als ich versuchte, den Motor des Traktors anzulassen, mußte ich feststellen, daß er immer noch nicht ansprang. Ich schaute nach, ob ich einen Schaden entdecken konnte, und bemerkte, daß eine der Batteriekammern gelöst und weggebogen worden war. Jemand hatte das absichtlich getan, denn eine gut angezogene Batterieklemme löst sich nicht von allein (ich hatte sie überprüft, als ich das Haus verließ). Das mußte einer der Männer getan haben, nachdem der Traktor angehalten hatte – wahrscheinlich während meiner Gefangennahme. Vielleicht taten sie es, um zu verhindern, daß ich wieder floh, wenn ich mich von ihnen befreien konnte. Es waren Wesen mit einer scharfsichtigen Intelligenz. Es gab nichts, was sie nicht voraussahen.

Ich hatte mein Erlebnis bisher nur meiner Mutter erzählt, sonst niemandem. Sie sagte, ich dürfte mich nie wieder mit diesen Leuten einlassen. Ich brachte nicht den Mut auf, es meinem Vater zu erzählen, denn ich hatte ihm ja schon zuvor von dem Licht berichtet, das über dem Pferch erschienen war, und er hatte es nicht geglaubt und nur gesagt, ich hätte ›Visionen gesehen‹.

Später entschloß ich mich dann, an Herrn João Martins zu schreiben, nachdem ich im November einen seiner Artikel in der *O Cruzeiro* gelesen hatte, in dem er seine Leser bat, ihm alle Fälle mitzuteilen, die mit fliegenden Untertassen in Zusammenhang standen. Wenn ich genügend Geld gehabt hätte, wäre ich schon früher gekommen, aber so mußte ich warten, bis er mir sagte, daß er mir helfen würde, die Reise zu bezahlen.

Meine Herren, ich stehe zu Ihrer Verfügung. Wenn Sie meinen, daß ich nach Hause fahren soll, dann werde ich das morgen tun, wenn sie aber wünschen, daß ich noch länger bleibe, ist mir das auch recht, denn deshalb bin ich ja gekommen.«

DIE SKIZZE DER MASCHINE

Diese Skizze wurde von Villas Boas in der Praxis von Dr. Olavo Fontes gezeichnet, um die Einzelheiten dieser Maschine, wie er sie in seiner Geschichte beschreibt, verständlicher zu machen.

Am darauffolgenden Tag (dem 17. Oktober) kehrte Villas Boas zu der Stelle zurück, an der das seltsame Gefährt gelandet war, und maß die Abstände zwischen den noch sichtbaren Abdrücken des Dreibeins, auf dem die Maschine geruht hatte. Diese Maße vermitteln einen ungefähren Eindruck von den tatsächlichen Abmessungen.

SCHRIFTZEICHEN

Was die von Villas Boas abgegebene Beschreibung der Schriftzeichen betrifft, die er auf einer Tür des Raumschiffs sah, so versuchte er, sich dann doch noch einmal zu erinnern, und zeichnete die abgebildeten Symbole bei der Unterredung mit Olavo Fontes und João Martins.

ERKLÄRUNGEN DES DR. OLAVO FONTES

»Der vorstehend aufgeführte Bericht wurde von Antonio Villas Boas spontan in meiner Praxis gegeben. Wir hörten ihm 4 Stunden lang zu und unterzogen ihn dann einer eingehenden Befragung.

Wir versuchten, bestimmte Einzelheiten aufzuklären, um zu sehen, ob er sich in Widersprüche verwickeln würde, und um seine Aufmerksamkeit auf einige unerklärliche Punkte in seiner Geschichte zu richten. Wir wollten feststellen, ob er dadurch aus der Fassung gebracht werden konnte und seine Einbildung zur Hilfe nehmen würde.

Ich führte persönlich eine Untersuchung des ganzen Falls gemeinsam mit dem Journalisten João Martins durch, der den ersten Kontakt mit dem Zeugen hatte.

Antonio Villas Boas schrieb kurze Zeit nach dem Ereignis zwei Briefe an João Martins. Wir entschlossen uns dann, ihm das Geld für die Reise nach Rio de Janeiro zu schicken. Etwa vier Monate nach den Vorfällen kam er dann hier an, hatte aber alle Einzelheiten noch frisch in Erinnerung.

Er wurde sowohl einer eingehenden Befragung unterzogen als auch einer sorgfältigen medizinischen Untersuchung, einschließlich psychologischer Tests.

Wir beschlossen, die Ergebnisse der Untersuchung nicht zu veröffentlichen, weil der Fall zu ›ungereimt‹ war, und auch wegen der Möglichkeit, daß ein ähnlicher Fall auftritt, der mit diesem verglichen werden könnte – ein äußerst interessanter Vergleich, gerade dann, wenn der erste nicht bekanntgemacht worden wäre.«

BESCHREIBUNG DES ZEUGEN

Antonio Villas Boas ist kein gewandter Stadtmensch. Er ist ein liebenswürdiger Mann mit dunkler Hautfarbe – offenbar ein *Cabocho* (ein Mann mit teils portugiesischen, teils indianischen Vorfahren).

Seine Bildung ist sehr rudimentär. Er ist ein typischer Vertreter des kleinen Bauern im weiten Innern Brasiliens.

Bei der Untersuchung war es von Anfang an klar, daß er keine psychopathischen Charakterzüge aufweist. Er sprach ruhig und frei, ohne Anzeichen von emotionaler Instabilität. Sämtliche Reaktionen auf die ihm gestellten Fragen waren völlig normal. Er war sich niemals unschlüssig und verlor auch nicht die Kontrolle über seine Geschichte.

Seine Zweifel entsprachen genau dem, was man von einem Menschen erwartet, der in einer außergewöhnlichen Situation keine Erklärung für gewisse Umstände finden kann. In den Momenten, in denen er wußte, daß seine Zweifel gegenüber manchen Fragen dazu führen konnten, daß wir seiner Erzählung keinen Glauben schenken, antwortete er einfach: »Das weiß ich nicht« oder »Das kann ich mir nicht erklären«.

Es traten einige Abweichungen (aber sehr wenige und gewiß bedeutungslose) in zwei Versionen auf, was aber keinesfalls verwunderlich ist, weil sie in einem zeitlichen Abstand von dreieinhalb Jahren voneinander lagen. Es sind eben die Abweichungen, die wir erwarten konnten, wenn die Erlebnisse von Antonio auf der Wahrheit beruhten. Es wäre unter diesen Umständen sehr verdächtig gewesen, wenn es gar keine Abweichungen gegeben hätte.

Es können viele Beispiele aus seiner Erzählung gegeben werden, die für ihn völlig unerklärliche Phänomene sind. Hier einige davon:

a) Die Lichtgarben, die das Feld erleuchteten, aber von denen er nicht wußte, woher sie kamen.
b) Das, was den Motor seines Traktors zum Stoppen und die Scheinwerfer zum Erlöschen brachte.
c) Der Zweck der Drehscheibe, die fortwährend auf dem Oberteil des Raumschiffs rotierte.
d) Warum man ihm Blutproben abgenommen hatte.
e) Die Tür, die sich schloß und in die Wandung einfügte wie aus einem Stück.
f) Die seltsamen Laute, die aus den Kehlen der Wesen in seiner Geschichte kamen.
g) Die nachstehend beschriebenen Symptome, die er in den Tagen nach seinem Abenteuer beobachtete – usw.

Außerdem erklärte er in einem seiner Briefe an João Martins, daß er gewisse Einzelheiten nicht schriftlich niederlegen könne, weil er sich schäme. Damit meinte er den Teil, der sich auf die »Frau« und die »sexuellen Beziehungen« bezog. Er beschrieb keine dieser Einzelheiten spontan. Als er darüber befragt wurde, zeigte er Scham und Verlegenheit, und nur weil wir darauf bestanden, gelang es uns, die vorstehend beschriebenen Einzelheiten zu erfahren.

Er zeigte sich auch nach der Frage, ob ihm die Unbekannten seine Kleidung beschädigt hätten, verlegen, als er zugab, daß das Hemd, das er in jener Nacht trug, schon vorher zerrissen war.

Diese emotionalen Reaktionen entsprechen dem, was man von einem psychologisch normalen Individuum seiner Bildung und Herkunft erwarten kann.

Es zeigte sich in ihm keine Neigung zu Aberglauben oder Mystik. Er glaubte nicht, daß die Besatzung der Maschine Engel, Übermenschen oder Dämonen waren, sondern Menschen wie wir, nur aus anderen Regionen, von irgendeinem anderen Planeten. Er erklärte, er glaube das, weil das Besatzungsmitglied, das ihn beim Verlassen des Raumschiffs begleitete, erst auf sich, dann auf den Boden und schließlich auf eine Stelle im Himmel gezeigt hatte – Gesten, die seiner Ansicht nach nur eine Bedeutung haben konnten. Außerdem würde die Tatsache, daß die Besatzungsmitglieder ständig in ihren »Uniformen« und Helmen blieben, darauf hindeuten, daß die Luft, die sie zum Atmen brauchen, nicht die gleiche wie unsere sei. Aus diesem Grund fragten wir ihn dann, ob er glaube, daß die Frau – das einzige Wesen unter ihnen, das ohne Helm und Uniform erschien – ein Wesen von einer anderen Rasse als die anderen Besatzungsmitglieder gewesen sei (wahrscheinlich von irdischer Herkunft und an die Bedingungen des anderen Planeten angepaßt).

Er verneinte diese Möglichkeit entschieden, weil sie den anderen physisch ähnelte, als sie Helm und Uniform trug, und nur eine andere Größe hatte. Ferner habe sie beim Sprechen die gleichen Töne wie die anderen ausgestoßen und auch an seiner Gefangennahme teilgenommen. Zu keinem Zeitpunkt sei es ihm irgendwie vorgekommen, als sei sie den anderen unterworfen. Sie habe sich frei unter ihnen bewegt.

Als er gefragt wurde, ob der Helm nicht eine Art von Maske gewesen sein könne, wenn die Frau doch unsere Luft habe atmen können, antwortete er, daß er das nicht glaube. Seiner Meinung nach habe sie unsere Luft nur wegen des Rauchs einatmen können, der aus den Röhren an der Wand des kleinen Raumes kam, in dem die Begegnung stattfand. Das sei der Rauch gewesen, der bei ihm Übelkeit erregt habe. Die Beobachtung, daß es diesen Rauch in keinem anderen der Räume gab, in denen jedes Besatzungsmitglied einen Helm getragen hatte, ließ ihn folgern, daß der Rauch eine Art Gas war, das sie zum Atmen brauchte. Seiner Meinung nach war er in diesem bestimmten Raum geblasen worden, damit sie ohne den Schutz des Helmes dort erscheinen konnte.

Wie man aus dem vorstehenden Beispiel ersehen kann, ist Herr Villas Boas sehr intelligent. Seine Denkart ist überraschend logisch für einen Mann, der kaum lesen und schreiben kann (er hat ja nur Grundschulbildung).

Das gleiche kann man über seinen Verdacht hinsichtlich der aphrodisischen Wirkung der Flüssigkeit sagen, mit der man ihm den Körper eingerieben hatte, obwohl diese Erklärung auch einem Bedürfnis nach Rechtfertigung entstammen könnte – wenn er die Wahrheit sagte –, weil seine sexuelle Erregung ja völlig spontan gewesen sein konnte. Seine unbewußte Abneigung könnte daher kommen, daß er nicht zugeben wollte, von rein animalischen Instinkten angetrieben worden zu sein.

Andererseits kann die Flüssigkeit auch nur antiseptisch, desinfizierend oder desodorierend gewesen sein, um ihn zu reinigen und von Keimen zu befreien, die für seine Partnerin möglicherweise gefährlich gewesen wären.

Er wurde weiter befragt, ob er der Ansicht sei, daß irgendeine seiner Handlungen unter psychischer Beeinflussung oder telepathischer Suggestion durch seine Entführer ausgeführt gewesen sein könne, und er verneinte es. Er sagte, er sei während des ganzen Abenteuers Herr seiner Handlungen und Gedanken gewesen. Zu keiner Zeit habe er sich von irgendeiner von außen kommenden Idee oder einem geistigen Zwang beeinflußt gefühlt. »Alles, was sie von mir erreichten, passierte im Vollbesitz meiner Kräfte«, schloß er diesen Kommentar. Er verneinte, irgendeinen telepathischen Gedanken oder eine Nachricht von irgendeinem von ihnen empfangen zu haben.

»Wenn sie sich solcher Sachen imstande geglaubt haben«, bemerkte er dazu, »dann werde ich sie wohl sehr enttäuscht haben!«

Am Ende der Befragung sagte ihm João Martins, daß er diesen Bericht leider nicht in der *O Cruzeiro* veröffentlichen könne, weil es unter Ermangelung stärkerer Beweise für seine Erzählung schwierig sein würde, diese ernst zu nehmen – solange nicht irgendwo anders eine ähnliche Geschichte auftauchte.

Villas Boas war sichtlich davon enttäuscht – entweder, weil er sich gewünscht hatte, seinen Namen in der *O Cruzeiro* zu sehen, oder weil er aus der Miene von João Martins entnahm, daß dieser ihm nicht glaubte. Er war jedenfalls ziemlich verärgert, protestierte aber nicht und versuchte auch nicht, Gegenargumente zu liefern. Er sagte nur:

»Wenn Sie mich also nicht mehr brauchen, fahre ich morgen früh nach Hause. Sollte Sie Ihr Weg eines Tages in meine Gegend führen, würde ich Sie gern empfangen. Wenn Sie noch etwas benötigen, brauchen Sie mir nur zu schreiben.«

Um ihn wegen seiner Enttäuschung zu trösten, sagten wir ihm, daß seine Geschichte veröffentlicht wird, wenn er es wünsche, daß er ja nur zu den Tageszeitungen zu gehen brauchte, die sie dann zweifellos drucken würden, weil das Thema ja wegen der Fotografien von »Fliegenden Untertassen« über der Insel Trinidad wieder aktuell sei. Aber wir verschwiegen ihm auch nicht, daß viele Leute ihn als einen Verrückten oder Spaßvogel ansehen würden, und zitierten als Beispiel den Fall des Fotografen Baraúna. Darauf antwortete er wie folgt:

»Ich fordere diejenigen, die mich beschuldigen, ein Spinner oder Lügner zu sein, heraus, zu mir zu kommen und mich kennenzulernen. Sie werden sehen, daß die Leute bei mir zu Hause mich als einen normalen und ehrenwerten Mann ansehen. Wenn sie dann immer noch zweifeln, um so schlechter für sie ...«

Alle vorherigen Kommentare bestätigen den Eindruck der Ehrlichkeit, mit der Herr Villas Boas seinen Bericht vortrug. Außerdem steht fest, daß wir es nicht mit einem Psychopathen, Mystiker oder Träumer zu tun haben. Trotz allem ist der Inhalt seiner Erzählung in sich selbst das Hauptargument gegen seine Glaubwürdigkeit. Einige Einzelheiten sind zu phantastisch, um geglaubt zu werden. Schade für ihn.

Unter diesen Umständen bleibt uns nur noch die Hypothese, daß er ein äußerst intelligenter Lügner sei, ein mit einer bemerkenswerten Vorstellungsgabe ausgestatteter Spaßvogel mit seltenen geistigen Fähigkeiten, der eine Geschichte vortragen kann, die sich im wesentlichen völlig von allem unterscheidet, was bisher gehört worden ist. Sein Erinnerungsvermögen muß auch phänomenal sein, was z. B. aus seiner eingehenden Beschreibung der Maschine hervorgeht, die exakt einem hölzernen Modell entspricht, das er im November João Martins schickte. Wir weisen außerdem darauf hin, daß das Raumschiff völlig anders als die fliegenden Untertassen ist, die bisher beschrieben wurden (als ob er sich vorgenommen hätte, auch in dieser Beziehung originell zu sein).

Diese Übereinstimmung zwischen dem hölzernen Modell, das einige Monate vorher angefertigt worden war, und seiner ursprünglichen Beschreibung (mit einer Skizze) weist darauf hin, daß dieser Mann über ein ausgezeichnetes Gedächtnis verfügen muß.

Ein anderes Experiment mit ihm bestand darin, ihm mehrere Fotografien blonder brasilianischer Frauen vorzulegen, um zu sehen, ob irgendeine von ihnen dem blonden Besatzungsmitglied ähnelte – entweder in den Gesichtszügen oder im Haar. Das Resultat war negativ.

Schließlich zeigte man ihm eine in der *O Cruzeiro* veröffentlichte gemalte Reproduktion des »Venusbewohners«

von Adamski, die mit Übereinstimmung und nach Angaben dieses Adamski angefertigt worden war. Villas Boas erkannte keinerlei Ähnlichkeit. Er gab an, daß das Gesicht der Person, der er begegnet war, viel schlanker und dreieckiger in seinem unteren Teil, die Augen der Frau größer und schlitzförmiger, und ihr Haar viel kürzer gewesen seien – es reichte nur bis zur Mitte des Nackens und war auch anders gekämmt. Er erkannte auch keine Ähnlichkeit in der Kleidung.

MEDIZINISCHER BERICHT

Dann bleibt nur noch einer der bezeichnendsten Teile dieses Falls zu berücksichtigen: die von dem Arzt Dr. Olavo Fontes durchgeführte medizinische Untersuchung von Villas Boas.

Auch die klinischen Beobachtungen sind von Dr. Olavo Fontes.

»Untersuchte Person: Antonio Villas Boas, Alter dreiundzwanzig Jahre, weiß, unverheiratet, Landwirt, wohnhaft in San Francisco de Sales im Staat Minas Gerais, Brasilien.«

KRANKHEITSGESCHICHTE

»Wie er in seinem Bericht angab, verließ er die Maschine am 16. Oktober 1957 um 5.30 Uhr. Er fühlte sich ziemlich schwach, weil er seit 9 Uhr des vorhergehenden Abends nichts gegessen und sich außerdem in der Maschine häufig übergeben hatte.

Er kam erschöpft nach Hause und schlief fast den ganzen Tag lang. Um 16.30 Uhr wachte er auf und fühlte sich wohl. Dann nahm er ein normales Abendessen zu sich.

Aber in der nächsten Nacht, wie auch in der darauffolgenden, konnte er nicht schlafen. Er war nervös und aufgeregt. Mehrere Male schlief er zwar ein, begann aber sofort, von den Ereignissen der Nacht zuvor zu träumen, als ob sich alles wiederholte. Dann wachte er immer erschrocken auf, schrie und fühlte sich wieder von seinen fremdartigen Entführern ergriffen.

Nachdem er dies mehrere Male durchgemacht hatte, gab er den Versuch auf, zu schlafen, und machte sich daran, die Nacht mit Lernen zu verbringen. Aber auch dazu war er nicht imstande, weil er sich überhaupt nicht darauf konzentrieren konnte, was er las. Seine Gedanken schweiften ständig zu den Vorgängen der Nacht zuvor ab.

Er war ziemlich unruhig, als der Morgen anbrach. Er ging hin und her und rauchte eine Zigarette nach der anderen.

Er war müde, und der ganze Körper tat ihm weh. Dann trank er eine Tasse Kaffee und aß – ganz gegen seine Gewohnheit – nichts dazu. Dennoch spürte er bald darauf Übelkeit, eine Übelkeit, die den ganzen Tag über andauerte. Auch fühlte er den ganzen Tag lang einen starken Schmerz an seinen pochenden Schläfen. Er bemerkte, daß er den Appetit völlig verloren hatte, so daß es ihm einige Tage lang unmöglich war, etwas zu essen.

Er verbrachte auch die zweite Nacht, ohne schlafen zu können, im gleichen Zustand wie in der Nacht vorher. In dieser zweiten Nacht begann er aber außerdem, ein Brennen in den Augen zu spüren, wogegen die Kopfschmerzen verschwunden waren und nicht mehr auftraten.

Den ganzen zweiten Tag über dauerten Übelkeit und Appetitlosigkeit an. Er mußte sich aber nicht übergeben, vielleicht, weil er sich nicht gezwungen hatte, zu essen.

Das Brennen in den Augen wurde schlimmer und wurde von ständigem Tränen begleitet. Er konnte aber keine Entzündung der Bindehaut oder irgendeine andere sichtbare

Reizung der Augen feststellen, auch keine Abnahme der Sehfähigkeit.

In der dritten Nacht konnte er wieder normal schlafen, aber danach litt er etwa einen Monat lang unter Schlaflosigkeit. Am Tag nickte er immer wieder ein, auch wenn er irgendwo mit anderen Personen sprach. Er brauchte nur mal einen Moment still zu sein, um einzuschlafen. Während dieser ganzen Zeitspanne der Schlaflosigkeit dauerte auch die Reizung der Augen an und das übermäßige Tränen.

Die Übelkeit verschwand aber am dritten Tag. Er bekam wieder Appetit und begann, normal zu essen. Er bemerkte, daß seine Augenstörungen sich bei Sonnenlicht so verschlimmerten, daß er die Sonne vermeiden mußte.

Am achten Tag zog er sich bei der Arbeit eine kleine Quetschung am Unterarm zu. Am darauffolgenden Tag war sie zu einer kleinen Eiterbeule geworden, die einen stechenden Schmerz hervorrief. Als sie heilte, blieb ringsherum ein roter Rand.

Vier bis zehn Tage nach der Begegnung traten ähnliche kleine Beulen an Armen und Beinen von selbst auf. Alle begannen mit einer kleinen Pustel, die in der Mitte ein Loch hatte und sehr stach. Jede blieb zwischen zehn und zwanzig Tagen. Er sagte, daß ›alle einen violetten Rand hinterließen, als sie ausgetrocknet waren‹. Die Narben sind jetzt noch sichtbar.

Andere Arten von Hautausschlägen oder Entzündungen bemerkte er nicht, auch keine blutigen Flecken auf der Haut oder Hautverfärbungen an kleinen Wunden (blutige ›Muttermale‹). Falls welche auftraten, dann habe er sie nicht bemerkt. Da sei allerdings noch etwas anderes gewesen: Am fünfzehnten Tag bemerkte er im Gesicht zwei gelbe Flecken, auf jeder Seite der Nase. Sie waren fast symmetrisch – ›so blaßgelb, als ob an dieser Stelle wenig Blut war‹. Nach zehn bis zwanzig Tagen verschwanden sie wieder von selbst.

Vier Monate nach dem Erlebnis, als er einer medizinischen Untersuchung unterzogen wurde, hatte er an den Armen noch zwei keine Wunden, die nicht geheilt waren, und zusätzlich die Narben mehrerer anderer, die in den Monaten vor dieser Untersuchung von selbst erschienen waren.

Bisher ist keines der beschriebenen Symptome wieder aufgetreten.

Er gab an, sowohl in der akuten Phase der Krankheit als auch danach weder Fieber, Durchfall noch Blutergüsse oder Anzeichen von Gelbsucht bemerkt zu haben. Auch konnte er zu keinem Zeitpunkt einen Körperhaarverlust oder übermäßigen Kopfhaarausfall zwischen Oktober und dem Tag der Untersuchung feststellen.

Während der Phase seiner Schlaflosigkeit bemerkte er keine Abnahme seiner Arbeitskraft. Auch eine Verringerung der Libido oder der Potenz oder eine Verschlechterung der Sehschärfe konnte er nicht feststellen.

Er bemerkte keine Anämie und hatte keine geschwürartigen Wunden im Mund.«

VORHERIGE KRANKHEITEN

»Er erwähnte nur mit Hautausschlag verbundene Kinderkrankheiten ohne Komplikationen: Masern, Windpocken. Seit einigen Jahren hatte er eine chronische Dickdarmentzündung, die ihm aber zu dem Zeitpunkt keine Beschwerden bereitete.«

PHYSISCHE UNTERSUCHUNG

»Die untersuchte Person ist von männlichem Geschlecht, weiß, hat glatte schwarze Haare, dunkle Augen und leidet offenbar an keiner akuten oder chronischen Krankheit.

Biotypus: asthenisch, mit langen Extremitäten.

Gesicht: atypisch. Er ist von mittlerer Größe (1,64 m mit Schuhen), schlank, aber kräftig gebaut mit gut entwickelter Muskulatur.

Er ist gut ernährt und zeigt keine Merkmale von Vitaminmangel.

Es sind keine physischen Mißbildungen oder Entwicklungsanomalien vorhanden.

Die Körperbehaarung ist nach Aussehen und Verteilung normal für sein Geschlecht. Das Zahnfleisch ist leicht verfärbt.

Die Zähne sind in gutem Zustand.

Es sind keine Oberflächenganglien zu fühlen.«

HAUTUNTERSUCHUNG

»Folgende Veränderungen wurden festgestellt:

1. Es wurden zwei kleine hyperchromische Flecken auf jeder Seite des Kinns gefunden, von fast runder Form. Einer war etwa 1 cm lang, der andere ein wenig länger und unregelmäßiger. Die Haut an diesen Stellen erschien glatter und dünner, als ob sie vor kurzem erneuert worden oder abgestorben wäre. Es gibt keine Möglichkeit, das Alter dieser Flecken zu beurteilen. Man kann nur sagen, daß es Narben einer Oberflächenverletzung mit subkutaner Blutung sind, die mindestens einen und höchstens zwei Monate gedauert hatten. Diese Flecken sind offenbar nicht dauerhaft und verschwinden nach einigen Monaten. Es wurden keine weiteren Hautflecken dieser Art festgestellt.

2. Auf den Handrücken, Unterarmen und Beinen befinden sich mehrere frische Narben – maximales Alter einige Monate – von Hautverletzungen. Alle haben das gleiche Aussehen und könnten von kleinen vernarbten Furunkeln oder Läsionen stammen. Abschuppungsbereiche ringsherum deuten an, daß sie relativ neuen Datums sind. Es sind noch zwei zu sehen, die nicht vernarbt sind, eine auf jedem Arm. Sie sehen wie kleine rote Knoten oder Beulen aus, die härter als ihr Umfeld sind. Bei Druckausübung verursachen sie Schmerzen, und aus einer kleinen zentralen Öffnung tritt eine gelbe, serumartige Flüssigkeit aus. Die Haut im Umfeld dieser Knoten ist gereizt und zeigt an, daß diese Läsionen Juckreiz verursachen, da Kratzspuren von den Nägeln des Patienten vorhanden sind. Das Auffallendste an diesen Hautläsionen und -narben ist das Vorhandensein eines hyperchromischen Bereichs von vorwiegend violettem Farbton rundherum, was kein vollkommen unbekanntes Merkmal ist. Wir wissen nicht, ob diese Bereiche von besonderer Bedeutung sind. Unsere Erfahrung in Dermatologie ist unzureichend, um uns zu erlauben, sie korrekt zu interpretieren, weil das nicht zu unserer Spezialität gehört. Folglich beschränken wir uns auf die Beschreibung dieser Veränderungen, die auch fotografisch festgehalten wurden.«

UNTERSUCHUNG DES NERVENSYSTEMS

»Gute Orientierung in Zeit und Raum. Gefühle und Affekte innerhalb normaler Grenzen. Spontane und stimulierte Aufmerksamkeit offenbar normal. Wahrnehmungstests, Ideenassoziation und Urteilsfähigkeit zeigen offenbar normale mentale Mechanismen an. Lang- und Kurzzeiterinnerungsvermögen in guter Verfassung. Ausgezeichnetes visuelles Erinnerungsvermögen mit Fähigkeit zur Anfertigung von Zeichnungen oder Skizzen nach verbal beschriebenen Einzelheiten. Keine Anzeichen oder indirekten Beweise von Störungen der mentalen Funktionen.

Anmerkung: Obwohl diese Angaben genau sind, müssen sie noch – so möglich – durch eine spezialisierte psychiatrische Untersuchung durch einen Fachmann vervollständigt werden.

Untersuchung der Bewegungsfähigkeit, der Reflexe und Oberflächenempfindlichkeit: keine Anzeichen von Anomalien. Untersuchung anderer Organe und Systeme: keine Anzeichen von Anomalien.

Unterzeichnet: OLAVO FONTES, Dr. med., Rio de Janeiro, 22. Februar 1958.«

*KOMMENTARE, DIE IN DER ZEITSCHRIFT
»FLYING SAUCER OCCUPANTS«
VON CORAL UND JIM LORENZEN
VERÖFFENTLICHT WURDEN*

»Die scheinbaren Ungereimtheiten in diesem Fall sind vielleicht nicht als solche anzusehen, wenn man sie mit Ruhe und Logik angeht.

1. Herr Martins glaubt, daß es nicht möglich gewesen sei, daß die Frau ihren Kopf an der Wange von Villas Boas gerieben habe, da sie nur 1,42 m, er dagegen 1,65 m groß sei. Dr. Fontes führt aber dazu an, daß sie es getan haben könnte, wenn sie sich auf die Zehenspitzen gestellt hätte, was sehr gut möglich war, denn schließlich war sie ja die Aggressorin.

Ein anderer beachtenswerter Punkt besteht gerade darin, wie groß Villas Boas wirklich ist. Die meisten Leute, und besonders Männer, recken oder strecken sich ein wenig, wenn sie gemessen werden und/oder übertreiben ein wenig bei der Angabe ihrer Größe, wenn diese durchschnittlich oder gering ist. Soviel aus der Beschreibung hervorgeht, ist Villas Boas von durchschnittlicher Größe oder eher ein wenig klein für einen Brasilianer.

Berücksichtigt man, daß Villas Boas der Gefangene von seltsam gekleideten Wesen in einem seltsamen Gefährt war, sowie einem Gas ausgesetzt wurde und sich ihm eine ungewöhnlich aussehende Frau sexuell genähert hatte, ist es nicht sehr wahrscheinlich, daß Villas Boas sich so hoch wie möglich aufgerichtet hatte. Aus seiner Aussage geht auch hervor, daß er mit der Frau von Anfang an kooperierte. Also hatte er sich vielleicht auch etwas zu ihr hingeneigt.

2. Das Problem des eigenartigen Helmes, den die Wesen trugen, könnte einfach erklärt werden. Wenn der reichliche Raum, der sich anscheinend über den Köpfen in den Helmen befand, von einem Filtriersystem ausgefüllt wurde, so könnte das die Erklärung sein. Sie atmeten vielleicht die gleiche Luft wie Villas Boas und die Frau ein, aber gefiltert, um keinen Keinem ausgesetzt zu werden. Die Frau mußte wegen des Geschlechtsaktes in engem Kontakt mit dem Menschen sein, nicht aber die anderen Mitglieder der Besatzung. Die Flüssigkeit, mit der der Körper von Villas Boas eingerieben worden war, und das im Raum befindliche Gas könnten antiseptischer Art gewesen sein, um jegliche Keime vor dem Einatmen zu neutralisieren.

Es ist wichtig, sich daran zu erinnern, daß die Helme der Besatzung langgestreckt waren. Obwohl Schläuche den Helm mit dem Anzug verbanden, gab es kein Anzeichen eines Gefäßes oder einer Kapsel für die Versorgung mit Atemluft. Wir müssen natürlich auch die Möglichkeit in Betracht ziehen, daß das Gas eine für die Frau und ihre Begleiter notwendige atmosphärische Komponente war. Diese Alternative ist möglich, weil sowohl die Besatzung als auch die Frau Anzüge anhatten, als Villas Boas auf dem Feld überfallen wurde. Nur die Frau war ohne Anzug zu sehen, und auch das nur in der Zeit, in der sie mit Villas Boas zusammen war, soweit wir das feststellen können. Es ist auch wahrscheinlich, daß das Gas ein antiseptisches Agens war, wie wir schon andeuteten, als erforderliche atmosphärische Komponente für die Frau. Auch wurde das Gas nur einmal in den Raum geleitet und – soweit wir wissen – wurde nie erneuert, obwohl zwei Wesen es eine recht beträchtliche Zeit lang eingeatmet hatten.

Wenn außerdem ein bestimmter Gasanteil erforderlich war, hätte er doch im ganzen Raumschiff verteilt werden können und nicht nur in jenem Raum.

3. Als Villas Boas zum ersten Male, im Jahre 1958, zur APRO kam, versuchten wir, das Erlebnis als eine sexuelle Phantasie zu erklären, aber die angegebenen Umstände stimmen nicht damit überein. Wenn Villas Boas – von dem Dr. Fones sagt, er sei ein in jeder Beziehung normaler Mann – von einer sexuellen Phantasie beeinflußt worden wäre, sei es im Traum oder in wachem Zustand, dann würde er logischerweise eine schöne Frau in den Mittelpunkt seiner Gedanken gestellt haben.

Ein Mann kann sich aber wohl schwerlich schwärmerisch für eine seltsame Frau begeistern, der eines der physischen Attribute fehlte, die allgemin einer sexuell anziehenden Frau zugeschrieben werden: die Lippen.

Der Kuß ist einer der normalen Schritte, die zum Geschlechtsakt führen. Die Frau in Villas Boas' Beschreibung aber küßte nicht, sondern wendete eine Beißtechnik an. Dies ist an und für sich nicht ungewöhnlich bei amourösen Handlungen, aber kann für Menschen kaum den altmodischen Kuß ersetzen.

4. In diesem Falle, wie bei vielen anderen Ufo-Begegnungen, bei denen seltsame Kleidung, Ausrüstung oder

Wesen vorkommen, ist die Kritik an der Glaubwürdigkeit der Erzählung darauf zurückzuführen, daß die berichteten Einzelheiten mit den »normalen« Menschen, Raumschiffen, Kleidungsstücken etc. verglichen werden.

Wenn diese Ufos wirklich Raumschiffe von anderen Planeten und mit seltsamen Wesen bemannt sind, müssen wir erwarten, daß diese Wesen, ihre Fortbewegungsmittel, ihre Technologie, Kultur und Gewohnheiten beträchtlich anders als die unsrigen sind. Und wenn sie den Menschen Hunderte oder sogar Tausende von Jahren technologisch voraus sind, müssen wir annehmen, daß der Unterschied wesentlich größer ist.

Als uns Dr. Fontes bei einer seiner Reisen in die USA besuchte, fragten wir ihn:

»Glauben Sie dem Bericht von Villas Boas?«

Seine Antwort war:

»Er ist zu phantastisch.«

Das ist die gewöhnliche Reaktion der meisten Menschen, wenn sie zum ersten Male mit solch sensationellen Erzählungen konfrontiert werden. Dennoch hat Fontes über einen Zeitraum von Jahren Berichte von seltsamen Insassen von Ufos untersucht. Auch unsere erste Reaktion war eigentlich Belustigung – bis wir dann begannen, einige wichtige Faktoren zusammenzustellen:

5. Wenn eine fremde Rasse einen Kontakt und möglicherweise eine Kolonisierung beabsichtigt und eine Erkundung des ausgewählten Planeten durchführt, könnte eines ihrer ersten Ziele sein, festzustellen, ob die beiden Rassen sich mischen können. Dazu müßten sie einen Vertreter der menschlichen Rasse haben. Beide Geschlechter würden dazu geeignet sein, aber es wäre in mancher Hinsicht viel wirksamer, das männliche Geschlecht zu wählen. Bei einem weiblichen Menschen wären die Möglichkeiten, daß keine Befruchtung oder eine Fehlgeburt

stattfindet, größer, wegen der beträchtlichen nervlichen Belastung, die es für eine Menschenfrau bedeuten würde, aus ihrer gewohnten Umgebung entfernt, zu einem völlig unbekannten Ort mit seltsamen Wesen gebracht und dort im wahrsten Sinne des Wortes vergewaltigt zu werden.

Es müßte doch – und besonders einer uns überlegenen Kultur – reiflich bekannt sein, daß die psychische Beschaffenheit von Frauen, besonders im Hinblick auf geschlechtliche Handlungen, viel zartbeseiteter als die ihres männlichen Gegenstücks ist. Da wäre es doch viel vorteilhafter, wenn die Forscher sich ihre eigene weibliche Versuchsperson aussuchen könnten, deren Menstruationsperiode bekannt ist, und in der Weise vorzugehen, wie es anscheinend die seltsamen Insassen des Ufos mit Villas Boas taten.

6. Villas Boas stellte die Hypothese auf, daß die Flüssigkeit, mit der man seinen Körper einrieb, ein Aphrodisiakum war, um ihn sexuell zu erregen. Dr. Fontes meint, Villas Boas könnte damit versucht haben, seine sexuelle Aktivität unter diesen Umständen zu rechtfertigen, und daß diese Flüssigkeit wohl antiseptischer Art war.

7. Leider war es Villas Boas, Dr. Fontes und Herrn Martins wegen der großen Entfernung und ihrer eigenen täglichen Angelegenheiten nicht möglich, den Hauptbeteiligten rechtzeitig zu einer psychiatrischen Untersuchung zu bringen. Inzwischen hat Villas Boas geheiratet und aus Rücksicht auf seine Frau kein Interesse mehr, sich über sein Erlebnis zu äußern.

Trotzdem scheint doch aus der vorläufigen Untersuchung durch Dr. Fontes hervorzugehen, daß es sich um eine stabile Persönlichkeit handelt, die nicht zum Lügen neigt und nicht im Besitz der Informationen war, die sie gehabt haben mußte, um sich eine solch logische Geschichte auszudenken.«

NICHT ALLE SIND »WELTRAUMPIRATEN«

Wenn man diese aktuellen Entführungen mit dem vergleicht, was uns die Genesis über die »Kinder Gottes« und »die Töchter der Menschen« erzählt, kann man meiner Ansicht nach leicht einige Unterschiede finden. So zum Beispiel:

1. Während die Genesis andeutet, daß der Raub der »Töchter der Menschen« allgemein bekannt war, dringt heutzutage die Kunde von solchen Taten »außerirdischer Astronauten« nur sehr selten in die Öffentlichkeit (oder an die Forscher). Fast alle dieser »Versuche« mit Menschen scheinen im Innern der Ufos stattzufinden und unter fast völliger Verschwiegenheit. Mehr noch: Nur durch behutsames Ausloten der Erinnerung und Hypnose der Zeugen kann man heutzutage eine ungefähre Vorstellung von dem gewinnen, was sich in den Raumschiffen zugetragen hat. (Es gibt Fälle – wie den von Villas Boas –, in denen die Männer oder Frauen ihre Erfahrungen bei Bewußtsein erzählen können. Aber diese sind, wie ich anführte, in der Minderzahl.)

Natürlich haben sich die Gegebenheiten beträchtlich geändert. Vor 4000, 5000 oder 6000 Jahren – als möglicherweise die »Wächter« zu einem ausgewählten, begrenzten Gebiet der Erde herunterkamen – rechtfertigte der von den »Verantwortlichen« für die Geburt und Entwicklung unseres Menschengeschlechts aufgestellte »Große Plan« diese häufigen und öffentlichen Landungen. Seitdem haben sich die Umstände ja geändert ...

2. Ich bin ferner davon überzeugt, daß die Autoren der gegenwärtigen Entführungen wenig oder nichts mit jenen »Engeln« oder »Astronauten« zu tun haben, die die »göttlichen Pläne« durchbrachen und »die Natur veränderten«, wie es das *Testament der Zwölf Patriarchen* beschreibt.

Es fällt mir schwer, zu akzeptieren, daß diese »Missionare«, die an den ersten Phasen des »Großen Planes« – Erschaffung des Menschen, Auserwählung des jüdischen Volkes und allgemeine Vorbereitung der Geburt Christi – die gleichen sind, die heutzutage Männer und Frauen in ihre Raumschiffe schleppen und dort mit ihnen alle Arten von »klinischen«, sexuellen und anderen Experimenten anstellen. Und obwohl ich die Hypothese aufrechterhalte, daß die besagten »Engel-Astronauten« weiterhin über die Entwicklung der Menschheit wachen und zu den neuen »Phasen« des »Großen Planes« beitragen, haben diese meiner Meinung nach nichts mit einer derartigen »Sexualpiraterie« zu tun.

Wer sind denn aber die Verantwortlichen für diese Entführungen?

Nach meiner Meinung – und immer auf der Grundlage von Hunderten von Informationen, die ich gesammelt habe – gehören diese Weltraumrassen, die Menschen fangen, als seien sie Wildpferde oder Gorillas, zu einer »Stufe«, die uns unter technologischem Gesichtspunkt sehr voraus ist, sich aber sehr von jener kosmischen »Parzelle« unterscheidet, in der sich die »Engel-Astronauten« der Bibel befinden.

In meinen Archiven findet sich eine Vielzahl von »nahen Begegnungen« mit Wesen aus dem Weltraum, deren Verhalten zu den Zeugen völlig anders ist als das der »Forscher« oder »Wissenschaftler« oder auch »Piraten« des Weltraums. Diese anderen sind eben »Männer« oder »Wesen«, die »großen Frieden und Vertrauen erwecken« – um die Worte derjenigen zu benutzen, die ihnen begegnet sind und manchmal sogar auch mit ihnen kommuniziert haben –, deren Aussehen »glänzend und schön« ist und die »immer von Liebe, Gerechtigkeit und Ereignissen von großer Tragweite« reden. Diese sind – wie wir nachstehend sehen werden – auch mit unserer alten Vorstellung von den Engeln identifiziert beziehungsweise in Zusammenhang gebracht worden. Das geschieht dagegen nicht mit den Besatzungen, die solche Entführungen praktizieren. Auch Villas Boas erklärte, daß seine Entführer nicht wie Engel aussahen.

3. Schließlich, während jene begrenzte Gruppe von »Rebellen« (?) – zweihundert gemäß den Apokryphen – erlaubte, daß die Frucht ihrer Vereinigung mit den weiblichen Menschen wuchs und gedieh, gibt es bei den aktuellen Fällen von sexuellen Nötigungen keine Angabe von der Zeugung und Geburt eines hybriden Wesens. Es scheint, als ob alle Zivilisationen, die uns besuchen – so tief ihr ethisches Niveau auch sein mag –, einer strengen »höheren« Kontrolle unterworfen sind, die, vor allem, die natürliche Entwicklung einer niederen Spezies wie der unsrigen gewährleistet. Dies erklärt das »unerklärliche« Verhalten der Ufos: immer scheu und ausweichend. Was können wir also von diesen Fällen von sexuellen Kontakten oder »medizinischen Untersuchungen«, die heutzutage im Innern von Ufos stattgefunden haben, halten? Nach meiner Ansicht kann es zwei Erklärungen geben: Einmal, daß diese Experimente mit vorheriger Kenntnis der Elohim oder »Engel-Astronauten« durchgeführt werden und demnach autorisiert sind, oder andererseits, daß die Rassen, die so etwas praktizieren, das insgeheim oder illegal tun. Wenn jene 200 »Wächter« die für die »Kinder der Menschen« aufgestellte Norm überschreiten konnten – ein untrügliches Zeichen für die Freiheit, die sie genossen – warum sollte dann die Möglichkeit verworfen werden, daß auch andere Wesen aus dem Weltraum diese kosmischen Gesetze nicht einhalten? Es ist offenbar, daß aufgrund jener »Rebellion« unter den Elohim der »Generalstab« des Himmels seine Kontrolle und Bewachung der

kurz vorher entstandenen Menschheit verstärken mußte. Deshalb hat vielleicht noch keine öffentliche, offiziellle und gehäufte Landung von »Astronauten« aus dem Weltraum bei den Menschen stattgefunden. Jedenfalls haben wir keine eindeutigen Nachrichten davon erhalten. Und vielleicht finden diese Entführungen und nahen Begegnungen als Folge dieser eisernen Kontrolle über die Erde »insgeheim« statt und ohne daß neunzig Prozent der »Entführten« sich daran erinnern können, was wirklich in diesen Raumschiffen geschah. Es wäre allerdings so gut wie unmöglich, festzustellen, ob diese Entführungen unbestraft bleiben, oder ob die »hohen Verantwortlichen« für die Menschheit – die »Himmlischen« oder Elohim – diese Schuldigen bestrafen, wenn – das möchte ich noch einmal betonen – solche Annäherung an die Menschen verboten sind ... Um der Wahrheit die Ehre zu geben, so waren die »Engel-Astronauten«, die die Israeliten aus Ägypten herausholten und über Hunderte von Jahren zur Ansiedlung in das gelobte, versprochene Land führten, auch nicht immer ein Beispiel für Sanftmut und Friedfertigkeit. Gegenwärtig beschäftige ich mich mit den Blutbädern, die die »Astronauten des Jahve« an den Nachbarvölkern und am jüdischen Volk selbst verübten und deren Gesamtzahl ein objektives Hirn nur erschauern lassen kann. Sogar die Kirche selbst zeigt sich gegenwärtig außerstande, für diese Massenmorde eine »befriedigende« Erklärung zu geben ...

Genauso schwierig ist es auch für die »traditionellen« Bibelsachverständigen, eine genaue Interpretation der Passage der Genesis zu liefern, in der – zur Überraschung aller – Jakob stundenlang mit einem »Engel« kämpft.

KAPITEL IV

Jakob, alias »Israel«, stößt auf ein »Lager« der Elohim. – Wie der schlaue Enkel Abrahams die gesamte Verwandtschaft hereinlegt. – Ein »Engel« niederer Art? – Jakob bekam einen regelrechten »Judohieb« ab. – Natürlich sind die »folkloristischen« katholischen Kommentatoren nicht damit einverstanden. – Wir sind viel gefährlicher als der Patriarch und seine Leute. – Schieß nicht auf Ufos, weil du sonst erblinden könntest ... oder sterben. – Klarmachen zum Gefecht auf dem spanischen Militärstützpunkt Talavera la Real. – Inácio de Souza zog in ein anderes Stadtviertel, weil er glaubte, er habe einen Außerirdischen umgebracht.

Wenn auch eine Parallele zwischen »Lähmungen« und sexuellen Aggressionen gegen Menschen von seiten der Ufo-Besatzungen und dem besteht, was uns die Bibel berichtet – wie wir gesehen haben –, ist es mir dagegen nicht leichtgefallen, einen Vergleich zu der bestürzenden »Begegnung« Jakobs mit einem Engel zu finden.

In dem gleichen Buch Genesis (32. Kapitel, 24–32) kann man wörtlich lesen:

»... und (Jakob) blieb stehen. Da rang ein Mann mit ihm, bis die Morgenröte anbrach. Und da er sah, daß er ihm nicht beikommen konnte, schlug er ihn auf das Gelenk seines Oberschenkels, und es wurde ein Muskelstrang des Schenkels bei dem Ringen mit ihm verletzt. Und der Mann sprach: Laß mich gehen, denn die Morgenröte bricht an. Aber Jakob antwortete: Ich lasse dich nicht, es sei denn, du segnest mich. Er fragte ihn: Wie heißest du? Er antwortete:

Jakob. Und er sprach: Du sollst nicht mehr Jakob heißen, sondern Israel, denn du hast mit Gott und mit Menschen gekämpft und hast gewonnen. Und Jakob fragte ihn und sprach: Sage doch, wie heißest du? Er aber sprach: Warum fragst du, wie ich heiße? Und er segnete ihn dort.

Und Jakob gab der Stätte den Namen Penvël; denn er sagte: Ich habe Gott von Angesicht gesehen und bin doch mit dem Leben davon gekommen.

Und als er an Penvël vorüberkam, ging ihm die Sonne auf; und er hinkte an seinem Schenkel. Daher essen die Kinder Israel den Muskelstrang über dem Hüftgelenk nicht bis auf den heutigen Tag, denn er hat Jakob auf den Hüftmuskel geschlagen.«

Wenn man diese Passage des Alten Testaments aufmerksam liest, fühlt man sich wieder verwirrt. Wie ergab sich die »Begegnung« mit demjenigen, von dem die Genesis vorher kein Wort erwähnt hatte? Was machte dieser »Mann« oder »Engel« – um die Ausdrücke des heiligen Autors zu benutzen – in der Umgebung des Lagers von Jakob? Und das Überraschendste: Mit welcher Art von »Engeln« konnte der Enkel Abrahams, der den Patriarchen nicht besiegen konnte, gekämpft haben?

Der Kampf muß so »menschlich« gewesen sein, daß der »Engel«, um sich von dem lästigen Jakob zu befreien, »ihm den Schenkel berührte« oder »einen Schlag darauf gab«, daß »ein Muskelstrang des Schenkels darüber nachgab«, er also hinkte.

Bevor ich zu meiner eigenen Interpretation übergehe, lassen Sie uns einmal sehen, was die Theologen und Bibelsachverständigen, die katholischen Exegeten, über diesen eigenartigen Kampf sagen:

Für Alberto Colunga[1] und Maximilian García Corde-

---

[1] Colunga, O. P., ist Magister der Heiligen Theologie und Berater der päpstlichen Bibelkommission.

ro¹, zwei wichtige Sachverständige der Heiligen Schriften, ist dieses Fragment einfach nur ein Symbol, »dem man nicht mehr als die Bedeutung einer aus dem Verlauf der Niederschreibung heraus entstandenen Parabel beimessen darf«.

»Die Ausdrucksform ist archaisch«, fahren sie in ihrer Interpretation fort, »und es kann gut sein, daß sie das Echo einer uralten folkloristischen Anekdote zur Erklärung des Namens Israel darstellt.«

Zum »x-ten« Male weichen also die Kirchengelehrten aus. Es gibt doch wohl keine bequemere und weniger verbindliche Form, eine Bibelpassage zu »erklären«, als ihr das Etikett des »Symbols« oder der »aus dem Verlauf der Niederschreibung heraus entstandenen Parabel« anzuhängen. Ohne es zu wollen, stoße ich immer wieder auf diese »Nadelkästchen« der »literarischen Gleichnisse«, eine probate Erfindung der Exegeten, die sich das Leben nicht schwermachen wollen ...

Und ich stelle die Frage: »Warum müssen das ›Ringen Jakobs mit dem Engel‹ oder ›der Stern von Bethlehem‹ oder ›das Überschreiten des Roten Meeres‹ als ›literarische oder midraschische Gleichnisse‹ abqualifiziert, die Wiederauferstehung von Christus dagegen, seine ›Himmelfahrt‹ oder die ›unbefleckte Empfängnis der Jungfrau Maria‹ – um nur einige Beispiele anzuführen – als ›unumstößliche historische Tatsachen‹ gewürdigt werden?«

Wenn die Bibel als »göttliche Eingebung« angesehen wird, warum versuchen dann diese Doktoren der Kirche, das Werk Gottes zu korrigieren?

Man kann sich doch nur für eine von zwei Möglichkeiten entscheiden: Entweder ist die Heilige Schrift keine gött-

---

1 García Cordero, O. P., ist Professor der Exegetik und biblischen Theologie der Erzbischöflichen Universität von Salamanca und der Theologischen Fakultät des Klosters San Esteban.

liche Eingebung – was ich nicht akzeptiere – und in diesem Falle ist alles in Frage zu stellen, oder sie ist es, und alles, was in ihr erzählt wird, hat sich wirklich zugetragen. (Etwas anderes wäre es, wenn wir diese Umstände hätten so interpretieren können, wie sie sich wirklich ereignet hatten ...)

Das ist wahrscheinlich der springende Punkt. Die katholischen Schriftsteller und Theologen können niemals akzeptieren, daß Jakob, zum Beispiel, während einer ganzen Nacht mit einem Engel kämpfte, weil Engel eben – so ist heutzutage der Standpunkt der Theologie – nicht menschlicher Natur sind. Und hier – das betone ich abermals – stimme ich nicht mit den aktuellen theologischen Tendenzen überein.

Welche Theorie habe ich nun über den »Kampf des Jakob«?

Ich muß hier wieder die Versuchung unterdrücken, mich tief in die Genesis zu versenken.

Deshalb werde ich mich auf die »grundlegenden Argumente« beschränken, von denen ich schon gesprochen habe: Jakob – wie vorher schon Abraham und Isaak (Vater des Jakob) – war eines der »Zahnräder« in dem »Getriebe« der wichtigen Phase der Bildung des »auserwählten« Volkes. Sowohl er als auch seine Nachfahren (so wiederholen es die Elohim häufig) sind der »Zement« eines großen Volkes, aus dem der Messias hervorgehen sollte. (Wir sprechen von der Zeit zwischen 2000 und 1800 Jahren v. Chr.)

Als »fundamentale Bestandteile« des göttlichen »Großen Planes«, mußten Jakob sowie sein Umfeld ständig überwacht und geleitet werden. Diese Aufgabe lag in den Händen der Elohim oder »Engel/Astronauten/Missionare« von menschlicher oder sehr menschenähnlicher Natur.

Aber lassen Sie uns doch auf den Kampf mit dem Engel zurückkommen. Kurz vorher (wie die Genesis in ihrem 32.

Kapitel, 1–13, berichtet) hatte Jakob, der zu dem Land seines Großvaters Abraham, seines Vaters Isaak und seines Bruders Esau zurückkehrte, eine erste intensive Begegnung mit anderen »Engeln«:

»Jakob aber zog seinen Weg«, lautet dieser Teil der Genesis, »und es begegneten ihm die Engel Gottes. Und da er sie sah, sprach er: Das ist Gottes Heerlager, und hieß die Stätte Mahanajim.«[1]

Natürlich ist nichts in der Bibel ohne Zweck – auch diese Begegnung mit den Elohim nicht. Nach meiner Meinung zwang diese »scharfe Überwachung« der Patriarchen im allgemeinen und hier des Jakob im besonderen die »Astronauten«, an mehr oder weniger in der Nähe liegenden Stellen zu landen, wo sie regelrechte Stützpunkte oder »Heerlager«, wie Jakob es nannte, errichteten. Wenn der Patriarch erzählt, daß jenes »das Heerlager Gottes« war, so doch einfach aus dem Grund, weil er dort etwas sehen mußte, was ihn an ein Heerlager erinnerte. Wenn diese »Astronauten« – aus den vielen schon erklärten Gründen – von den Patriarchen als »Engel Gottes« oder Gott oder Jahve selbst angesehen wurden, so ist doch die logische Folgerung, daß der Ort, an dem sie »lagerten« oder sich niedergelassen hatten, als »Heerlager Gottes« betrachtet wurde.

Kurz nachdem Jakob auf diesen »Stützpunkt« der »Astronauten« »stieß« (wir wissen nicht, ob durch Zufall), entschloß sich der Patriarch, Esau eine Gruppe von Abgesandten mit beträchtlichen Geschenken zu schicken, um den Zorn seines rothaarigen Bruders[2] zu besänftigen. Und

---

[1] Mahanajim heißt »die beiden Heerlager«. Nach anderen Autoren kann das Wort auch bedeuten: »das Lager (Majaneh) Gottes«. Das untermauert meine Theorie über einen möglichen »Stützpunkt« oder ein »Lager« der »Astronauten«.

[2] Jahre zuvor hatte Jakob, unterstützt von seiner Mutter Rebekka, die Stelle seines Bruders Esau eingenommen und erreicht, daß Isaak ihn segnete, wodurch er das Recht des Erstgeborenen erlangte und damit die gesamte Hinterlassenschaft seines Vaters erhielt. Esau und Jakob waren Zwillinge, aber Esau war als erster geboren worden. Diese Machenschaften Ja-

kurz vor der Begegnung mit dem Engel ließ der umtriebige Enkel Abrahams seine beiden Ehefrauen (Lia und Rachel), deren beide Sklavinnen und Konkubinen Jakobs (Zela und Bala) und seine elf Kinder den Fluß Jabbok überqueren, so daß er allein blieb.

Nach meiner Meinung können diese Machenschaften Jakobs – Sklaven, Geschenke und seine eigene Familie auszuschicken – keinen anderen Grund als Angst und Feigheit gehabt haben. Logischerweise mußte diese Umsiedelung von Familienmitgliedern und Gesinde des Jakob von der »Astronautenmannschaft« genau überwacht werden, denn sie konnte keinen Schaden an der Person des Patriarchen oder seiner elf Kinder zulassen, weil sie mehr oder weniger der »Samen« der sogenannten zwölf Stämme des Jakob, der Kern des zukünftigen Volkes Israel, waren ...

Deshalb erscheint es mir glaubhaft, daß der Patriarch – ein einziges Mal nur – einem dieser »Engel-Astronauten«, deren Raumschiffe über dem Ort kreuzten, begegnen konnte. Und obwohl die Genesis sparsam mit Einzelheiten ist, liegt es im Bereich des Möglichen, daß sich Jakob körperlich auf den »Astronauten« gestürzt hat und diesen zwang, sich zu verteidigen. Wir können aber auch eine zweite Hypothese nicht aus den Augen lassen: Und wenn der Kampf mit dem »Astronauten« eingehend von der »Mannschaft« vorbereitet worden war? Wenn wir in Betracht ziehen, daß das »auserwählte Volk« schon im Werden begriffen war, so könnte das ein sehr passender Moment gewesen sein, es zu »taufen« – und der Name, Israel, wurde ihm von dem »Engel« selbst gegeben.

kobs entzündeten logischerweise den Zorn Esaus, der nach Mesopotamien fliehen und sich zwanzig Jahre dort auf die Ländereien von Laban, dem Bruder seiner Mutter Rebekka, zurückziehen mußte.

Ich meine auch, daß der Kampf schon vorher entschieden war, weil diese Wesen aller Wahrscheinlichkeit nach eine fast totale Überlegenheit über die primitiven Menschen vor viertausend Jahren haben mußten. Der »Astronaut« hätte eigentlich nur eines seiner lähmenden Mittel anzuwenden brauchen, um die Annäherung Jakobs, den Zusammenstoß mit dem Patriarchen und, offenbar, eine ganze Nacht des Kampfes mit ihm zu vermeiden ...

Aber die »Bedingungen« des »Großen Planes« erforderten vielleicht, daß der »Astronaut« sich in diesem Augenblick verstellte und das Vorgehen Jakobs – der zu diesem Zeitpunkt um die vierzig Jahre alt gewesen sein mußte – abzuwarten und sogar den Eindruck zu erwecken, von dem »Auserwählten« besiegt worden zu sein. Nur damit konnte die Notwendigkeit eines Namenwechsels gerechtfertigt werden: »Du sollst nicht mehr Jakob heißen, sondern Israel[1], denn du hast mit Gott und den Menschen gekämpft und hast gewonnen.«

Ich weise wieder darauf hin, daß ich nicht glaube, daß es wirklich Gott war – oder die Große Kraft, auf die ich mich auf den ersten Seiten dieses Werkes bezogen habe –, die mit Jakob kämpfte. Schon die Vermutung erscheint absurd. Wenn der »Engel« oder »Astronaut« sich am Ende des Kampfes selbst als »Gott« ausgab, doch wohl, weil – wie ich seinerzeit auch schon anführte – diese Behauptung die Dinge vereinfachte. Jener »Mann« war für Jakob ein übermenschliches Wesen, das war klar, genauso wie es ein heutiger russischer oder amerikanischer Astronaut für die Menschen des 15. oder 16. Jahrhunderts wäre. Was sonst hätte der »Astronaut« wohl auch sagen können?

Was ich allerdings nicht verstehe, ist die Notwendigkeit

---

[1] Gemäß X. Leon-Dufour bedeutet »Israel« »Gott kämpft«, »Gott ist stark« und »... kämpfte mit Gott«.

eines so ausgedehnten Kampfes. Warum wartet der »Astronaut« bis zur Morgenröte? Wäre das Ergebnis bei einem kurzen Zusammenstoß nicht das gleiche gewesen? Oder war dem beauftragten »Engel« – den man bestimmt aufgefordert hatte, in direktem körperlichen Kontakt mit Jakob zu kämpfen – etwa die Kontrolle über das Geschehnis entglitten? Die Genesis deutet das schüchtern an: ». . . und da er sah, daß er ihm (dem Mann) nicht beikommen konnte, schlug er ihn auf das Gelenk seines Oberschenkels . . .«

Das Gelenk des Oberschenkels? Was für ein Schlag soll denn das gewesen sein?

Ich befragte etwa zehn bekannte Ärzte, und alle sagten mir, daß die Genesis hier wohl die Sehnen des »geraden Schenkelmuskels«, der sich im oberen frontalen Teil des Oberschenkels befindet, meint. Diese Sehnen führen in den Ischiasknochen, d. h. ins Becken. Dieser Muskel ist einer der vier Teile oder Köpfe des Oberschenkelmuskels. Ein starker Schlag auf diese Zone hätte Freund Jakob tatsächlich augenblicklich hinken lassen, so daß der Kampf zu einem Ende gekommen wäre.[1] Als ich Judo- und Jiu-Jitsu-Fachleute befragte, stimmten eigenartigerweise alle

---

1 Gemäß der *Anatomischen Abhandlung über den menschlichen Körper* von L. Testut und A. Latarjet (Salvat, 1965) bildet der Schenkelmuskel zusammen mit dem »vastus mediales«, »vastus laterales«, »vastus intermedius« und »rectur femuris« den vierköpfigen seitlichen geraden Schenkelmuskel, der am vorderen mittleren Teil des Oberschenkels verläuft. Der seitliche gerade Schenkelmuskel führt seinerseits in den unteren Teil des vorderen Beckenbeins mittels einer starken, runden, wie der Muskel vertikal ausgerichteten Sehne, die man »direkte Sehne« nennt. Auch in den höheren Teil der Hüftpfanne, der eine Ausbuchtung der Höhlung des Hüftknochens ist, in die der Kopf des Oberschenkelknochens eingebettet ist, führt dieser Muskel mit Hilfe einer faserigen, dünneren, aber auch widerstandsfähigen Verlängerung, die sogenannte Reflexsehne. Diese Sehne ist auch an dem oberen Teil der Hüftgelenkkapsel befestigt. Roger William, der eine genaue Untersuchung über diesen Muskel durchführte, betrachtet die Beckenbeinsehne als nebensächlich und den Verlauf in die Hüftpfanne als Einbindung des besagten seitlichen geraden Schenkelmuskels. Diese letztere Definition erklärt wohl sehr gut den Schmerz und die Kampfunfähigkeit des Jakob nach dem Schlag auf »das Gelenk des Oberschenkels«.

darin überein, daß die Atemi-Schläge, auch »die Tödlichen« genannt, bei dieser Kampfkunst eben auf diese Region des Schenkels zielen. Ein Schlag mit dem Fuß, dem Bein, dem Knie oder einem geeigneten Gegenstand kann Auswirkungen auf die Muskelsehne haben.

Nach dem koreanischen Lehrer Suk Joo Chung, der eine der herausragenden Figuren des Sam-Bo (ein Kampf mongolischen Ursprungs, aus dem sich die heutzutage hauptsächlich bekannten Kampfsportarten entwickelten) in Europa ist, stellt von den etwa zehn Atemi-Schlägen, die heutzutage praktiziert werden, nur der Schenkelschlag eine geringe Gefahr dar. Der Rest – Schläge an die Schläfen oder Schädeloberseite, ans Brustbein

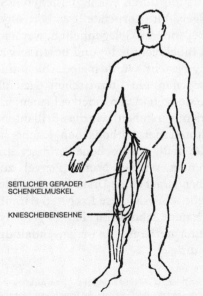

Alle Anzeichen weisen darauf hin, daß der seitliche gerade Oberschenkelmuskel die Stelle war, an der Jakob von dem »Engel« getroffen wurde.

oder Kinn, zwischen die Augenbrauen, unter die Nase, an den Hals, in die Hoden und die Nieren – ist sehr gefährlich.

Dies macht mich nachdenklich. Warum gab der »Astronaut« Jakob den »am wenigsten gefährlichen« Schlag, der immerhin ausreichte, ihn kampfunfähig zu machen? Die Vorstellung fällt mir nicht schwer, daß diese Wesen – so wie in der heutigen Zeit unsere Astronauten und Piloten – die Geheimnisse der Selbstverteidigung kannten und natürlich hervorragend trainiert waren. Der »Astronaut« durfte den Patriarchen nicht töten oder schwer verletzen, weil dieses fatal für die gesamte »Operation« gewesen wäre...

Deshalb beschränkte er sich darauf – wie es die Bibel ja sagt –, die Situation durch einen zielsicheren Schlag auf eine genau ausgewählte Körperstelle zu bereinigen.

Wie schon bei anderen Gelegenheiten, wenn ich mir bewies, »daß die Bibel recht hat«, und besonders hier, wo ja ein realer Bezug besteht, wurde meine Ablehnung der Hypothese der sogenannten literarischen Gleichnisse und derjenigen, die sie verteidigen, noch vehementer. Ich kann zum Beispiel nicht verstehen, wie die »brillanten« Theologen und Doktoren der katholischen Kirche behaupten können, daß der heilig gesprochene Verfasser eine alte Geschichte verwendet, um den Namen Penvël[1] zu erklären und »dem Namen Israel einen Ursprung zu geben«. Ebensowenig verstehe ich, wie diese Exegeten darauf kommen konnten, den Kampf Jakobs mit dem Engel »als eine alte Volkssage zu interpretieren, die umgewandelt und auf Jakob bezogen wurde«.

---

[1] Dieser Name wird als Panuël oder Peniel angegeben. Die am nächsten liegende Übersetzung ist wohl »Gesicht des Elohim« oder »Gesicht des Ihm« – so wird der Name jedenfalls von den Siebzig übersetzt. Jedenfalls scheint daraus hervorzugehen, daß Jakob das Gesicht des Elohim oder »Astronauten« sah.

Und als Gipfel der Unklarheit geben sie noch eine abschließende Interpretation preis:

»Das Wesen, das ihm den Weg versperrte, war der Wächtergeist der Furt.«

Und das nennen sie eine »orthodoxe exegetische Erklärung«! ...

Im Grunde, wie ich ja schon anführte, beißen sich diese weitschweifigen Erklärungen furchtbar mit dem authentischen Sinn der göttlichen Eingebung und würdigen die Rolle des heiligen Autors zu der eines mittelmäßigen Poeten oder, je nach den Umständen, sogar zu der eines armen Dummkopfs herab ...

Außerdem kann ich nicht verstehen, warum die Exegeten diese Passage so verachten und sie als »Midrasch« oder »literarisches Gleichnis« abqualifizieren, wenn der heilige Verfasser uns eine so präzise Angabe macht wie »Muskalstrang des Oberschenkels«. Wenn es nur eine Parabel sein sollte, so hätte der Verfasser den Patriarchen als verwundet beschrieben haben können, ohne weitere Erklärungen und Umstände.

Natürlich ist die Definition – »das Gelenk des Oberschenkels« – nach strengen Maßstäben ungenau. Obwohl die Mehrzahl der von mir konsultierten Fachärzte dazu neigt, daß damit der besagte »seitliche gerade Oberschenkelmuskel« gemeint ist, muß ich hier der Vollständigkeit halber erwähnen, daß andere bekannte Mediziner die Möglichkeit aufzeigten, daß der dem Jakob zugefügte Schlag auf die Kniescheibensehne fiel, denn die Kniescheibe ist ja das untere Gelenk des Oberschenkels.[1]

Denn der seitliche gerade Schenkelmuskel endet an der Kniescheibe in einer starken Sehne, der Kniescheiben-

---

1 Der Oberschenkel ist in seinem unteren Teil über die Schenkelknöchel mit dem Schienbein verbunden, an dessen Vorderseite am oberen Ende die Kniescheibe sitzt. (Diese ist das Gelenk des Knies.)

sehne, die unmittelbar unter der Haut liegt. Im Falle von sehr heftigen Anstrengungen (oder Schlägen) – z. B. beim Fußballspielen, Schifahren usw. – kann sie anreißen. Ganz durchreißen wird sie aber schwerlich. Im letzteren Fall könnte man das Bein nicht mehr vorstrecken, und es würde Kraft und Stabilität verlieren.

Wenn wir berücksichtigen, was hier schon über die Judoschläge gesagt wurde, ist es wenig wahrscheinlich, daß der Schlag des »Engels« Jakob unter dem Knie traf.

In anderen Versionen der Bibel wird auch von der »Ischiassehne« gesprochen. Hier haben wir eine weitere Ungenauigkeit seitens des heiligen Autors oder des Übersetzers. Dabei kann es sich nicht um die »Ischiassehne« handeln, denn eine solche gibt es nicht, sondern um den »Ischiasnerv«. Dieser Nerv verläuft an der Hinterseite des Oberschenkels. Er liegt tief und sehr nahe am Schenkelknochen. Seine Funktionen sind sensorisch und motorisch. Es wäre sehr schwierig, ihn durch einen Schlag zu beschädigen. Aber nehmen wir an, daß dieser Nerv durchgetrennt werden kann, dann wären die Folgen: Lähmung der hinteren Muskeln des Schenkels und die Unfähigkeit, ihn über der Hüfte zu bewegen. Unter diesen Umständen hätte Jakob sich weder auf den Füßen halten noch das Knie beugen oder das beschädigte Bein dem anderen nähern können.

Das Misnagesetz, das den Juden verbietet, den Ischiasnerv eines Tieres zu essen, basiert genau auf diesem möglichen Irrtum des heiligen Verfassers. Ich sage »Irrtum«, weil, wie angeführt, dieser Nerv wegen seines tiefen Sitzes nur sehr schwer beschädigt werden kann.

Aber, von diesen »Perfektionismen« abgesehen, ist es sicher, daß der Verantwortliche der Niederschrift dieser Bibelpassage eine ausreichend korrekte Information gab, die die Abqualifizierung als eine mögliche Art von »Midrasch« nicht rechtfertigt.

WIR SIND GEFÄHRLICHER ALS
DER PATRIARCH UND SEINE LEUTE

Kommen wir auf die Parallelen zwischen bestimmten Bibelstellen und den aktuellen Begegnungen mit Ufos zurück. Der Kampf des Jakob mit dem Elohim ist einer der wenigen Fälle, in denen ich bis jetzt keinen Vergleich mit Erlebnissen in heutigen Zeiten finden konnte. Gewiß, es gab schon einige mehr oder weniger kurze »Geplänkel«, bei denen die Erdbewohner Insassen von Ufos angriffen und diese dann darauf reagierten und Gegenangriffe durchführten. Aber solche Scharmützel waren fast immer sehr kurz.

Auf den vorangehenden Seiten können wir lesen, wie der Brasilianer Villas Boas sich mit Händen und Füßen gegen eine Gruppe von »Männchen« verteidigte und einen von ihnen sogar mit einem Stoß zu Boden schicken konnte.

Das Fehlen von Fällen, wie sie uns die Genesis schildert, kann – immer von meinem Gesichtspunkt aus – die zwei folgenden Gründe haben:

1. Wir leben im 20. Jahrhundert, und unsere Lebensumstände sind natürlich ganz anders als die der Patriarchen vor viertausend Jahren. Der »Große Plan« durchläuft gegenwärtig ganz andere Phasen als zur Zeit der Genesis. Die Erscheinungen der Elohim oder »Himmlischen« sind anderer Natur und dienen, natürlich, auch anderen Zwecken.

2. Wir sind tatsächlich potentiell gefährlicher als die hilflosen Patriarchen. Schließlich besitzen wir Waffen, die letzten Endes den »Astronauten-Missionaren« Schaden zufügen können. Andererseits ist die technische Entwicklung der Menschheit heutzutage so fortgeschritten, daß viele der Raumschiffe dieser Wesen entdeckt werden können, sobald sie in die Erdatmosphäre eintreten. Militärs und Geheimdienste überall auf der Erde wissen vom Vor-

handensein von Ufos und versuchen ständig, sie zu fangen. Dies alles setzt die Rahmenbedingungen – und in welcher Form! – für die Landungen dieser Raumschiffe und die Annäherungen der »Astronauten« an Menschen. Es ist daher doch logisch, daß diese stundenlangen »Begegnungen« von Elohim mit möglichen »Auserwählten« des 20. Jahrhunderts in unseren Zeiten nicht häufig sind.

Trotz allem haben einige der Rassen, die uns gegenwärtig besuchen – und die möglicherweise nichts mit den »Engel-Astronauten« der Bibel zu tun haben – Konfrontationen mit Menschen provoziert. Das waren »Kämpfe« – wenn wir sie überhaupt so nennen können –, in denen wir immer den kürzeren gezogen haben. (Mehr oder weniger, wie bei Jakob.)

Der erste Fall dieser Art, den ich hier ausgewählt habe, war eigentlich keine Aggression, sondern die Reaktion auf einen Angriff durch Menschen ...

DREI SCHÜSSE AUF EIN UFO

Es war Sonntagabend, dem 30. August 1970. Almiro Martins de Freitas, einunddreißig Jahre alt und Vater von drei Kindern, arbeitete als Nachtwächter im Wasserkraftwerk von Barragem do Funil, ca. 6 km von Itaia entfernt, im brasilianischen Staat Rio de Janeiro.

So gegen 21.30 Uhr erblickte Freitas, der gerade die Umgebung des Staudamms kontrolliert hatte, an einem nahen Abhang eine unerklärliche Kette aus gelblichen, blauen und andersfarbigen Lichtern. Er dachte, es könnte sich vielleicht um eine neue Maschine des Kraftwerks handeln, so daß sein erster Impuls war, dorthin zu gehen, um das zu überprüfen. Er hatte dann aber Angst und versteckte sich sogar hinter dem Transformatorenhäuschen. Schließlich siegte aber doch das Pflichtgefühl in ihm, und er entschloß sich, an das »Ding« vorsichtig heranzugehen.

Er holte seinen Dienstrevolver heraus und pirschte sich vorsichtig 15 m an die Lichter heran. Es handelte sich um einen Gegenstand, der in geringer Entfernung über dem Erdboden schwebte. Er strahlte Lichter verschiedener Farben aus, wechselte von blau zu gelb, grün, violett, rot, orange und andere. Der Zeuge konnte aber die Form des Ufos nicht erkennen.

Der Zeuge – Almiro Martins de Freitas – erlitt eine zeitweilige Erblindung bei der Annäherung an ein Ufo.

»Es machte den Eindruck«, sagte er, »eines Flugzeugs, das abends auf einer Piste landet, obwohl diese Lichter stärker waren und die Form des Gegenstands nicht erkennen ließen.«

Als Almiro auf etwa 15 m an das »Ding« herangekommen war, hörte er ein seltsames Geräusch, ähnlich dem einer Turbine oder eines Düsenjägers. Dieses Geräusch nahm langsam zu, bis es ihn fast taub machte. Zu diesem Zeitpunkt faßte De Freitas den Mut, sich dieser Sache, die ihm als unmittelbare Gefahr erschien, zu stellen. Er schoß zweimal und, wie er sagte: »Ich bin sicher, daß ich traf, denn ich bin immer ein guter Schütze gewesen.«

Dann kann er sich nur noch daran erinnern, daß sich die Intensität der Lichter verstärkte und ihm heiß wurde, so als ob er 40 °C Fieber hätte. Danach erloschen die Lichter, und es zuckte ein Blitz auf, der ihn sofort blendete und lähmte.

Der Zeuge gibt an, daß er noch einen dritten Schuß abgeben konnte, diesen aber wohl völlig automatisch und aus Selbsterhaltungstrieb, denn er sei sich kaum noch bewußt gewesen, was um ihn herum geschah.

Die ersten beiden Menschen, die ihm zur Hilfe eilten, waren sein Kollege Mauro und der Sicherheitschef des Kraftwerks. Diese sagten aus, sie hätten Almiro steif und unbeweglich stehend angetroffen. Sein Gesicht sei zum Hang hin gerichtet gewesen. Den Revolver habe er noch in der Hand gehabt und mit schwacher Stimme mehrmals gestammelt:

»*Nao olhem, cuidado com o clarao. Estou cego!*« (Schaut nicht hin! Vorsicht, der Blitz! Ich bin blind!)

Aber sie konnten nichts Ungewöhnliches in der Gegend sehen. Erst als man De Freitas ins Auto geführt hatte, begann er, die Herrschaft über seine Bewegungen wiederzugewinnen.

Als sie den Hang untersuchten, konnten die Techniker des Kraftwerks trotz des am Nachmittag vor De Freitas' Begegnung gefallenen Regens an besagtem Hang – genau an der Stelle, an der der Zeuge versicherte, die Lichter gesehen zu haben – eine Stelle am Boden entdecken, die auf unerklärliche Weise getrocknet war. Dort hatte der Regen innerhalb eines Kreises von 3 m Durchmesser nicht die geringste Spur hinterlassen.

De Freitas erhielt erste medizinische Hilfe in dem örtlichen Krankenhaus von Santa Casa de Resende, wo er einen Tag lang blieb. Da diese medizinische Institution aber keinen Vertrag mit der Brasilianischen Sozialversicherung hatte, wurde De Freitas in das Hospital de Cruz Vermelha im Staat Guanabara überführt. Nach einigen Untersuchungen der Augen erklärt Dr. Orlandino Fonseca:

»Der Patient leidet an psychogener Blindheit, das heißt, daß sie durch einen emotionalen Schock entstanden ist, ohne daß es Verletzungen an den Augen gibt.

Er wird einer vorbereitenden Behandlung unterzogen, bevor eingehende Untersuchungen der Ursachen dieses heftigen Schocks durchgeführt werden. Sein Organismus zeigte normale Funktionen. Möglicherweise wird er von nächstem Montag an eine andere Behandlung empfangen können. Zur Zeit bleibt er aus Gründen der medizinischen Sicherheit isoliert.«

Die auf De Freitas angewandte Behandlung basierte im wesentlichen auf Hypnose, weil Dr. Fonseca versicherte, »daß angesichts des Umstands, daß die Blindheit psychogener Art ist, sein physisches und mentales Gleichgewicht wiederhergestellt weren muß«.

Nach einigen Tagen, am 8. September, begann Almiro de Freitas, wieder sehen zu können, wenn auch anfänglich nur den Arzt und die Krankenschwester als nebelhafte Formen. Das geschah, als er aus einer der Hypnosesitzungen aufwachte, der er unterzogen worden war.

Am Samstag, dem 11. September, wurde De Freitas in die Zentrale Poliklinik von Rio de Janeiro überführt, wo ein Enzephalogramm von ihm angefertigt wurde, dessen Befund normal war. Schließlich wurde De Freitas am 14. des gleichen Monats September entlassen, allerdings mit der Empfehlung, eine Behandlung auf der Grundlage von Beruhigungsmitteln fortzusetzen.

An diesem 14. September erklärte Dr. Orlandino Fonseca folgendes:

»Almiro hat das Sehvermögen schnell wiedererlangt, war aber allmählich darauf vorbereitet worden. Vor seiner Entlassung wurde De Freitas einer ophtalmologischen Untersuchung unterzogen, deren Befund ›normale Sicht‹ war. Während der Hypnosesitzungen berichtete Almiro mehrmals von seiner Beobachtung. Der Zweck der Behandlung war: erstens, sein Sehvermögen wiederherzustellen, und zweitens, ihn die Kontrolle über sein neuroemotionales System wiedererlangen zu lassen. Das Wichtigste war dabei, den Patienten zu heilen, und nicht, herauszufinden, ob diese Blindheit tatsächlich durch einen Lichtblitz von einer fliegenden Scheibe hervorgerufen wurde.«

Dann fügte Fonseca noch hinzu:

»Beschwerden der Art, wie De Freitas sie hatte, wurden zum ersten Mal in diesem Krankenhaus (Hospital de Cruz Vermelha) behandelt. Wegen der INPS (Sozialversicherung) wurden sie als ›Arbeitsunfall‹ unter der internationalen Klassifizierung Nr. 3058 des Nationalen Krankheitenkodes der Weltgesundheitsorganisation eingestuft. Die INPS hatte vorher noch nie in ihrer Geschichte diese Art von Behandlung vornehmen lassen.«

Almiro de Freitas wurde danach an den Sitz der Organisation, für die er arbeitete, zurückgebracht: dem SESVI (Spezialdienst für Interne Sicherheit und Überwachung), in Tijuca. Trotz allem nahm der Zeuge seine Arbeit als Nachtwächter nicht mehr auf. Der SESVI gab ihm die Stelle als Ausbilder des Sicherheitspersonals.

Schließlich erfuhren wir auch die Meinung von Almiro de Freitas selbst über das, was seine Blindheit hervorgerufen hatte:

»Niemals kam mir der Gedanke in den Sinn, daß es sich um eine dieser fliegenden Untertassen handeln könnte, die doch nur in der Welt der Science Fiction existieren. Auch hatte ich an jenem Tag sehr gut geschlafen, so daß die Annahme, daß ich eingeschlafen sei und alles nur geträumt hätte, nicht haltbar ist.«

Als man ihn fragte, was er machen würde, wenn er wieder solch ein »Ding« sähe, antwortete er:

»Ich würde so schnell ich könnte weglaufen.«

Eigenartigerweise überflog eine Woche nach dem Erlebnis von Almiro de Freitas, am 6. September, ein anderes Ufo das Wasserkraftwerk von Barragem do Funil – und diesmal sahen es sechs Zeugen.

Gegen 1.20 Uhr morgens konnten Luis Fernando Angelo, João Batista Pereira, José Carlos Pinto, José Antonio Silva und Mauro de Sousa Alves – letzterer war einer der beiden Männer, die De Freitas zu Hilfe geeilt waren – das Ufo zwanzig Minuten lang beobachten. Die Aufmerksamkeit der Wächter war durch eine Reihe von kleinen roten, grünen und gelben Lichtern erregt worden, die plötzlich am Himmel erschienen waren und sich von einem Berg zum anderen in einer Höhe von circa 700 m über dem Boden bewegten. Die Lichter gingen an und aus oder wechselten die Stellung, als ob sie einer Kontrolle unterstünden. Die Wächter blieben auf ihren Posten und beschränkten sich aufs Beobachten, da für den Fall, daß das Objekt wiederkommen würde, das de Freitas gesehen hatte, der Befehl gegeben worden war, nicht zu schießen.

Obwohl der Himmel sternenklar war, konnten die Wächter die Form des Ufos nicht ausmachen, wenn sie auch angaben, daß es nicht das klassische Aussehen einer fliegenden Scheibe hatte.

»Es sah wie ein Flugzeug ohne Flügel aus, nicht allzu groß und mit einem quadratischen Rumpf mit finnenartigen Vorsprüngen.«

Nachdem es mehrere Minuten lang verschiedene Bereiche des Wasserkraftwerks überflogen hatte, landete das Ufo an einer Stelle, die nicht sehr weit vom Aufenthaltsort der Wächter entfernt war, auf der anderen Seite des Flusses Paraiba. Da lief einer der Wächter los – José Antonio Silva –, um ein Fernglas zu holen. Damit konnte Silva am Rumpf des Ufos einige Punkte erkennen, die wie Luken aussahen. Alle Zeugen stimmten darin überein, daß das

Objekt während seiner Bewegungen kein Geräusch erzeugte und daß es beim Abflug erst langsam an Höhe gewann und dann innerhalb von Sekunden aus ihrer Sicht verschwand.

Talavera la Real: ein Außerirdischer »schleicht sich« in den Luftwaffen-Stützpunkt ein

Ein anderer dokumentierter Fall von Aggression gegen ein vermeintliches Ufo-Besatzungsmitglied, bei dem dieses darauf »reagierte« – bezeichnenderweise trat auch hier ein zeitweiliger Verlust des Sehvermögens eines der Zeugen auf –, ereignete sich in der spanischen Region Extremadura.

Schauplatz war der Luftstützpunkt von Talavera la Real in der Provinz Badajoz.

Nachstehend der fesselnde Bericht:

Was sich auf dem Luftstützpunkt von Talavera la Real in der Nacht zum 12. November 1976 ereignete, kann man nur als äußerst verwunderlich bezeichnen.

Der Umstand, daß die drei Zeugen bis vor kurzem ihrem Dienst auf diesem Militärstützpunkt weiter nachgingen, zwang uns, diese Informationen »einzufrieren«, die wir aber nun veröffentlichen. Sie wurden mir von den Soldaten selbst, die an dem sensationellen Vorfall beteiligt waren, berichtet.

In jener Nacht, gegen viertel vor zwei, befanden sich José Maria Trejo und Juan Carrizosa Luján auf Wache in der sogenannten Treibstoffzone des besagten Luftstützpunkts und Trainingsplatzes für Düsenjäger, der wenige Kilometer von Badajoz entfernt liegt.

»Wir standen zur Ablösung jeder in seinem Unterstand.«

Um viertel vor zwei nachts hörten beide Soldaten, die

ungefähr 60 m voneinander entfernt waren, seltsame Geräusche.

»Es hörte sich wie ganz normale atmosphärische Funkstörungen an, aber dann änderte sich – mitten in der Dunkelheit – das Geräusch zu einer Art von hellem, penetranten Pfeifen, das in den Ohren schmerzte.«

Die Überraschung der Soldaten wurde zu Bestürzung und logischerweise großer Besorgnis.

»Wir waren in der Treibstoffzone, und es konnte sich doch um einen Sabotageversuch handeln. Das begann uns zu beunruhigen.«

Aber dieses penetrante Pfeifen dauerte nur etwa fünf Minuten. Danach war wieder Stille.

»Hast du gehört?« schrie José Maria Trejo seinem Kameraden Juan Carrizosa zu.

»Ja, ich habe es gehört ... Was kann das wohl sein?«

Das seltsame Geräusch war ganz in der Nähe des Unterstands aufgetreten, in dem José Maria Trejo auf Wache stand. Dieser, angesichts der Möglichkeit, daß jemand in

»Das Geräusch änderte sich zu einer Art von hellem, penetranten Pfeifen, das in den Ohren schmerzte.«

den Militärbereich eingedrungen war, bat seinen Kameraden, zu sich, um zusammen das Gebiet zu durchsuchen.

Beide Soldaten trugen automatische Waffen mit Standardmunition.

»Nach etwa fünf Minuten Stille«, fuhren die Soldaten mir gegenüber fort, »trat dieses Pfeifen wieder auf.

Wir glaubten, wir würden verrückt. Es war sehr hoch in der Tonlage, grell. Uns platzten fast die Trommelfelle.

Es ging dann noch fünf Minuten weiter und kam dabei näher. Danach Stille. In diesem Moment – als die Stille eintrat – sahen wir ein Licht am Himmel.

Es war wie ein bengalisches Feuer, hoch und senkrecht über uns. Es erstreckte sich auf einen weiten Umkreis, wohl ungefähr bis Badajoz. Nach 15 bis 20 Sekunden verschwand dieses helle Licht ...«

Die Soldaten waren sprachlos.

»Wir hatten uns noch nicht von unserem Staunen erholt, als nach zwei oder drei Minuten eine andere Wache mit einem der Wolfshunde zu unserem Wachhäuschen kam. Es war der Kontrolleur für die verschiedenen Wachposten des Luftstützpunktes.

Er fragte uns, ob wir auch dieses helle Licht gesehen hätten. Wir bejahten das und kommentierten den Vorfall, fanden aber keine Erklärung ...«

In der Nähe der beiden Wachhäuschen oder Unterstände – wie ich mich bei meinem Besuch des besagten Luftstützpunkts überzeugen konnte – befindet sich ein kleines Haus, in dem die Wachen und ein Korporal schlafen. José Maria Trejo und Juan Carrizosa betätigten die Glocke, und bald darauf kam die Ablösung.

»Wir meldeten den Vorfall Pavón, dem diensthabenden Korporal, und dieser entschied, daß wir den Bereich auf irgend etwas Ungewöhnliches kontrollieren sollten – was wir dann taten.«

IN DER TREIBSTOFFZONE

Die Maschinenpistolen in den Händen, machten die drei Soldaten – José Maria Trejo, Juan Carrizosa und der Kontrolleur José Hidalgo mit dem Wolfshund – die Runde durch den weitläufigen Bereich, in dem der Treibstoff für die Düsenflugzeuge lagerte. Es herrschte totale Dunkelheit.

»Wir gingen etwa 300 m in Richtung Badajoz parallel zu einer Mauer, die um den Stützpunkt läuft und ihn in diesem Teil von der Landstraße trennt. Wir schritten eng an der Wand entlang und schwiegen.

Der Kontrolleur mit dem Hund diskutierte die Möglichkeit, daß jemand in den Stützpunkt eingedrungen war, aber wir gingen dabei weiter. Der Wolfshund schien ruhig zu sein. Diese Tiere sind besonders aufmerksam und trainiert, so daß sein Verhalten uns beruhigte...

»Wir fühlten so etwas wie einen Luftwirbel, und es war, als ob die Zweige von einigen Eukalyptusbäumen in der Nähe abbrachen.«

Aber plötzlich, mitten in dieser Dunkelheit, als wir auf der Höhe eines im Bau befindlichen Wachhäuschens angelangt waren, fühlten wir so etwas wie einen Luftwirbel. Wir brachten die Maschinenpistolen in Anschlag und verharrten schweigend, wobei wir versuchten, etwas zu hören und zu sehen ...«

An diesem Punkt hielten die Soldaten in ihrem Bericht inne, denn die Erinnerung war für sie plötzlich übermächtig. Und nicht ohne Grund ...

»Dieser Wirbel, oder was es war«, fuhr Trejo dann fort, »kam von einer bestimmten Stelle.

Dann hörten wir etwas, das so war, als ob die Zweige einiger Eukalyptusbäume in der Nähe abbrachen.«

Das war eindeutig. Die Soldaten ließen den Wolfshund frei, und dieser stürzte sich tapfer in die Dunkelheit auf die Stelle, von der das Krachen der Zweige herkam. Es waren Sekunden der Spannung. Die drei Soldaten, weiterhin mit den Maschinenpistolen im Anschlag, warteten auf das Bellen des Hundes. Aber das kam nicht.

»Nach einigen Sekunden, die uns wie eine Ewigkeit vorkamen, kehrte der Wolfshund zurück, aber als ob er leicht betäubt wäre, schwankend, als ob ›etwas‹ oder ›jemand‹ ihn fürchterlich erschreckt oder geschlagen hätte ...

Wir konnten uns nicht erklären, was an jener Stelle geschehen war. Wir schickten den Wolfshund noch vier- oder fünfmal dorthin, zu den Eukalyptusbäumen, und er kam immer wie beim ersten Mal zurück. Es war, als ob ihm die Ohren weh täten ..., er jaulte ...

Als er dann das letzte Mal zurückkam, begann der Hund, um uns herumzulaufen ...«

»WIR RIEFEN HALT«

»Das«, wie mir die Soldaten erklärten, »ist eine Verteidigungstechnik, die man diesen Wolfshunden beigebracht hatte.

Wenn eine Gefahr auftaucht oder etwas Unbekanntes die Wachen bedrohen kann«, fuhren sie fort, »laufen die Hunde ständig um die Wachen herum und stellen damit ein Hindernis, einen Schutz für die Person, die sie verteidigen sollen, dar.«

Dieses Verhalten des Hundes alarmierte die drei jungen Männer, die nun zur Aktion schritten.

»Wir riefen mehrmals ›Halt‹ ... Aber wir sahen niemanden. Der Hund knurrte drohend und drehte seine Runden immer schneller ...

Wir glaubten, es könne sich um eine Sabotage handeln, und entsicherten die Waffen, zu allem bereit ...«

Aber die Soldaten hatten nicht die geringste Ahnung von dem, was sie erwartete ...

»Ich hatte eine Vorahnung«, fuhr José Maria Trejo fort, »so ein unbestimmtes Gefühl, daß ›jemand‹ hinter mir war ...

»Ich hatte eine Vorahnung«, erklärte mir der Soldat, »so ein unbestimmtes Gefühl, das ›jemand‹ hinter mir war ...«

Ich bekam ein flaues Gefühl im Magen. Ich schaute aus dem Augenwinkel und sah – hinter mir, etwas nach links – ein grünliches Licht ... Ich drehte mich um wie von einer Tarantel gestochen und – o Gott – sah vor mir das Phantastischste und Unerklärlichste, das ich je in meinem Leben erblickt hatte ...«

SEHR GROSS

»Da war eine menschliche Gestalt – oder wenigstens schien es eine zu sein. Sie war sehr groß, etwa 3 m. Wir waren etwa 15 m von dem ›Ding‹ entfernt ...«

Selbst nach all dieser Zeit spiegelte sich in den Worten und auf den Mienen der Soldaten noch der große Schock, den sie in jener Nacht erlitten hatten. Nach einer kurzen Pause sprachen sie weiter:

»Es war eine menschliche Gestalt ... Wir waren etwa 15 m von dem ›Ding‹ entfernt.«

»Wie es war? Es war völlig hell, Licht – ein grünes Licht, so etwa, als ob Phosphor in der Nacht brennt...«

»Das Seltsamste war«, warf einer der anderen Zeugen ein, »daß diese helle Lichtgestalt aus kleinen Punkten zu bestehen schien. Am Rande der Gestalt waren diese Lichtpünktchen am hellsten. Der Kopf war klein, als ob er von einer Art Helm bedeckt wäre... Die Arme waren lang und der Körper dick...«

»Befand sich die Gestalt auf dem Boden?«

»Ja, aber wir konnten ihre Füße nicht sehen, auch die Beine nicht. Sie wirkte wie eine Schneiderpuppe, recht stark und ohne Beine – wenigstens sahen wir keine... Es sah so aus, als ob die Arme gekreuzt gewesen wären, aber die Hände waren auch nicht gut erkennbar.«

Zu jenem Zeitpunkt war Soldat José Maria Trejo, der die Gestalt zuerst erblickt hatte, vor Schreck und Überraschung wie gelähmt.

»Ich weiß nicht, wieviel Zeit verging, bis ich reagieren konnte – vielleicht 10 bis 15 Sekunden.

Ich hatte ja die Maschinenpistole feuerbereit, und als ich mich entschloß zu schießen, fühlte ich mich wie von etwas gefesselt. Ich konnte nicht schießen!

Dann wurde mir ganz schwach zumute. Hören und sehen konnte ich perfekt, aber ich fühlte, wie ich zusammensackte. Bevor meine Knie auf dem Boden aufschlugen, schrie ich ›Hinlegen... die wollen uns töten...!‹

Mehr konnte ich nicht herausbringen. Ohne etwas dagegen tun zu können, fiel ich danach mit dem Gesicht aufs Gras. Aber ich behielt das Bewußtsein...

Nur das Sehvermögen begann abzunehmen. Es war, als ob sich alles langsam verdunkelte...«

Aber die Überraschung hatte für diese Streife erst angefangen.

EINER DER SOLDATEN MUSSTE INS KRANKENHAUS EINGELIEFERT WERDEN

Auf den Schrei des Soldaten hin wandten sich die beiden anderen Trejo zu und waren auch sprachlos.

»Ich sah, wie José Maria fiel«, erklärte Hidalgo, »und auch dieses riesige leuchtende ›Ding‹.«

Fast gleichzeitig und wie verabredet schossen die beiden Soldaten auf die seltsame Gestalt.

»Wir feuerten wie die Verrückten...«

Im ganzen gaben die beiden Wachen zwischen 40 und 50 Schüsse ab. Alle natürlich auf die Gestalt dieses gigantischen Wesens, das in der Dunkelheit aufgetaucht war, mitten im Luftstützpunkt Talavera la Real.

»Ich hörte die Schüsse«, setzte Trejo den Bericht fort. »Ich lag auf dem Boden, aber konnte ja hören.«

»Und was geschah daraufhin mit jener Gestalt?«

»Als wir auf sie schossen, wurde sie heller – wie bei ei-

Auf den Schrei von Trejo hin wandten sich seine beiden Begleiter zu ihm und waren sprachlos.

nem Fotoblitz – und verschwand wie ein Fernsehbild beim Abschalten des Apparats.

Wir blieben noch bestürzter zurück. Was war denn ›das‹ gewesen, und wo war es jetzt?«

Während die beiden Soldaten José Maria Trejo zu Hilfe eilten, konnten die drei von neuem das Geräusch hören, das sie Minuten vor der Erscheinung des rätselhaften, leuchtenden Wesens vernommen hatten, aus der gleichen Richtung, das heißt aus der Gegend der Eukalyptusbäume.

»Diesmal«, fuhren die jungen Männer aus der Extremadura fort, »dauerte das Geräusch 10 bis 15 Sekunden. Danach Stille ...«

Bevor wir unser Gespräch fortsetzten, bat ich Trejo, sich gut zu konzentrieren und zu versuchen, sich an den genauen Zeitpunkt zu erinnern, an dem er begann, sich schlecht zu fühlen und die Kräfte zu verlieren.

Zu meiner Überraschung antwortete mir der junge Mann wie folgt:

»Das ist komisch. Erst als ich versuchte, den Abzug zu drücken, begann ich zu fallen ...«

»Und warum sagst du, daß es ›komisch‹ ist?«

José Maria Trejo wurde nachdenklich und still, als ob er meine Frage nicht gehört hätte.

ALS OB ES MEINE ABSICHTEN ERRATEN HÄTTE

»... es schien, als ob jenes ›Wesen‹«, murmelte er vor sich hin, »meine Absichten erraten hätte. Woher wußte ›es‹ denn, daß ich abdrücken wollte?«

Keiner sagte etwas.

»Und danach?«

»Meine Kameraden halfen mir aufzustehen. Langsam erholte ich mich. Die Brust tat mir weh. Aber ich fühlte mich auch seltsam ... Ich war nicht abrupt auf den Boden gefallen und hatte mich auch nicht an der Waffe gestoßen ...

Nach 15 bis 20 Minuten verschwand jener dumpfe Schmerz.

»Natürlich wurde Alarm gegeen. Die Maschinenpistolensalven hatten den halben Stützpunkt aufgeweckt ...«

Und die drei Soldaten hatten logischerweise später einige Mühe, zu erklären, was geschehen war ...

Dennoch durchkämmten bei Tageslicht insgesamt 50 Soldaten unter dem Kommando eines Offiziers den ganzen Bereich, in dem sich die Vorfälle abgespielt hatten. Da war etwas Unerklärliches: Nicht eine einzige Hülse der fast fünfzig Patronen, die abgefeuert worden waren, wurde gefunden. Wie war das möglich?

Und damit nicht genug der Rätsel für Kommandeure, Offiziere und die eigentlichen Beteiligten: An der Mauer ganz in der Nähe dieses Bereichs, an der man viele Ein-

Die Soldaten eröffneten das Feuer auf die geheimnisvolle Gestalt.

schläge dieser Schüsse hätte sehen müssen, war nicht das geringste Anzeichen der Schießerei.

Die Maschinenpistolen waren tatsächlich abgefeuert worden. Das stellten die Fachleute fest.

Was war denn aber mit den fast fünfzig Projektilen geschehen? Was hatten die Wachen da vor sich gehabt?

»Die Schüsse wurden auf halber Höhe abgegeben«, erklärten die Soldaten. »Wir konnten auch keinmal hören, wie eines der Geschosse in die Mauer vor uns einschlug...«

IM KRANKENHAUS

Aber es blieb nicht dabei...

Wenige Tage nach dem Ereignis betrat José Maria Trejo den Speisesaal des Stützpunkts und rief plötzlich aus:

»Wie dunkel das hier ist!«

»Meine Sicht begann sich zu trüben«, fuhr er fort, »bis ich das Sehvermögen völlig verlor. Ich bekam Angst. Man brachte mich zum Lazarett des Stützpunkts, wo ich einen Tag blieb. Dann konnte ich wieder sehen...

Aber nach vier oder fünf Tagen brachte man mich zum Krankenhaus von Badajoz, wo ich eine Woche und drei Tage blieb...«

»Was machte man dort?«

»Die führten zahlreiche Untersuchungen durch: Blut, Urin, Röntgenaufnahmen, Prüfung der Ohren, Augen usw. Man fand aber nichts. Andererseits fühlte ich mich auch wieder gut.

Aber als ich gerade zwei Tage aus dem Krankenhaus heraus und bei meiner Freundin im Auto war, kam es wieder.

Ich konnte wieder nichts sehen, so daß ich meine Freundin bitten mußte, mir aus dem Wagen zu helfen. Ich wartete so etwa eine Viertelstunde. Danach gewann ich das Sehvermögen langsam wieder zurück.«

»Wieviel Zeit war denn seit jenen frühen Morgenstunden des 12. November vergangen?«

»Etwa vierzehn Tage.«

Angesichts dieses wiederholten Sichtverlustes wurde der Soldat zum Krankenhaus der Spanischen Luftwaffe in Madrid gebracht. Das war am 30. November.

Er blieb einen Monat dort; wurde wieder allen Arten von Untersuchungen unterzogen ...

STÖRUNGEN DES NERVENSYSTEMS

»Was gaben dir denn die Ärzte als Erklärung für diese Sehstörungen?«

»Nichts. Nur, daß ich ›Störungen des Nervensystems‹ hätte. Aber ich habe nie erfahren, was wirklich mit mir los gewesen ist.

Dort im Krankenhaus der Luftwaffe hatte ich einen neuen ›Anfall‹. Diesmal bekam ich furchtbare Kopfschmerzen, so daß ich mich im Bett aufbäumte. Das Sehvermögen verlor ich auch wieder.«

»Wie waren denn diese Kopfschmerzen?«

»Sie begannen fast immer kurz bevor ich nichts mehr sehen konnte. Zuerst tat mir der Nacken weh, dann die Stirn, und danach wurde ich blind.«

Wie es scheint, hat der Soldat seit jenen Tagen im Januar 1977 keine Beschwerden dieser Art mehr gehabt. Sein Gesundheitszustand ist gut, und sein Leben läuft völlig normal ab.

Als ich die Soldaten über das, was sie gesehen und auf das sie geschossen hatten, befragte, antworteten sie:

»Wir wissen nicht, worum es sich da gehandelt hat. Aber da wir alle drei es genau gesehen haben, besteht kein

Zweifel daran, daß ›das Ding‹ ein Mann war, aber ein sehr großer ...«

Soweit also die Vorgänge. Es handelt sich hier um einen der spektakulärsten Fälle gegenseitiger »Aggression«, bei dem sich zeigte, wie gefährlich die Waffen der Menschen in unserer Zeit sind – ganz im Gegenteil zu denen der Patriarchen damals ...

Dennoch gibt es viele Unbekannte in diesem aufregenden Fall. Was hatte mit diesen fast fünfzig Geschossen geschehen können, die auf das »Wesen« abgefeuert wurden? Wie ist es möglich, daß kein Einschlag der Kugel an der Wand unmittelbar hinter der geheimnisvollen Gestalt zu sehen war? Die Maschinenpistolen wurden aber abgefeuert. Das ist bewiesen.

Obwohl sich die Nachricht von dem Ereignis wie ein Lauffeuer unter den Mannschaften des Luftstützpunkts verbreitete, ließ man sie – wie sooft – nicht in Kontakt mit den Medien treten. Der Fall wurde völlig verschwiegen. Die Zeugen erhielten strikte Anweisungen, nichts darüber zu erzählen.

Trotzdem hatte ich durch meine Beziehungen zu Piloten und Offizieren dieses Luftstützpunkts von diesem Ereignis erfahren können, was – wie berichtet – ja dann von den Augenzeugen bestätigt wurde.

Ein anderer unerklärlicher Fall, in dem keinerlei Gewalt seitens der Zeugin, aber sehr wohl von seiten eines Ufos angewandt wurde, spielte sich in den ersten Tagen des Monats September 1970, also kurz nach der »Begegnung« von Martins de Freitas, ab.

Brasilien: Sie versengten ihr den Rücken

Der Vorfall geschah in der Umgebung von Belo Horizonte, im Staat Minas Gerais, Brasilien. Eine Landbewohnerin, die auf einem Feldweg zu ihrem Haus ging, wurde von einem »Blitzschlag« am Rücken getroffen.

Als sie den Schlag spürte, wurde ihr Rücken heiß. Sie drehte sich schnell um und erblickte einen riesigen »Scheinwerfer« von enormer Helligkeit, der etwa fünfzig Meter von ihr entfernt war.

Hinter dem Licht konnte sie den Schatten eines quadratischen Objekts erkennen. In dem Augenblick, in dem sie sich umdrehte, entfernte sich das Ufo. Während es in die Höhe stieg, ging die Farbe des Lichtes zu orange über.

Die Frau nahm den Weg zu ihrem Haus wieder auf, und das Ufo schwebte währenddessen etwa fünfzehn Minuten lang über ihr. Es belästigte sie aber nicht mehr.

Dieses Ufo wurde auch von anderen Personen gesehen, die sich in dem Haus der Landbewohnerin befanden.

Zwei Tage nach dem Vorfall bekam die Frau Kopfschmerzen, Sehstörungen und Schüttelfrost. Die Kleidung, die sie zu diesem Zeitpunkt getragen hatte, und die Haut am Rücken waren angesengt. Laut Zeugin dauerte es ein paar Tage, bis diese Brandspuren auf der Haut verschwanden.

Kahle »Kinder« mit bösen Absichten

Einen der vielleicht bedauernswertesten Fälle in diesem Kapitel über »Aggressionen« oder »Angriffe« erlebten Inácio de Souza und seine Ehefrau Maria am 13. August 1967.

An diesem Tag kehrte das Ehepaar zu dem Landgut

Santa Maria zwischen Crixas und Pilar de Gôias im gleichnamigen Staat in Brasilien zurück.

Je mehr sie sich dem Haus näherten, um so deutlicher sahen sie ein seltsames Objekt, das auf der Landepiste des Landguts stand. Es war ein eigenartiges Vehikel von etwa 35 m Durchmesser, neben dem sich drei Männer befanden, die dem Ehepaar De Souza unbekannt vorkamen. Zuerst dachte Inácio, daß es sich um Freunde handelte, die ihnen einen Besuch abstatten wollten. Aber er erschrak etwas, als er die seltsame Form des »Flugzeugs« sah.

Diese Wesen waren in allem menschenähnlich, außer in einer Hinsicht: Die drei schienen kahlköpfig zu sein. Sie benahmen sich sehr eigenartig. Sie machten den Eindruck, als wollten sie wie Kinder spielen, aber in völligem Schweigen.

Als diese Wesen das Ehepaar kommen sahen, zeigten sie mit einem Finger auf Inácio und liefen auf die beiden zu. Die erste Reaktion Inácios war, seiner Frau zuzuschreien,

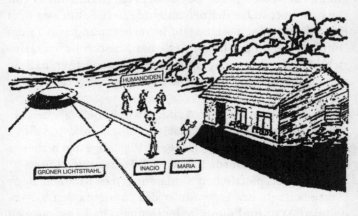

Darstellung des Augenblicks, in dem Inácio seine Flinte auf eines der Besatzungsmitglieder des Ufos abfeuerte. In diesem Moment schoß ein Lichtstrahl aus dem Raumschiff hervor und warf den Zeugen um.

sie solle sich ins Haus flüchten, und dann schoß er mit der Flinte, die er bei sich trug, auf das erste der Wesen, das ihnen am nächsten war.

(Im nachhinein, da er – wie er angab – das Besatzungsmitglied des Ufos am Kopf getroffen hatte, geriet Inácio in einen schweren Gewissenskonflikt, weil er annahm, einen Mord begangen zu haben.)

In diesem Moment schoß ein grüner Lichtstrahl aus dem »Flugzeug« hervor, der Inácio an der linken Brustseite traf und zu Boden warf. Maria lief zu ihrem Mann und hob die Flinte auf. Aber es war schon zu spät – die Wesen waren in das Ufo gestiegen, das senkrecht mit großer Geschwindigkeit aufstieg und dabei ein Geräusch wie ein Bienenschwarm machte.

In den darauffolgenden Tagen litt Inácio an Übelkeit, Hautkribbeln, Händezittern und einem tauben Gefühl am ganzen Körper. Am dritten Tag nach dem Vorfall kam der Eigentümer des Landguts. Nachdem er von dem Vorfall erfahren hatte, schickte er De Souza in ein Krankenhaus von Goiânia. Dort stellte der behandelnde Arzt – ohne von dem Ereignis zu wissen – eine runde Verbrennung von 15 cm Durchmesser an der linken Seite des Brustkorbs fest. Hinsichtlich der anderen Symptome diagnostizierte er, daß sie von der »Einnahme giftiger Kräuter« hervorgerufen worden seien.

Als der Eigentümer des Landguts ihm die Wahrheit erzählte, überwies der Arzt Inácio in eine Klinik, für Blut-, Urin- und Stuhluntersuchungen. Vier Tage nach diesen Untersuchungen wurde Inácio nach Hause entlassen.

Vor dieser plötzlichen Entlassung des Kranken nach Hause befragte der Eigentümer des Landguts den behandelnden Arzt, und dieser teilte ihm mit, daß De Souza an Leukämie, d. h. Blutkrebs, litt und noch höchstens drei Monate zu leben hätte.

Von da ab verschlechterte sich der Zustand von Inácio zusehends: Die ganze Haut war mit weißgelben Flecken von der Größe eines Fingernagels übersät, und er litt unter schrecklichen Schmerzen. Er magerte schnell ab, und zur Zeit seines Todes bestand er nur noch aus Haut und Knochen.

Inácio starb am 11. Oktober 1967. Wie er es in seinem Testament bestimmt hatte, wurden alle seine persönlichen Gegenstände verbrannt.

Bevor wir zu anderen überraschenden Ähnlichkeiten zwischen Ufo-Fällen aus unserer Zeit und Passagen des Alten und Neuen Testaments übergehen, möchte ich die Berichte von zweien dieser aggressiven »Begegnungen« zum Anlaß nehmen, um einen Zeitsprung zu machen. Ich stelle dem Leser eine andere seltsame Übereinstimmung vor, diesmal von »etwas«, das dem heiligen Paulus widerfuhr und von dem uns Lukas – dreimal – in seinem Werk *Apostelgeschichte* erzählt.

Gebe Gott, daß der Leser sich bei dieser Lektüre nicht die Haare rauft.

KAPITEL V

Auch Saulus wurde durch ein Ufo vorübergehend geblendet. – Die biblischen Kommentatoren wagen sich nicht an den Apostel von Tarso heran. – Die »Verirrung« des heiligen Lukas. – War Jesus von Nazareth in dem Raumschiff, das den heiligen Paulus blendete? – Alles war ein »Manöver«, um den listigen Saulus zu »fangen«. – Sodom: Gemäß den katholischen Exegeten war die Blindheit »eine optische Täuschung«.

Wir haben ja schon erfahren, wie in den Jahren 1970 und 1976 der Nachtwächter Almiro Martins de Freitas und der spanische Soldat José Maria Trejo zeitweilig durch die Begegnung mit einem Ufo und einem vermeintlichen Besatzungsmitglied eines dieser Raumschiffe geblendet wurden. Der Brasilianer war nach seiner eigenen Aussage von einem starken Lichtblitz, der von dem Objekt ausging, zeitweilig geblendet worden.

Aber was erzählt uns eigentlich die *Apostelgeschichte*[1] über die plötzliche Bekehrung des Saulus beziehungsweise heiligen Paulus?

In dem ersten Bericht des Lukas (IX, 1–19) heißt es:

»Saulus stieß Todesdrohungen gegen die Jünger des

---

1 Die *Apostelgeschichte* wurde, wie es scheint, vom heiligen Lukas geschrieben, der auch der Verfasser eines der kanonischen Evangelien war. Wenn das auch nicht gesichert ist, so erscheint es doch möglich, daß dieser Bericht über die Taten der Apostel in Rom etwa in den Jahren 60–62 entstand, als das günstige Urteil über den heiligen Paulus bevorstand. Diese Erzählungen beziehen sich auf die Aktivitäten des heiligen Petrus in Jerusalem und Palästina und denjenigen des Saulus beziehungsweise des heiligen Paulus auf seinen Reisen bis zu seiner Einkerkerung in Rom.

Herrn aus und kam zum Hohenpriester, den er um Empfehlungsschreiben für die Synagogen von Damaskus bat, damit er, so sich dort auf dem Wege Männer und Frauen befanden, diese gefesselt nach Jerusalem bringen könne. Als er Damaskus schon nahe war, sah er sich plötzlich von einem Licht des Himmels umgeben. Er sank zu Boden und hörte eine Stimme rufen: ›Saulus, Saulus, warum verfolgst du mich?‹ Er antwortete: ›Wer bist du, Herr?‹ Darauf der andere: ›Ich bin Jesus, den du verfolgst. Erhebe dich und begebe dich in die Stadt, und dort wirst du erfahren, was du zu tun hast.‹ Die Männer, die ihn begleiteten, waren starr vor Erstaunen, als sie die Stimme hörten, denn sie sahen niemanden. Saulus erhob sich vom Boden und öffnete die Augen, aber konnte nichts sehen. Sie führten ihn bei der Hand nach Damaskus, wo er drei Tage blind war und weder essen noch trinken konnte.

Es gab in Damaskus einen Jünger mit Namen Hananias, zu dem der Herr in einer Vision sprach: ›Hananias!‹ Er antwortete: ›Hier bin ich, o Herr.‹ Und der Herr darauf: ›Erhebe dich und gehe zu der sogenannten Geraden Straße und suche im Hause des Judas den Saulus von Tarso auf, der dort betet.‹ Dem Saulus erschien als Vision ein Hananias genannter Mann, der eintrat und ihm die Hände auflegte, damit er das Licht der Augen wiedererlangte. Hananias sprach: ›Herr, ich habe von vielen gehört, wieviel Böses dieser Mann deinen Heiligen in Jerusalem angetan hat. Er kommt hierher mit der Macht der Hohenpriester, um zu ergreifen diejenigen, die deinen Namen anrufen.‹ Aber der Herr sagte ihm: ›Geh, denn es ist dies mein Auserwählter, damit mein Name erscheine vor den Nationen und den Königen und den Kindern Israels. Ich werde ihm zeigen, wieviel er für meinen Namen leiden muß!‹

So ging Hananias und betrat das Haus. Er legte ihm die Hand auf und sprach zu ihm: ›Bruder Saulus, der Herr Jesus, der dir auf deinem Weg erschienen war, hat mich geschickt, auf daß du wiedererlangest die Sicht und mit dem Heiligen Geist erfüllt werdest.‹ Da fiel es wie Schuppen von seinen Augen, und er konnte wieder sehen. Er erhob sich, wurde getauft, schöpfte Atem und erholte sich ...«

Diese Beschreibung des Lukas von der berühmten Bekehrung des Saulus – die zweimal in ebendieser *Apostelgeschichte* wiederholt wird und auf die ich mich gleich wieder beziehen werde – ähnelt sehr stark den Fällen aus unserer Zeit, in denen die Zeugen einen zeitweiligen Verlust des Sehvermögens erlitten.

Hier haben wir wieder »ein Licht«, das in der Nähe der Zeugen niedergeht – in diesem Falle in der Nähe des Saulus und derjenigen, die ihn auf dem Weg nach Damaskus begleiteten –, und er, der zu diesem Zeitpunkt ein »Verfolger« der ersten Christen ist, fällt zu Boden und ist stundenlang blind.

Ich habe keinen einzigen Text finden können, in dem die katholischen Theologen oder Exegeten wagen, diesen Vorfall als einfaches »literarisches Gleichnis« oder eine »schöne, im Verlauf der Niederschrift entstandene Parabel« des Evangelisten abzutun. Es mangelte ihnen wohl an Mut dazu, denn der heilige Paulus selbst wiederholt ja die Beschreibung dieser mysteriösen »Begegnung«. Hier tritt – natürlich aus meiner Sicht – ein neuer Widerspruch auf, der diesen überkritischen Exegeten und Theologen nicht gerade zur Ehre gereicht. Warum wird eigentlich eine Erzählung wie die des Evangelisten Matthäus über den »Stern« oder das »Licht«, der/das die Heiligen Drei Könige nach Bethlehem leitete, ohne die geringsten Bemühungen um geschichtliche Genauigkeit als »literarisches Gleichnis« abqualifiziert, aber das »Licht«, das Saulus auf dem Weg nach Damaskus umgab, mit allen »Segnungen« dieser Bibel-Studiosi bedacht? Wenn das Problem darin besteht, ob es Zeugen gibt, so wurde das geheimnisvolle »Licht« der Heiligen Drei Könige, der Weisen aus dem Morgenlande, von ebenso vielen oder noch mehr Personen gesehen als das, das den heiligen Paulus blendete. Wenn wir uns andererseits dem Kapitel der »Glaubwürdigkeit« zuwenden: Was ist denn phantastischer? Nach meiner Meinung ist es doch nicht seltsamer, daß ein »Stern« vor den Heiligen Drei Königen herzieht, als daß ein »Licht« vom Himmel herniederkommt und einen Wanderer blendet...

Was die »göttliche Eingebung« betrifft, so kann sie keinem der hier angeführten Ereignisse abgesprochen werden. Beide sind von der Kirche selbst in den Kanon der heiligen Bücher aufgenommen worden.

Die Behauptungen dieser »Weisen« der Exegese stimmt also nicht.

Aber beschäftigen wir uns doch noch etwas weiter mit dem »Licht«, das auf Saulus fiel. Derselbe Paulus nennt uns in seinen Reden an das Volk[1] weitere Einzelheiten bei seiner Verteidigung gegen König Agrippa[2]. Da sagt uns der Apostel von Tarso sogar, zu welcher Tageszeit dieses »Licht« erschien:

»... aber es ereignete sich, als ich auf meinem Wege schon nahe Damaskus war, daß ich um die Mittagszeit plötzlich von einem großen Licht des Himmels eingehüllt wurde. Ich fiel zu Boden und hörte eine Stimme, die mir sagte: ›Saulus, Saulus, warum verfolgst du mich?‹ Und ich antwortete: ›Wer bist du, Herr?‹ Und er sagte mir: ›Ich bin Jesus von Nazareth, den du verfolgst.‹

Die, die mit mir waren, sahen zwar das Licht, aber hörten nicht die Stimme, welche mit mir sprach. Ich sagte: ›Was soll ich tun, Herr?‹ Und der Herr sagte mir: ›Erhebe

[1] *Apostelgeschichte* (XXII, 4–16)
[2] *Apostelgeschichte* (XXVI, 9–18)

dich und gehe nach Damaskus, und dort wird man dir sagen, was du zu tun hast.‹

Da ich aber vom Glanz jenes Lichtes geblendet war, ging ich nach Damaskus, geführt von denen, welche mich begleiteten...«

Also nennt uns Saulus selbst, wie ich anführte, hier die Tageszeit, zu der sich die »Begegnung« ereignete: um die Mittagszeit, d. h. im hellsten Tageslicht. Und was kann denn jenes »Licht« sein, das – im hellsten Tageslicht – vom Himmel herabkommt und Saulus und seine Begleiter in Helligkeit einhüllt? Wie viele Zeugen aus unserer Zeit haben nicht schon Beschreibungen ähnlich denen des Saulus gegeben? Nicht weniger als Hunderttausende! Wer die Bibliographie oder Statistiken über Ufos durchgeht, wird mir zustimmen müssen, daß Tausende solcher Raumschiffe sich Fußgängern, Autos, Landarbeitern, Zivil- und Militärflugzeugen, Schiffen usw. näherten und sie in ein sehr starkes Licht hüllten. Genauso ging es Saulus im Jahr 34 oder 36 unserer Zeitrechnung. Im dritten Text der *Apostelgeschichte*, in dem der heilige Paulus dem König Agrippa (der zu Besuch in Cäsarea war) sein Erlebnis wiederholt, stellt der vor kurzem zu Jesus Bekehrte sogar einen Vergleich, um das außergewöhnliche »Licht« hervorzuheben:

»... und zur Mittagszeit, o König!« berichtet Paulus, »sah ich auf dem Wege ein Licht vom Himmel, heller als die Sonne, das mich und meine Begleiter einhüllte...«

Ein Licht heller als die Sonne? Wie oft habe ich diesen Vergleich schon von den Lippen vieler Ufo-Zeugen gehört? Ich kann es selbst kaum noch zählen... Für mich ist klar – und ich betone das mit aller Bestimmtheit und Ehrlichkeit –, daß das »Licht«, das Saulus und seine Begleiter sahen, nur ein Raumschiff gewesen sein kann. Eines von vielen Raumschiffen, die die »Engel-Astronauten« bei der

Durchführung des »Großen Plans« benutzten; ein Raumschiff, das ein ungeheuer starkes Licht ausstrahlte, welches alle mit Schrecken erfüllte, die es sahen: »... alle fielen zu Boden, und ich hörte eine Stimme, die zu mir auf hebräisch sprach: ›Saulus, Saulus, warum verfolgst du mich...?‹«

So beschreibt der heilige Paulus dem König Agrippa den großen Schrecken, den – zweifellos – die Erscheinung des besagten »Lichts« bei den Augenzeugen auslöste. Welche andere Reaktion konnte man von den Menschen vor 1950 Jahren erwarten? Wenn die »Astronauten« vorgesehen hatten, daß Saulus zu ihren Reihen überläuft, welche bessere Methode hätte ihnen da einfallen können, als ihn mit einer »göttlichen Vision« zu beeinflussen und ihn auf der Stelle zeitweilig zu blenden. Diese Blindheit befiel nach der *Apostelgeschichte* nur ihn. Und hier taucht ein anderer dunkler Punkt auf. Wenn die Helligkeit des Raumschiffs Saulus und alle seine Begleiter einhüllte, warum wurde nur der heilige Paulus von dieser Blindheit befallen?

Meine Theorie ist, daß diese Helligkeit – wie wir in den aktuellen Fällen von »Aggression« durch Ufos gesehen haben – nicht für den Verlust des Sehvermögens des Saulus verantwortlich war. Es mußte ein anderer Faktor gewesen sein, der den »Unfall« hervorrief. Die Besatzung des betreffenden Raumschiffs interessierte nur die Person des römischen Bürgers aus Tarso. Das ist offensichtlich. Der Rest – seine Reisebegleiter – war in diesem Falle nur Zeuge und das Mittel oder die Hilfe, die erforderlich war, um Paulus nach Damaskus zu bringen, nachdem er das Sehvermögen verloren hatte. Der Beweis liegt darin, daß keiner von ihnen von Blindheit befallen wurde.

Was konnte es also gewesen sein, das den Saulus blendete? Wenn wir die Fälle von De Freitas oder Trejo analysieren, so liegt möglicherweise darin die Antwort: ein

»Blitz« oder heller »Strahl«, der nur auf die Augen des künftigen Apostels fiel – ein »Blitz«, von dem uns, natürlich, weder Saulus noch der heilige Lukas erzählen. Aber wie viele Einzelheiten dieser »Visionen« konnten inzwischen nicht schon verlorengegangen oder einfach von den Evangelisten nicht beachtet worden sein?

Auf dem Gebiet, auf dem wir uns seit mehr als zehn Jahren bewegen – das der Ufo-Forschung –, geschieht es häufig, daß man von der Erscheinung eines dieser Objekte an diesem oder jenem Ort erfährt, entweder durch die Medien oder durch Hinweise von Freunden oder Angehörigen der Augenzeugen. Wenn man dann zu dem oder den Protagonisten des Vorfalls vordringt, wird oft die erste knappe Nachricht mit einer Fülle von Einzelheiten angereichert – die manchmal von größter Wichtigkeit sind –, und bisweilen muß man feststellen, daß die Nachricht, die die Untersuchung in Gang gesetzt hat, wenig oder nichts mit dem zu tun hat, was wirklich geschah. Ich will damit sagen, daß es mehr als wahrscheinlich ist, daß in den Beschreibungen der *Apostelgeschichte* zahlreiche Einzelheiten fehlen, die von den Zeugen beobachtet worden waren – wir dürfen hier nicht vergessen, daß Saulus ja sofort blind wurde – und die heutzutage noch mehr Aufklärung geben könnten über das, was wirklich auf dem Weg nach Damaskus geschah.

Einen kleinen Beweis für das, was ich hier behaupte, finden wir eben bei dem Vergleich der Version des heiligen Lukas mit der des Saulus. Während in der ersteren versichert wird, »daß die Männer, die ihn begleiteten, sprachlos (oder erstarrt) waren und sie zwar die Stimme hörten, aber niemanden sehen konnten«, versichert Paulus in seiner Ansprache an das Volk das Gegenteil: »... die, welche bei mir waren, sahen das Licht, aber hörten nicht die Stimme, die zu mir sprach ...«

Was ist nun richtig? Hörten sie die geheimnisvolle Stimme oder nicht? Ich persönlich, und auch aufgrund meiner zwanzig Jahre im Journalismus, glaube mehr der Version des Zeugen beziehungsweise Protagonisten des Vorfalls als an das, was mir eine andere Person erzählt, die den Vorgang nicht selbst gesehen, sondern im wahrsten Sinne des Worts »nur vom Hörensagen« – und sei es auch vom Protagonisten selbst – kennt.

Lassen Sie uns zum heikelsten Teil der »Begegnung« des Saulus kommen. Wenn die Stimme, die er hörte, und sie wurde wahrscheinlich auch von seinen Begleitern gehört, aus dem Innern des Raumschiffs kam – wie ich es glaube –, befand sich dann Jesus im Innern des Raumschiffs? Das Logischste wäre, das zu verneinen. Wenn man die Worte des heiligen Paulus genau analysiert, wird man gewahr, daß der Apostel zu keinem Zeitpunkt die Figur von Christus sah. Er gab nur an, seine Stimme gehört zu haben, eine Stimme, die sich selbst als »Jesus von Nazareth« ausgab. Aber mußte es denn wirklich Jesus Christus selbst gewesen sein, der diese Worte sprach? Wie ich schon bei der Beurteilung der Handlungen der »Engel-Astronauten« in bezug auf Jahve oder Gott und der Gesamtheit des »Großen Planes« erklärte, wird es keinem rationalen Geist einfallen, diese »Diener« Gottes für Gott selbst zu halten. Wenn die »Astronauten« sich für Jahve ausgaben, so doch, weil die Umstände in jenen Zeiten das erforderten. Und obwohl sie – ich betone es wieder – eine göttliche Mission ausführten, konnten sie nicht mit der Großen Kraft selbst verwechselt werden.

Das gleiche hatte sich auch auf der Straße nach Damaskus zutragen können. Die »Astronauten« – die eine neue »Phase« in dem besagten »Göttlichen Plan« eingeleitet hatten – präsentierten sich vor Saulus und seinen Begleitern, und sie änderten den Verlauf seines Lebens, indem sie nicht mehr den Namen Jahve, sondern den des Wiederauferstandenen, des Sohnes Gottes, benutzten. Dieser »Wechsel« erscheint mir völlig natürlich, da die Menschheit in eine neue Etappe eingetreten war. Wenn Jesus dem Saulus persönlich erscheinen wollte – wie es bei Dutzenden von Gelegenheiten bei den Aposteln vorgekommen ist –, würde er es wahrscheinlich ohne weiteres und ganz natürlich getan haben. Soviel ich mich erinnere, zeichnete sich Jesus von Nazareth nie dadurch aus, daß er Leute blendete oder ihnen irgendeinen Schaden zufügte, und sei er auch nur vorübergehend ...

Schließlich noch eins: Was sollen wir denn von den Symptomen nach der »Begegnung« mit dem »Licht« halten, die Saulus zum Liegen zwangen, ohne daß er zweiundsiebzig Stunden lang etwas aß oder trank? Erinnert dieser Teil der Erzählung nicht an andere Beschreibungen gegenwärtiger Ufo-Zeugen, die den Appetit verloren hatten und unter einem starken Schock standen, zumindest in den Tagen nach dem Vorfall?

Paulus war ein gesunder, starker Mann, und obwohl das Erlebnis ihn psychologisch erschütterte, muß er doch deswegen nicht Nahrung oder Wasser verweigert haben[1], es sei denn, natürlich, daß sein Organismus neben der Blindheit auch anderweitig beeinträchtigt worden war. Ich verweise da auf die schon erwähnten Begegnungen mit diesen Raumschiffen in heutiger Zeit.

Dies ist auch nicht die einzige Erwähnung in der Bibel

---

[1] Saulus wurde sechs Jahre nach dem Tode und der Wiederauferstehung von Christus auf der Straße nach Damaskus blind, d. h. im Jahre 36 unserer Zeitrechnung. Er mußte demnach zu diesem Zeitpunkt zwischen dreißig und vierzig Jahre alt gewesen sein. Nach den beschwerlichen Reisen zu urteilen, die auf seine Bekehrung folgten, mußte der dann zum Paulus Gewordene eine eiserne Gesundheit gehabt haben. Diese fieberhafte Aktivität hörte erst im Jahre 67 auf, als er mit dem Schwert hingerichtet wurde. Er verbrachte also einunddreißig Jahre mit Reisen und Anstrengungen für Jesus von Nazareth auf allen Wegen des Mittelmeerraums.

von einer direkt durch die »Astronautenmannschaft« hervorgerufenen Blindheit. In der Genesis (19. Kapitel, 9—12) sehen sich die berühmten Engel, die nach Sodom kommen und von Lot eingeladen werden, die Nacht in seinem Haus zu verbringen, gezwungen, irgendein Verfahren oder eine Waffe anzuwenden, um die Menge von sich fernzuhalten, die sie sodomisieren wollte. Diese Passage kann doch eindeutiger nicht sein:

»... und sie drangen hart auf den Mann Lot. Und da sie hinzuliefen und die Tür aufbrechen wollten, streckten die Männer (die Engel) die Hand aus und zogen Lot hinein zu sich ins Haus und schlossen die Tür. Und die Männer vor der Tür am Hause, klein und groß, wurden mit Blindheit geschlagen, so daß sie sich vergebens bemühten, den Eingang zu finden...«

Als ich die Interpretation las, die die weisen Kirchenmänner zu dieser Passage gaben, war ich baß erstaunt. Da sagen doch solche »Fachleute« wie Nácar und Colunga:

»... die Gäste verteidigen Lot und schließen die Tür vor den Angreifern, indem sie ihnen eine Art von Blindheit oder eine optische Täuschung suggerieren, so daß sie die Tür nicht finden können.«

Eine »optische Täuschung«? Das ist wirklich ein »literarisches Gleichnis« oder der Wunsch, sich über die lustig zu machen, die noch ein Minimum von Ernsthaftigkeit und Gewissenhaftigkeit bewahrt haben...

KAPITEL VI

Die Elohim waren keine »Futurologen«. – Der Schlüssel: Sie leben länger als wir. – Abraham war mißtrauisch. – War der Patriarch von Ur ein »grober Bauer«, wie einige Exegeten andeuten? – Die »Astronauten« ließen ihn im Dunkeln. – Die Finsternis fiel auch eines schönen Tages auf das Landgut von El Bizco. – Während die Ägypter unter der tiefen Finsternis litten, erfreuten sich die Juden des »Lichtes«. – Die »Fachleute« der Kirche reden lieber von Sandstürmen. – »Der Pakt des Fleisches« oder ein neuer Schritt in Richtung meiner Exkommunizierung. – Die »rauchenden Öfen« und die »flammenden Feuer« werden heutzutage »Foo-Fighter« genannt. – Bei El Palmar: ein »Morgenstern« über der Hütte. – Bei Logroño: eine vom Radio angezogene »leuchtende Kugel«. – Ich habe einen wagemutigen Freund. – Cádiz: eine »Flamme« unter dem Bett.

Nach meiner Arbeitshypothese könnte dieses Kapitel den »Schlüssel« oder wenigstens eine solide Antwort auf die Frage enthalten, die mich schon seit Jahren quält: Sind die Ufo-Besatzungen, die ich unaufhörlich »verfolge«, die »Engel-Astronauten«, die in der Bibel erscheinen?

Im tiefsten Innern meines Herzens – und obwohl ich noch nicht über einen endgültigen Beweis verfüge – glaube ich das. Nicht alle der Rassen oder Zivilisationen, die uns heutzutage besuchen, können – wie ich ja schon sagte – mit den Elohim des Abraham oder des heiligen Paulus identifiziert werden, aber sehr wohl einige. Dies zwingt mich natürlich dazu, diese »Astronauten« von der harten

Kette der Zeit zu befreien, von der wir ja gefesselt sind. Es sei denn, die große »Mannschaft« Jahves würde periodisch erneuert werden.

Trotzdem neige ich der ersteren Theorie zu: Die »Engel-Astronauten« erfreuen sich einer Langlebigkeit (vielleicht Frucht einer außergewöhnlichen Technologie), die uns auch heute vor Neid erblassen lassen würde. Ich sehe eigentlich keinen Grund, diese Möglichkeit zu verwerfen ... Sind nicht wir es auch, die Menschen des 20. Jahrhunderts, die mit immer mehr Eifer die größtmögliche Verlängerung des menschlichen Lebens suchen? Warum soll es uns dann als seltsam anmuten, daß andere Wesen uns um Tausende oder sogar Millionen Jahre darin voraus sind – oder vielleicht, da andersgeartet als wir, dieses Geheimnis schon gelöst haben?

Manchmal frage ich mich, wie weit unsere Menschheit wäre, wenn sie, anstatt ganze Scharen von Wissenschaftlern und Milliarden über Milliarden von Dollar für neue Bomben und »Verteidigungssysteme« zu verschwenden, ihre individuellen und kollektiven Bemühungen auf Frieden und Fortschritt gerichtet hätte? Stellen wir uns doch einmal einen Moment lang vor, der große Leonardo da Vinci könnte einen Blick auf die zögerliche Welt der Forschung des 20. Jahrhunderts werfen. Er wäre verblüfft angesichts solcher Forschungsprojekte wie: »Untersuchung der neuronalen Entwicklung in Blutegel-Embryos«, »Die Monde des Saturn«, »Detaillierte Beschreibung des Infektionsprozesses eines Virus«, »Die Reagenzglaskinder«, »Systematische Studie über die Weizen- und Gersteernten auf der nördlichen Halbkugel mit Hilfe von Satelliten«, »Die Optik von Strahlen, die durch einen Laser geleitet werden«, »Das Abtreiben der Kontinente, und wie sie dabei die tiefen Fundamente ihrer ältesten Zonen mitreißen«, »Das Infrarot-Sehvermögen gewisser Schlangen«, »Cray-1 und Cyber 205: Elektronengehirne, die 100 Millionen Operationen pro Sekunde durchführen können«...

Die Liste wäre unendlich.

Aber kommen wir zum Alten Testament zurück. Warum behaupte ich, daß die Elohim sich eines langen Lebens erfreuen konnten – und können? Sie selbst haben es Abraham offenbart:

»... es erging das Wort des Herrn in einer Vision an Abram«, erzählt uns die Genesis (XV. Kapitel, 1–21), »und er sprach: ›Fürchte dich nicht, Abram! Ich bin dein Schild und dein Lohn wird sehr groß sein.‹ Abram sprach aber: ›Herr, was willst du mir geben? Ich gehe kinderlos dahin; und dieser Eliëser aus Damaskus wird mein Haus besitzen.‹ Und Abram sprach weiter: ›Mir hast du keine Nachkommen gegeben; und siehe, einer von meinem Gesinde soll mein Erbe sein.‹ Und siehe, der Herr sprach zu ihm: ›Nicht er soll dich beerben, sondern dein leiblicher Sohn wird dein Erbe sein.‹

Er führte ihn hinaus und sprach: ›Sieh gen Himmel und zähl die Sterne, wenn du sie zählen kannst.‹ Und er sprach zu ihm: ›So zahlreich werden deine Nachkommen sein!‹ Abram glaubte dem Herrn, und der Herr rechnete es ihm als Gerechtigkeit an. Und der Herr sprach weiter zu ihm: ›Ich bin der Herr, der dich von Ur in Chaldäa herausgeführt hat, um dir dieses Land zu eigen zu geben.‹ Abram aber sprach: ›Herr, woran soll ich merken, daß ich es zu eigen bekomme?‹ Da sprach der Herr zu ihm: ›Bring mir eine dreijährige Kuh, eine dreijährige Ziege, einen dreijährigen Widder, eine Turteltaube und eine Haustaube.‹

Und Abram brachte ihm alle diese Tiere, zerteilte sie und legte je eine Hälfte der andern gegenüber, aber die Vögel zerteilte er nicht. Und die Raubvögel stürzten sich auf die Aase; aber Abram scheuchte sie davon. Da nun die Sonne am Untergehen war, fiel eine tiefe Benommenheit auf Abram; und siehe, Schrecken und große Finsternis überfiel ihn. Da sprach der Herr zu Abram: ›Das sollst du wissen, daß deine Nachkommen als Fremde in einem Land wohnen werden, das ihnen nicht gehört. Sie werden dort als Sklaven dienen und man wird sie vierhundert Jahre lang unterdrücken. Aber ich will über das Volk Gericht halten, dem sie als Sklaven dienen müssen. Danach sollen sie ausziehen mit reicher Habe. Und du sollst in Frieden zu deinen Vätern heimgehen und in hohem Alter begraben werden. Sie aber sollen erst nach vier Generationen wieder hierher kommen; denn die Schuld der Amoriter ist noch nicht voll.‹

Als nun die Sonne untergegangen und es finster geworden war, siehe, da rauchte ein Ofen, und eine Feuerflamme fuhr zwischen den Opferstücken hin. An dem Tage schloß der Herr einen Bund mit Abram und sprach: Deinen Nachkommen will ich dies Land geben, vom Fluß Ägyptens an bis zum großen Strom Euphrat: (das Land) der Keniter, der Kenasiter, der Kadmoniter, der Hetiter, der Peresiter, der Rafaïter, der Amoriter, der Kanaaniter, der Girgaschiter und der Jebusiter.«

Die »Astronauten« sahen also in die Zukunft und sagten Abraham (der sich zu der Zeit noch Abram nannte) drei konkrete Dinge voraus:

1. Trotz seines Alters würde der Patriarch eigene Nachkommenschaft haben, so daß er seine große Hinterlassenschaft nicht dem Diener Eliëser vererben mußte, wie er es nach der Gesetzgebung von Asiria und Nuzu hätte tun müssen.

2. Diese zahlreiche Nachkommenschaft würde vierhundert Jahre lang versklavt werden.

3. Nach vier Generationen würden die Nachkommen Abrahams zu dem gelobten Land zurückkommen.

Es genügt, einen Blick in das XVIII. Kapitel der Genesis

und in den Exodus zu werfen, um festzustellen, daß die Dinge so abliefen, wie sie Abraham angekündigt worden waren. Wenn wir von der schon mehrmals erwähnten Hypothese ausgehen, daß Jahve nicht Gott war und daß dieses Konzept oder diese Idee von einer ganzen »Mannschaft« von »Astronauten-Missionaren« für den »Großen Plan« der Vorbereitung der Geburt Christi verwandt wurde, so ist es nur logisch, anzunehmen, daß dieses offensichtliche »Wissen um die Zukunft« seitens der Elohim auf dem Vorhandensein eines detaillierten »Arbeitsprogramms« beruhte. Ich glaube nicht, daß diese »Astronauten« – die doch schließlich aus Fleisch und Blut waren – die Fähigkeit hatten, die Zukunft zu »erraten«. Dies blieb dem wirklichen Gott und seinem »Generalstab« vorbehalten, aber nicht den »Astronauten« oder »Missionaren«, die – in Notfällen – mit der physischen Umsetzung des »Großen Planes« betraut waren.

Deshalb lautet meine Hypothese wie folgt: Als die Auswahl der Patriarchen (als Basis des »auserwählten« Volkes) und des Gebiets, in dem sich diese Gemeinschaft niederlassen sollte, geplant wurde, mußten die »Astronauten« unter anderem folgende Faktoren berücksichtigen: die genetischen Eigenschaften der Individuen, die sie auswählen sollten (vergessen wir nicht, daß Jesus von Nazareth »jemand sehr Besonderes« sein sollte), die Mindestzeit, die erforderlich sein würde, um diese »ausgewählte« Gemeinschaft zu »bilden« und sie zu vergrößern, die Zeit, die notwendig wäre, um diese von der Vorstellung eines einzigen Gottes zu »unterrichten«, die »Formeln« und »Verfahren«, die durchzuführen sein würden, damit das besagte Volk Jahve als »den stärksten der Götter« zur Kenntnis nahm und anerkannte, und, natürlich, die erforderliche Mindestzeit, um die legitimen Einwohner dieses »versprochenen Landes« zu vertreiben oder zu eliminieren.

Unseren heutigen Biologen oder »Genetikingenieuren« wird es nicht sehr schwerfallen, die Mindestzeit zu errechnen, die erforderlich ist, um beispielsweise eine bestimmte Gruppe von Menschen ausgehend von einer Reihe von »Grundexemplaren« zu bilden. Wenn dies absolut möglich ist, trotz unserer noch rudimentären Technologie, warum sollten es jene »Astronauten« nicht auch getan haben können?

Am Ende dieser »Information«, die die Elohim Abraham gaben, wird auch einer der »Gründe« genannt, die zweifellos für die »Astronauten« bestimmend waren: ».... Sie aber sollen erst nach vier Generationen wieder hierher kommen; denn die Schuld der Amoriter ist noch nicht voll.«

»Jahve« konnte Abraham keine besseren Erklärungen geben und offenbart – wie sooft – einen Gedankengang, der völlig der Mentalität des Patriarchen von Ur in Chaldäa entsprach: die »Schuld der Amoriter«.

Es wäre kontraproduktiv für den »Großen Plan« gewesen, wenn die Elohim zu jener Zeit die rechtmäßigen Bewohner von Kanaan vertrieben hätten, um dort ein werdendes Volk anzusiedeln, das außerdem noch viele »göttliche Beweise« benötigte. Es ist also klar, daß die »Astronauten« Zeit brauchten, und eine fast perfekte Lösung dafür bestand darin, diesen Embryo eines Volkes unter dem Einfluß einer anderen, stärkeren und nahen Rasse zu vereinen. Damit erreichten sie zwei Ziele auf einmal, nachdem sie die unbedingt erforderliche Mindestzahl von Individuen zusammen hatten: eine leichtere und vollkommenere Kontrolle der auserwählten Rasse und – ganz nebenbei – sie unter Zurschaustellung einer großen »Machtentfaltung« zu »befreien«. Von dieser vierten Generation ab würde das jüdische Volk schon groß genug sein, um es »ernsthaft« zu unterrichten und zu versuchen, es zu dem »versprochenen Land« zu führen.

Dies müßten meiner Meinung nach die »Pläne« der »Astronauten« gewesen sein, Pläne, die – eben weil die »Astronauten« nicht die Fähigkeit besaßen, in die Zukunft zu schauen – nicht immer so wie geplant in die Tat umgesetzt werden konnten ... Ich denke da auch beispielsweise an jene vierzig Jahre des Zuges durch die Wüste Sinai, die Abraham oder seinen Nachkommen nie angekündigt worden waren. Warum nicht? Ganz einfach:

Weil die Elohim nicht geahnt hatten, wie weit die »Starrköpfigkeit« ihrer »Schutzbefohlenen« gehen würde ...

Schließlich wiederholen sich die »Prophezeiungen« der Elohim auch bei anderen Gelegenheiten in der Bibel. Für mich ist klar, daß die »Astronauten« ihr Werk über fast 2000 Jahre ausführten, ohne daß sie auf diese zwanzig Jahrhunderte beschränkt waren. Ich frage mich da: Wenn jene »Mannschaft« die Fähigkeit besaß, diese ersten Phasen des »Großen Planes« zu entwickeln, warum sollte sie dann nicht auch in den letzten 2000 Jahren das Angebrachte tun können?

Da sie nicht die Fähigkeit hatten, die Zukunft vorauszusehen, hätten sie es nicht unternommen, zu »prophezeien«, wenn es nicht eine einzigartige Eigenschaft gegeben hätte, die es ihnen ermöglichte – und weiterhin ermöglicht –, Pläne »auf lange Zeit« auszuarbeiten: ihre beträchtliche Langlebigkeit.

Aber ich stehe da wieder im Begriff, mich in »Tiefen« zu verlieren, in die ich im vorliegenden Werk nicht herabsteigen möchte ...

Das Pferd beim Schwanz aufzäumen

Und wieder tauchen in einer biblischen Passage Beschreibungen auf, die ich von meinen vielen Ufo-Untersuchungen her gut kenne.

»... da nun die Sonne am Untergehen war«, erzählt der Absatz der Genesis, den wir behandelt haben, »fiel eine tiefe Benommenheit auf Abram; und siehe, Schrecken und große Finsternis überfiel ihn.«

Das ist eigenartig. Wenn Abraham schon mehr oder weniger mit der Gegenwart der Elohim vertraut war – das wird ja schließlich, unter anderem, dadurch bewiesen, daß er mit ihnen spricht und ißt: Genesis, 18. Kapitel – warum dann dieser Schrecken? Aus meiner Sicht des Forschers muß man die Antwort in einem oder mehreren anderen »Phänomenen« suchen. Vielleicht in dieser verdächtigen »Benommenheit«? Oder war es die Finsternis, die ihn erschreckte?

Wollen wir doch einmal diese Sätze genau analysieren. Wenn die Genesis sagt »Da nun die Sonne am Untergehen war«, so ist es doch vom natürlichen und meteorologischen Standpunkt her unlogisch, daß »ihn große Finsternis überfiel«. Die aufkommende Nacht fällt doch nicht wie Blei herab, wenn die Sonne noch nicht am Horizont verschwunden ist. Dieser bestürzende Vorgang mußte nach meiner Meinung der Hauptgrund für diesen Schrecken gewesen sein, von dem die Bibel erzählt. Natürlich – und zum x-ten Male – teile ich nicht die Erklärung, die uns einige Doktoren der Kirche zu dieser Passage des Alten Testaments anbieten. Für diese Herren ist die Gegenwart von Raubvögeln, die versuchen, sich auf die geviertelten Körper der Tiere zu stürzen, »ein Omen für das traurige Schicksal, daß die Nachkommen Abrahams vier Generationen lang zu ertragen haben würden«. Die Raubvögel –

so meinen die Professoren aus Salamanca –, die sich auf das Aas stürzen, seien Vorboten von Unheil und symbolisierten die Versklavung der Hebräer unter der eisernen Disziplin der Ägypter. Demnach seien die Vögel, die die Fleischstücke fressen wollen, die Feinde der Nachkommenschaft Abrahams. Dessen Geste, sie mit einem Stock zu verscheuchen, sei die schließliche Befreiung des unterdrückten Volkes. Während der Benommenheit teile Gott dem Patriarchen die Bedeutung jener Raubvögel mit, die über seinen gevierteilten Opfern kreisen. Deshalb sage der Text auch: »Schrecken ... überfiel ihn.« Es sei die traurige Vorhersage für seine Nachkommen, denn sie würden gezwungen sein, wie Fremde in einem fremden Land zu leben. Wieder einmal zäumen die Exegeten das Pferd beim Schwanz auf und versuchen, etwas übers Knie zu brechen. Mir scheint es doch recht weit hergeholt, in einem einfachen physischen Umstand – wie es die Verscheuchung der Geier ist – ein »böses Omen« und »die künftige Versklavung« zu sehen. Wenigstens denken einige Doktoren der Theologie und Exegese so, und dies sind doch Wissenschaften, die wenig oder nichts mit Hellseherei und Zauberei zu tun haben ...

Auch weiß ich nicht, inwieweit man das Schicksal der Nachkommen Abrahams, die von den Ägyptern versklavt werden, als »traurig« ansehen kann. Wenn ich mich richtig entsinne, so waren es doch die Hebräer selbst, die, als sie Ägypten verlassen hatten, sich bei Moses über ihre Befreiung beklagten: »Von Elim zogen sie aus«, heißt es im Exodus (16. Kapitel, 1–4), und die ganze Gemeinde der Kinder Israel kam in die Wüste Sin, die da liegt zwischen Elim und Sinai, am 15. Tage des zweiten Monats, nachdem sie aus Ägpyten gezogen waren. Und es murrte die ganze Gemeinde der Kinder Israel wider Mose und Aaron in der Wüste und sprachen: Wolle Gott, wir wären in Ägypten gestorben durch des Herrn Hand, da wir bei den Fleischtöpfen saßen und hatten Brot genug zu essen, denn ihr habt uns nur deshalb in diese Wüste geführt, um alle, die hier versammelt sind, Hungers sterben zu lassen.«

Es springt also ins Auge, daß die Juden Sehnsucht nach den 430 Jahren ihres Aufenthalts in Ägypten hatten. Folglich dürften diese nicht so »traurig« gewesen sein, wie es die Doktoren der katholischen Kirche versichern. Mehr noch, der Exodus selbst erzählt uns doch, daß die 600 000 Mann (ohne die Kinder zu zählen), die von Rameses gen Sukkoth zogen, sehr viele Schafe und Rinder bei sich hatten (12. Kapitel, 37–42) und daß sie den Ägyptern noch dazu Gold und Silber geraubt hatten.

Was den »Schlaf« betrifft, in dem Gott Abraham den Sinn jener Raubvögel über den gevierteilten Tieren mitteilte, kann ich mir wirklich nicht vorstellen, wie die Experten darauf gekommen sind, daß der Patriarch bei einer solchen Gelegenheit eingeschlafen sein konnte. Die Genesis sagt nichts davon. Sie spricht von »Benommenheit«, was ein unterschiedlicher Terminus ist.

Deshalb fehlen nach meiner Meinung bei der abschließenden Beurteilung der Exegeten die Grundlagen, wenn sie behaupten, »deshalb sagte der Text, daß Abraham von großem Schrecken ergriffen wurde«.

Ich glaube nicht, daß Abraham bei dieser Begegnung in Schlaf gefallen war, und noch viel weniger, daß er Schrecken empfand vor etwas, was in den künftigen vierhundert Jahren geschehen würde. Der Patriarch – und ich komme hier auf das Phänomen der großen Finsternis zurück – mußte Panik haben, so wie viele andere von Jahve »Auserwählte« auch, angesichts eines Phänomens oder einer Reihe von Phänomenen, die vollkommen und absolut physischer und spürbarer Art waren, die sie aber nicht kannten und die ihrer Logik zuwiderliefen. Vergessen wir nicht, daß Abraham, obwohl ein Nomade, doch auch ein gebildeter Mann und, möglicherweise, von verfeinerten Gewohnheiten war. Der Patriarch kam aus der glänzenden Stadt Ur in Chaldäa, wo er seine ganze Jugend verbracht hatte. Wie uns die moderne Archäologie gezeigt hat, war die Stadt Ur zu Beginn des zweiten Jahrtausends vor Christus eine mächtige Kapitale, reich und voller Herrlichkeiten. Professor Koldewey hat mit seinen Ausgrabungen bewiesen, daß vor viertausend Jahren – eben zu der Zeit, als Abraham in Ur lebte – diese Stadt Häuser mit zwei Stockwerken hatte von jeweils zwölf bis vierzehn Zimmern, mit Wänden, die sauber verputzt und perfekt getüncht waren. Der Besucher trat in ein kleines Atrium ein, wo er sich Hände und Füße im Brunnentrog wusch. Von dort ging er in einen weiten und hellen Innenhof, dessen Boden schön gepflastert war. Um diesen Innenhof herum – berichtet uns Keller – lagen das Wohnzimmer, die Küche, die Schlafzimmer und ein Privataltar. Auf einer Steintreppe, unter der sich die Toilette befand, stieg man zum oberen Stockwerk hinauf, wo die Privatzimmer der Familienmitglieder und die Gästezimmer lagen. In diesen patriarchalischen Häusern gab es einen gewissen Komfort und natürlich auch sehr kultivierte Gewohnheiten.

Woolley und andere Forscher haben in Tausenden von Wachstafeln klare Exponenten der fortgeschrittenen Zivilisation gefunden, die Abraham gekannt und praktiziert haben mußte. Diese Tafeln enthalten beispielsweise neben einfachen Summen auch Formeln für das Ziehen von Quadrat- und Kubikwurzeln.

Obwohl einige Archäologen sich nicht sehr begeistert über diese Theorie des Ursprungs von Abraham zeigen – den sie eher in die Gegend von Najor im nördlichen Mesopotamien legen –, so ist doch gewiß, daß der Patriarch lange Zeit in Ur lebte und dort zumindest ein Minimum an

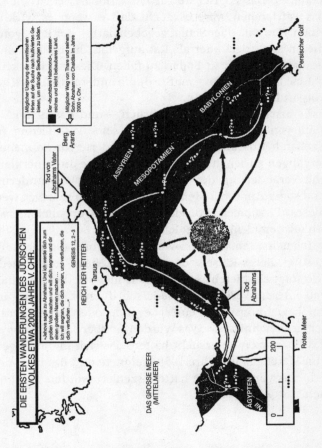

Abraham wurde in kultivierten Städten wie Ur und Babylon aufgezogen. Er konnte deshalb kein »grober Bauer« sein, wie es einige Exegeten und Bibelkommentatoren andeuten.

Kultur mitbekam. Man sollte nicht versuchen, die Intelligenz Abrahams herabzusetzen – wie es einige der Bibelsachverständigen getan haben – und behaupten, daß er »von Schrecken ergriffen zu Boden fiel« als Folge eines Traumes. Das Logischste für ein rationales Hirn wie das des Patriarchen wäre es doch, daß – wenn es wirklich einen »Traum« oder Schlaf gegeben hatte – der Protagonist diesen analysiert oder als Rat aufgefaßt hätte, aber ohne deshalb in Panik zu Boden zu fallen. Dieser Schrecken – betone ich weiterhin – mußte durch andere »Gründe« hervorgerufen worden sein.

Es erscheint mir aber natürlich – und das nehme ich auch von Abraham an, der durch seine Wanderung von Kanaan her daran gewöhnt war, Hunderte von Sonnenuntergängen zu sehen –, daß eine plötzliche und unerklärliche Veränderung des Tageslichts große Verwunderung und sogar Panik bei Menschen auslöst. Um so mehr, wenn dieses »Phänomen« von einer nicht weniger geheimnisvollen »Benommenheit« begleitet wird.

Ich nehme an, daß die »weisen« Doktoren der Kirche die Lösung dieses Rätsels, das uns die Genesis stellt, wieder wie folgt darbieten: »Wir stehen hier wieder vor einem Fall einer im Verlauf der Niederschrift entstandenen Parabel beziehungsweise einer Legende oder eines literarischen Gleichnisses.« Was würden sie aber sagen, wenn sie das Phänomen untersucht hätten, das sich in der Gegend von Marchena im Jahre 1959 ereignete und das nach dem Erlebnis von Abraham hätte inszeniert worden sein können?

Marchena: ein außergewöhnlicher Fall

Bei einem meiner zahlreichen Besuche der Stadt Algeciras in Spanien – immer im Verlauf von Ufo-Untersuchungen – erfuhr ich aus dem Mund von zwei Augenzeugen von dem, was sich im Winter 1959 oder 1960 (meine Informanten können sich nicht genau an das Jahr erinnern) in den Olivenhainen in der Umgebung von Marchena zugetragen hatte.

Sowohl Rosi de Gómez Serrano wie auch ihre Mutter Elvira Navarro Suárez, Augenzeuginnen des seltsamen Phänomens, von dem ich hier berichten werde, sind absolut vertrauenswürdige Personen, die ich schon seit längerer Zeit kannte. Denn Rosi ist die Ehefrau von Andrés Gómez Serrano, dem gegenwärtigen Polizeichef von Algeciras und einem der ältesten »Feldforscher« auf dem Gebiet der europäischen Ufologie. Er war – zu meinem Glück – dabei, als Rosi und Elvira mir von der »großen Finsternis« berichteten, die auf jenes Gebiet in der Nähe von Marchena etwa im Januar 1959 oder 1960 fiel.

»Ich entsinne mich, daß es im Winter war«, erzählte mir die Mutter von Rosi, die sich aufgrund ihres Alters genauer an die Umstände erinnern konnte. »Es muß so sieben bis sieben Uhr dreißig abends gewesen sein, und es war noch nicht dunkel. Rosi und ich waren mit zehn bis fünfzehn anderen Personen auf dem Rückweg vom Olivenpflücken, als wir plötzlich am Himmel farbige Lichter sahen. Es waren viele – vielleicht so fünfzig ...

In diesem Moment ›wurde es Nacht‹ mit einer so totalen Finsternis, daß wir noch nicht einmal die vor uns gehenden Personen wahrnehmen konnten. Wir waren natürlich erschrocken ...«

»Wie lange wird denn diese ›Finsternis‹ gedauert haben?«

»Etwa fünf Minuten. Danach sahen wir wieder jene farbigen Lichter, und es wurde ›Tag‹.«

Nachdem es wieder so hell wie zuvor war, stiegen die Lichter in die Höhe und verschwanden.

Die eigentliche Abenddunkelheit trat dann zur normalen Zeit ein.

Weder Elvira noch ihre Tochter hatten dieses Erlebnis vergessen, das sie sich nicht erklären konnten. Rosis Mutter dachte, daß es sich da vielleicht um ein böses Omen handeln könnte: »Vielleicht die Voraussage eines neuen Krieges, wie er schon 1936 begonnen hatte – mit diesem außergewöhnlichen ›Tanz‹ der Sterne am Himmel ...«

Die geheimnisvolle Finsternis, die die Einwohner von Machena einhüllte, so wie es auch Abraham geschehen war, fiel auf die Gruppe, als sie sich bei dem Landgut von El Bizco befanden, in einer Entfernung von ungefähr eineinhalb Stunden Eselsmarsch von dem besagten sevillanischen Ort.

Für jeden einigermaßen erfahrenen Ufo-Forscher ist der Zusammenhang zwischen den »Lichtern« und der »Finsternis« mehr als offensichtlich. Es mußten diese »Lichter« beziehungsweise Ufos gewesen sein, die direkt für die Finsternis verantwortlich waren. Ein weiteres Problem ist natürlich, »wie« beides zustande kam und – vor allem – »warum«. Diese beiden letzten Fragen will ich jetzt nicht beantworten. Ich möchte dem Leser hier nur den »Parallelismus« aufzeigen, der zwischen Ufo-Fällen aus heutigen Tagen und bestimmten Bibelpassagen besteht.

Wenn wir uns weiter mit diesen beiden Fällen von »plötzlicher und ungewöhnlicher Finsternis« beschäftigen, die Abraham vor viertausend Jahren und Elvira Navarro und ihre Tochter vor etwas mehr als zehn Jahren einhüllte, müssen wir zugeben, daß wir es hier nicht mit

Naturerscheinungen zu tun haben. Wenn die Sonne sich plötzlich »verfinstert« haben würde, so hätte die Hälfte der Erde (der der Sonne zugewandte Teil) dieses Ereignis auch wahrnehmen müssen, so daß die Astronomen es niedergeschrieben hätten. Aber in den Analen der Astronomie ist nichts dergleichen zu finden – auch nicht in China oder Mesopotamien, das damals gerade dabei war, einen beträchtlichen Ruhm zu erlangen. Was nun den Vorfall mitten im 20. Jahrhundert betrifft, so bestätigt sich mein Gedankengang noch mehr angesichts der Geschwindigkeit unserer Kommunikationsmedien. Wäre das Sonnenlicht verdeckt worden – und sei es auch nur für Sekunden gewesen –, hätte es logischerweise erdweit unbeschreibliche Tumulte gegeben. Aber soviel mir bekannt ist haben die meteorologischen und astronomischen Observatorien von keinen »Ereignissen« dieser Art in den Wintern der Jahre 1959 und 1960 berichtet.

Was bleibt uns also noch?

Ich bin sicher, daß der Vorfall, den diese Olivenpflückerinnen von Machena erlebten, nur auf die engere Umgebung beschränkt war. Die »Finsternis« – die völlig künstlich und von der »Mannschaft« der 50 Ufos hervorgerufen worden war – trat nur in der Umgebung von El Bizco auf. Der Beweis war sehr einfach zu erlangen: Ich brauchte nur die Zeitungen von Sevilla, Málaga und Granada aufzusuchen und ihre Exemplare aus jenen Tagen durchzugehen. Ich konnte keine einzige Andeutung auf das besagte Phänomen finden. Wenn wir dazu noch bedenken, daß in Ortschaften, die sehr nahe an Marchena liegen – wie beispielsweise Montemolín, Paradas, el Calvario und la Puebla de Cazalla –, in diesen Monaten alles normal ablief, so bleibt doch nur noch eine Folgerung übrig: Die geheimnisvolle und unerklärliche »Finsternis« trat innerhalb eines sehr kleinen Aktionsradius auf.

Und so wie es jenen fünfzehn Landarbeitern geschah, die über ein so ungewöhnliches Phänomen erschraken, so hatte – meiner Meinung nach – eben auch der Schrecken Abrahams entstehen können, aus dem unlogischen Auftreten einer starken Finsternis, einer Finsternis, die auch danach bei Moses und in den Momenten, die dem Tod von Jesus von Nazareth am Kreuz vorhergingen, auftauchte. Lesen wir doch einmal diese beiden Passagen:

Da heißt es im Exodus (10. Kapitel, 21–24): »Und Jahve sprach zu Moses: Strecke deine Hand zum Himmel aus, dann wird eine Finsternis über Ägypten kommen, und es wird stockdunkel werden.

Und Moses streckte seine Hand gen Himmel, da breitete sich tiefe Finsternis in ganz Ägypten aus, drei Tage lang, daß niemand den anderen sehen und sich nicht von der Stelle rühren konnte, drei Tage lang. Aber bei allen Kindern Israels blieb es hell in ihren Wohnungen ...«

Bei dem zweiten Zeugnis geschah das Ereignis während der Kreuzigung. Lukas, Markus und Matthäus sind die Evangelisten, die es erwähnen. Die Versionen sind praktisch identisch:

»Und nach der sechsten Stunde breitete sich eine Finsternis über das ganze Land aus um die neunte Stunde. Sie verdeckte die Sonne, und der Vorhang des Tempels zerriß von oben bis unten entzwei ...«

Indem er die neunte Plage über Ägypten kommen ließ, machte sich Jahve ein System »zunutze«, das noch unblutig war, aber die Untertanen des Pharaos mit Schrecken erfüllt haben mußte. Das »Phänomen«, wie es der Exodus selbst beschreibt, hatte einen »lokalen« Charakter (»da breitete sich tiefe Finsternis in ganz Ägypten aus«) von einer solchen Intensität, daß drei Tage lang »niemand den anderen sehen konnte«. Aber die Juden, obwohl sie in den gleichen Städten wie die Ägypter wohnten, hatten sehr wohl Licht, wie uns das Heilige Buch erzählt. Es ist unter anderem gerade dieser seltsame »Umstand«, der der folgenden offiziellen Erklärung der Kirche über diese Finsternis widerspricht ...

»In den Ländern, die an die Wüste grenzen, wie Syrien und Ägypten«, lautet der Kommentar der Bibelsachverständigen, »trat einige Male ein Dunkelheitsphänomen auf.

Der Wüstensand, vom *Jamsim*[1] beziehungsweise heißen Ostwind (der auch Schimun oder Schirokko genannt wird) aufgewirbelt, steigt in Massen auf und verdunkelt die Atmosphäre.

Um ein ähnliches Phänomen scheint es sich hier zu handeln, hervorgerufen durch eine Bitte des Wundertäters Moses ...«

Die offiziellen Zuständigen der Kirche für Bibelangelegenheiten scheinen nicht weiter darüber nachgedacht zu haben, daß die Ägypter, eben weil sie in der Nähe der Wüste geboren worden waren, mit den Sandstürmen, ihren Folgen und den entsprechenden Schutzmethoden besser als irgend jemand sonst – jedenfalls viel besser als diese eingebildeten Experten – vertraut sein mußten. Wie könnte es dann möglich sein, daß die Einwohner dieses Gebiets so tölpelhaft waren, daß sie sich vor der Dunkelheit eines solchen Sandsturms, die ja immer nur eine begrenzte Zeit lang andauert, derart fürchteten?

Wenn die »Astronauten« einen Wind ausgelöst hätten, der den Sand der Wüste aufwirbelte und so die Sonne verdunkelte, glaube ich nicht, daß das Ergebnis auch nur im entferntesten an diese drei Tage der »tiefen Finsternis« herangereicht hätte. Außerdem vergessen die Exegeten, daß ein Phänomen dieses Kalibers bei einer Dauer von im-

---

[1] Der *Jamsim* oder der »Fünfziger« wird so genannt, weil er in den fünfzig Tagen zwischen Ostern und Pfingsten aufzutreten pflegt.

merhin drei Tagen viele ägyptische Dörfer und Städte begraben hätte. Aber nichts dergleichen geschah ...

Herodot berichtet zum Beispiel von einer Katastrophe, die das Heer des Kambises traf. Es wurde bei einem solchen Sturm im Wüstensand begraben.

Wenn die »Mannschaft« der »Engel-Astronauten« dieses Mittel des Sandsturms gewählt hätte – was ihnen durch ihre Technologie ja möglich gewesen wäre –, wie hätten sie es dabei fertigbringen können, die Israeliten, die – ich wiederhole es – ja in den gleichen Städten und Dörfern wie die Ägypter wohnten, davor zu bewahren? Doch im Exodus heißt es: »Aber bei allen Kindern Israels blieb es hell in ihren Wohnungen.« Wie soll man das verstehen?

Nach meiner Ansicht sind die Worte des heiligen Verfassers wörtlich zu nehmen: Daß die »Mannschaft« des Jahve eine starke Finsternis erzeugte.

Es kann ja sein, daß uns das noch schwer verständlich ist, aber – wenn wir unsere jetzige Technologie in vergangenen Epochen der Menschheit hätten anwenden können – was würden wohl die Katholischen Könige Spaniens gesagt haben, wenn die Eroberung Granadas plötzlich mit einer Flotte von Kampfhubschraubern erfolgt wäre? Und würden nicht die heilige Theresa und ihre Nönnlein es sogar als ein »Wunder« betrachtet haben, wenn man ihnen eine moderne Waschmaschine vorgeführt hätte?

Nach dem technologischen Entwicklungsstand der »Astronauten« zu urteilen, hätten sie sehr wohl eine »Nacht« von drei Tagen erzeugen und damit den Pharao so unter Druck setzen können, daß er den Auszug der Israeliten mit ihrem Vieh gestattete.

Dieselbe Technologie – und dieselben »Astronauten« – war es, die etliche Jahrhunderte später Minuten vor dem Tode von Jesus die Sonne »verdunkelte«.

Aber die Kirche denkt offenbar nicht so ... Die Finsternis, die die Erde während der Kreuzigung verdunkelte, war nichts anderes – gemäß Dalman und Lagrange – als eine Sonnenfinsternis, verursacht durch Wolken, die der Schirokko aufwirbelte. Und das erschien den Kommentatoren der biblischen Exegese stichhaltig ...

Im Grunde stehen wir hier vor dem gleichen Problem, das sich auch schon bei der Finsternis der neunten Plage Ägyptens gestellt hat. Wußten die Juden und Römer, die der Kreuzigung von Christus beiwohnten, denn nicht, was ein Wüstensturm und seine Auswirkungen waren? Wenn diese Finsternis, von der uns Lukas, Markus und Matthäus erzählen, von einem Sandsturm hervorgerufen worden wäre, hätten sich weder der Zenturio, der Hauptmann, der über Golgatha wachte, »noch alles Volk, das dabei war«, »sich an ihre Brust geschlagen und wieder umgewandt«, als sie sahen, was da geschah. Es mußte etwas wirklich Außergewöhnliches und Bestürzendes gewesen sein – zum Beispiel eine totale Verdunkelung Jerusalems und seiner Umgebung – um sogar Pontius Pilatus zu Ohren gekommen zu sein, wie es das besagte Apokryph *Lebensbeschreibung des Pilatus* berichtet:

»... und es war um die sechste Stunde, als eine Finsternis über das ganze Land bis an die neunte Stunde kam. Die Sonne verlor ihren Schein und der Vorhang des Tempels riß entzwei. Jesus rief laut und sprach: ›Vater, baddach efkid ruel‹, was bedeutet: ›Ich befehle meinen Geist in deine Hände!‹ Und als er das gesagt, verschied er. Da aber der Hauptmann sah, was da geschah, pries er Gott und sprach: ›Fürwahr, dieser ist ein frommer Mann gewesen!‹ Und alles Volk, das dabei war und zusah, was da geschah, schlug sich an die Brust und wandte sich ab.

Der Hauptmann gab dem Statthalter Kunde davon. Dieser, als er das vernahm, betrübte sich, wie auch seine Frau, und beide verbrachten jenen Tag ohne Speis und Trank.

Danach ließ Pilatus alle Juden rufen und sprach zu ihnen: ›Habt ihr gesehen, was geschehen ist?‹ Aber sie antworteten: ›Das war doch nur eine Sonnenfinsternis, wie es sich manchmal ergibt.‹«

Sosehr der heilige Lukas, der heilige Markus oder der heilige Matthäus auch Partei für Jesus ergriffen haben mochten, sie hätten nie die Plumpheit begangen, in ihre Evangelien die Beschreibung eines so völlig natürlichen Vorgangs wie eine Verdeckung der Sonne durch Wolken aufzunehmen. Noch einmal: Die »Genies« der biblischen Exegese sehen die Menschen des ersten Jahrhunderts als geistig zurückgeblieben an, unfähig, zwischen etwas zu unterscheiden, das mehr oder weniger häufig vorkommt und natürlich ist, und etwas so Außergewöhnlichem, das sogar dazu führt, daß ein Hauptmann – der an alle Arten von Schrecken gewöhnt ist – öffentlich die Göttlichkeit dieses Mannes anerkennt. Diese Finsternis muß so überwältigend gewesen sein, daß besagter Hauptmann dem Statthalter Pontius Pilatus davon berichtete und dieser es seinerseits den Juden kundtat. Ich kann mir vorstellen, daß die Antwort der Pharisäer Pilatus nicht zufriedenstellte, denn er war zwar feige, aber nicht dumm. Eine Sonnenfinsternis zwischen der sechsten und der neunten Stunde?[1] Was werden wohl die Astronomen dazu sagen?

Das jüdische Osterfest wird am 14. Nisan gefeiert – das heißt genau zum Vollmond –, und deshalb war eine Sonnenfinsternis (ob nun teilweise oder total) zu der Zeit unmöglich.

Das mußten die Juden wohl wissen, aber sie versuchten, dem Vorfall seine Bedeutung zu nehmen, wenigstens gegenüber dem Stellvertreter des Cäsaren. Ich zweifle

---

[1] Diese »sechste« Stunde war 12 Uhr mittags und die »neunte« 3 Uhr nachmittags. Die »dritte« Stunde entspricht demnach 9 Uhr vormittags. Die Finsternis dauerte demnach von 12 Uhr mittags bis etwa 3 Uhr nachmittags.

sehr daran, daß die Astronomen, Schreiber und anderen »Schriftgelehrten«, die sich zu dieser Zeit in Jerusalem befanden, trotz dieser Verschleierung den Köder schluckten und an eine Sonnenfinsternis als Erklärung für diese drei Stunden der Dunkelheit glaubten. Die »Astronauten« – vielleicht um einen tieferen »Eindruck« bei diesem Volk zu hinterlassen, das sich erdreistet hatte, den Sohn Gottes hinzurichten, oder aus anderen Gründen, die sehr weit führen würden – wollten die Hinrichtungsstätte und wahrscheinlich einen Teil der Stadt in die gleiche tiefe Finsternis tauchen, die sie schon bei Abraham und dem Pharao angewandt hatten. Deshalb akzeptiere ich auch die Interpretation der Exegeten nicht, in der sie behaupten, daß »diese Finsternis ein Phänomen der Vorsehung war, durch das die ganze Natur ihre Trauer zeigte...«

Ich glaube auch nicht, daß die Finsternis ein »Phänomen der Vorsehung« war oder daß die Natur auf diese Weise ihre Trauer zeigte. Es war ein absolut künstlich erzeugtes Ereignis, das während der Zeitspanne aufrechterhalten wurde, in der Jesus lebend am Kreuz hing. Was dieses »Zeichen der Trauer« der ganzen Natur betrifft, so verwechseln die Forscher der Heiligen Schrift im allgemeinen wieder einmal so manches. Mir scheint es doch naiv, anzunehmen, daß die Natur imstande wäre, »zu trauern« oder »sich zu freuen«, auch wenn es sich um den Tod von Jesus Christus handelt. Wenn »die ganze Natur« – wie die Theologen sagen – sich mit den Leiden von Christus identifiziert hätte, so würden weder die Quellen weiter gesprudelt noch die Bäume ihr Grün behalten, die Bauern die Ernte eingebracht, die Kühe und Ziegen Milch gegeben haben usw. usw.

Ich weiß nicht, ob die Doktoren der Kirche sich bewußt sind, daß solche »Erklärungen« der heiligen Texte, anstatt

Personen mit einem Mindestmaß an Urteilsfähigkeit auch nur im entferntesten zufriedenzustellen, diese abgeschreckt und zutiefst skeptisch gemacht haben.

Hat sich Gott als »Ofen« verkleidet?

Bevor wir diese Passage der Genesis verlassen, in der wir gesehen haben, wie Abraham in »tiefe Finsternis« eingehüllt wird, möchte ich die Aufmerksamkeit der Leser auf eine andere »Beschreibung« richten, die der heilige Verfasser von Gott gibt.

Die Bibel sagt: »Als nun die Sonne untergegangen und es finster geworden war, siehe da rauchte ein Ofen, und eine Feuerflamme fuhr zwischen den Stücken der Opfer dahin. Und an dem Tage schloß Jahve einen Pakt mit Abram ...«

Ich sagte »Beschreibung« Gottes, weil Theologen und Spezialisten für die Heiligen Schriften das folgendermaßen betrachten: »Das ›Hindurchfahren‹ zwischen den Stücken der Opfertiere ist eine rituelle Form«, schreiben Eloíno Nácar Fuster, Alberto Colunga und Gaetano Cicognani –, »um einen Pakt zwischen Menschen abzuschließen und Gott dabei als Zeugen anzurufen. Hier schreitet Gott selbst, symbolisiert durch das Feuer, zwischen die Opfertiere.«

Nach dieser Behauptung sind also der »Ofen« und die »Feuerflamme« Gott.

Ich habe ja eigentlich nichts gegen die katholische Kirche – die ich natürlich respektiere –, aber, obwohl ich hier vielleicht durch Wiederholung sündige, diese »göttlichen Manifestationen« erinnern mich an viele aktuelle und vergangene Fälle von dem, was man heutzutage als »Nichtidentifizierte Flugobjekte« bezeichnet.

Ich weiß nicht, ob man mich wegen meiner folgenden Behauptungen als Kandidaten für den Kirchenbann ansehen wird, aber mein Gewissen treibt mich dazu, so daß ich dieses Risiko eingehen will.

Abraham ist bei diesen ersten »Kontakten« mit den Elohim und angesichts des großzügigen Versprechens, ihm das Land Kanaan zu geben, nicht sehr vertrauensselig und fragt – ja fordert fast –, was denn das Signal oder der Beweis dafür sein wird, daß ihm dieses Gebiet zufällt. Und die »Astronauten« nehmen Zuflucht zu einem »Signal« – einem Pakt –, das in seiner Art dem Patriarchen wohl bekannt ist und gewöhnlich unter den Völkern Mesopotamiens angewandt wird. Die Archäologen haben auf Wachstafeln von der Zivilisation der Stadt Mari im Norden Mesopotamiens eine Beschreibung gefunden vom sogenannten Töten des Esels für den Bund das »dem Abschließen eines Paktes« gleichkommt. Das dazu verwendete Tier oder die Tiere wurde(n) in der Mitte durchgeschnitten und auf die Erde gelegt oder an Pfählen aufgespießt, so daß ein »Korridor« oder eine »Straße« entstand, durch den/die diejenigen schritten, die diesen Pakt abschlossen. Unter den Beduinen des Westjordanlandes ist der Ritus des *Fedú* noch häufig: Wenn ein Familienmitglied krank geworden ist, wird ein Schaf geschlachtet, in zwei Teile geschnitten und im Zelt oder vor der Tür aufgehängt. Um das Unglück abzuwenden, müssen alle Angehörigen des Kranken zwischen diesen beiden Teilen hindurchschreiten. Jeremias erzählt uns auch (34. Kapitel, 18), wie bei dieser Art von »Bund« diejenigen, die den Pakt abschließen, zwischen beiden Teilen eines Kalbes hindurchgehen müssen und sich dadurch zu seiner Einhaltung verpflichten unter der Drohung, daß sie bei Zuwiderhandlung von der Gerechtigkeit so behandelt werden wie das Kalb.

Wir verfügen auch sowohl im Altgriechischen wie im Lateinischen[1] über Aussagen, die diese Methode des »Zerschneidens eines Opfertiers beim Schwören auf einen Pakt bestätigen. Titus Livius beispielsweise erzählt uns: »Wenn das römische Volk aus Ungläubigkeit den Pakt verletzt, dann wird Jupiter es verletzen, wie ich es mit diesem Schwein getan habe – und je mächtiger du bist, desto schwerer wird er dich verletzen.«[2]

Jedenfalls waren den »Astronauten« diese Bräuche bekannt, und sie wiesen Abraham an, eine Kuh, eine Ziege und einen Widder, jeweils drei Jahre alt, sowie eine Turteltaube und eine Haustaube zu opfern. Warum denn drei Jahre alt? Die einzige Erklärung, die mir zufriedenstellend erscheint – und die mir von erfahrenen Viehzüchtern gegeben wurde –, liegt in dem Wert dieser Tiere. Sowohl die Kuh als auch die Ziege hätten Abraham eine beträchtliche Anzahl von Jungen werfen können. Das gilt auch für den Widder als Samenspender. Dies »verteuerte« logischerweise das Opfer und erhöhte die Ernsthaftigkeit des Paktes.

Nun wollen wir uns dem rauchenden Ofen und der Feuerflamme zuwenden.

Was muß man unter »Ofen« verstehen? Laut der Königlichen Akademie für die Spanische Sprache ist ein Ofen »eine Kammer in einem Herd mit einem Gitter für das Auflegen des Brennmaterials und darunter einer Öffnung, durch die Luft eintreten kann«.

Ich kann mich nun beim besten Willen nicht der Auffassung anschließen, daß Gott so »verkleidet« zwischen den zerschnittenen Tieren dahinschritt, obwohl die Große Kraft wohl einen gehörigen Sinn für Humor besitzt (Jesus zumindest besaß Humor), aber ich kann ihn mir ein-

---

[1] *Foedus icere, ferire, percutere* kommt »einen Bund schließen« gleich.
[2] Dies bezieht sich auf den Bund zwischen den Römern und dem Reich von Alba (I, 24).

fach nicht als »rauchenden Ofen« »umgewandelt« vorstellen ...

Meine Meinung ist, abermals, daß wie immer diese »Diener« der Großen Kraft (die »Engel-Astronauten«) damit beauftragt waren, den Pakt mit Abraham abzuschließen, und sie taten das mit Hilfe eines ihrer vielen Raumschiffe. Die Form, die der heilige Autor als »rauchenden Ofen« beschreibt, könnte einem ihrer kleinen Vehikel entsprechen, die Abraham an die kleinen Öfen erinnerten, die zu der Zeit täglich in Städten und Lagern verwendet wurden. Wenn uns heutzutage viele der Zeugen den Vorüberflug oder das Landen dieser Raumschiffe beschreiben und dabei in ihren Vergleichen Gegenstände aus dem 20. Jahrhundert zu Hilfe nehmen, die sie gut kennen (»Telefonzellen«, »Kühlschränke«, »Rugbybälle«, »Räder« usw.), so war es doch natürlich, daß die Menschen des Alten Testaments das gleiche mit ihren Werkzeugen oder anderen Gegenständen taten. Aber dieses Thema wird noch deutlicher, wenn wir zu dem spannenden Kapitel der »Feuerräder, -wagen und -säulen« übergehen.

Was nun das zweite »Element« zwischen den Opferteilen betrifft – diese »Feuerflamme« –, so gibt es hier zwei Möglichkeiten: Entweder war Abraham Zeuge von zwei verschiedenen Objekten (dem Ofen und dem Feuer), oder er verwechselte die verschiedenen Teile eines einzigen Raumschiffs mit zwei voneinander unabhängigen Manifestationen. Wenn es sich um ein einziges Raumschiff handelte, so ist es möglich, daß der Patriarch – eingehüllt in »tiefe Finsternis« – die einheitliche und unteilbare Struktur des Objekts nicht erkannte. Ich fordere alle, die in die Umgebung eines Luftstützpunkts gehen können, auf, die nächtlichen Starts oder Landungen von Kampfflugzeugen zu beobachten. Von einem Menschen, der noch nie ein Düsenflugzeug gesehen hat, könnten diese »Dinger« in der Dunkelheit als eine »Feuerzunge«, farbige Lichter und ein starker Lichtstrahl, die sich alle gleichzeitig bewegen, beschrieben werden. Wir, die wir die Funktion und Form eines Düsenjägers kennen, haben keine Schwierigkeiten bei ihrer Identifizierung, aber was mochte wohl Freund Abraham denken?

Wenn wir akzeptieren, daß der Patriarch wirklich zwei verschiedene Körper erblickte – den »Ofen« einerseits und die »Feuerflamme« andererseits –, gibt es noch die Möglichkeit, daß das zweite »Element« etwas war, was wir heutzutage – aber auch *nur* heutzutage – »Feuerkugeln« oder *Foo-Fighter* nennen. Die am Ufo-Phänomen Interessierten wissen, daß diese »Feuerkugeln« – die von Tausenden überall auf der Erde gesehen wurden – sehr klein sind: von der Größe einer Kerzenflamme bis zu einer Kugel von einem halben Meter Durchmesser. Diese Objekte sind an den unerwartetsten Orten beobachtet worden: in einer Wohnung, in Ställen, über Atomkraftwerken und als »Begleiter« oder »Verfolger« von allen Arten von Fahrzeugen... Die kleinen Abmessungen lassen den Verdacht aufkommen, daß es sich um Sonden oder andere Arten von kleinen Apparaten handelt, die von größeren Ufos ferngesteuert werden und zur Erforschung von Stellen dienen, an denen es für die Raumschiffe selbst unmöglich oder »nicht empfehlenswert« ist.

Wie ich schon gesagt habe, sind die Zeugnisse über diese flüchtigen »Feuerkugeln« so zahlreich, daß schon eine schlichte »Bestandsaufnahme« davon einen dicken Band füllen würde. Deshalb beschränke ich mich auf ein kurzes Beispiel – Fotografien eingeschlossen – einiger der von mir untersuchten Fälle, die man mit der Erzählung der Genesis vergleichen kann.

Ich wage es hier, diese »Feuerflamme« mit der *Foo-*

Fightern oder »Feuerkugeln« zu vergleichen, weil nach der Genesis sowohl der »Ofen« als auch die »Feuerflamme« zwischen den Hälften der Opfertiere hindurchzogen und auf diese Weise den Bund zwischen Jahve und Abraham schlossen. Diese »Straßen« oder »Korridore« waren nämlich so eng, daß nur eine oder zwei Personen nebeneinander dort hindurchgehen konnten. Es ist doch daher logisch, daß – weil die »Astronauten« nicht zwischen den Fleischstücken passieren konnten – dies von einigen der kleineren Vehikel getan wurde: den »Lichtkugeln«, deren Beschreibung in der Genesis – wie ich schon sagte – eine große Ähnlichkeit mit den »Feuerkugeln« hat, die heutzutage beobachtet werden.

Sie dachte, es handele sich um die Seele ihrer verstorbenen Mutter

Vor einigen Jahren wurde Josefa Moya Guzmán, die in der Ortschaft El Palmar ganz in der Nähe von Vejer de la Frontera wohnt (Provinz Cádiz, Spanien), mitten in der Nacht von einem »Stern« in ihrem Zimmer überrascht. Zu jener Zeit, im Jahre 1968, wohnte Pepa Moya in einer Kate des Landguts Mojinete ... »Ich lag im Bett, als kurz nach Mitternacht, bei voller Dunkelheit, an der Decke des Zimmers ein sehr helles Licht erschien. Es war wie ein Stern ...«

Die Frau erzählte mir, daß ihr Ehemann zu jenem Zeitpunkt nicht auf dem Landgut war und daß sie mit einer kleinen Tochter zusammen im Zimmer schlief.

»Ich glaube, ich war eine Zeitlang wach gewesen«, fuhr die Zeugin fort, »als, ich weiß nicht wie, dieser ›Stern‹ an der Decke der Kate erschien. Er blieb dort, ruhig und sehr hell, so etwa zehn Minuten lang.

Ich machte keine Bewegung und beobachtete diese ›Kugel‹ bis sie allmählich ›erlosch‹ und verschwand.«

Während dieser Unterredung – der mein guter Freund Rafael Vite beiwohnte, Einwohner von Vejer und ein gestandener Ehrenmann – erzählte Josefa, daß der »Stern« nicht durch das Fenster oder die Tür hatte kommen können, weil diese geschlossen waren. Außerdem war das Dach, das aus Schilfrohr, Lehmmasse und Zweigen bestand, völlig dicht, so daß es keine Regentropfen durchließ.

Wie sollte also diese leuchtende Kugel hereingekommen sein? Oder brauchte sie sich gar nicht in die Kate »einzuschleichen«? Nach der Beschreibung von Josefa Moya von der Art und Weise, in der die Kugel verschwand zu urteilen – indem sie »erlosch wie das Licht einer Kerze« –, war es wahrscheinlich, daß das mysteriöse Objekt in dem Zimmer auf die gleiche Art erschien, wie es verschwunden war.

Die Zeugin – eine sehr schlichte Frau mit wenig Bildung – erzählte: »Im ersten Moment dachte ich, daß es sich um die Seele meiner verstorbenen Mutter handelte.«

Aber bei anderen Gelegenheiten machen sich diese »Lichtkugeln« sehr wohl Türen oder Fenster zunutze, um in Häuser einzudringen. Dies war der Fall beim berühmten Seminaristen von Logroño ...

Logroño: die Furcht des Seminaristen

Es war ebenfalls nach Mitternacht, als der Priesterseminarist Javier Bosque ein Erlebnis hatte, das er sein ganzes Leben lang nicht vergessen sollte. Es war der 21. Juni 1972. Ort: sein Zimmer in der Schule der Padres Escolapios in Logroño, der Hauptstadt von Rioja, Spanien.

»An jenem Tag«, erzählte uns der Mann aus Zaragoza,

»hatte ich einige Gitarrenakkorde auf meinem Tonbandgerät aufgenommen und das Gerät auf einen Stuhl neben meinem Bett gestellt, wo es die ganze Nacht über blieb.

Als ich mich ins Bett legte, stellte ich – wie ich es immer tat – einen Aschenbecher mit Ständer an die linke Seite des Betts und darauf eine elektrische Nachttischlampe, die auf die Wand gerichtet war, so daß sie das Zimmer beleuchtete, aber mich nicht blendete.

Ich ließ mich ins Bett fallen, stellte mein Radio an und begann, ›Don Quijote‹ zu lesen.«

So verging ein Teil der Nacht, bis Javier gegen 2 Uhr morgens bemerkte, wie das Zimmer beträchtlich heller wurde. Zuerst dachte er an ein Ansteigen der Spannung, wie es ja nicht selten vorkam, und legte – müde vom Lesen – das Buch auf den Nachttisch, der auch an der linken Bettseite stand. Bei dieser Bewegung bemerkte er »etwas« stark Leuchtendes ganz in der Nähe des Fensters, das auf die Straße hinausging. Er war überrascht und verhielt sich reglos. Die »Lichtquelle« war sehr stark ...

Seine Überraschung wurde zu Panik, als sich das Fenster langsam öffnete und ein leuchtendes Objekt geradewegs auf die Zimmermitte zu »schwebte«. Es war eiförmig und etwa 0,5 m lang und 30 bis 35 cm hoch.

»Es schwebte sehr langsam, so etwa 2 m über dem Boden. Ich war sehr erschrocken. Das ›Ding‹ machte nicht das kleinste Geräusch, und nach wenigen Sekunden blieb es vor meinem Bett stehen.«

In verständlicher Angst und Verwirrung bedeckte sich Javier Bosque fast das ganze Gesicht mit der Bettdecke, aber beobachtete dennoch weiter den »Eindringling«. Plötzlich ging das Objekt senkrecht auf circa 40 cm auf den Boden herunter. Das Licht war immer noch äußerst hell, so hell, daß der junge Mann es nicht direkt anblicken konnte.

In diesen Momenten, ohne zu wissen, was er tun sollte,

bemerkte der Seminarist, daß das Radio lief, obwohl er es schon vor längerer Zeit abgestellt hatte, und daß es einige sehr seltsame Pfeiftöne von sich gab.

»Diese Pfeiftöne hatten eingesetzt, als das Objekt in das Zimmer eingedrungen war. Sie waren sehr hoch, und ich dachte, daß ich das vielleicht mit dem Tonbandgerät aufnehmen konnte. Also streckte ich meine Hand unter der Bettdecke hervor und schaltete das Gerät ein.«

Als sie fast auf dem Boden angelangt war, schickte die Kugel einen Lichtstrahl erst auf das Tonbandgerät und dann auf den Radioapparat.

»Der Lichtstrahl zog sich dann wieder ins Objekt zurück und dieses stieg dann, immer noch völlig geräuschlos, auf etwa 2 m Höhe, schwebte zum Fenster und dann aus dem Zimmer hinaus.«

Auf dieser Zeichnung ist dargestellt, wie der Foo-Fighter beziehungsweise die »Feuerkugel« in das Zimmer des damaligen Seminaristen Javier Bosque mitten in der Stadt Logroño eindrang. Nachdem das leuchtende große Ei durch das Fenster ins Zimmer gekommen war, ging es bis auf geringe Höhe über dem Boden nieder und schickte von dort einen Lichtstrahl auf Radioapparat und Tonbandgerät.

Von seinem Bett aus konnte Javier Bosque beobachten, wie das leuchtende Ei sich zum Himmel erhob. Er ging aber erst nach Ablauf von einigen Minuten ans Fenster. Erst spulte er das Tonbandgerät zurück und prüfte, ob das Pfeifen aufgenommen worden war. Als er es gehört hatte, stellte er die Apparate ab, sprang aus dem Bett und lief zum Fenster. Die Straße lag verlassen da, und der Himmel war teilweise von Wolken bedeckt. Von dem geheimnisvollen Objekt war nichts zu sehen.

Als diese Nachricht die Medien erreichte, drangen die Reporter auf den jungen Mann ein. Trotz der zahlreichen Befragungen, denen er unterzogen wurde, verwickelte er sich nicht ein einziges Mal in einen Widerspruch.

»... dieses Objekt bewegte sich«, bekräftigte er ein ums andere Mal, »als ob es von etwas gesteuert würde. Es bewegte sich sicher, ohne die geringste Schwankung.

... es war glatt und metallisch.

... es hatte einen glänzenden und ›vibrierenden‹ Rand.

... ich hatte den Eindruck, daß seine Oberfläche metallisch war, obgleich sie mit einer sehr hohen Frequenz vi-

Links Javier Bosque, in dessen Zimmer der Foo-Fighter eindrang.

brierte. Etwa so wie das Relais eines Elektromagneten, das tausendmal pro Sekunde vibriert.

... was den Lichtstrahl betrifft, so hatte er die gleiche Helligkeit wie das Ei, vibrierte aber nicht wie dieses.

... der Lichtstrahl schien aus massivem Material zu sein. Seine Ränder waren scharf abgegrenzt.

... als ich diesen Strahl zuerst sah, kam er mir wie eine Teleskopantenne vor, aber nach einigen Sekunden begriff ich, daß es sich um einen Lichtstrahl handelte.

... dieser ›Strahl‹ kam sehr langsam heraus, etwa wie die Fühler einer Schnecke. Seine Bewegung war dann auch langsam und gerade, mit einer leichten Neigung nach oben, bis er den Radioapparat erreicht hatte, der auf dem Nachttisch stand. Ich schätze, daß der Durchmesser dieses ›Lichtstrahls‹ etwa 5 cm war. Als ich das Radio berührte, zog er sich einige Zentimeter zurück. Kurz darauf kam er vorsichtig wieder heran. Dieser Umstand war es, der mich an die Fühler einer Schnecke denken ließ. Als der Strahl dann den Radioapparat berührte, schwankte dieser leicht, aber fiel nicht um.

... bevor ich das Tonbandgerät einschaltete, war der Strahl langsam auf die Hälfte seiner Länge zurückgegangen und hatte seinen Neigungswinkel leicht geändert. Dann richtete er sich auf das Tonbandgerät, das auf dem Stuhl stand. Er berührte es von der Seite und zog sich dann zu dem Ei zurück.

... obwohl ich in Schweiß gebadet war, überzeugte ich mich, daß das ›Ding‹ keine gewalttätigen Absichten hatte. Als es dann durch das Fenster wieder verschwunden war, nahm ich das Radio, stellte es zwischen meine Beine und nahm das Mikrofon.

... ich möchte hier abschließend nicht verschweigen, daß ich von dem Moment an, in dem das Tonbandgerät abzuspielen begann, im vorderen Teil meines Kopfes ein seltsames Gefühl zu spüren begann – als ob ich im Geiste die Worte hörte: ›DIE ZEIT MESSEN ... ZEITMESSUNG‹.«

Ich habe einen wagemutigen Freund

Trotz ihrer »Verwegenheit« und »Neugier« konnten diese »Licht- oder Feuerkugeln« nur selten fotografiert werden. Natürlich herrschen Überraschung oder Schrecken bei den Augenzeugen vor, so daß niemand daran denkt, seinen Fotoapparat zu holen. Diese Reaktion ist völlig normal. Deshalb ist es besonders hoch anzurechnen, wenn jemand – weit davon entfernt, vor einem *Foo-Fighter* zu fliehen – auf ihn zugeht und ihn dann sogar zweimal fotografiert.

Dies geschah im August des Jahres 1978 in meinem geliebten Heimatland: Navarra.[1]

An jenem Tag hatte ein Navarraner, der so mutig wie aufrichtig ist, die Verwegenheit und die Kaltblütigkeit aufgebracht, sein Auto, in dem er auf der Straße von Arguedas nach Tudela fuhr, anzuhalten und auf ein leuchtendes Objekt zuzugehen. Dabei blieb es aber nicht ...

Francisco Azagra Soria, von Beruf Fabrikant, beschrieb mir den Vorfall mit folgenden Worten:

»Ich kann mich nicht mehr genau an das Datum erinnern, aber es muß so um den 15. August gewesen sein. In Arguedas wurde gefeiert, und mein Neffe und ein Cousin von ihm waren dort hingefahren, um sich zu amüsieren. Ich hatte sie dabei nicht begleitet; auch nicht, als das Ufo zum zweitenmal auftauchte.«

---

[1] Die farbigen Fotos dieser »Feuerkugel« sowie die gesamte dazugehörige Geschichte sind als Weltpremiere in meinen Büchern *Los visitantes (Die Besucher)*, *Terror en la Luna (Terror auf dem Mond)* und *La gran oleada (Die große Welle)* enthalten, nebst tausend Ufo-Illustrationen, die von 1883 bis 1980 aufgezeichnet wurden.

»Es gab also zwei ›Begegnungen‹?«

»Ja. In der ersten Nacht, so gegen ein bis ein Uhr dreißig, stiegen die beiden jungen Männer in ihren Wagen, einen Taunus, und fuhren auf die große gerade Straße von Arguedas. Wie du weißt, ist sie 16 km lang und vollkommen gerade. Als sie etwa 3 bis 4 km gefahren waren, sahen sie ein sehr seltsames Licht hinter sich. Die jungen Männer erschraken und fuhren so schnell, wie sie konnten, aber das Licht folgte ihnen immer mit der gleichen Geschwindigkeit. Wenn sie langsamer wurden, verringerte auch das ›Licht‹ seine Geschwindigkeit. Wenn sie beschleunigten, beschleunigte auch das ›Ding‹.

Sie kamen von Angst erfüllt im Ort an. Mein Neffe war damals neunzehn Jahre alt und studierte Architektur in Brüssel. Er ist ein sehr gebildeter junger Mann und erschrickt nicht leicht.«

DIE ZWEITE NACHT

»Am darauffolgenden Tag fuhren sie noch einmal nach Arguedas. Als sie dann auf dem Rückweg wieder auf dieser geraden Strecke fuhren, erschien die ›Feuerkugel‹ wieder und heftete sich an das Auto. Die Angst der beiden Burschen muß groß gewesen sein. Das Objekt verhielt sich wie in der Nacht zuvor, wie sie mir erzählten.«

»Zu welcher Zeit war denn das?«

»So etwa um halb ein Uhr morgens.«

DIE DRITTE NACHT

Die beiden Zeugen erzählten meinem guten Freund Paco Azagra von der zweiten Begegnung mit dem geheimnisvollen Licht. Da entschloß sich der Navarraner, seinen Neffen und dessen Cousin zu begleiten.

Wie ich schon sagte, ist Azagra Soria ein entschlossener Mann, der sich nicht leicht aus der Fassung bringen läßt. Sie nahmen einen Fotoapparat, eine Kodak Instamatic, mit und fuhren wieder nach Arguedas.

Um zwei Uhr dreißig in dieser Nacht machten sie sich wieder auf den Rückweg. Wie immer fuhr der Neffe von Francisco den Wagen. Es war völlig dunkel, als sie auf die besagte Gerade einbogen.

Und es geschah zum drittenmal: Ein leuchtendes Objekt heftete sich hinter das Auto.

»Es war wie ein roter Kreis«, fuhr Azagra fort, »der über der Straße schwebte. Mein Neffe beschleunigte, als er ihn sah, aber das ›Licht‹ folgte uns mit der gleichen Geschwindigkeit.«

»In welcher Entfernung?«

»Es kam allmählich näher und muß so etwa 60 m von uns weggewesen sein.«

Der junge Mann beschleunigte, denn er war verständlicherweise sehr nervös. Aber Paco Azagra wollte sich diese Gelegenheit nicht entgehen lassen. Deshalb forderte er seinen Neffen auf, anzuhalten.

»Ich mußte ihn anschreien«, fügte Azagra hinzu, »denn er schien meiner Aufforderung nicht nachkommen zu wollen.«

»Und was machtest du dann?«

»Als der Wagen stand, nahm ich den Fotoapparat und sprang hinaus. Das Objekt befand sich hinter dem Auto, nahe dem Straßengraben. Es gab kein Geräusch von sich und schien so 1,50 bis 1,70 m über dem Boden zu schweben, während es ein sehr helles Licht ausstrahlte. Zuerst, als ich darauf zu ging, hatte es einen weißlichen Farbton. Danach ging es in orangegelb über ...«

»Zog sich das ›Licht‹ zurück?«

»Überhaupt nicht. Es schien auf mich zu warten.«

»Bis auf welchen Abstand kamst du heran?«

»Das kann ich nicht so genau sagen ... Vielleicht ungefähr auf 10 m. Es war eine Art Kugel von etwa einem halben Meter Durchmesser. Die schickte so etwas wie Strahlen aus ...«

»Hörtest du in dieser Entfernung irgendein Geräusch?«

»Nichts. Es war vollkommen still.«

Kaltblütig hob Paco Azagra den Fotoapparat an die Augen und drückte ab. Beim Weitertransportieren des Films klemmte aber der Mechanismus.

»Der Apparat gehörte mir nicht, und aus Furcht, ihn zu beschädigen, bat ich meinen Neffen, den Film weiterzudrehen. Das tat er, und ich ging wieder zu dem Objekt zurück, wo ich eine zweite Aufnahme machte.«

»War bei dieser zweiten Aufnahme irgend etwas anders?«

»Ich glaube mich erinnern zu können, daß die ›leuchtende Kugel‹ sich ein wenig zurückgezogen hatte. Ich ging etwas weiter heran, aber ich kann dir nicht sagen, in welchem Abstand ich dann vor dem ›Licht‹ stand.«

Beim Betrachten der Positive von den Aufnahmen – da die Negative in Brüssel bei seinem Neffen waren – sah ich in der Tat, daß sich das »Licht« etwas entfernt hatte. Ein Baum links vom Ufo diente mir dabei als Bezugspunkt.

Nachdem er die zweite Aufnahme gemacht hatte, ging Azagra immer noch völlig gelassen zum Auto zurück, und sie fuhren in Richtung Tudela davon. Das Ufo aber blieb dort.

Der Film wurde danach in Tudela entwickelt.

»Ich kann mich entsinnen«, fügte Francisco hinzu, »daß ich dreimal darauf bestehen mußte, daß der Fotograf Abzüge machte. Er sagte nämlich, es sei nichts darauf ...«

EIN REGELRECHTER REKORD

Obwohl die Negative, wie ich erwähnte, noch nicht untersucht worden sind, glaube ich der Beteuerung des Fotografen, daß die Negative so wie die mir vorgelegten Abzüge sind. Dennoch will ich eine entsprechende Analyse der Negative nicht außer acht lassen, denn es wäre möglich, daß sich daraus neue und interessante Einzelheiten über das Ufo ergeben.

1921: eine »Kerzenflamme«, die fliegt

Bevor wir uns der heiklen Angelegenheit der pfingstlichen »Feuerzungen« zuwenden, möchte ich diese kurze Folge von »Feuerkugel-Fällen« mit einem Vorfall abschließen, der bis heute noch nicht veröffentlicht wurde und – dessen bin ich sicher – der Anlaß zum Nachdenken gibt.

Damals, im Jahre 1921, war Antonia Utrera Domínguez zehn Jahre alt. Sie lebte mit ihrer Stiefmutter Frasquita Tirado Domínguez und deren Sohn in dem Dörfchen Barbate in der Gegend von Cádiz, Spanien. (Weil ich Barbate seit meiner Kindheit kenne und auch die Zeugin dieses ungewöhnlichen Vorfalls – eine Frau von großer Einfachheit und Menschlichkeit –, habe ich Antonias Erzählung immer eine absolute Glaubwürdigkeit beigemessen. Wenn Antonia Utrera nicht von meiner unermüdlichen Neugier und meinem Wunsch, alle Arten von mehr oder weniger ungewöhnlichen Geschichten, Legenden und Traditionen zu erfahren und sie aufzuschreiben gewußt hätte, würde sie mir ihr »Erlebnis« mit einer »Feuerzunge« nicht erzählt haben ...)

Aber kommen wir zur Sache. In einer Nacht dieses Sommers 1921 war Antonia die Beaufsichtigung des Säuglings ihrer Stiefmutter übertragen worden. Diese war aus dem Haus gegangen, nachdem sie Antonia angewiesen hatte, dem Baby die Flasche zu geben, wenn es schreien würde. Das Mädchen nahm sich einen Umhang und legte sich auf den Boden des Eßzimmers ...

»Warum denn auf den Boden?«

»Ich hatte Angst, einzuschlafen und den Kleinen nicht zu hören, wenn er schreien würde. Statt das Baby im Schlafzimmer meiner Stiefmutter zu lassen, legte ich mich also mit ihm in das Nebenzimmer.«

Antonia legte den Arm unter den Kopf des Kleinen als Kopfkissenersatz und versuchte, ein wenig zu schlafen. Aber um 3 bis 4 Uhr morgens bewegte sich der Säugling, und das Mädchen erwachte dadurch. Da bemerkte sie ein »Licht«, das unter dem Ehebett hervorkam. Die Tür des Schlafzimmers von Antonias Stiefmutter stand offen, und Antonia konnte von ihrer Lage auf dem Boden des Eßzimmers aus das Bett ihrer Eltern gut sehen.

»Es war ein sehr seltsames Licht. In Farbe und Größe etwa wie die Flamme einer Kerze, aber das Eigenartigste war, daß es seine Umgebung nicht beleuchtete.

Als ich die Augen öffnete, sah ich, wie die ›Feuerzunge‹ unter dem Bett hervorkam und in meine Richtung schwebte. Dann kreiste sie einmal um meinen Kopf und ging wieder dorthin zurück, woher sie gekommen war. Ich fing an, vor Angst zu zittern, so sehr, daß die Erschütterung meines Armes den Kleinen wieder in den Schlaf schaukelte.

Jedesmal, wenn ich die Augen öffnete, wiederholte das ›Licht‹ diesen Weg: Es kam unter dem Bett hervor und flog über meinen Kopf. Danach flog es wieder zum Schlafzimmer.«

»Wie lange sahen Sie denn diese ›Feuerzunge‹?«

»Mehr als zwei Stunden.«

»Können Sie sich an die Größe des ›Lichts‹ erinnern?«

»Ob ich mich noch daran erinnere? Als ob es eben erst gewesen wäre! So etwas vergißt man nicht so leicht ... Es war etwas mehr als einen Zoll hoch, gerade so wie eine Kerzenflamme.«

»Und wie oft ›flog‹ es über Ihren Kopf?«

»Fünf- oder sechsmal.«

»Hörten Sie ein Geräusch?«

»Nichts. Das Haus lag in Stille und totaler Finsternis. Deshalb sah ich es auch sofort.«

Schließlich, als die Morgendämmerung kam, klingelte die Stiefmutter an der Haustür, und das Mädchen – immer mit geschlossenen Augen, damit ihm das »Licht« nicht hineinfliegen konnte – öffnete tastend die Haustür.

»Als ich die Augen geöffnet hatte, war das ›Licht‹ verschwunden.«

»Erzählten Sie den Vorfall Ihrer Stiefmutter?«

»Nein, ich glaube nicht ...«

»Warum nicht?«

»Das weiß ich nicht mehr so gut. Vielleicht, weil ich dem Kleinen nicht die Flasche gegeben hatte, als er aufgewacht war, und meine Stiefmutter mich deshalb geschlagen haben würde.«

»Haben Sie irgendeine Vorstellung, was diese ›Feuerzunge‹ gewesen sein könnte?«

»Nein, ich habe es nie erfahren. Das einzige, was ich dazu noch sagen kann, ist, daß am Tag nach diesem Vorfall mit dem ›Licht‹ meine Großmutter starb.«

»Meinen Sie, daß es ein ›Signal‹ oder eine ›Ankündigung‹ gewesen sein könnte?«

»Vielleicht ...«

Es erübrigt sich, hier zu betonen, daß Antonia Utrera nie etwas von *Foo-Fightern* gehört hatte. Ihre Beobachtung, die sechzig Jahre lang in Vergessenheit geblieben war, hat aber einen großen Wert, zumindest für die Forscher. Ihre Beschreibung läßt mich glauben, daß das erwähnte »Licht« eine der vielen Arten von »Feuerkugeln« oder »Feuerjägern« war. (Die Ufo-Forscher werden sich daran erinnern, daß diese letztere Bezeichnung bei den Kampfpiloten des Zweiten Weltkriegs entstand, die mysteriöse »Feuerkugeln« sahen, die sie oft bei ihren Einsatzflügen und Kämpfen »begleiteten« und »bewachten«.)

KAPITEL VII

Vor allem mein tiefer Respekt vor dem Heiligen Geist. – Die »Astronauten des Jahve« als Übermittler der Kraft des Heiligen Geistes. – Es genügte, in das Gesicht von Melecio zu sehen, um zu wissen, daß er ehrlich war. – Ein weiteres »bekanntes« Phänomen der Ufo-Forschung: der »heftige Wind«. – Tief im Herzen weiß ich, daß die »Feuerzungen«, die zu Pfingsten auf die Apostel niedergingen, »Foo-Fighter« waren. – Es ist schade, daß der heilige Lukas sich nicht ein wenig mehr außerhalb des Hauses umgeschaut hatte.

Wenn ich gerade diese Fälle von Begegnungen mit »Feuerkugeln« gewählt habe, so verfolge ich natürlich damit eine Absicht, und zwar eine doppelte: Erstens, die Ähnlichkeit zwischen der »Feuerflamme«, die zwischen den von Abraham zerteilten Tieren hindurchzog, und den »Feuerkugeln« aufzuzeigen, die im zwanzigsten Jahrhundert gesehen und fotografiert worden sind, und zweitens, um einen anderen, kühneren und kompromittierenderen Vergleich aufzustellen – nämlich den zwischen den »Feuerzungen«, die uns die *Apostelgeschichte* beschreibt, und diesen »Lichtern« oder »Flammen«, die sich außerhalb und innerhalb unserer Wohnungen zeigen und bewegen.

Bevor ich fortfahre, muß ich noch etwas erklären: Von den »Wesen«, die die Göttlichkeit bilden oder darstellen – dem Vater, dem Sohn und dem Heiligen Geist –, ist es letzterer, den ich fürchte. Während mir die beiden ersten Vertrauen einflößen, so habe ich vor dem dritten – ich kann nicht sagen warum – einen tiefen Respekt. Möglicherweise spüre ich, daß nichts seiner Gerechtigkeit entgeht, und deshalb fühle ich mich unruhig, wenn sein Name vor mir auftaucht. Ich versuche hier nicht, ihn anzugreifen oder lächerlich zu machen. Das wäre ebenso absurd wie vermessen. Ich glaube an ihn und weiß, daß seine Macht unendlich ist. Dennoch teile ich die »Erklärungen« der katholischen Kirche nicht, die diesen Geist mit »Tauben« und »Feuerzungen« in Verbindung bringen und identifizieren. Und darin liegt, so fühle ich im tiefsten Innern meines Herzens, der Fehler.

Aber bevor ich mit meiner Hypothese fortfahre, wollen wir uns einmal mit der Erzählung des heiligen Lukas in der *Apostelgeschichte* (II, 1–5) beschäftigen. Da sagt der heilige Verfasser:

»Als der Tag des Pfingstfestes[1] kam und alle an einem Ort versammelt waren, da gab es plötzlich ein Geräusch wie von einem heftigen Wind, der das Haus erfüllte, in dem sie waren. Es kam etwas wie geteilte Feuerzungen, die sich auf jede von ihnen niederließen, so daß alle erfüllt waren vom Heiligen Geist und begannen, in fremden Sprachen zu sprechen, so wie der Geist es ihnen eingab.«

Was ist nun meine Interpretation dieses wichtigen Ereignisses?

Nach den gegenwärtigen Fällen, die ich aufgeführt habe, und noch Hunderten mehr zu urteilen, die in der großen erdweiten Ufo-Bibliographie zu finden sind, kann dieses »Geräusch wie von einem heftigen Wind« nur von einem oder mehreren Raumschiffen der »Astronautenmannschaft« herrühren. Bei vielen Gelegenheiten haben sich diese Supermaschinen schon Dörfern, Städten oder Zeugen in der größten Stille genähert. Es gibt aber auch Fälle, in denen diesen mächtigen Gefährten ein Sausen,

---

1 Das Pfingstfest war eine der größten Feierlichkeiten des jüdischen Volkes. Es fand sieben Wochen nach Ostern statt und zeigte das Ende der Erntezeit an.

Pfeifen oder Dröhnen vorausgeht oder gleichzeitig mit ihnen auftritt.

Jesus, der Meister, hatte seine Mission auf der Erde erfüllt. Das ist gewiß. Dies bedeutet aber nicht, daß der »Große Plan« der Rettung der Menschheit abgeschlossen war – im Gegenteil. Vielleicht begannen die »Astronauten« ab Jesus' Tod und Wiederauferstehung eine neue »Phase«. Und so, wie es kurz nach Pfingsten dem Saulus geschah, so brauchten auch die Apostel und Jünger Christi die ständige »logistische Unterstützung« der »Supermissionare aus dem Weltraum«. Christus hatte ihnen außerdem das sofortige Kommen des Heiligen Geistes versprochen. Aber wenn die Große Kraft (oder Gott oder der Vater) – wie wir sie auch immer nennen wollen – nie in direkter Weise bei der Bildung und Lenkung des »auserwählten Volkes eingegriffen hatte, warum sollte sie das nun tun? Folgerichtig wäre dann doch, daß es wieder die »Engel« waren, die den Auftrag erhielten, diejenigen mit dem Heiligen Geist zu »stärken«, die diese neue Nachricht auf der Erde verbreiten sollten. In der gleichen Weise, wie die Autoren der Bibel »Übermittler« des Heiligen Geistes waren, oder unsere Geistlichen heutzutage Vermittler von der höchsten Weisheit sind, so können es jene »Astronauten« oder »Himmlischen« an dem berühmten Tag der »Feuerzungen« gewesen sein. Der Umstand, daß ihre hochentwickelte Technologie die »Brücke« oder das »Medium« für die Durchdringung der Apostel mit dem Heiligen Geist war, bedeutet nicht, daß wir sie mit dem Heiligen Geist gleichsetzen sollten, wie es die Kirche getan hat. Und ich stütze mich hier auf Beweise. Nach den Doktoren der Theologie sind »die Feuerflammen das greifbare Zeichen des Heiligen Geistes«.

Dies scheint der konstante Unterschied bei unseren Kriterien zu sein: Während die Kirche jene »Feuerzungen« als den wirklichen Heiligen Geist ansieht, handelt es sich da für mich um ein »System«, um seine Kraft, Heiligkeit und Weisheit zu vermitteln. Mit anderen Worten: ferngesteuerte »Sonden« oder »Fahrzeuge«, die in jene Orte eindringen oder sich dort materialisieren, wo die Raumschiffe nicht hinkommen können oder dürfen. Diese *Foo-Fighter* oder »Lichtkugeln« oder »Feuerzungen« werden von irgendeinem der großen Raumschiffe der »Mannschaft« ausgeschickt worden sein mit der schon ausgeführten Aufgabe.

Ich werde hier ein weiteres Beispiel von einem Fall aus unserer Zeit einfügen, in dem uns – so wie es sich vor zweitausend Jahren ereignet haben kann – ein völlig vertrauenswürdiger Zeuge berichtet, wie er ein großes Ufo ganz nahe bei diesen beunruhigenden »Lichtkugeln« sah.

Mit dem Stock gegen Hunderte von »Lichtkugeln«

Das Haus von Melecio Pérez Manrique – am Rand von Boadilla – kann man nicht übersehen. Ein golden und scharlachrot angestrichenes Wagenrad mitten im Garten ist schon auf einen Kilometer Entfernung zu erkennen.

Ich lernte dort einen Landbewohner von siebzig Jahren kennen, der Hauptzeuge eines wahren »Regens« von *Foo-Fightern* oder »Feuerkugeln« war, eines der stärksten in der Geschichte der spanischen und vielleicht weltweiten Ufologie ...

Melecio ist ein gutsituierter Mann. Er lebte immer auf dem Land und für das Land. Geboren wurde er in Boadilla, einem kleinen Dorf, das etwas mehr als 40 km von Palencia, Spanien, entfernt liegt, und wo er in Frieden die Stunde seines Todes erwartet.

Niemand in dem Dorf zweifelte je an seiner Erzählung – und auch ich natürlich nicht. Manchmal genügt es, den

Leuten ins Gesicht zu sehen – wie der verstorbene Santiago Bernabeu sagte –, um zu wissen, daß sie ehrlich sind ...

Er wird in der ganzen Umgebung respektiert, und keiner kann an seiner Ehrbarkeit und Rechtschaffenheit den geringsten Zweifel hegen.

Während die Tochter von Melecio uns schweigend eine Tasse Kaffee kredenzte, machte ich mich bereit, dem Bericht des Landbewohners zu lauschen:

»Es war im Winter, am 28. November 1968. Das hat sich mir eingeprägt, weil es der letzte Tag der Winteraussaat war.

So gegen 8 Uhr abends – die Sonne war schon völlig untergegangen – kam ich auf meinem Traktor von Melgar de Yuso, wo ich auf den Feldern gearbeitet hatte, und fuhr in Richtung der Landstraße nach Boadilla.

Ich hatte die Sämaschine angehängt, so daß meine Geschwindigkeit gering war.

Es war sehr kalt, und meine Tante hatte mich gebeten, bei ihr in Yuso zu Abend zu essen, aber ich hatte abgelehnt, um nach Hause zu kommen.

Als ich zur Straße kam, sah ich auf beiden Seiten von dieser – in den Feldern – viele Lichter, vielleicht dreißig oder vierzig auf jeder Seite ...

Sie waren weiß und schienen sich auf dem Boden zu befinden.

Zuerst hielt ich sie für die Scheinwerfer von Traktoren und Lastwagen der Rübenernte. Aber dann dachte ich an die Tageszeit und an die herrschende Dunkelheit und begriff, daß es sich nicht um Traktoren oder Zugmaschinen mit Anhänger handeln konnte, denn zu solch später Stunde und bei derartiger Kälte bleiben die Felder leer.

Ich fuhr in Richtung Boadilla weiter. Als ich an der Kreuzung von der Straße nach Melgar mit der nach Itero de la Vega ankam, erschien am Himmel noch ein anderes Licht ...«

»Wie lange hat es gedauert, bis Sie zu dieser Kreuzung kamen?«

»So etwa zwanzig Minuten.«

»Und diese ganze Zeit über sahen Sie diese Lichter auf dem Erdboden?«

»Ja, mein Herr. Das eigenartige war ja, daß sie sich nicht bewegten. Ich weiß nicht, was das gewesen sein könnte ...«

»Sie sagten, da sei dann ein anderes Licht am Himmel erschienen.«

»So ist es. Aber das war größer – rund und etwas größer als der Vollmond. Es hatte auch diese Form ...«

Melecio nahm mein Notizbuch und zeichnete einen Kreis mit einer Art Dach oben ein.

»Dieser Winkel oder dieses Dach, was ich da oben sah, glänzte wie eine Leuchtschrift.

Ich war überrascht«, fuhr der Landmann fort. »Das war etwas sehr Seltsames.

Das Licht am Himmel blieb still stehen, so in etwa 500 bis 600 m Entfernung. Es machte eine ganz schnelle Drehung und befand sich plötzlich zu meiner Linken. Ich wußte nicht, was ich machen sollte. Ich holte schon alles aus dem Traktor heraus. Das waren so 15 bis 20 km pro Stunde.

Und ehe ich mich versah, machte das Licht wieder einen Salto und setzte sich vor mich, mitten auf die Landstraße.

Da bekam ich Angst. Ich bremste. Es hätte nicht viel gefehlt, und ich wäre im Straßengraben gelandet ...

Genauso schnell wie vorher bewegte es sich dann aber wieder auf meine linke Seite und begleitete mich so über eine Strecke von etwa zwei Kilometern.«

»Wollten Sie zu Fuß fliehen?«

»Das können Sie wohl annehmen. Aber gerade, als ich

herunterspringen wollte, bewegte es sich ja wieder auf meine linke Seite, so etwa 50 oder 60 m von der Straße entfernt.«

»Als ob es Ihre ›Gedanken gelesen‹ hätte?«

Melecio sah mich verwundert und mißtrauisch an. Schließlich rief er aus:

»Aber ja! Woher wissen Sie denn das?«

Ich bat Melecio, mit seinem Bericht fortzufahren.

»Nun gut, als ich eine kleine Anhöhe erreicht hatte und auf der anderen Seite hinunterzufahren begann, bemerkte ich zu meiner Linken und auch am Straßenrand zwei weitere orangegelbe Lichter, die ich erst für die Rückleuchten eines Lastwagens hielt. Sie waren etwa 1 m vom Boden und so ungefähr 2 m voneinander entfernt.

Gleichzeitig bemerkte ich zu meiner rechten Seite noch ein sehr starkes Licht. Das aber war weiß.

Ich dachte, es sei jemand mit einer Laterne, aber nachdem ich so einen Kilometer weitergefahren war, merkte ich, daß ich ihm nicht näherkam . . .

Wie konnte das sein?«

»Was geschah mit dem Licht am Himmel?«

»Es folgte mir mit wenig Abstand. Ich schaltete das Fernlicht ein, aber die Lichter reagierten nicht darauf. Ich sehnte mich danach, nach Boadilla zu kommen oder wenigstens jemandem auf der Landstraße zu begegnen. Aber niemand kam . . .

Bald darauf sah ich ein viertes Licht, auch weiß, das zu meiner Linken auftauchte. Es kam aus der Richtung eines Seitenwegs, und ich dachte erst, es sei ein Traktor und atmete schon auf. Ich hielt meinen Traktor an und wartete darauf, daß der andere auf die Landstraße einbiegen würde. Aber ich hörte nicht das geringste Geräusch. Nach mehreren Minuten unnützen Wartens beschloß ich weiterzufahren. Das Licht war auch stehen geblieben.«

»Und die restlichen Lichter?«

»Alle zogen 10 bis 15 m vor mir her. Nur das große, das am Himmel, war weiter entfernt.

Als ich wieder nach dem vierten und letzten Licht Ausschau hielt, war es nicht mehr da ...«

»Was dachten Sie über diese Lichter?«

»Ich wußte nicht, was ich denken sollte. Das war es ja. Ich war völlig durcheinander. Aber ich schwöre Ihnen, daß ich damals nicht im entferntesten an Ufos dachte ...«

»Und was geschah dann?«

»Die Lichter folgten mir bis zum Ortseingang von Boadilla. Das waren im ganzen so 7 km.

Als ich in die letzte Kurve einbog und schon ins Dorf hineinfuhr, stieg das dritte Licht – das zu meiner Rechten – plötzlich nach oben und verschwand am Himmel. Ich war völlig verwirrt.«

Aber das Beste kam danach ...

Ich trank meinen Kaffee aus und wartete ungeduldig darauf, daß Melecio das Anzünden seiner Zigarette beendete.

»An der linken Straßenseite, dort, wo die orangegelben Lichter waren, hatten wir in Boadilla damals einige schöne Bäume.

›Aber‹, sagte ich mir, ›wenn diese Lichter weiter in diese Richtung ziehen, werden sie an die Bäume stoßen.‹

Wie groß war dann meine Überraschung, zu sehen, wie eines der Lichter im Straßengraben weiterzog und das zweite mit vielen Manövern jedem der Bäume geschickt auswich ...

Ich fuhr wie die arme Seele, der der Teufel im Nacken sitzt, nach Boadilla hinein. Indessen hatten sich die beiden orangegelben Lichter an eine Mauer am Stadtrand ›gehängt‹.

Ich sprang vom Traktor und rannte in die Dorfkneipe.

Dort saßen Pedro Mediavilla und Edelmiro, der inzwischen gestorben ist. Wir drei stiegen auf den Traktor und fuhren wieder auf die Landstraße.

Das große Licht war noch am Himmel und bewegte sich in Richtung Amusco. Und zu beiden Seiten der Straße waren – wie ich es schon zu Anfang gesehen hatte – Dutzende von weißen Lichtern. Alle so etwa 1 m über der Erde ...

Ich hielt den Traktor an, und Pedro rannte mit einem Stock auf das Feld, um auf eines der Lichter einzuschlagen. Aber als er zum ersten Schlag ausholte, erlosch das betreffende Licht, das wie eine kleine Scheibe aussah, und verschwand.«

»Wie viele Lichter waren denn so auf den Feldern?«

»Wie soll ich das wissen! Die ganzen Saatfelder waren voll davon – soweit der Blick reichte ...«

»Sahen sie alle gleich aus?«

»Ja, weiß und rund. Das war ein schönes Schauspiel ... Wir waren so überrascht, daß wir mit dem Traktor bis Frómista fuhren. Wo wir auch hinblickten waren Lichter auf den Feldern.«

»Was wurde damals auf diesen Feldern angebaut?«

»Es war Gerste und Weizen gesät worden.«

»Können Sie sich entsinnen, ob der Mond schien?«

»Nein, nicht in jener Nacht.«

»Was meinen Sie welche Ausmaße das große Licht hatte?«

»Es war enorm, vielleicht 100 m groß oder mehr. Das interessierte mich am meisten. Wir folgten ihm, wie ich schon sagte, fast bis Frómista. Als wir dann sahen, daß es sich entfernte, fuhren wir ins Dorf zurück.«

»Glaubten Sie damals an Ufos?«

»Nein.«

»Und Ihre Begleiter?«

»Ich denke, auch nicht.«

Nach der Beschreibung dieses einfachen Landwirts, der fast nichts von Ufos gewußt hatte, überflog an diesem Abend im Winter 1968 – der unter Ufo-Forschern gut bekannt ist wegen der großen Welle von Ufo-Erscheinungen, die zu der Zeit in unserem Land und einem guten Teil der restlichen Welt registriert wurden – ein Raumschiff von beträchtlichen Ausmaßen die Felder in der Umgebung von Palencia, und Dutzende – vielleicht Hunderte – der sogenannten *Foo-Fighter* oder »Feuerkugeln« gingen auf die kurz zuvor besäten Furchen nieder.

Angesichts dieser Ereignisse können wir vielleicht die Hypothese wagen, daß es sich um den Versuch einer Analyse oder Erkundung der kurz zuvor besäten Felder durch die Wesen handelte, die sich in dem »großen Licht« befanden, wie Melecio das glänzende Objekt nannte, das ihn so erschreckt hatte.

Die Apostel sahen viel mehr

Das Beste wäre es wohl gewesen, sich mit den Aposteln gemeinsam in deren Haus befunden zu haben. Vielleicht hätten wir Ufo-Forscher damals bei der ersten Wahrnehmung jenes Geräusches – das wie »ein heftiger Wind« klang – am Himmel dieses mächtige Licht oder eine »Rauchsäule« oder ein in der Sonne glänzendes Raumschiff in geringer Höhe über den Feldern von Jerusalem sehen können.

Und wie im Fall von Boadilla hätten wir dann vielleicht in der Umgebung dieses Raumschiffs andere, kleinere helle Kugeln beobachten können. Und wenn wir uns im Hause befunden hätten, würde uns vielleicht die große Ähnlichkeit jener »Feuerzungen« mit dem leuchtenden Ei, das in das Zimmer von Javier Bosque eindrang, dem

»Stern«, der in der Hütte von Palmar »erschien und verschwand« oder der »Kerzenflamme«, die durch das Haus von Antonia Utrera schwebte, überrascht haben. Sind das alles nicht zu viele Übereinstimmungen?

Es ist schade, daß der heilige Lukas keine anderen Zeugen gesucht hatte unter den Leuten, die sich in den besagten Augenblicken in der Umgebung des Hauses der Apostel befunden hatten. Ich bin überzeugt, daß diese »viele Dinge mehr« gesehen hätten. Wie oft habe ich mich nicht schon gefragt, warum Christus und die Elohim niemals erlaubten, daß solche Leute, die wir heute »Reporter« nennen, sie auf ihren »Missionen« begleiteten. Warum gibt es keine genaueren Beschreibungen jener zwölf, zwanzig oder wer weiß wie vielen »Feuerzungen«, die in das Haus der Apostel eindrangen?

Vielleicht war es nicht angebracht, eine zu große Anzahl von »Einzelheiten« bekanntzumachen. Vielleicht wäre es nicht »ratsam« gewesen, damit anderen, künftigen Zivilisationen wie der unseren, die schon anfangen, die Möglichkeit der Eroberung des Weltraums zu verstehen, das Wissen um ferngesteuerte Sonden oder andere Kenntnisse durch Einzelheiten in solchen Beschreibungen zu vermitteln ...

Als Kommentar dazu möchte ich dem Leser eine Passage vorlesen, die Stefan Denaerde – der behauptet, im Innern eines Ufos gewesen zu sein – geschrieben hat und in der dieser Angestellte versichert, daß die Außerirdischen von »Iarga« ihm eine Vielzahl von Kenntnissen und Ratschlägen durch ein System von »Strahlungen« vermittelten. Wäre das nicht die ideale Form für das Abitur oder die Universitätsstudien unserer Enkel und Urenkel? Ich wage es auch, noch weiter zu glauben: Könnte so etwas – die Informationsübertragung durch »Feuerzungen« – nicht auch das gewesen sein, was wir als Niedergehen des Heiligen Geistes auf die Apostel gelesen haben? Wird denn das Wesen des Heiligen Geistes herabgesetzt, weil eines Tages – wenn der Mensch gelernt hat, das Wort Gottes in den Weltraum zu tragen – die »Astronauten-Missionare« der Erde dieses göttliche Wissen durch Videoapparate, Tonbänder oder Fernsehmonitore vermitteln? Natürlich nicht.

Aber die Mehrzahl der Kirchendoktoren möchte nichts von diesen – wie sie es ausdrücken – »Hirngespinsten« hören. Und noch mehr: Für diese »Weisen« existieren die Ufos nicht. Wir können wir da erwarten, daß sie in den »Rauch- und Feuersäulen« der Bibel die gigantischen Himmelsschiffe der Elohim »sehen« oder »identifizieren«? Ich gebe zu, daß es Momente gibt, in denen ich mich selbst frage, warum ich mit dem Kampf fortfahre; warum ich mich bemühe, Beweise von der Existenz Außerirdischer zusammenzutragen und vorzulegen ...

Vielleicht liegt die Antwort darauf eben in dieser »Notwendigkeit«, all das zu untersuchen, was die Wissenschaft und die Orthodoxie gegenwärtig ablehnt.

Wie schön könnten die Untersuchungen über Ufos sein, wenn zum Beispiel die Wissenschaftler der Welt schon immer deren Existenz akzeptiert hätten!

Was mich wirklich beunruhigt und interessiert ist aber das, was die Monotonie durchbricht und die Geister aufrüttelt.

KAPITEL VIII

Sinai: »Die Sperrzone darf nicht betreten werden.« – Wie die »Engel« Vorsichtsmaßnahmen trafen. – Die Ufo-Sichtung mit den meisten Zeugen: 600 000. – Die »Schriftrolle« des Sacharja. – Kolumbien: 0,8 Milliröntgen nach einer Ufo-Landung. – Nach den Kommentatoren der Bibel »bin ich ein verbotener Ort für mich selbst«. – Und wenn das Sinai-Massiv noch radioaktive »Spitzen« hat?

Wir befinden uns vor einer weiteren göttlichen »Machtentfaltung«, die Aufsehen erregt und die Schemata der »traditionellen« Auffassungen durchbricht.

Im 19. Kapitel des Exodus sagt Jahve dem Moses, als dieser am Fuß des Sinai-Massivs angekommen ist:

»Sieh, ich will zu dir kommen in einer dichten Wolke, auf daß dieses Volk es höre, wenn ich mit dir rede, und ewiglich an dich glaube.« Und der Herr sprach zu Moses: »Gehe hin zum Volk. Ordne an, daß sie heute und morgen heilighalten und ihre Kleider waschen und bereit sein am 3. Tag, denn am dritten Tag wird Jahve vor den Augen des ganzen Volkes auf den Berg Sinai herabsteigen. Zieh um das Volk eine Grenze und sprich zu ihm: Hütet euch, auf den Berg zu steigen oder seinen Fuß anzurühren; denn wer den Berg anrührt, soll des Todes sein. Keine Hand soll ihn anrühren, wer es aber tut, soll gesteinigt oder mit Pfeilen erschossen werden; ob Tier oder Mensch, niemand darf am Leben bleiben. Wenn aber die Stimmen, die Trompete und die Wolke verschwunden sein werden vom Berg, dann können sie auf ihn steigen.«

Aus diesem Absatz sowie aus den darauf folgenden können wir einige sehr kuriose Folgerungen ziehen:

1. Jahve wird in Form einer »dichten Wolke« kommen, am »dritten Tag«, indem er »auf den Berg Sinai herabsteigt«.

2. Jahve war besonders daran gelegen, daß niemand sich der Stelle seiner »Landung« näherte.

Wieder einmal sehe ich mich vor der Sackgasse, welcher geheimnisvollen »Natur« Jahve war. Wenn er wirklich Gott gewesen wäre, glaube ich nicht, daß er eine »Wolke« oder eine bestimmte Zeit gebraucht hätte, um vor Moses und seinem Volk zu erscheinen, und noch viel weniger »Vorsichtsmaßnahmen« wie diejenigen, zu denen er die Israeliten zwang.

Diese Beschreibungen und Details – die die Theologen pompös »die Teophanie des Sinai« nennen – haben meine früheren Vorstellungen von den Elohim nur noch verstärkt. Die »Astronauten« hielten das für einen guten Zeitpunkt und einen ausgezeichneten Ort, um sich dem Volk, das sie aus Ägypten herausgeholt hatten, zu »zeigen« und um den komplizierten Prozeß der gesellschaftlichen, gesundheitlichen, wirtschaftlichen und, natürlich, religiösen Organisierung des »ausgewählten« Volkes in die Wege zu leiten. Sie trafen eine »Verabredung« – in drei Tagen – für ihr Niederfahren. Aber warum diese Zeit? Das Natürlichste wäre doch gewesen, wenn »sie« zu einem beliebigen Zeitpunkt hätten landen können. Was vielleicht im voraus nicht ganz klar auf der Hand lag, war doch wohl, wie diese »verwahrloste« Masse – mehr als 600 000 Menschen – bei dem plötzlichen Auftauchen der Raumschiffe reagieren würde. Die »Engel-Astronauten«, die überhaupt keine Eile hatten, zogen es vor, daß sich das Volk auf eine bevorstehende Anrufung durch Jahve »vorbereitete« und daß vor allem Moses Zeit bekam, »die Sicherheitsgrenzen festzulegen«. Und wir kommen wieder auf die Frage zurück. Warum wiesen die »Astronauten« so eindringlich und wiederholt auf die Gefahren hin, die die Verletzung dieser Grenzen nach sich ziehen würde?

Vielleicht liegt die Antwort in der Beschreibung, die Jahve selbst gab: in der »Wolke«, die auf dem Berg Sinai landen würde. Diese »Wolke«, die auf dem Berg niedergeht, wie auch die »Wolkensäule«, die ebenfalls im Exodus bei der Durchquerung des Roten Meeres beschrieben wird, und die beiden nicht weniger berühmten »Feuer- und Wolkensäulen«, die vor dem Eingang des Zeltes niedergingen, das als Offenbarungszelt bezeichnet wurde, und aus denen »Jahve« stieg, um mit Moses zu reden[1], sind für mich ein und dasselbe: Raumschiffe von langgestreckter beziehungsweise zylindrischer Form oder einem Aussehen, das Tausende von Zeugen heutzutage als »fliegende Zigarren« beschrieben haben. Wahrscheinlich waren es »Mutter- oder Trägerschiffe«, für die jene Menschen vor mehr als dreitausend Jahren noch keine Worte hatten, um sie zu definieren. Deshalb benutzten sie Bezeichnungen von Objekten, die sie kannten und die diesen Erscheinungen nach ihrer Meinung noch am ähnlichsten sahen. Was konnte denn nun eine solche Ähnlichkeit haben? Schlichtweg eine »Wolke«, eine »Säule« oder eine »Schriftrolle«, wie sie auch Sacharja beschreibt (5. Kapitel, 2–8):

---

[1] Im Exodus (33. Kapitel, 7–12) heißt es: »Mose aber nahm das Zelt und schlug es draußen auf, fern von dem Lager, und hieß es Offenbarungszelt. Und wer Jahve aufsuchen wollte, mußte herausgehen zum Offenbarungszelt vor dem Lager. Und wenn Mose zum Zelt hinausging, so stand alles Volk auf, und jeder trat vor sein Zelt und schaute ihm nach, bis er in das Zelt hineintrat. Sobald Mose das Zelt betrat, kam die Wolkensäule hernieder und blieb am Zelteingang stehen, und Jahve redete mit Mose. Und alles Volk sah die Wolkensäule am Eingang stehen, stand auf und warf sich vor den Zelten zu Boden. Jahve aber redete mit Mose von ›Angesicht zu Angesicht‹, wie ein Mann mit seinem Freunde redet. Und wenn er wiederkehrte zum Lager, so wich sein Diener Josua, der Sohn Nuns, ein Jüngling, nicht vom Zelt.«

»Und er sprach zu mir: Was siehest du? Ich aber sprach: Ich sehe eine fliegende Schriftrolle, die ist zwanzig Ellen lang und zehn Ellen breit.«

Sacharja sieht hier – wie es auch in anderen heiligen Büchern vorkommt – ein Raumschiff zylindrischer Form als eine Schriftrolle, wie sie in jenen Zeiten als Bücher verwendet wurden. Diese wurden gewöhnlich in Kapseln oder Röhren aus Metall oder Leder aufbewahrt. Aber was für eine Art von »Buch« konnte denn das sein, das circa 10 m lang und 5 m breit war und zu allem Überfluß noch flog?

Der Vergleich, den Sacharja hier anstellt, wie auch die Vergleiche des Moses im Exodus, erscheint mir ausgezeichnet. Was anderes konnten sie denn angesichts ihrer primitiven Technologie schreiben?

Nun, wenn diese »Wolken« oder »Säulen« in Wirklichkeit Raumschiffe im Dienste der »Missionar-Astronauten« waren, dann hätte es doch sein können, daß eine unkontrollierte Annäherung an diese für die »Neugierigen« ernste Folgen gehabt hätte. Wir können auch annehmen, daß die »Astronauten« nicht sehr geneigt waren, der großen Masse, die zu jener Zeit das »ausgewählte Volk« bildete, die Möglichkeit zu bieten, bis zum »Stützpunkt« auf dem Gipfel des Berges Sinai vorzudringen – mit all den Gefahren, die das hervorrufen konnte: mögliche Beschädigungen der Ausrüstung und Anlagen, unzählige Infektionsmöglichkeiten für die Elohim durch Tausende von Personen ohne ein Mindestmaß an Hygiene und – warum nicht? – die »Aufdeckung« eines »Geheimnisses«, das sie schon seit Jahrhunderten aufrechtzuerhalten versuchten ...

Zweifellos, und nach den »Ratschlägen« zu urteilen, die Jahve Moses vor der großen »Landung« auf dem Berg Sinai gab, konnte auch die Gefahr einer »radioaktiven Verseuchung« derjenigen, die die Sperrgrenze um den Berg herum nicht einhielten, eine der größten Sorgen der »Mannschaft« gewesen sein. Und, zur Abschreckung, kündigten die »Astronauten« auch an, was Mensch oder Tier geschehen wird, wenn die Grenze überschritten wird: »Keine Hand soll ihn anrühren, wer es aber tut, soll gesteinigt oder mit Pfeilen erschossen werden.« Ich sehe es als nicht sehr gerecht an, einen Menschen – Kind, Frau, Greis oder Mann – mit dem Tode zu bedrohen, wenn er nichts weiter tut, als eine Grenze zu überschreiten, und noch weniger, die Urteilsfähigkeit eines rationalen Wesens mit den Bewegungen eines Kamels oder Esels gleichzusetzen. Konnte man denn die Tiere, die das hebräische Volk begleiteten und die durch einen Irrtum ihrer Hirten oder aus Furcht vor einer auftauchenden Schlange auf den Berg liefen und damit diese »Grenzen« verletzten, des Ungehorsams gegen Gott bezichtigen?

Gewiß nicht. Da mußte ein anderer Grund vorgelegen haben. Ein ausreichend wichtiger Grund, um diese Menschen oder Tiere zu opfern, und noch dazu aus der Entfernung: mit Steinen oder Pfeilen. Wenn die Exekution nicht in Berührung mit dem Rest der Gemeinschaft erfolgen sollte, so müßten die Elohim doch wohl gefürchtet haben, daß sich das »Böse« übertragen könnte.

Heutzutage wissen wir von »nahen Begegnungen« mit diesen Raumschiffen, bei denen die Geigerzähler verschiedene Pegel von Radioaktivität an den Stellen maßen, wo das Objekt den Boden berührt hatte.

Um die Geduld des Lesers nicht mit einer langen Liste von Fällen zu erschöpfen, die er in der ausgedehnten Bibliographie zu diesem Phänomen finden kann, möchte ich nur einen Vorfall aus Kolumbien erwähnen, der von einer so ernst zu nehmenden Körperschaft wie dem Instituto Colombiano de Asuntos Nucleares (Kolumbianisches Institut für Nukleare Angelegenheiten) untersucht wurde.

Wie es sich schon so manches Mal ereignet hatte, beobachteten zwei Zeugen – in diesem Fall ein Landarbeiter mit Namen Ricardo Segura und ein junger Farbiger – eines Tages, wie ein scheibenförmiges Objekt von glänzender grüner Farbe und mit einer Art Kuppel sich auf dem Gelände eines Landguts im Gebiet von Ibagué sanft vom Boden abhob. Das Ufo stieg dann – die ganze Zeit ohne Geräusch – senkrecht nach oben und verlor sich innerhalb von Sekunden am Himmel.

Und wie auch schon sooft vorher kam der Vorfall schließlich Forschern und anderen am Thema Interessierten zu Ohren. In diesem Fall erzählte Ricardo Segura sein Erlebnis einigen Freunden, und die Nachricht kam schließlich Rechtsanwalt Guillermo Caballero Farfán zur Kenntnis, der sich in Begleitung des Architekten und ehemaligen Leiters des Stadtplanungsdezernats von Ibagué Jorge Caycedo an die besagte Stelle begab. Der erstere erlitt physische Störungen und der letztere bemerkte, wie seine Armbanduhr merklich anders ging. An der Landestelle des Ufos bemerkten sie drei Löcher, die ein gleichseitiges Dreieck bildeten und die zweifellos von dem Dreibein der Maschine hervorgerufen worden waren. Der Boden war vollkommen verbrannt und die Erde wie von einem sehr schweren Gewicht zusammengepreßt.

Obwohl schon mehr als zehn Tage seit dieser Ufo-Landung vergangen waren, fand eine Untersuchungsgruppe, die kurz nach der ersten Sondierung des Geländes durch den Rechtsanwalt Caballero Farfán dort eintraf und zu dem erwähnten Instituto de Asuntos Nucleares gehörte, unverkennbare Anzeichen von Strahlung. Nachstehend der wörtliche Bericht der erwähnten Techniker, der dem ICIFE (Instituto Colombiano de Investigación de Fenómenos Extraterrestres = Kolumbianisches Institut für Untersuchungen außerirdischer Phänomene) vorgelegt wurde:

»*Überlegungen:*

a) Über das Vorhandensein von Radioaktivität. b) Über die Strahlungsart. c) Über die Strahlungspegel. d) Über die Ursachen und Folgen.

Es konnten merkliche Veränderungen bei der Messung in nichtperiodischer Form festgestellt werden, da die

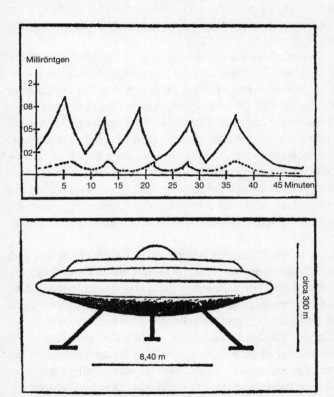

Auf der oberen Abbildung ist der Radioaktivitätsgrad ersichtlich, der an der Landestelle gemessen wurde (in Milliröntgen). Die Zeichnung darunter stellt das Ufo dar, so wie es von den kolumbianischen Zeugen aus Ibagué beschrieben wurde. Grundlage dafür waren auch die Abmessungen der Löcher, die an dieser Stelle im Erdboden gefunden wurden und vom »Landegestell« verursacht wurden.

Strahlung sporadisch erfolgt war und nur auf statistischer Basis verglichen werden konnten. Die (mit Geigerzähler) ermittelten Werte reichten bis zu 0,08 Milliröntgen/h, was den statistischen Durchschnittswert des Ortes, der 0,02 Milliröntgen/h beträgt, beträchtlich übersteigt. Die Exponierung durch das radioaktive Element scheint von kurzer Dauer gewesen zu sein, da aus den festgestellten Pegeln eine Tendenz zu kurzfristigem Abbruch zu ersehen ist.

Die Ursachen der Strahlung, die beträchtliche Verbrennungen an dem umliegenden Pflanzenbewuchs verursachte, können konstitutive Elemente der Apparatur oder des Treibstoffs gewesen sein, die bei diesem Fortbewegungssystem angewandt wurden. Die an dem Pflanzenbewuchs ersichtlichen Verbrennungen und eine eingehende Laboruntersuchung, in der sich ergeben hat, daß das radioaktive Element nicht vollkommen identifiziert werden kann, führen zu der Folgerung, daß diese Wesen über ein radioaktives Material von kurzer oder mittlerer Lebensdauer verfügen, das uns nicht bekannt ist.«

Wenn, wie wir gesehen haben, diese Raumschiffe auf dem Erdboden Spuren von Radioaktivität hinterlassen können, so ist es doch sehr wahrscheinlich, daß es sich vor viertausend oder zweitausend Jahren in gleicher Weise verhalten hat. Deshalb die Bemühungen der »Astronauten« – die sooft in der Heiligen Schrift zum Ausdruck kommen –, die Hebräer daran zu hindern, sich den Raumschiffen zu nähern. Es ist gewiß, daß dieser Umstand die Pläne der »Mannschaft« begünstigte – die wachsam bleiben mußte, aber gleichzeitig auch auf Distanz und unerreichbar, wie es einem Gott entsprach –, doch ich glaube nicht, daß dieses Verhalten nur auf dem Wunsch beruhte, den Ort zu »heiligen«, wie es die Exegeten erklären.

»Übersinnlichkeit und Heiligkeit«, lautet eine Interpretation der Bibel von Jerusalem, »sind untrennbar, und Heiligkeit bedeutet Trennung vom Profanen. Die Orte, die Gott besucht, sind verbotene Orte ...«

Trotz aller Hochachtung für Desclée de Brouwer und die Professoren, die an der Übersetzung und Interpretation der besagten Bibel gearbeitet haben, erscheinen mir diese Behauptungen abwegig und zweifellos als das Produkt eines schweren Fehlers in der Perspektive. Wenn Heiligkeit eine Trennung vom Profanen voraussetzt, wie ist dann zu erklären, daß die heilige Therese den größten Teil ihres Lebens zwischen Kochtöpfen verbrachte? Und was sollen wir von dem heiligen Joseph sagen, der ständig zwischen Holz und Baugerüsten lebte? Wenn »die Orte, die Gott besucht, verbotene Orte sind« – wie es die »Spezialisten« behaupten –, müßte doch alles, was uns umgibt, ein »verbotener Ort« sein.

Das ist jedenfalls mein Kriterium. Wenn die Große Kraft alles trägt – und ich will hier nicht dem Pantheismus[1] das Wort reden –, so muß diese Göttlichkeit sich in allem und in jeder Kreatur manifestieren, von den geometrischen Umrissen eines Kaktus bis zur elektrischen Spirale der Musik über den »intelligenten« Blick eines Hundes und das Herz des Menschen ... Wenn ich akzeptiere, daß Gott in mir selbst sein kann – in meinem persönlichen Falle dürfte das aber nur hin und wieder vorkommen –, bedeutet das nach der besagten Behauptung dann nicht, daß ich mich in einen »Ort« verwandelte, der eigentlich für mich verboten ist?

Ganz klar und entschieden: Nein!

Deshalb kann ich auch weder die »Erklärung« Brouwers noch die der Professoren von Salamanca teilen, wenn sie

---

[1] Der Pantheismus ist ein System der Philosophie, das Gott mit dem Universum identifiziert.

sagen, »daß die Gegenwart von Jahve an jenem Ort (dem Berg Sinai) diesen in einen heiligen verwandelt, so daß sich niemand dem Gipfel nähern darf, der nicht in hohem Grade an der »göttlichen Heiligkeit« teilhat.

Das klingt für mich auch wieder absurd. Waren denn Moses und Aaron – sein Stellvertreter – »Heilige« hohen Grades? Soviel ich weiß, werden weder diese beiden noch irgendeiner der Patriarchen als solche angesehen. Sind denn unsere Bischöfe und Priester – einschließlich des Paptes – »Heilige«, weil sie die Rolle eines »Mittlers« zwischen der Gottheit und den Menschen einnehmen?

Es scheint mein Schicksal zu sein, mich ständig mit den Theologen und Exegeten streiten zu müssen. Deshalb darf es nicht befremden, daß ich auch nicht mit ihrer »Erklärung« der berühmten »Wolken«, die vor den Augen jener 600000 Juden niedergingen, übereinstimme.

KAPITEL IX

»Rauchvorhang« gegen Neugierige. – Eine »trockene Nebelbank« in Extremadura. – Ein steckengebliebener Traktor und ein weiteres Raumschiff, eingehüllt in Nebel über dem Hohlweg Los Garabatos. – Könnten noch Spuren der Raumschiffe Jahves auf den Granitfelsen des Sinai-Massivs zu finden sein? – Eine leuchtende »Wolke« über der Seine. – Auch bei Fuentesaúco wurden die »fliegenden Schriftrollen« des Sacharja gesehen. – Da wird doch wirklich behauptet, daß Gott sich vor unreinen Blicken verschleiern mußte!

»Am dritten Tag im Morgengrauen erhob sich ein Donnern und Blitzen und eine dichte Wolke lag über dem Berg und ein gewaltiger Hörnerschall erklang. Das ganze Volk aber, das im Lager war, begann zu zittern. Und Mose führte das Volk aus dem Lager Gott entgegen, und unten am Berg blieben sie stehen. Der ganze Berg Sinai aber war in Rauch gehüllt, denn Jahve war im Feuer auf ihn herabgestiegen. Der Rauch stieg vom Berg auf wie Rauch von einem Ofen, und der ganze Berg bebte gewaltig. Der Hörnerschall ward immer stärker. Mose redete, und Gott antwortete ihm mit Donner...«

Dann erzählt uns der Exodus weiter:

»Da sagte Jahve zu Mose: Komm herauf zu mir auf den Berg, bleibe hier, und ich werde dir die Steintafeln geben – das Gesetz und die Gebote, die ich geschrieben habe, um euch zu lehren.

Und es stieg hinauf Mose mit Josua, seinem Stellvertreter, zum Berge des Herrn. Er sagte seinen Ältesten: ›Wartet hier, bis daß wir zurückkommen zu euch. Aaron und Jur werden bei euch bleiben. Wer Fragen hat, soll sie ihnen stellen.‹ Und Mose stieg auf den Berg.

Die Wolke bedeckte den Berg. Die Herrlichkeit Jahves ruhte auf dem Berg Sinai, und die Wolke bedeckte ihn sechs Tage lang. Am siebten Tag rief Jahve Mose inmitten aus der Wolke. Die Herrlichkeit Jahves erschien den Kindern Israels als verzehrendes Feuer auf dem Gipfel des Berges. Und Mose blieb dort vierzig Tage und vierzig Nächte.«

Wenn ich diese und andere Texte lese, in denen der Erscheinung Jahves »schwere Wolken« oder »dichte Nebel« vorausgehen oder sie begleiten, kann ich die Vorstellung nicht unterdrücken, daß die Elohim dieses Phänomen erzeugten, um sich zu »tarnen« und die Neugier eines unberechenbaren Volkes zu vermeiden.

Wie ich es schon in meinem Buch *Die Astronauten des Jahve* kommentiert habe, war es doch normal, daß die »Mannschaft« versuchte, ihre Landungen und Kontakte mit den »Auserwählten« soweit wie möglich zu verbergen oder zu tarnen, wenn sie nicht an einer detaillierten »Veröffentlichung« ihrer Aktivitäten interessiert war. Und was eignete sich besser dazu als ein Nebelvorhang oder dichte Wolken, die um den »Stützpunkt« oder den Landplatz kreisten, um die neugierigen Blicke abzulenken und gleichzeitig in den Hebräern jenes notwendige Gefühl des Schreckens aufrechtzuerhalten?

Ein wichtiger Beweis für das, was ich behaupte, ist im zweiten der beiden zitierten Bibeltexte enthalten. Für den heiligen Verfasser ist die »Wolke« *eine* Sache und die »Herrlichkeit des Jahve«, die den Kindern Israels wie das verzehrende Feuer am siebenten Tage erschien, eine ganz andere. Welch bessere Beschreibung könnte uns der Autor des Exodus von einem stark beleuchteten oder in der Sonne glänzenden Raumschiff geben? Das wahrscheinlichste ist, daß eines der großen Raumschiffe der Elohim auf dem Felsmassiv des Sinai landete (»die Herrlichkeit des Jahve«, sagt die Bibel, »ruhte auf dem Berg«), und es wurde automatisch durch einen dichten »Gürtel« von Wolken vor den Augen der Israeliten verborgen. Aber, wie wir heutzutage in der weltweiten Ufologie-Forschung sehen, transportieren diese »Träger- oder Mutterschiffe« immer andere, kleinere Gefährte, die für Untersuchungen besser geeignet sind.

Nachdem die »Astronauten« Moses zu sich in das Innere der Wolke gerufen hatten, war es doch logisch, daß die »Mannschaft« weiterhin die sechshunderttausend Kampierenden überwachte. Ein oder mehrere kleine Schiffe (die »Herrlichkeit des Jahve«) konnten sich auf dem Berg befunden haben »vor den Augen der Kinder Israel« ...

Wenn Moses mehr als einen Monat brauchte, um »das Gesetz und die Gebote« zu empfangen – ich vermute da ein ausgedehntes »Training« –, so war es doch normal, daß diese heikle »Arbeit« von den Elohim in einer der »fliegenden Städte« oder »Mutterschiffe« durchgeführt wurde. Es sei denn, der »Auserwählte« wäre für diese vierzig Tage an einen anderen »Ort« gebracht worden.

Ich möchte aber nicht von dem zentralen Thema abweichen: den Wolken und Nebeln, die um die Vehikel der »Astronauten« schwebten.

Auch heutzutage ereignen sich ähnliche Fälle ...

*Benigno und Martina werden
jenen Heiligabend nicht vergessen*

Auf meiner ständigen Verfolgung der Ufos – wobei ich bis jetzt immer an den Orten ankam, als »sie« schon wieder verschwunden waren – hielt ich eines Tages in einer kleinen Siedlung mit dem Namen Alvarado in Extremadura, Spanien, an. Dort erzählte mir das Ehepaar Benigno und Martina Rueda Manzano von ihrem seltsamen »Zusammenstoß« mit einem nicht weniger seltsamen »Nebel« ...

»Es war am Heiligabend 1976. Meine Frau, ich, unsere vier kleinsten Kinder – der achtjährige Felipe, die beiden 5 Jahre alten Mari Sol und Antonio und die dreijährige Mari Tere – sowie ein mit ihnen befreundetes Nachbarskind, die zehnjährige Rosario Rodríguez Ardila, waren auf dem Heimweg nach Alvarado. Es muß so neun bis Viertel nach neun Uhr abends gewesen sein. Es war schon dunkel, und wir fuhren in unserem R 4, in Gedanken ganz beim Abendessen dieses Tages. Wir kamen aus dem Nachbarort Albuera, wo wir Verwandte haben.

Bevor wir in eine der Kurven wenige Kilometer von hier einbogen, sahen meine Frau und ich einen Nebel mitten auf der Landstraße. Aber das war ein seltsamer Nebel ...«

»Warum?«

»Er war nur so breit wie die Landstraße. Als wir näherkamen, versuchten Martina und ich zu erkennen, ob es sich wirklich um Nebel oder um Rauch handelte. Wir fuhren in den Nebel hinein. Man sah absolut nichts mehr – nicht einmal drei Meter weit ... Ich ging mit der Geschwindigkeit runter. Ich weiß nicht, ob ich in diesem Moment mit 60 oder 70 Stundenkilometern fuhr.

Ich schaltete auf Abblendlicht, aber sah immer noch nichts. Dann geschah etwas sehr Eigenartiges. Da es sich ja offensichtlich um eine Nebelbank handelte, schaltete ich die Scheibenwischer ein, aber die Windschutzscheibe war völlig trocken – nicht die geringste Spur von Feuchtigkeit. Die Scheibe lief auch nicht an. Was konnte das nur sein?

Das beunruhigte mich. Da sahen wir diese gelbe und äußerst starke Lichtquelle, wie ein Scheinwerfer. Ich bekam

Angst und riß das Lenkrad zur rechten Straßenseite herum.«

»Wo war denn das Licht?«

»Vor uns, in der Mitte des Nebels. Es war rund und etwas größer als ein Fernsehapparat. Als wir es zum erstenmal sahen, wird es so 4 bis 5 m von unserem Wagen entfernt gewesen sein. Es war viel heller als das Licht eines Schweißgeräts. Wir fuhren daran vorbei und waren dann auch bald aus dem ›Nebel‹ heraus.

Aber der Renault spielte verrückt. Wie ich schon erzählte, hatte ich den vierten Gang drin und das Abblendlicht eingeschaltet. Als wir aber aus dem Nebel heraus waren, ging das Abblendlicht von selbst auf Standlicht über, und das Auto wurde unglaublich stark abgebremst. Obwohl ich Vollgas gab, konnte ich nicht schneller als 30 bis 40 Stundenkilometer fahren. Da sprang die Leuchte, die den Zustand der Lichtmaschine anzeigt, auf grün. Das bedeutete, daß sie nicht mehr auflud ...«

»Und was machte das ›Licht‹?«

»Es folgte uns noch eine ganz schön lange Strecke, immer dicht über der Landstraße. Aber es wechselte in der Farbe. Als es aus dem Nebel heraus war, wurde es rötlich, wie die Sonne, wenn sie hinter dem Horizont verschwindet.

Und so fuhren wir weiter, mit 30 bis 40 km/h, bis wir in Alvarado ankamen. Das waren im ganzen so 10 km. Kurz bevor wir in das Dorf hineinfuhren, spürten wir einen »Ruck«, und das Auto fuhr wieder normal: Das Abblendlicht schaltete sich wieder ein, und wir erreichten die Geschwindigkeit, die wir vor dem Hineinfahren in den Nebel gehabt hatten.«

»In welchem Abstand folgte Ihnen das Licht?«

»Das kann ich nicht sagen ... Vielleicht in hundert bis zweihundert Metern.«

»Glauben Sie, daß dieses ›Licht‹ für das Abbremsen des R 4 und alles andere verantwortlich war?«

»Natürlich. Der Beweis liegt allein schon darin, daß die rote Scheibe verschwand, als wir in das Dorf hineinfuhren, und wir dann diesen ›Ruck‹ fühlten.«

Als ich nach Einzelheiten über diesen dichten »Nebel« fragte, stimmten die Zeugen darin überein, daß seine Farbe »wie Wassersuppe« gewesen war, fast wie Rauch, und daß er nur über 25 oder 30 m der Landstraße ausgebreitet war ...

»An den Seiten, auf dem Feld, waren keine Nebelschwaden. Und als wir weiter an die Seite fuhren«, kommentierten sie verwundert, »konnten wir vom Wagen aus die Sterne sehen.«

Während der zwanzig bis dreißig Minuten, die dieses beunruhigende Erlebnis dauerte, betete die Frau, daß ihnen irgendein anderes Auto entgegenkommen würde. Aber es kam keins. Während sie in dem Nebel waren, mit der roten Scheibe im Rücken, herrschte totale Einsamkeit und Stille.

In Alvarado erzählten weder Benigno noch seine Frau etwas von dem Vorfall. Aber die Kinder berichteten natürlich ihren Schulkameraden davon. Dank dieser kindlichen »Unvorsichtigkeit« erhielt ich Kenntnis von dem Vorgefallenen und konnte mich auf den Weg zu der weißen und friedlichen Siedlung machen.

Obwohl das nicht der einzige Fall ist, in dem Autos in geheimnisvolle »Nebelbänke« hineinfuhren und die verschiedenartigsten mechanischen Veränderungen erlitten, bin ich der Meinung, daß das Beispiel der Familie aus Alvarado so genau und aufschlußreich ist, daß man daraus folgern kann, daß die Raumschiffe diese »Wolken« oder »Nebel« »fabrizieren« können, um sich damit zu »tarnen«, so wie es die Bibel beschreibt.

Im Cespedera-Gebirge ist noch die Spur eines Ufos zu sehen, das vor dreißig Jahren landete

Ein anderer Ufo-Vorfall, in dem dieser Nebel die Rolle eines »Schutzschleiers« zu spielen scheint – auch wenn wir die Möglichkeit nicht von der Hand weisen dürfen, daß dieser »Nebel« oder »Dunst« um die Raumschiffe herum manchmal nur die physische Folge eines Kontakts des Objekts mit unserer Atmosphäre ist –, wurde von meinem guten Freund und dem besten »Feldforscher«, Joaquín Nogales, in der Umgebung des Ortes Gerena im Gebiet von Sevilla aufgespürt.

Nachstehend eine Zusammenfassung des Berichts von dem Hauptzeugen Manuel Morato Román, Traktorfahrer auf dem Gut La Alegria, das ungefähr 6 km von dem besagten Ort Gerena entfernt ist:

»Ich befand mich an der Stelle, die unter dem Namen Torre Mocha bekannt ist. Es muß so um 8.30 Uhr abends am 31. Januar 1982 gewesen sein. Mein Traktor war wegen der letzten Regenfälle steckengeblieben, und da ich ihn nicht allein aus dem Matsch freibekam, holte ich einen Kollegen zur Hilfe. Wir gingen zurück zu meinem Traktor, und als wir dort ankamen, sahen wir ein gebündeltes, starkes Licht auf uns zukommen. Ich verlor meinen Kollegen aus den Augen, als er weiterging und hinter einer kleinen Anhöhe verschwand. Da wanderte das Licht zu einem Hohlweg mit dem Namen Los Garabatos, der ganz in der Nähe der Eisenbahnlinie von Aznalcóllar liegt. Ich war bestürzt. Das ›Ding‹ war etwa 30 Meter lang und hatte die Form einer Zigarre. Es berührte fast den Boden. Ein leuchtender Nebel – in vielen Farben – hüllte es völlig ein.

Vor diesem seltsamen Schauspiel blieb ich wie versteinert stehen.«

»Wie weit war es von Ihnen ungefähr entfernt?«

»Etwa so 100 m ... Ich blieb dort so circa fünf Minuten stehen. Schließlich siegte die Angst, und ich lief zum Gut. Dort erzählte ich mein Erlebnis und ging mit anderen Traktorfahrern zu dem Hohlweg. Das Objekt aber war verschwunden. Später hörten wir, daß zur Zeit meines Erlebnisses das Bild auf den Fernsehapparaten im Landgut verschwunden und dafür Störflimmern aufgetreten war.«

Obwohl an der Stelle keine Löcher oder sonstige Spuren vom Landegestell des Raumschiffs gefunden wurden, bemerkten die Untersuchenden dort eine weite Fläche von gelblicher Farbe, die sich deutlich vom Rest des Hohlwegs abhob.

Ich habe mich schon oft gefragt, ob auf dem Granitmassiv von Ras-Safsafeh, das die Ebene überragt, auf der sich das jüdische Volk sammeln sollte, um das Herabkommen Jahves zu erleben, nicht auch Spuren und Löcher von den Landestellen der Raumschiffe jener »Astronauten-Missionare« zu finden sein würden.

Ich kann nicht verhehlen, daß mich der Gedanke, mich in das Abenteuer der Suche nach möglichen Spuren zu stürzen, elektrisierte. Obwohl seitdem viel Zeit vergangen ist – wer weiß, ob dort nicht noch etwas zu sehen ist, das damals mit Feuer in den Stein gebrannt wurde. Bei meinen Untersuchungen überall auf der Erde habe ich schon einige Gelegenheiten gehabt, diese von den »Beinen« der kleinen und großen Ufos in Schieferschichten und auch Granitfelsen hinterlassenen Spuren zu besichtigen und zu fotografieren. Einer dieser Fälle – mitten im Cespedera-Gebirge in der Gegend von Cádiz, Spanien – machte mich sprachlos: Das Raumschiff, dessen Landung mehr als dreißig Jahre zuvor von einigen Ziegenhirten beobachtet worden war, hatte auf einer großen Steinplatte aufgesetzt, und dort waren noch die Abdrücke der Beine des Landegestells. Warum sollte das nicht auch auf dem Gipfel des Sinai so sein?

Da wir nun wieder auf den Sinai – oder »Gottesberg« – zurückgekommen sind, möchte ich noch eine weitere Erzählung erwähnen, in der die berühmten »Wolken« und »Wolkensäulen« vorkommen.

Obwohl der heilige Autor nicht viele Unterschiede zwischen diesen beiden Begriffen macht und sie gelegentlich mit der »göttlichen Wirklichkeit« verwechselt, glaube ich allerdings, daß für den Forscher gewisse bemerkenswerte Unterschiede bestehen. Es ist möglich, wie ich schon anführte, daß die »Wolke«, die den Berg Sinai sechs Tage lang bedeckte, nur eine wolkenartige Formation oder ein dichter Nebel war, was allerdings von den Elohim erzeugt worden war. Es kann aber auch sein, daß die betreffende »Wolke« ein riesiges »Trägerschiff« oder »Mutterschiff« war. In den letzten Absätzen des Exodus (40. Kapitel, 34–38) können wir eine sehr aufschlußreiche »Erklärung« lesen:

»Da bedeckte die Wolke das Offenbarungszelt, und die Herrlichkeit Jahves erfüllte die Wohnstätte. Und Mose konnte das Offenbarungszelt nicht betreten, weil die Wolke darauf blieb und die Herrlichkeit Jahves die Wohnung erfüllte.

Und wenn die Wolke sich von der Wohnstätte erhob, brachen die Kinder Israels auf, solange ihre Wanderung dauerte. Wenn sich die Wolke nicht erhob, brachen sie nicht auf, bis zu dem Tag, da sie sich erhob. Denn die Wolke Jahves war des Tages über der Wohnstätte, und des Nachts war sie feurig vor den Augen des ganzen Hauses Israel, solange ihre Wanderung dauerte.«

In diesem Fall verhält sich die »Wolke« nicht mehr wie eine einfache Wolke. Sie erhob sich von der »Wohnstätte« beziehungsweise dem Tabernakel (dem Ort, an dem Moses und seine »Auserwählten« oder Priester die Weisungen Jahves erhielten), »war am Tage über der Wohnstätte« und wurde des Nachts »feurig« ...

Was konnte denn das für eine eigenartige »Wolke« gewesen sein?

In der Ufologie werden Hunderte von Sichtungen von großen Ufos, die Ähnlichkeit mit Wolken, Zylindern, »brennenden Balken« oder Luftschiffen haben, registriert. In den meisten der Fälle sehen diese Raumschiffe am Tage bleifarben aus – sehr ähnlich den natürlichen Wolken – und glänzen in der Nacht stark. Wir verfügen auch über einige Fotografien, die das bestätigen. Und da ein Bild tausend Wörter wert ist, ziehe ich es vor, daß sich der Leser diese Fotos anschaut und seine eigenen Schlüsse zieht. Als einzige »Ergänzung« zu diesen Abbildungen werde ich drei kurze Fälle aus unserer Zeit aufführen, die in Frankreich und Spanien registriert wurden und in denen die Zeugen – obwohl wir im Weltraumzeitalter leben – die Ufos auch als »Wolken« beschrieben haben ...

»Fliegende Schriftrollen« über Fuentesaúco

Der berühmte Forscher Aimé Michel berichtet uns, wie eines Morgens ein Kaufmann aus Vernon (Frankreich), Monsieur Bernard Miserey, in seine Garage fuhr und sein Auto abschloß. Als er die am Ufer der Seine gelegene Garage verließ, war er überrascht zu sehen, wie ein bleiches Licht den Ort erhellte. Er hob die Augen zum Himmel und sah »etwas« wie eine leuchtende Masse, die offenbar über dem Nordufer des Flusses schwebte. Sie gab kein Geräusch von sich und war vielleicht 300 m von dem Zeugen entfernt. Sie kam ihm wie eine senkrecht stehende riesige »Zigarre« vor.

»Kaum hatte ich das einen Augenblick betrachtet«, erzählt Monsieur Miserey, »als plötzlich aus dem unteren Teil der ›Zigarre‹ ein scheibenförmiges Objekt auftauchte. Zuerst fiel es direkt hinunter, wurde dann aber gebremst, schwankte und begann waagerecht entlang des Flußverlaufs zu fliegen.

Während dieser Zeit verschwand die Helligkeit des riesigen Objekts, das etwa 100 m lang war, und es verlor sich in der Dunkelheit der Nacht.«

Ein von Michel untersuchter Fall weist deutlich auf die Existenz dieser Raumschiffe in Form von »Wolken« hin.

Diesmal wurde es in dem kleinen Dorf La Gabalière bei Saint-Prouant, Frankreich, über der Nationalstraße 160 gesichtet. George Fortin, der Zeuge, berichtete das so:

»Es war um 5 Uhr nachmittags. Ich arbeitete mit einem meiner Helfer auf dem Feld, als wir plötzlich aus der dichten Wolkendecke, die bedrohlich nach einem Gewitter aussah, eine Art von leuchtender Wolke von blau-violetter Farbe auftauchen sahen. Ihre Form war regelmäßig und erinnerte an eine Zigarre oder Mohrrübe. Dieses ›Ding‹ war zwischen den Gewitterwolken in horizontaler Lage aufgetaucht. Ein Ende war leicht dem Boden zugeneigt. Dadurch machte es den Eindruck eines Unterseeboots im Moment des Tauchens.

Diese leuchtende Wolke sah riesig aus. Jedes ihrer Manöver – keines davon hatte Ähnlichkeit mit den Bewegungen der normalen Wolken – wurde wie koordiniert ausgeführt, als ob es sich um eine gigantische von Dampf umhüllte Maschine handelte ...

Es kam schnell aus der Wolkendecke heraus und ging bis auf so etwa 400 bis 500 m über dem Erdboden in einer Entfernung von circa 1 km von unserem Aufenthaltsort herunter. Da hielt es dann an, und eines seiner Enden hob sich schnell, bis das Objekt schließlich senkrecht und völlig still stand.«

Auch im vollen Tageslicht, diesmal etwa 20 km entfernt von Fuentesaúco in der Provinz Zamora, Spanien, beobachtete ein ausgesprochen glaubwürdiger Zeuge unidentifizierte fliegende Objekte in Form von Zylindern.

Estanislao López, Bauunternehmer und Einwohner von Baracaldo, schickte sich an diesem 23. Oktober 1972 an, seinem Lieblingshobby, der Jagd, zu frönen.

»Ich war allein. Die Abenddämmerung setzte ein. Ich kann mich entsinnen, daß, als ich aus dem Auto stieg, um dieses ›Ding‹ zu betrachten, die Sonne rot und der Himmel transparent waren. Aber nun mal der Reihe nach:

Ich fuhr mit meinem 1500er in einer Entfernung von 4 bis 5 km von Aladejos und ungefähr 20 km von Fuentesaúco, als ich plötzlich ›etwas‹ am Himmel blitzen sah. Ich dachte an Düsenflugzeuge und fuhr weiter in Richtung Fuentesaúco. Aber als ich so 10 km vom Ort entfernt war, stürzten sich die vermeintlichen ›Kampfflugzeuge‹ auf mich. Ich glaube, daß sie nicht mehr als 500 bis 600 m über dem Boden waren. Ich erschrak, hielt mein Auto bei einigen Mandelbäumen an, stieg aus und stellte mich zwischen die Weinreben auf dem Feld dort. Da erkannte ich, daß das zwei sehr eigenartige Objekte waren: Sie sahen wie Zylinder aus!

Die Dinger hielten etwa 500 m über einem Dörfchen von vier Häusern an. Ich schätze, daß ich etwa einen Kilometer von ihnen entfernt war.

Es war ein beeindruckendes Schauspiel! Sie standen dort reglos in völliger Stille in der Luft, wunderbar orangegelb, unter Mißachtung aller Gesetzmäßigkeiten des Flugs ..., denn diese Maschinen hatten die Form von Zigarren, waren aber an den Seiten abgeschnitten.«

Als ich nach der Größe dieser Ufos fragte, erwiderte der Zeuge:

»Ich bin ja aus dem Baugewerbe und gewohnt, Abmessungen vorzunehmen, aber in diesem Falle bin ich mir gar nicht sicher. Sie könnten 20 bis 30 m lang gewesen sein und einen Radius von 4 bis 5 m gehabt haben.«

(Ich weise hier auf die Ähnlichkeit dieser von dem Bauunternehmer beobachteten Maschinen mit der Beschreibung hin, die uns Sacharja [5. Kapitel, 2–8] über eine fliegende Schriftrolle von 20 Ellen Länge und 10 Ellen Breite gab.)

»Die beiden waren identisch und leuchteten auch in der gleichen Farbe und Stärke: Ihren Farbton kann man vielleicht am ehesten mit ›Braun‹ vergleichen.«

Nachdem eine Viertelstunde vergangen war, sah der Zeuge, wie der rechte »Zylinder« sehr langsam aufzusteigen begann und sich dann im Himmel verlor. Fünf Minuten später tat das andere Ufo das gleiche und entschwand auch dem Blick des überraschten Jägers.

»Hatten Sie Angst?«

»Na und wie! Sogar so sehr, daß ich vor dem Aussteigen aus meinem Wagen fünf Patronen in mein Gewehr einlegte und die Tür des 1500ers offen ließ – für alle Fälle...

Als ich sie aus den Augen verloren hatte, war meine erste Reaktion, zur Wache der Guardia Civil (der Gendarmerie) zu fahren und den Vorfall zu melden. Aber ich besann mich eines Besseren und erzählte es nur meiner Frau.«

»Haben Sie irgendein Fenster, eine Luke oder eine Kennzeichnung am Rumpf bemerkt?«

»Überhaupt nichts. Sie waren glatt und glänzten. Ich sah auch keine Düsen oder Rauchfahnen. Sie stiegen in völliger Stille senkrecht auf, mit einer außerordentlichen Leichtigkeit. Das hat mir viel zu denken gegeben...«

»Warum? Haben Sie vorher schon an Ufos geglaubt?«

»Nein, ich glaubte nicht daran.«

Und ich – wer bin ich denn:
ein Science-Fiction-Schreiber oder ein Respektloser?

Ich halte die Ähnlichkeit dieser Beschreibungen aus unserer Zeit mit dem, was uns der Exodus, das Buch Deuteronomium oder Sacharjas in der Bibel erzählten, für unbestreitbar. Jene Menschen vor zwei- oder dreitausend Jahren benutzten die Ausdrücke, die sie zur Verfügung hatten, als sie die großen Schiffe beschrieben, die auf den Berg Sinai und über dem Offenbarungszelt niedergingen. Wenn jene Vehikel die Form von Zylindern hatten, so ist es doch normal, daß sie sie als »fliegende Schriftrollen« bezeichneten. Wenn sie von Gasen oder Nebeln eingehüllt waren, so ist es doch logisch, daß die Zeugen glaubten, »Wolken« oder »Wolkensäulen« gesehen zu haben ... Man kann sie – weder die Augenzeugen noch die heiligen Verfasser – deshalb nicht mangelnder Beobachtungsgabe oder blühender Phantasie bezichtigen. Das allerdings könnte man nach meiner Meinung sehr wohl von einigen Exegeten und Theologen behaupten.

Wenn ich einige von deren »Interpretationen« der »Wolken« lese, die sich bei Tag und Nacht über dem besagten Offenbarungszelt befanden, so macht eine Überraschung der Ironie Platz und geht dann zu Ungläubigkeit über ob solcher Behauptungen.

Für einige Kommentatoren des 20. Jahrhunderts ist diese »Wolke«, die das Offenbarungszelt einhüllt, »eine sichtbare Form ihres Aufenthaltes mitten im Volke«.

Für andere, wie X. Léon-Dufour, den bekannten Verfasser des *Vokabulariums der Biblischen Theologie*, sind die »Wolke, die auf einer Seite leuchtend und auf der anderen dunkel ist« und die Israeliten beim Durchqueren des Meeres der Binsen (das Rote Meer) schützt, und die »die Säule aus Feuer und Rauch«, die sie durch die Wüste führt, »die

Manifestation des doppelten Aspekts des göttlichen Mysteriums: dem Sünder unerreichbare Heiligkeit, gnadenvolle Nähe für den Auserwählten«.

(Ohne Kommentar ...)

Später heißt es in dem erwähnten Text von Léon-Dufour dann weiter in diesem Tenor:

»... die Wolke – damit ist die gemeint, die den Berg Sinai bedeckte – kommt als Schleier, der die Herrlichkeit Gottes vor den unreinen Blicken schützt. Sie soll nicht sosehr eine Diskriminierung für die Menschen bedeuten, als die Distanz zwischen Gott und den Menschen anzeigen. Die Wolke, die gleichzeitig zugänglich und undurchdringlich ist, ermöglicht es, sich Gott zu nähern, ohne ihn von Angesicht zu Angesicht zu sehen, was tödlich wäre.«

Heiliger Himmel! Kann man eigentlich noch mehr Absurditäten in so wenigen Worten ausdrücken?

Seit wann muß Gott oder die Große Kraft sich gegen unreine Blicke »schützen«? Wer waren denn die »Unreinen«? Die armen Juden etwa, die fast gegen ihren eigenen Willen aus Ägypten herausgeholt worden waren?

Es scheint, als ob der »Interpret« des heiligen Textes sich dann der pompösen Dummheit bewußt wurde, die er da geschrieben hatte, und deshalb im darauffolgenden Satz den Brocken etwas versüßen wollte:

»... sie soll nicht sosehr eine Diskriminierung für die Menschen bedeuten«, sagt er da, »als die Distanz zwischen Gott und den Menschen anzeigen.« Diese »Erklärung« steht doch in radikalem Widerspruch zu anderen Passagen der Bibel (zum Beispiel der Genesis und auch gerade aus dem Exodus), wo »Jahve« direkt und persönlich mit den Menschen spricht und auch mit ihnen ißt (beispielsweise mit Abraham). Diese letzte Behauptung (»... ermöglicht es, sich Gott zu nähern, ohne ihn von Angesicht zu Angesicht zu sehen, was tödlich wäre.«) erübrigt sich doch damit auch. Jahve wurde bei zahlreichen Gelegenheiten gesehen, von Angesicht zu Angesicht, und sein Anblick wie der von Jesus von Nazareth, dem Sohn Gottes, war alles andere als tödlich.

Was wirklich tödlich sein konnte, wie ich es schon ausführte, ist die unkontrollierte Annäherung der Hebräer an die »Wolken«, »Säulen« oder »fliegenden Schriftrollen«. Natürlich müßten die Exegeten erst einmal an die Existenz dieser Raumschiffe und ihrer Besatzungen oder »Astronauten« glauben, um diese Hypothese akzeptieren zu können. Das kann ich mir aber schwer vorstellen...

Für sie werde ich weiter bestenfalls ein Science-Fiction-Schreiber sein oder ein Respektloser, der die weisen Interpretationen derjenigen in Zweifel zieht, die sich selbst als »treue Wächter der Orthodoxie« bezeichnen. Wahrscheinlich bin ich aber weder das eine noch das andere...

Moses sprach von Angesicht zu Angesicht mit Jahve, so bezeugt es die Bibel im Exodus. Ich denke, wenn wir heute diese »Abgesandten« »von Angesicht zu Angesicht« sehen könnten, würden wir sie vielleicht als »Astronauten« identifizieren.

KAPITEL X

Die »feurigen Wagen und Räder« ergreifen die Initiative im Alten Testament. – Mein Lieblingsprophet. – Elias mußte es sehr eilig gehabt haben, weil er seinen Mantel verlor. – Nach Meinung der katholischen Exegeten erfuhr der Prophet eine »ekstatische Entrückung«. – Wo war Elias aber geblieben? – Die Stelle, an der Jesus von Nazareth der Angelegenheit Wichtigkeit verleiht und verkündet, daß Elias Johannes der Täufer ist. – Trotz der Worte Christi leugnet »seine« Kirche die Reinkarnation. – Die Sage von den »Weggeholten« oder »Entrückten«. – Henoch ist ein weiterer, der nicht zurückkehrte. – Raumkleidung für Jesaia. – Baruch wurde nur ein paar Meter hochgehoben. – Die »Entführung« des Philippus und wie die »Astronauten« zwei Fliegen mit einer Klappe schlugen. – Fry, der skeptische Wissenschaftler, der den »Baum des Paradieses« sah. – »Freiheitsberaubung« bei der Internationalen Südamerika-Rallye: 70 km durch die Wolken.

Wenn ich von »Träger- oder Mutterschiffen« gesprochen habe, so muß ich nun auch auf die kleineren Fahrzeuge eingehen – diejenigen, die in der Ufologie »Forschungsschiffe« genannt werden und die, sowohl in der Bibel als auch in unseren Zeiten, zahlreich beschrieben worden sind. Nach meiner Meinung – und nach langer nachdenklicher Lektüre des Alten und des Neuen Testaments – bediente sich die »Mannschaft der Astronauten« im Dienste Gottes der »Säulen aus Feuer und Rauch«, der »leuchtenden Wolken« und der »fliegenden Schriftrollen« möglicherweise für große Aufgaben wie das Durchqueren des Roten Meeres, das Niederfahren auf den Berg Sinai und die Belehrung von Moses, die Lenkung der 600 000 Israeliten durch die Wüste und einige der zahlreichen Schlachten gegen die rechtmäßigen Herren des Landes Kanaan.

Aber die »Astronauten-Missionare«, so wie es auch im 20. Jahrhundert geschieht, benutzten die kleineren Raumschiffe für weniger spektakuläre »Missionen«: im allgemeinen für einzelne »Verabredungen«, »Kontrollen« auf kurze Entfernungen – aber auch für Entführungen beziehungsweise Freiheitsberaubungen von Menschen durch Ufo-Besatzungen. Es waren also die »feurigen Wagen«, die »Räder« und die »Herrlichkeit des Jahve«, die die Initiative bei den Handlungen übernahmen, die ständig in den Heiligen Schriften beschrieben werden. Ich behaupte, daß diese Ereignisse ähnlich denen sind, die wir in unseren Tagen untersuchen, weil wir über Hunderttausende von Ufo-Beschreibungen verfügen, die Zwillinge jener »Räder« und »feurigen Wagen« vor dreitausend Jahren zu sein scheinen. Und auch heute dienen diese Raumschiffe kleineren Ausmaßes anscheinend der »Erforschung« über Dörfern, Städten, Militärstützpunkten oder der Annäherung an Zeugen, wenn die Anwesenheit der großen »Mutterschiffe« mehr Nach- als Vorteile bringt. Eigenartigerweise – wie wir noch sehen werden – haben Augenzeugen solche Ufos in unserer Zeit wieder als »fliegende Räder« bezeichnet.

Die Anzahl von Zeugnissen dieser Art in der Bibel ist derart groß, daß ich mich gezwungen sah, eine strenge Auswahl zu treffen.

So will ich mit einem meiner »Favoriten« anfangen: Elias. Im Zweiten Buch von den Königen (2. Kapitel, 11–14) waren Elias und sein Jünger Elisa Zeugen eines Vorfalls, den wir heutzutage zu verstehen beginnen könnten ...

»Und da sie miteinander gingen und redeten«, sagt die Bibel, »siehe, da kam ein feuriger Wagen mit feurigen Rossen und trennte beide voneinander; und Elias fuhr also im Wirbelsturm gen Himmel. Elisa aber sah es und schrie: Mein Vater, mein Vater, Wagen Israels und seine Reiter! und sah ihn nicht mehr. Und er faßte seine Kleider und zerriß sie in zwei Stücke. Dann hob er den Mantel Elias' auf, der ihm entfallen war, und kehrte um und trat an das Ufer des Jordan.«

Zweifellos war dieser »feurige Wagen« etwas Materielles, das fliegen und in das der Prophet eintreten konnte. Welche bessere Bezeichnung als »feurigen Wagen« konnte

»... und Elias fuhr also im Wirbelsturm gen Himmel.« Wenn sich dies mitten im 20. Jahrhundert ereignet hätte, würde der Fall des Propheten von den Forschern als eine »Entführung« angesehen worden sein.

eigentlich für ein glänzendes und leuchtendes Objekt – möglicherweise runder Form – gewählt werden? Was war denn das fortschrittlichste Transportsystem in jenen Zeiten, vor 2850 Jahren? Doch zweifellos die Pferdewagen. Deshalb ist es doch offensichtlich, daß Elisa ein Objekt, daß sich schnell bewegen konnte, mit den Pferdewagen, die er kannte, assoziierte. Hätten zu jener Zeit schon Ballons existiert, so würde der Jünger des Elias vielleicht von »feurigen Ballons« gesprochen haben.

»... und Elias fuhr also im Wirbelsturm gen Himmel.« Dieser Satz ermöglicht eine doppelte Interpretation. Müssen wir den »Wagen« mit dem »Wirbelsturm« gleichsetzen? Oder handelt es sich um einen Wirbel des Windes?

Zu meiner Überraschung behaupten einige Bibelsachverständige, daß »Wirbel«, »Rad« oder »feuriger Wagen« das gleiche bedeuten könnten. In diesem Falle wurde Elias also von dem »Wagen« vom Boden aufgehoben.

Ich neige dieser Möglichkeit zu. Und obwohl wir später sehen werden, wie der Annäherung dieser Schiffe kleineren Ausmaßes gelegentlich ein starker Wind oder Wirbel vorausging, glaube ich nicht, daß das hier bei Elias der Fall war. Es ist mehr als wahrscheinlich, daß die »Astronauten« zu Elias und Elisa niedergingen und der erstere in den »Wagen« geführt oder von diesem hineingezogen wurde. Ich mache diesen Unterschied, weil die Bibel im Zweiten Buch von den Königen dazu ein weiteres interessantes Detail angibt. Sie behauptet, daß Elisa den Mantel des Elias, »der ihm entfallen war«, aufhob. Wenn der von Jahve »Entführte« ruhig in den »Wagen« gestiegen wäre, so würde doch anzunehmen sein, daß er seinen Mantel nicht verloren hätte. Sein Eintritt oder »Hineinziehen« muß so schnell oder brüsk erfolgt sein, daß das besagte Kleidungsstück zu Boden fiel.

Und warum behaupte ich, daß er von dem Wagen »hineingezogen« worden sein könnte?

Wenn wir auch gegenwärtig nicht von vielen Fällen gehört haben, in denen Menschen in Ufos »hineingesaugt« oder »hineingezogen« wurden, so verfügen wir doch über reichliche Aussagen von Zeugen, die gesehen haben, wie Kälber, Kühe, Pferde und andere Tiere geheimnisvoll von einem Lichtstrahl aus einem dieser Raumschiffe durch die Luft »transportiert« wurden.

Aber bevor wir uns mit einigen dieser Fälle des Hineinziehens von Vieh beschäftigen, lassen Sie mich zwei Vor-

Imjärvi (Finnland). Plötzlich trat ein Lichtstrahl aus der Unterseite dieses Ufos heraus, und inmitten dieser »Röhre« erschien ein Wesen.

fälle zitieren, in denen das Besatzungsmitglied eines Ufos und ein Erdbewohner in einem »Lichtkegel« von Raumschiffen bis zum Erdboden »schweben«. (Diese Fälle sind dem des Elias entgegengesetzt, der nach oben »fuhr«, aber im Grunde sind sie ebenso nützlich.)

Der erste Fall – bekannt unter dem Titel »Der Humanoide von Imjärvi« – geschah am 7. Januar 1970, um 4.45 Uhr nachmittags in einem Wald in der Nähe dieses finnischen Ortes. Die Augenzeugen, der sechsunddreißigjährige Waldhüter Aarno Heinonen und der achtunddreißigjährige Landwirt Esko Viljo, waren auf Skiern unterwegs.

Beide fuhren auf ihren Brettern einen kleinen Hang hinunter und hielten auf einer Lichtung an, um eine kurze Pause einzulegen. Die Sonne war dabei, unterzugehen, und es war sehr kalt – so etwa 17 °C unter Null.

Sie waren etwa fünf Minuten auf der Lichtung, als sie ein Sausen hörten. Dann erblickten sie ein sich am Himmel bewegendes Licht. Das Licht kam auf sie zu, wobei das Sausen zunahm. Dann hielt das Licht plötzlich an. Die Zeugen erkannten daraufhin eine leuchtende Wolke, die um sie herum kreiste. Sie sah aus wie ein Nebel, dessen Farbe grau bis rötlich war und der mit einer außerordentlichen Helligkeit pulsierte. Gleichzeitig kamen aus dem oberen Teil der Wolke »Rauchstrahlen« heraus, als ob das Objekt »atmete« oder »Dunst ausstieß«.

Darauf ging die Wolke bis auf circa 15 m über dem Boden nieder, und die maßlos erstaunten Zeugen konnten in ihr deutlich ein metallisches Objekt, das rund und an seinem Unterteil flach war, erkennen. (Wieder einmal ein Fall, in dem eine »Wolke« eines dieser Raumschiffe schützt oder »tarnt«.)

Esko und Aarno erklärten, daß der Durchmesser etwa 3 m betragen haben konnte und daß sie an der Basis des

Ufos drei »Halbkugeln« mit einem Rohr, das circa 20 cm vorstand, in der Mitte dieser Basis erblickten.

Das »Ding« blieb einige Minuten lang unbeweglich in der Luft stehen, während das Sausen wie ein Dolch in die Ohren der Zeugen stach. Dann begann das Objekt, ganz langsam weiter herunterzukommen, wobei sich der Nebel verzog und der Lärm zunahm. Als es noch 3 bis 4 m von dem schneebedeckten Boden entfernt war, hielt das Ufo wieder an, und das Sausen hörte auf. Der Waldhüter erklärte später, daß »er so nah dran war, daß er das Ding mit seinem Skistock hätte berühren können«.

Da trat aus dem Rohr an der Unterseite, das einen Durchmesser von ungefähr 25 cm hatte, ein heller Lichtstrahl aus, der einige Kreisbewegungen vollführte und dann stehenblieb, so daß ein sehr heller Kreis auf dem Schnee erschien. Dieser Kreis hatte einen Durchmesser von so etwa 1 m. Am Rand war er schwarz. Die beiden Männer standen still da, während ein rötlich-grauer Nebel auf die Lichtung niederzugehen begann.

»Da fühlte ich etwas, als ob mich jemand beim Gürtel packte. Ich glaube, ich machte einen Schritt nach hinten, und in dem Moment sah ich das Wesen ... Es stand da, in diesem Lichtstrahl, mit einem schwarzen ›Kasten‹ in den Händen. Aus einer runden Öffnung dieses ›Kastens‹ trat ein gelbes, pulsierendes Licht aus.

Das Wesen war ungefähr 90 cm groß mit sehr schlanken Armen und Beinen. Sein Gesicht war bleich. Seine Augen konnte ich nicht sehen, aber seine Nase. Sie erschien mir sehr seltsam, denn sie sah eher wie ein Hakenschnabel aus. Die Ohren waren sehr klein und streckten sich zum oberen Teil des Kopfes hin.

Es trug eine Art von Taucheranzug aus einem hellgrünen Material. An den Füßen hatte es Stiefel in dunklerem Grün, die bis über die Knie reichten. Ich sah auch, daß es bis zu den Ellbogen reichende Handschuhe über Fingern trug, die wie krumme Krallen aussahen.«

Der zweite Augenzeuge beschrieb seinerseits das Wesen so:

»Es stand in der Mitte des hellen Lichtstrahls und sandte selbst ein phosphoreszierendes Licht aus. Sein Gesicht war sehr bleich. Die Schultern waren sehr schmal und herabhängend, und es hatte sehr zarte Arme, wie die von Kindern. Auf dem Kopf bemerkte ich einen kegelförmigen Helm, der glänzte, als ob er aus Metall wäre...«

Während die beiden Skifahrer den Humanoiden betrachteten, drehte der sich ein wenig und richtete die leuchtende Öffnung des Kastens auf den Waldhüter. Das pulsierende Licht blendete fast.

Ein sehr dichter Nebel von rötlich-grauer Farbe kam weiterhin von dem Ufo herunter, und aus dem auf dem Schnee abgebildeten leuchtenden Kreis traten Funken heraus.

»Es waren riesige Funken«, gaben die beiden Zeugen an, »von etwa 10 cm Länge. Sie waren rot, grün und lila.«

Diese Funken stiegen in weiten Kurven auf, bis sie die beiden Männer erreichten. Diese spürten aber nichts. Der Nebel wurde immer dichter, so daß Viljo und Heinonen einander nicht mehr sehen konnten.

»Auf einmal«, fuhr Esko fort, »zog sich der Kreis auf dem Schnee zusammen, und der Lichtstrahl stieg auf. Er schwebte wie eine zitternde Flamme, bis er in dem Rohr an der Unterseite des Ufos verschwand. Dann hatten wir den Eindruck, daß ›jemand‹ den Nebel zerteilte, und über unseren Köpfen tauchte der sternenübersäte Himmel auf, an dem sonst nichts zu sehen war.«

Wann erfinden wir das »massive« Licht?

Ein anderer ebenfalls eigenartiger Fall, in dem ein Lichtstrahl der Besatzung eines Raumschiffs zum Aus- und Einsteigen in dieses zu dienen schien – oder, um ihre »Gäste« wieder auf den Erdboden zu bringen –, ereignete sich in der Nacht des 28. Oktober 1973 in Argentinien.

Dionisio Llanca, ein junger Lkw-Fahrer, saß vor dem Fernseher im Haus seines Schwiegervaters Enrique Ruiz in Bahía Blanca. Gegen 0.30 Uhr nachts schaltete er den Fernsehapparat ab, zog sich seine Jacke an und verließ das Haus in Richtung der Stelle, wo er seinen Dodge-Lkw geparkt hatte. Das Fahrzeug war mit Baumaterial beladen, das er nach Río Gallegos transportieren sollte.

Dieser Fall – der von der ONIFE-Organisation in Buenos Aires, die mein guter Freund Fabio Zerpa leitet, eingehend untersucht wurde – scheint stichhaltig zu sein. Insgesamt neun Wissenschaftler nahmen an den Befragungen und Untersuchungen teil. Darunter stachen zum Beispiel Dr. Austín Luciano, Professor für Toxikologie der La Plata-Universität und Absolvent der Luftfahrtmedizin an der Sorbonne Paris, Dr. Juan Antonio Pérez del Carro, Präsident der Argentinischen Gesellschaft für Ontoanalyse, und Dr. Hector Solari, Psychoanalytiker, hervor.

Dionisio Llanca fuhr den Lastwagen durch die Straßen von Bahía Blanca zum Tanken an eine Tankstelle. Dort bemerkte er, daß der rechte Hinterreifen Luft verlor, und er beschloß, das Rad am Rad der Landstraße zu wechseln. Zu diesem Zeitpunkt war er auf der Landstraße 3 schon circa 19 km von Bahía entfernt. Bis zur nächsten Stadt, Médanos, waren es circa 30 km. Er hielt den Lastwagen in der Nähe eines Berges und einer Wasserfläche an, die einem Bachbett ähnelte, um dort das Rad zu wechseln.

Das war so etwa um 1.30 Uhr. Plötzlich sah Dionisio zu

seiner Linken, in Richtung Bahía Blanca, auf der Landstraße 3 ein gelbes Licht in einer Entfernung von circa 2000 m. Er dachte, es könnte ein Peugeot sein (weil die Autos dieser Marke ein solches Licht haben), der ihm auf der Straße entgegenkam. Er fuhr fort, das Rad zu wechseln. Da setzte sich das Licht hinter ihm über die Baumkronen und beleuchtete die gesamte Umgebung, während er wie gelähmt dastand.

Plötzlich zog ihn etwas hinten am Hemd, drehte ihn herum, und er sah in einigen Metern Entfernung drei Wesen von circa 1,85 m Größe vor sich. Sie trugen einen sehr eng am Körper anliegenden Anzug, hatten lange blonde Haare, die ihnen bis auf die breiten Schultern herabfielen, und hatten lange orangegelbe Handschuhe und Stiefel an. Direkt darauf stach ihm eines der Wesen mit einem Gerät, das »einem Rasierapparat ähnelte«, in die rechte Hand zwischen Daumen und Zeigefinger, wie der Zeuge es den Reportern gegenüber ausdrückte.

Von da ab verlor der Lkw-Fahrer vollkommen das Bewußtsein. Diese Amnesie dauerte achtundvierzig Stunden, bis zum 30. Oktober um 22 Uhr, im Stadtkrankenhaus von Bahía Blanca, wo man ihn eingeliefert hatte. Während der zwei Tage hatte die Presse Berichte über diesen Mann veröffentlicht, der seltsame Wesen und ein eigenartiges Licht gesehen hatte.

Es wurden Interviews mit ihm im Radio del Sur LU-3 und Kanal 7 des Fernsehsenders von Bahía Blanca gemacht, aber er konnte sich nicht mehr an diese und an die Reporter in diesen beiden Tagen nach dem Vorfall erinnern. Als er dann am Dienstag, dem 30. Oktober 1973, einen Teil seines Gedächtnisses wiedererlangte, erkannte er seinen Schwiegervater Enrique Ruiz, der zusammen mit einer Polizeidelegation an seinem Bett stand. »Wir machten uns auf die Suche nach dem Lastwagen«, berichtete

Fabio Zerpa, »und fanden ihn genau an der Stelle, wo er ihn achtundvierzig Stunden vorher verlassen hatte. Wir fanden auch 150 000 Pesos, die Llanca im Handschuhfach des Fahrzeugs gelassen hatte, und das halb befestigte rechte Hinterrad.«

Zu jener Zeit erschien unser Name noch nicht in dieser Untersuchung – das hatten wir uns erbeten – denn wir wußten ja nicht, ob Dionisio die Wahrheit sagte.

DIE WISSENSCHAFTLICHE UNTERSUCHUNG

Wir begannen die wissenschaftliche Untersuchung der Begegnung am Montag, dem 5. November 1973, in der Praxis von Dr. Roberto García del Cerro mit den Ärzten Eduardo Mata und Ricardo Smirnoff sowie dem Hypnologen Eladio Santos.

Dr. Mora Milano wurde beauftragt, die psychologischen Tests vorzubereiten. 45 Tage lang untersuchten wir die Psyche und das Unterbewußtsein dieses Lastwagenfahrers, um die Wahrheit herauszufinden.

Eines Abends gelang es uns, Llanca unter Hypnose verschiedene Zeichnungen anfertigen zu lassen. Eine zeigte die Lage des Lastwagens am Rand der Landstraße 3 an. Auf dieser gab er die Entfernung von dem gelben Licht mit 2000 m an und zeichnete es dann circa 5 m über die Bäume hinter sich, in einer Entfernung von circa 40 m vom Lkw. Durch das Waldstück dort verläuft ein Hochspannungskabel, das er auch eingezeichnet hat und welches in unserer Untersuchung sehr wichtig wurde. Dionisio erzählte dann in mehreren Sitzungen etwas, an das er sich bewußt nicht erinnerte, das er aber sehr wohl in seinem Unterbewußtsein bewahrt hatte: Über den Bäumen befand sich eine Maschine von metallischem Aussehen und einem Durchmesser von 6 bis 7 m. Von dort aus schien man alles, was

Dionisio Llanca tat, zu beobachten. Dann schickte diese Maschine einen kompakten und klar abgegrenzten Lichtstrahl aus, auf dem die Wesen wie auf einem Steg hinuntergingen. Sie zogen Llanca an die Seite des Lkw und versetzten ihm einen Einstich, aber nicht mit dem Gerät, das einem Rasierapparat ähnelte und von dem er am Anfang seines Berichts erzählt hatte, sondern mit einem Biopsiegerät (Hypnose), um eine Zelle der rechten Hand zu entnehmen und damit eine genetische Untersuchung im Innern der Maschine durchzuführen.

Dann nahmen zwei der Männer Llanca bei den Achseln und führten ihn hinter einer vorausgehenden Frau auf diesem »kompakten Licht« zu dem Raumschiff, wo sie auf der Unterseite einstiegen. Sie untersuchten ihn dann mehr als eine Stunde lang.

Unter Hypnose erklärte Llanca, wie das Objekt innen aussah. Es war eiförmig. Der Oberteil bestand aus einer Glaskuppel.

Während Llanca ein Rad seines Lastwagens wechselte, kamen einige Wesen auf einer Art »Rampe« aus kompaktem Licht auf ihn zu.

Er sah ein Wesen vor sich und dahinter eine Instrumententafel mit einem Hebel auf der linken Seite. Ein anderes Wesen zur Linken des Zeugen schaute durch die Glaskuppel, durch die man den sternenübersäten Himmel sehen konnte. Links standen auch zwei Geräte, die wie Fernsehapparate aussahen. Er sah farbige Sterne auf ihnen, die er unter Hypnose zeichnete. Die Frau befand sich zu seiner Rechten und betätigte ein anderes Instrument auf einem großen Tisch. Sie arbeitete wohl als eine Art Krankenschwester.

Es vergingen einige Minuten, und unter dem Raumschiff traten zwei Schläuche oder Kabel heraus. Der eine senkte sich in die kleine Wasserfläche, während der andere sich an das Hochspannungskabel legte.

Danach zog sich die Frau den gelben Handschuh von der rechten Hand und streifte sich einen schwarzen Handschuh mit einer Art von Stacheln an der Handfläche über. Diesen versuchte sie an das rechte Schläfenbein Llancas zu legen, traf aber den linken Augenbrauenbogen und verursachte dort einen Bluterguß. Diese Bewegung endete an der Stirn und verletzte ihn dort; vielleicht handelte es sich um eine Anästhesie, die einen Gedächtnisverlust hervorrief.

Einige Minuten danach öffneten sich die Türen des Ufos, um wiederum das kompakte und klar abgegrenzte Licht auszustrahlen, auf dem Llanca sehr sanft in einen der Pferche der Landwirtschaftlichen Genossenschaft von Villa Bordeau hinuntergeführt wurde, zwischen mehrere dort abgestellte Eisenbahnwaggons in einer Entfernung von 9,5 km von der Stelle, wo sein Lastwagen stand.

DIE POLIZEILICHE REKONSTRUKTION

Doch jetzt beginnt Llancas eigentliche Odyssee:

Er wacht auf und hat sein Gedächtnis vollkommen verloren. Er weiß nicht, wie er heißt, wo er sich befindet, und sieht nur ein langes Eisenbahngleis. Er läuft querfeldein auf die Lichter einer Stadt zu und weiß nicht, daß es Bahía Blanca ist. So erreicht er eine Tankstelle. Der Wart dort gibt uns später die ungefähre Zeit seines Eintreffens an, und der Zeitfaktor ist für uns sehr wichtig. Es war so gegen zehn bis fünfzehn Minuten vor drei Uhr, das heißt, er war etwas über eine Stunde in dem Ufo gewesen und wurde mehr als 9 km durch die Luft befördert. Dann läuft er auf der Landstraße 3 in Richtung Bahía Blanca. Fast schon am Stadtrand von Bahía Blanca biegt er auf die Landstraße 35 ein und gelangt auf dieser in die Stadt.

Als er vollkommen verwirrt an einer Ecke anhält, nimmt ihn jemand in einem Fiat 1600 zum nächsten Polizeirevier mit, das sich beim Rundfunksender LU 3 von Bahía Blanca befindet. Um dahin zu gelangen, mußten sie über den Hauptplatz fahren. Dies alles ergibt die mit dem Gerichtsarzt Ricardo Smirnoff durchgeführte polizeiliche Rekonstruktion. Auf dem Polizeirevier nimmt man Llamca nicht ernst, wie schon sooft in solchen Fällen, und hält ihn für einen Betrunkenen.

Um 7.30 Uhr morgens betritt Llanca in Begleitung eines anderen Mannes das Spanische Krankenhaus von Bahía Blanca. Im Wartesaal sieht ihn die Ärztin Dr. Mabel Rosa Altaparro, die sich daran erinnert, daß Doktor Smirnoff zu der Zeit Dienst als Gerichtsmediziner hatte. Sie benachrichtigt diesen, und Dr. Smirnoff kommt um 9.30 Uhr morgens im Krankenhaus an, wo er Llanca in verängstigtem Zustand vorfindet. Er untersucht sein Hämatom über der linken Augenbraue und meint, daß es von dem starken

Licht, dem Llanca ausgesetzt wurde, verursacht worden sei. Dies und die Begegnung mir drei sehr seltsamen Wesen ist das einzige, was Llance zu diesem Zeitpunkt erzählt.

Weil kein Bett im Spanischen Krankenhaus frei ist, nimmt ihn Dr. Smirnoff zur Notaufnahme des Städtischen Krankenhauses mit. Dort bleibt der Amnesie-Patient achtundvierzig Stunden lang.

Das im Himmel »weidende« Kalb

Bei meinen zahlreichen Untersuchungen in Amerika hatte ich die Gelegenheit, Fälle kennenzulernen, in denen ein Ufo oder eine geheimnisvolle und unsichtbare Kraft, die immer »von oben« kam, Vieh und Haustiere anzog wie ein Magnet ein Stück Eisen.

In den Berggegenden von Ecvador zum Beispiel erzählten mir mehrere Einwohner, daß sich von Zeit zu Zeit geheimnisvolle »Sterne« den Herden näherten und vor den Augen der sprachlosen Hirten Kühe oder Ziegen mit Lichtstrahlen »ansaugten«.

Solche Vorfälle ereigneten sich auch in der sogenannten Zona del Silencio (Zone des Schweigens) im Norden von Mexiko sowie im argentinischen Patagonien und in Brasilien. In letzterem Land ereignete sich ein Fall, den ich wegen seiner außerordentlichen Merkmale in das vorliegende Kapitel aufnehmen will.

Es geschah Ende Oktober 1970 auf einem Landgut mit dem Namen Palma Velha im Kreis I von Alegrete (Palma):

Gegen 4 Uhr nachmittags waren Pedro Trajano Machado, dreiundsechzig Jahre alt, und sein Sohn Eurípides de Jesús Trindade Machado, dreiundzwanzig Jahre alt, beides Landarbeiter und praktisch Analphabeten, mit den Rindern auf dem besagten Landgut beschäftigt. Sie hatten

18 Kühe in einen Pferch getrieben, um sie zu reinigen. Dabei sonderten sie eine rötliche Jersey-Kuh mit ihrem Kalb ab, das fast einen Monat alt und 20 kg schwer war. In einer Entfernung von cirka 5 m von diesem Kalb begannen sie, die Mutterkuh abzubürsten.

Da fiel ihnen die unverständliche Unruhe der anderen, im Nebenpferch eingeschlossenen Kühe auf. Die rötliche Kuh, die sie abbürsteten, war besonders unruhig.

Zuerst maßen sie dem keine große Bedeutung bei. Es handelte sich nämlich um Rinder, die gewohnt waren, frei zu grasen, so daß ihre Unruhe vielleicht dadurch hervorgerufen wurde, daß man sie eingesperrt hatte. Die Tiere

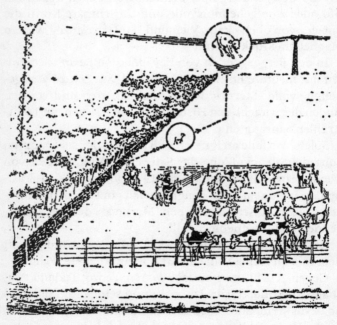

»Flugbahn« des Kalbs, das auf dem Landgut Palma Velha in Brasilien geheimnisvoll in die Luft gehoben wurde.

wurden aber immer aufgeregter. Die rötliche Kuh begann ständig zu muhen und schaute immer wieder zu der Stelle hinüber, an der sich ihr Kalb befand.

Dieses eigenartige Verhalten veranlaßte Pedro Trajano, auch den Blick auf das Kalb zu richten, das ebenfalls zu blöken begonnen hatte. Wie groß war sein Erstaunen, als er sah, wie das Kalb etwa 1 m über dem Boden »schwebte«! Es befand sich in einer normalen Haltung – weder in liegendem Zustand noch geneigt –, als ob es noch auf dem Boden gestanden hätte. Pedro machte seinen Sohn darauf aufmerksam, und dieser wurde ebenfalls starr vor Staunen bei diesem Anblick. Das Kalb hatte angefangen, sich parallel zum Boden zum offenen Feld hin zu bewegen, immer in gleicher Höhe ...

So schwebte es durch das offene Gatter des Pferchs unter einigen Bäumen hindurch bis zu einer Stelle, die etwa 20 m von dem Ort entfernt war, wo es zuletzt auf dem Boden gestanden hatte. Die übrigen Tiere muhten weiter und liefen unruhig hin und her, als ob sie große Angst hätten. Die Augenzeugen wußten nicht, was sie machen sollten, und blickten starr auf das »schwebende« Kalb, das nicht aufhörte zu blöken.

Nach diesen zwanzig Metern begann das Tier, das immer noch ungefähr 1 m über dem Erdboden schwebte, langsam senkrecht in die Luft zu steigen. Dieser Aufstieg wird – gemäß den beiden Landarbeitern – drei bis vier Minuten gedauert haben. In dieser Zeit verharrte das Kalb immer in seiner Ausgangsstellung, als ob es auf dem Boden stehen würde, mit starren Beinen.

Als das Tier dann etwa hundert Meter über dem Boden war, verschwand es plötzlich »wie hinter einem unsichtbaren Vorhang«. Zu jenem Zeitpunkt war der Himmel mit einer Wolkendecke bedeckt, die nicht tiefer als etwa 1200 m hing.

Als der Aufstieg im Winkel von 90° begann, hörte das Kalb eigenartigerweise auf zu blöken.

Das Kalb wurde dann, natürlich, nie mehr gesehen.

Die Arbeiter dieses Landguts gaben an, daß sie bei mehreren Gelegenheiten – auch an diesem Nachmittag, an dem das Kalb verschwand – rötliche Lichter sowie etwas wie »Sterne« bemerkt hatten, »die sich am Himmel bewegten, dann wieder stillstanden, die Lage wechselten, aufleuchteten, ausgingen und dann wieder weiterzogen«. Diese »Sterne« waren entweder allein oder in Gruppen von jeweils drei.

Elias und die »ekstatische Entrückung«

Wenn diese Raumschiffe heutzutage imstande sind, wie wir gesehen haben, Menschen und Tiere unter Anwendung von geheimnisvollen Lichtstrahlen oder unsichtbaren, uns unbekannten Kräften vom Boden aufzuheben und anzuziehen, warum sollen sie das denn nicht auch mit Elias gemacht haben?

»Elias fuhr also im Wirbelsturm gen Himmel«, sagt die Bibel, »... und (Elisa) sah ihn nicht mehr ...«

Die Beschreibung ist nach meiner Meinung sehr verdächtig ...

Was hält denn nun die Kirche von dieser faszinierenden Passage der Bibel? Hier die Kommentare der Professoren der Universidad Pontificia von Salamanca:

»Aus den Einzelheiten dieses Textes im Vergleich mit anderen Bibelstellen wird gefolgert, daß Elias von einem Wirbel hochgerissen wurde. Der Wagen und die Pferde dienten nur dazu, die beiden Propheten zu trennen. Elisa war der einzige, der das geheimnisvolle Verschwinden seines Meisters beobachtete.«

»In modernen Worten ausgedrückt«, beenden die Exegeten diese Erklärung, »würden wir sagen, daß Elias in Gegenwart seines Jüngers Elisa eine ekstatische Entrückung erfuhr.«

Was verstehen diese Weisen denn eigentlich unter einer »ekstatischen Entrückung«? Es handelt sich also um eine Ekstase. Auch diese Erklärung konnte mich nicht überzeugen. Wenn Elias eine Extase erfuhr, so wäre es doch logisch, daß er sich nicht von der Stelle gerührt hätte. Würde Elias wirklich das Phänomen einer Levitation, also einer Erhebung über den Boden, erlebt haben, so hätte diese doch 3 bis 4 m über dem Boden nicht überschreiten können...

Dies steht wieder einmal in offenem Widerspruch zu dem, was der heilige Autor schreibt. Der besagte Prophet wurde ja von Elisa nicht mehr gesehen. Das sagt doch schlicht und einfach aus, daß er weggeholt wurde.

Was nun die »Pferde« und den »Wagen« betrifft, die gemäß den Professoren von Salamanca nur zur Trennung des Elias von Elisa dienten, so mutet mich diese »Erklärung« ebenfalls gezwungen und gekünstelt an.

Wie ich schon gesagt habe, mußten der »Wirbelsturm« und der Wagen ein und dasselbe gewesen sein. Es könnte dieses eine Objekt gewesen sein, das zuerst die beiden Propheten voneinander trennte und dann Elias mitriß. Wenn diese Bibelsachverständigen den Vers 11 wirklich aufmerksam gelesen hätten, würden sie bemerkt haben, daß es sich hier um eine Singular-Konstruktion handelt: »Und da sie miteinander gingen und redeten, siehe, da kam *ein feuriger Wagen* mit feurigen Rossen und trennte beide voneinander...«

Es liegt doch auf der Hand, daß Elias und Elisa nicht zwei separate Einheiten sahen, sondern nur *eine* (einen Wagen mit Pferden), die sie voneinander trennte.

Aber die Entführung des Elias wirft ein noch tieferes und schwierigeres Dilemma auf (zumindest für die Orthodoxen).

Wenn wir akzeptieren, daß der Prophet in eines der Raumschiffe der »Mannschaft Jahves« geholt und nicht mehr gesehen wurde, wohin wurde er dann gebracht und von wem? Oder besser: Ich werde das Problem mal vom Gesichtspunkt der Theologen her angehen. Wenn wir davon ausgehen, daß Elias auf geheimnisvolle Weise »weggerissen wurde«, so um 850 v. Chr., und daß er nicht mehr gesehen wurde, ja was geschah dann mit ihm? Können wir sagen, er starb? Warum hatte aber Jesus eindeutig behauptet, daß Elias zurückgekommen sei?

Bei der Analyse der Interpretationen der katholischen Exegeten fiel mir eine auf, in der sich die »hohen Geistlichen« der Theologie besonders unklar ausdrücken...

Für einige bleiben Zweifel offen hinsichtlich des Todes des Propheten. Sie beziehn sich beispielsweise auf das Buch Ekklesiastikus (XLVIII, 10–11), wo es heißt: »... Du bist bezeichnet für künftige Drohungen (Elias ist gemeint), um den Zorn zu beschwichtigen, ehe er entbrennt. Um das Herz der Väter den Söhnen wieder zuzuwenden und wiederherzustellen die Stämme Jakobs ...«

Andere Exegeten glauben nicht allzusehr an die Wahrhaftigkeit dieser Passage (obwohl sie »inspiriert« wurde) und behaupten, es handele sich um eine hypothetische Rekonstruktion eines verstümmelten Textes.

Es gibt auch eine weitere »Strömung«, die zu dem Glauben neigt, daß Elias nicht wirklich starb, wie es die Überlieferung sagt. Wenn er gestorben wäre, ohne daß man seinen Körper gefunden und begraben hätte, wäre Elias bei den Hebräern in Ungnade gefallen. Bei diesem Volk war allgemeiner Glaube, daß die Körper, die nicht begraben wurden, eine strenge göttliche Strafe traf.

Aber diese Spekulationen werden zunichte gemacht, wenn man die Worte des Jesus von Nazareth selbst hört. Im Markus-Evangelium, während er mit Petrus, Johannes und Jakobus vom Berg hinabstieg, auf dem die nicht weniger mysteriöse »Verwandlung«[1] stattgefunden hatte, wurde folgender Dialog niedergeschrieben:

».. . Und als sie vom Berge hinabstiegen, verbot er ihnen, irgend jemand zu erzählen, was sie gesehen, bis der Menschensohn von den Toten auferstanden sei. Sie gehorchten diesem Geheiß und berieten unter sich, was dieses denn wohl sei: ›auferstanden von den Toten‹. Und sie fragten ihn: Warum sagen die Schriften, daß Elias zuerst kommen muß? Und er antwortete ihnen: Elias wird zuerst kommen, und er wird alles wiederherstellen. Aber warum heißt es denn vom Menschensohn in der Schrift, er werde viel leiden müssen und verachtet werden? Wohlan, ich sage euch: Elias ist schon gekommen, doch sie haben mit ihm gemacht, was sie wollten, wie es geschrieben steht über ihn.«

Diese Worte Christi, muß ich gestehen, verwirrten mich. Wenn Jesus von Nazareth sagte, daß »Elias schon gekommen war«, dann war es so. Aber wie, wo und wann?

Ich suchte die Antwort in den drei darauffolgenden Evangelien. Bei Matthäus fand ich die Antwort, klar wie das Sonnenlicht. Im 11. Kapitel spricht Jesus über Johannes den Täufer folgende Worte: »Wahrlich, ich sage euch, unter den vom Weibe Geborenen ist kein Größerer als Johannes der Täufer. Der Kleinste aber im Himmelreich ist größer als er. Aber seit den Tagen des Johannes des Täufers bis heute wird dem Himmelreich Gewalt angetan, und Gewalttätige reißen es an sich. Denn alle Propheten und das Gesetz bis zu Johannes hin haben geweissagt, und

---

[1] J. J. Benítez legt seine Theorien über die »Verwandlung« in seinem Buch *Die Astronauten des Jahve* (5. Auflage) dar.

wenn ihr es annehmen wollt: Er ist Elias, der kommen soll. Wer Ohren hat, der höre.«

Diese »Aufklärung« durch Christus ist von großer Bedeutung. Jesus bekräftigt also, daß Elias bereits zurückgekommen war. Aber, mit dieser Offenbarung nicht zufrieden, enthüllt er noch mehr, indem er Elias als Johannes den Täufer identifiziert. Jesus versteht, daß dieses starrköpfige Volk die Bedeutung seiner Worte nicht richtig verstehen wird, und sagt deshalb: »... und wenn ihr es annehmen wollt« und »Wer Ohren hat, der höre.«

Also war die dritte Frage beantwortet: Wann? Laut Jesus Christus war Elias schon gekommen – als Johannes der Täufer, das heißt, er war kurz vor dem Nazarener auf der Erde geboren worden (etwa um das Jahr 6, 7, oder 8 vor unserer Zeitrechnung. Erinnern wir uns daran, daß Johannes der Täufer wenige Monate älter als Jesus war.)

Aber diese brisante Äußerung von Jesus Christus setzt meiner Meinung nach die Kenntnis – allerdings sehr subtil – von der Wiederauferstehung voraus. Aber wenn Elias 850 Jahre zuvor durch einen »feurigen Wagen« »weggerissen« worden war und niemand ihn zurückkommen gesehen hatte, wie konnte er dann kurz vor Beginn des 1. Jahrhunderts geboren werden? Wenn wir an die Worte des Jesus von Nazareth glauben – und ich glaube an sie, ohne jede Einschränkung –, dann war Johannes der Täufer Elias. Also mußte Elias erst sterben, um später als der Vorläufer des Meisters geboren zu werden. Was ist denn das? Wir benutzen dafür das Wort »Reinkarnation« oder Wiederfleischwerdung. (Eigenartigerweise hat die katholische Kirche vor diesem Wort Angst, und tatsächlich wird der Terminus Reinkarnation als solcher nicht akzeptiert.)

Nach meiner Meinung antwortet Jesus selbst auf die zweite Frage: Wie konnte Elias zurückkommen? Wie eben gesagt, durch »Reinkarnation« in einem anderen menschlichen Wesen: in Johannes dem Täufer.

Diese Tatsache zu akzeptieren setzt schon die Aufklärung der ersten Frage voraus: Wo? Logischerweise in Palästina.

Aber mit der Reinkarnation von Elias als Johannes der Täufer ist nicht alles gelöst. Wenn man an die Entführung des Propheten in der Nähe des linken Jordanufers denkt, fragt man sich doch: »Was geschah denn mit Elias in diesen 840 oder 850 Jahren? Wo war er in jener Zeit?«

Das Mysterium wird hier praktisch undurchdringlich. In den Heiligen Schriften gibt es keine einzige »Spur« als die schon angeführten Andeutungen des Buches Ekklesiastikus und der Evangelien. Aber in diesen Hinweisen wird nichts von den acht »unbeschriebenen« Jahrhunderten gesagt. Ich fühle mich hier nicht imstande, eine Theorie zu wagen, denn sie hätte nicht die geringste rationale Basis. Woran aber kein Zweifel besteht, das ist, daß die »Astronauten« ein Interesse daran hatten, Elias aus dem Land Kanaan »herauszuholen«. So taten sie es also. Das war, wie wir wissen, nicht der einzige Fall dieser Art. Etwas sehr Ähnliches geschah ja auch mit Henoch. In dem schon kommentierten Apokryph *Buch der Geheimnisse des Henoch* wird berichtet, wie dieser Patriarch – »der siebte seit Adam« – auch zum Himmel geholt wurde, ohne daß man jemals wieder etwas von ihm gehört hat. Eine der Passagen der erstaunlichen Berichte und Beschreibungen von »Himmeln«, »himmlischen Häusern«, »Thronen« usw. – die mir sehr bekannt vorkommen und auf die ich vielleicht in künftigen Büchern eingehen werde – sagt wörtlich:

»Dann riefen die Engel mich, nahmen mich auf ihre Flügel und trugen mich zum ersten Himmel.

»Sie setzten mich auf die Wolken; ich sah die Luft, den immer höheren Äther. Und sie führten mich in den ersten

Himmel und zeigten mir ein riesiges Meer, größer als das Meer der Erde.«

Im Kapitel LXX dieses besagten Buchs des Henoch kann man in der Übersetzung des äthiopischen Textes[1] in diesem Sinne auch lesen:

»Und er kam, nachdem sein Name (Henoch) zum Leben erhoben wurde, zum Sohn der Menschen und zum Herrn der Geister, weit von denen, die auf dem dürren Land leben.

Und wurde gehoben in den Wagen des Windes, und der Name (Henoch) verschwand von ihnen (von denen, die das dürre Land bewohnen).

Von diesem Tage ab ward er nicht mehr unter ihnen gezählet. Und Er (Gott) hieß mich setzen zwischen zwei Regionen, zwischen den Norden und den Westen, dort wo die Engel Stricke genommen hatten, um zu messen für mich das Haus der Auserwählten und Gerechten ...«

Und das Apokryph schließt mit einem weiteren Vorgang, der die »Entführung« des Henoch verdeutlicht:

»Methusalem und seine Brüder bauten einen Altar in Achusan, von wo Henoch weggeholt worden war. Sie brachten dem Herrn Opfer. Und das Volk und die Alten des Volkes brachten Geschenke den Kindern des Henoch, und sie gaben sich während dreier Tage der Freude hin.«

Wieder einmal wurde ein Patriarch – lebend – in einen fliegenden »Wagen« gebracht. Und obwohl es in diesem Falle eine gewisse Rechtfertigung gab – Henoch beschrieb danach ja alles, was er auf dieser unvergeßlichen »Reise« sah –, konnte seine »Rückkehr«, wie bei Elias, auch nicht bestätigt werden. Das Heilige Buch, das Ekklesiastikus genannt wird, gibt uns in seinem Kapitel XLIV (16) wenig

---

[1] Diese Übersetzung wurde im Jahre 1906 von François Martin, Professor für semitische Sprachen am Katholischen Institut von Paris durchgeführt. Die dafür verwendete äthiopische Version ist mit ihren 26 Manuskripten die vollständigste.

Aufschluß in dieser Hinsicht: »Henoch dankte dem Herrn und wurde hinweggeholt als Beispiel der Buße für die Generationen.« Dennoch, um Henoch wörtlich zu zitieren – vergessen wir nicht, daß der Ekklesiastikus ein weiteres »inspiriertes« Werk ist – das ist wichtig. Die Exegeten und Puristen der Bibel werden diesen Verfasser nicht der »Erfindung einer Legende oder einer Parabel im Laufe der Niederschrift« beschuldigen können ...

Die Bibel erzählt uns auch von anderen »Entführungen« durch »feurige Wagen« oder »den Geist des Jahve«, obwohl in diesen Fällen die »entführten« Personen immer wieder unversehrt – zur Erde zurückkamen.

In verschiedenen Apokryphen wird berichtet, wie auch Jesaja und Baruch von Jahve »gepackt« und in die Lüfte gehoben wurden ...

Im zweiten Teil des apokryphen Buchs *Die Himmelfahrt des Jesaja* erzählt der Prophet, wie ihn während einer »Ekstase« – wie verdächtig klingen mir doch diese »Entrückungen« und »Ekstasen« – die Engel in die sieben Himmel brachten, wo er die Bücher der Lebenden sah, worin alles über die Taten derer, die auf der Erde leben, aufgeschrieben ist. Am Firmament – wie Jesaja berichtet –, unter dem Himmel, sah er einen großen Kampf zwischen den Engeln des Satans, die sich gegenseitig beneideten. Und der Engel erklärte ihm, daß dieser Kampf das Ebenbild der Kämpfe auf der Erde ist und daß er andauern wird bis zur Ankunft dessen, »den du sehen mußt und der ihn beenden wird«.

Danach steigen sie zu den verschiedenen Himmeln auf, und der Glanz des Engels wandelt sich entsprechend. In jedem Himmel gibt es einen Thron und Engel, die den besingen, der im siebten Himmel ist. So konnte er Dinge sehen, die noch kein Mensch gesehen hatte. Im siebten Himmel sah er die alten Gerechten, gekleidet in himmlische Gewänder, aber noch ohne Thron und Herrlichkeit. Sie würden sie empfangen, wenn der Vielgeliebte, der den Engel des Todes in der Wiederauferstehung absetzt, herabsteigen würde.

Es ist doch eigenartig: Warum muß Jesaja einen »Spezialanzug« anlegen? Warum wandelt dieser »Engel« seinen Glanz je nach der Höhe des Aufstiegs?

An was erinnert mich all das wohl ...?

Das Zweite Buch des Baruch[1] – auch ein Apokryph – erzählt uns seinerseits wörtlich:

»Und es geschah, daß der Geist der Stärke mich erhob und brachte auf die Höhe der Mauer von Jerusalem ...«

Wer war dieser »Geist der Stärke«? Können das nicht ebendieser »feurige Wagen« des Elias oder die »Engel« gewesen sein, die Henoch – auf ihren Flügeln – wegtrugen? Warum werden die »Auserwählten« in manchen Fällen anscheinend über unsere Atmosphäre hinausgetragen und in anderen Fällen, wie dem des Baruch, nur einige Meter emporgehoben?

So geschah es auch Philippus, einem der Apostel, der auch vom Boden »entrückt« oder »weggerissen« wurde. Dieses Ereignis, das uns der heilige Lukas in seiner *Apostelgeschichte* erzählt, fesselt mich besonders. Ich kannte es nicht und glaube, daß das vielen Katholiken so geht.

Die Angelegenheit hat wirklich tieferen Sinn. Lassen wir uns berichten:

»Der Engel des Herrn«, lautet der Text in Kapitel 8 (26–45), »sprach zu Philippus: ›Mach dich auf und zieh nach Süden auf der Straße, die von Jerusalem nach Gaza hinabführt. Sie ist menschenleer.‹ Er machte sich auf und ging hin. Und siehe, ein Äthiopier, ein Eunuch und Kämmerer der Königin Kandake von Äthiopien, ihr oberster

---

[1] Baruch, Sekretär des Jeremias, ist die zentrale Persönlichkeit in einem Apokryph, das anscheinend gegen Ende des 1. Jahrhunderts geschrieben wurde. Die vorliegende Übersetzung wurde der Ausgabe von M. Kmosko, Patrologíasiviaca (Syrische Patrologie), II, Paris, 1907) angefertigt.

Schatzmeister, war nach Jerusalem gekommen, um zu beten. Jetzt befand er sich auf dem Heimweg, saß in seinem Wagen und las den Propheten Jesaja. Da sprach der Geist zu Philippus: ›Geh hin und halte dich an diesen Wagen.‹ Philippus lief hin und hörte ihn den Propheten Jesaja lesen. Er fragte: ›Verstehst du auch, was du liest?‹ Er antwortete: ›Wie sollte ich das können, wenn mich niemand anleitet?‹ Dann lud er Philippus ein, aufzusteigen und bei ihm Platz zu nehmen.

Die Schriftstelle, der er gerade las, lautete: ›Wie ein Schaf sich zur Schlachtbank führen läßt und wie ein Lamm vor dem, der es schert, keinen Laut von sich gibt, so

»... Kaum waren sie dem Wasser entstiegen, da entrückte der Geist des Herrn den Philippus. Der Eunuch sah ihn nicht mehr und zog voll Freude seines Weges weiter. Philippus aber fand sich in Aschdod wieder.« Nach meiner Meinung handelt es sich hier um den sechsten Fall einer »Entführung« durch ein Ufo, der in der Bibel beschrieben wird.

tut er seinen Mund nicht auf. In der Erniedrigung wurde seine Verurteilung aufgehoben. Seine Nachkommen, wer kann sie zählen? Denn sein Leben wurde von der Erde weggenommen.‹

Der Eunuch fragte Philippus: ›Ich bitte dich, von wem sagt dies der Prophet? Von sich oder von einem andern?‹ Da öffnete Philippus seinen Mund und verkündete ihm die frohe Botschaft von Jesus, wobei er von dieser Schriftstelle ausging.

Während sie so des Weges dahinzogen, kamen sie an eine Wasserstelle. ›Da ist ja Wasser‹, sagte der Eunuch, ›was verhindert, daß ich getauft werde?‹ Er ließ nun den Wagen halten. Beide, Philippus und der Eunuch, stiegen ins Wasser hinab, und jener taufte ihn. Kaum waren sie dem Wasser entstiegen, da entrückte der Geist des Herrn den Philippus. Der Eunuch sah ihn nicht mehr und zog voll Freude seines Weges weiter. Philippus aber fand sich in Aschdod wieder. Er zog umher und verkündete in allen Städten das Evangelium, bis er nach Cäsarea gelangte.«

Wieder einmal haben wir »etwas«, das in den Himmel aufsteigt und einen »Auserwählten« »entrückt« oder wegholt. Bei dieser Gelegenheit spricht Lukas nicht von einem »feurigen Wagen« oder »Rad«, sondern vom »Geist des Herrn«. Im Grunde handelt es sich doch, was leicht zu erkennen ist, um eine einfache Änderung der Ausdrucksweise. Es ist schade, daß der heilige Lukas den Fall nicht gründlicher untersuchte und Philippus selbst befragte oder versuchte, den Eunuchen ausfindig zu machen. Vielleicht hätten wir dann mehr über diesen »Geist« gewußt.

Ob auf die eine oder andere Art – ob nun die Ausdrücke »Wagen«, »Rad« oder »Geist« benutzt werden –, für mich ist offenbar, daß es sich um »etwas« Physisches und Materielles handelte, das bis zu dem Bach oder dem Teich hinunterkommen konnte, wo Philippus den Eunuchen taufte, und das den Diakon aufhob und durch die Lüfte zur Stadt Aschdod an der Küste transportierte. Wenn wir eine Landkarte von Palästina zur Hand nehmen, sehen wir, daß Philippus, der Jerusalem in Richtung Gaza im Südwesten verlassen hatte, zwischen 30 und 40 km (wir kennen ja den genauen Punkt nicht, an dem sie aus dem Wagen ausstiegen) »reiste«, bis er sich in Aschdod »wiederfand«. (Diese Stadt befand sich nördlich von Gaza und Askalon, direkt an der Küste.)

Es ist anzunehmen, daß Philippus diese »Luftreise« im Innern eines der Raumschiffe der »Astronauten des Jahve« zurücklegte. Wie immer war die »Mannschaft« auf die erste christliche Gemeinschaft angewiesen, und ich glaube, daß dieser Eunuch, der Schatzmeister des alten Äthiopien[1], eine wichtige Rolle bei der Einführung dieses Evangeliums in solch entlegenen Gegenden spielte. Und welch besseres »Argument« gab es, um den Untertan von Kandake[2] zu überzeugen und zu konvertieren, als über dem Teich niederzugehen und Philippus zu »entrücken« oder wegzuholen, zur verständlichen Bestürzung des kalten und rationalen Verwalters der »Finanzen« von Äthiopien? Es war ja schließlich auch ein mehr als gerechtfertigter Anlaß, um »ein Wunder geschehen zu lassen«. Ich behaupte, daß der Transport nach Aschdod an Bord eines Raumschiffs erfolgt sein mußte, weil – so phantastisch dieses Fortbewegungsmittel auch erscheinen mag – es weit phantastischer gewesen wäre, wenn diese »Reise« mit dem Körper allein erfolgt sein würde.

Ich kann mir nicht vorstellen, daß der arme Philippus wie eine Möve über das Gelände von Israel flog ...

---

1 Das Äthiopien von damals begann hinter dem ersten Wasserfall des Nils, also in Nubien oder dem ägyptischen Sudan. Die Hauptstadt war Napata, im Süden von Ägypten.
2 »Kandake« war der Titel der Königin, eine Bezeichnung wie »Pharao« oder »Ptolemäus«.

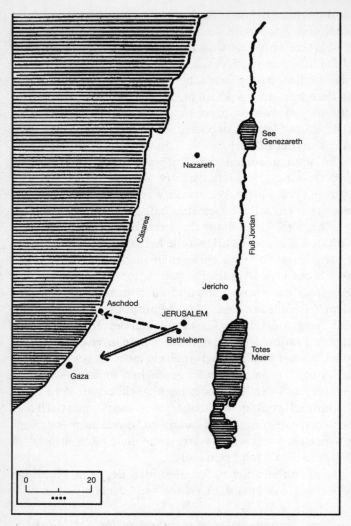

An einem unbekannten Punkt zwischen Jerusalem und Gaza wurde der Diakon Philippus durch ein Raumschiff »entrückt« und zur Küstenstadt Aschdod transportiert. Das ist eine Gesamtstrecke von mehr als 30 km »durch die Luft«.

Die »Astronauten« hatten, wie wir bemerkt haben, Kenntnis von der Anwesenheit des Eunuchen in Jerusalem und richteten es so ein, daß die Reise von Philippus mit der des Äthiopiers zusammenfiel.

Heutzutage verfügen wir in der Ufo-Forschung über zahlreiche Berichte über »Entführungen« und überraschende »Transporte« von Zeugen – Fahrzeuge eingeschlossen –, die mit diesen Episoden der Heiligen Schrift Ähnlichkeit haben. Von all diesen möchte ich hier zwei auswählen, weil sie sehr bezeichnend sind.

Auch wenn Sie dem skeptisch gegenüberstehen ...

Daniel W. Fry, geboren 1908, ist von denen, die behaupten, »in Kommunikation oder Kontakt mit Außerirdischen« zu stehen, einer derjenigen mit dem höchsten kulturellen und technischen Niveau. Er war nämlich einer der Hauptinitiatoren des Flugerprobungsprogramms für Flüssigtreibstoff-Flugkörper der Firma *Crescent Engineering and Research Company*. Ferner arbeitete er für die *Aerojet General Corporation* auf dem Erprobungsgelände des Luftstützpunkts White Sands, wo ihm der Einbau der Instrumente zur Kontrolle und Lenkung der Flugkörper unterstand.

Es handelte sich um einen nordamerikanischen Wissenschaftler, der dem Ufo-Phänomen gegenüber äußerst skeptisch eingestellt gewesen war. Bis zu jenem 4. Juli 1950 ...

DER VORFALL VON WHITE SANDS

Fry war ein Mann von ruhiger Natur, verheiratet und hatte drei Kinder. Als er seine Arbeit bei der Firma Aerojet begann, wurde er zu dem berühmten Luftstützpunkt White Sands in New Mexico, USA, versetzt. Als Fachmann für Chemie, Sprengstoffe und Weltraumraketen wies man Daniel W. Fry an, sich auf dem Erprobungsgelände des besagten Luftstützpunkts einzurichten, um die Funktion der neuen Triebwerke zu überwachen, die für ein wichtiges Projekt konstruiert worden waren. Und hier endete die Ruhe und die Skepsis des Daniel Fry, wie er in seinem Buch *The White Sands Incident* (Der Vorfall von White Sands), das im Jahre 1954 veröffentlicht wurde, erzählt.

»SEIT HEUTE ZÄHLE ICH ZU DEN GLÜHENDSTEN VERTEIDIGERN DER EXISTENZ VON UFOS«

Am 4. Juli 1950 beschloß Daniel Fry, den Unabhängigkeitstag der Vereinigten Staaten im benachbarten Ort Las Cruces zu feiern, weshalb er zur Autobushaltestelle hinunterging, die sich in der Nähe eines fast menschenleeren militärischen Übungsfelds befand. Als er feststellte, daß er den Bus verpaßt hatte, war es zu spät, zu seinem Haus zurückzugehen, so daß er ein Zimmer in einem kleinen Hotel nahm. Die Hitze war fürchterlich, und die Klimaanlage begann ihren Geist aufzugeben. Fry verließ das Hotel und wanderte über das Gelände, ohne ein bestimmtes Ziel. Er schaute nach oben zu den Sternen und erblickte etwas Seltsames: »Etwas« verdunkelte eine glänzende Sternengruppe, »etwas«, das er wegen der nächtlichen Dunkelheit nicht gut erkennen konnte und das auf die Stelle zuzukommen begann, an der sich Fry befand. Er dachte daran wegzulaufen, aber die Neugier hielt ihn fest. Es handelte sich um ein ovales Objekt, das kein Geräusch verursachte und das in dem Maße, in dem es sich der Erde näherte, seine Geschwindigkeit verringerte, bis es, in aller Stille, weich auf dem Boden aufsetzte. Fry war als Experte für Luftfahrzeuge fasziniert. Das Fahrzeug hatte keine Turbinen, erzeugte keine Geräusche und stieß keine glühenden

Gase für den Antrieb aus. Die weiche Art, in der es auf dem Erdboden aufsetzte, bewies Fry, daß es sich um ein aus einem äußerst leichten Material gebautes Objekt handeln mußte ... Fry ging auf das nun unbewegliche Gefährt zu und dann um es herum, um es besser betrachten zu können. Seine Oberfläche war metallisch und warm bei der Berührung mit den Händen.

Er fuhr zusammen, als er eine Stimme hörte, die ihm freundlich riet, die Außenwand des Gefährts nicht anzufassen. Eher betäubt von der Lautstärke der Stimme als durch die Eigenartigkeit der Situation erschreckt, verschränkte Fry die Arme und wartete darauf, daß die Stimme weitersprach.

»Einer der Zwecke dieser Expedition«, fuhr die Stimme dann fort, »besteht darin, den Grad der Anpassungsfähigkeit des Menschen an andere Medien, Konzeptionen und Umgebungen zu untersuchen und festzustellen, ob es unter ihnen offene und empfängliche Gehirne gibt, mit denen wir Kontakt aufnehmen können. Möchten Sie das Innere unseres Raumschiffs sehen?«

IM INNERN DES RAUMSCHIFFS

In Fry fand ein Kampf zwischen der wissenschaftlichen Wißbegierde, der Skepsis und der Angst statt. Er bat den Eigentümer der Stimme, sich zu zeigen, aber dieser antwortete, daß er leider noch nicht an die Atmosphäre und Umgebung der Erde gewöhnt sei, und erklärte, daß das Schiff, daß sich vor ihm befand, nur ein kleines Transportfahrzeug sei, das unter anderem dazu diente, Oberflächenproben von unserem Planeten zu holen, und daß es von dem Hauptschiff gesteuert würde, das sich zu jenem Zeitpunkt 16 000 km über der Erdoberfläche befände. Es öffnete sich eine kleine Tür, und Fry trat in das Raumschiff ein, wo er einen Raum mit vier mit Sicherheitsgurten ausgestattete Sitzen vorfand.

Er setzte sich und dachte, daß die Dekoration doch recht viel zu wünschen übrig ließ. Überrascht hörte er dann die Stimme auf seine Gedanken antworten:

»Ich weiß, daß die Einrichtung nicht sehr schön ist, aber sie ist funktionell.«

Fry hörte die Stimme, als ob sie in seinem Kopf ertönte.

»Wohin wollen Sie fahren? Ich erkenne, daß Sie ein besonders skeptischer Mann sind, aber wir sind sicher, daß die Reise, die ich Ihnen nun vorschlage, Sie überzeugen wird. Was halten Sie davon, wenn wir Sie jetzt nach New York bringen würden? In einer halben Stunde werden Sie wieder zurück sein.«

Eine halbe Stunde würde eine Durchschnittsgeschwindigkeit von 14 000 km/h bedeuten!

Fry willigte ein, jedoch mit dem Einwand, daß er den Wahrheitsgehalt dieses Angebots nicht überprüfen könne, weil doch von dieser hermetisch abgeschlossenen Kabine aus nichts zu sehen sei. Die Stimme lachte spöttisch, und das Raumschiff setzte sich in Bewegung. Sofort leuchtete ein Projektor auf, der einen violetten Lichtstrahl auf die Tür warf. Daraufhin wurde die Tür vollkommen durchsichtig, fast als ob sie gar nicht vorhanden wäre, und Fry begann die Lichter des Luftstützpunkts und des Ortes zu sehen, die vor seinen Augen verschwanden!

VIERZEHNTAUSEND KILOMETER IN EINIGEN MINUTEN

Fry spürte fast nichts von der Bewegung des Raumschiffs und begann zu sehen, wie die Erde sich entfernte, glänzend wie eine große, grünlich schimmernde Kugel. Der Himmel wurde dunkler, und Fry dachte, daß das die Stratosphäre sein müßte. Die Stimme schallte wieder in seinem Kopf:

»Wir sind ziemlich langsam aufgestiegen, damit Sie Gelegenheit hatten zu sehen, wie die Lichter der Städte, die sie kennen, verschwinden, und sich bewußt werden, daß auf dieser Höhe hier tiefe Dunkelheit herrscht, weil nicht genug Atmosphäre vorhanden ist, um das Licht zu verbreiten. Ich möchte Ihnen erklären, daß wir wissen, daß die Erdbewohner, die Zeugen der schwindelerregenden Bewegungen unserer Raumschiffe sind, denken, daß kein menschliches Wesen solch eine ungeheure Beschleunigung aushalten kann. Die Wahrheit aber ist, daß die Kraft, die dieses Fahrzeug hier beschleunigt, nicht nur auf jedes Atom des Fahrzeugs einwirkt, sondern auch auf die Atomstruktur von allem, was sich in seinem Inneren befindet, einschließlich der Passagiere. In Ihren Luftfahrzeugen ist dies anders. Sie bewegen sich durch Turbinen, die an einem Teil des Flugzeugs einen Schub erzeugen. Dieser lokale Schub beschleunigt das Luftfahrzeug, aber nicht den Piloten und die Passagiere. Diese spüren die Beschleunigung nur durch die Berührung mit dem Sitz, und die Trägheit des restlichen Körpers erzeugt eine Kompression, die in Extremfällen den Verlust des Bewußtseins oder die Zerstörung des Körpers bei äußerst hoher Beschleunigung zur Folge hat.«

Fry bemerkte, daß sie wieder ein wenig sanken. Die Lichter von Cincinnati lagen zu seinen Füßen. Ein paar Minuten später leuchteten vor seinen Augen die unverwechselbaren Profile von New York auf.

»Hier haben Sie es«, ertönte die Stimme wieder. »Unser Schiff fliegt New York vom Nordwesten her an. Wir werden eine vollständige Runde über der Stadt drehen und dabei die Geschwindigkeit auf etwa 1000 km/h drosseln, damit Sie das Panorama genießen können.«

»MEIN NAME IST ALAN UND ICH MUSS IHNEN EINE NACHRICHT VON GROSSER WICHTIGKEIT ÜBERMITTELN«

»Ich heiße Alan, und Sie heißen Daniel, nicht wahr?«

Fry bejahte, und die Stimme sprach weiter, während Fry fasziniert die Lichter von New York betrachtete, die zu seinen Füßen dahinzogen.

»Wir beginnen jetzt den Rückflug, Daniel. Ich möchte Ihnen sagen, daß ich mit Ihren Reaktionen zufrieden bin und daß wir uns freuen würden, wieder in Kontakt mit Ihnen zu treten. Falls es Sie nicht belästigt, werden wir das bald tun. Jetzt werde ich Sie erst einmal wieder an dem Ort absetzen, wo wir Sie getroffen haben, aber bald werden wir zurückkommen, um mit Ihnen weiterzusprechen.«

Fry erklärte auf mentalem Weg, daß er nach Kalifornien umziehen würde, und teilte seine Besorgnis mit, daß sie ihn vielleicht nicht mehr finden könnten.

»Das bedeutet gar nichts, Daniel. Ihr Gehirn ist ein guter Empfänger, vielleicht zum Teil, weil Sie gewohnt sind, mit abstrakten Bildern und Konzeptionen zu arbeiten. Überall, wo Sie sich aufhalten, können Sie mich hören, wenn ich Sie rufe. Ich muß Ihnen auch noch gestehen, daß ich dank Ihrer Aufnahmefähigkeit drei Nächte zuvor in Ihr Gehirn eindringen konnte. Sie lagen im Bett, aber konnten noch nicht einschlafen, weil Sie einen schweren Arbeitstag hinter sich gehabt hatten – erinnern Sie sich?« Fry erinnerte sich sofort. »Sie stiegen aus dem Bett, zündeten eine Zigarette an, legten sich dann wieder hinein und begannen, mathematische Probleme zu lösen, bis Sie einschliefen. Ich schäme mich, das zuzugeben, aber Ihr Geist war so geöffnet, daß ich bis auf seinen Grund vordrang – bis zu dem Punkt, daß ich jetzt sagen kann, daß ich Sie besser kenne als Sie sich selbst. Das, was ich in Ihrem Gehirn fand, war recht zufriedenstellend, obwohl nicht vollkommen ideal. Ich habe entdeckt, daß manche Leiden und Frustrationen bei Ihnen Narben des Grolls, des Unwillens hinterlassen haben, obwohl (und das überzeugte mich, daß Sie eine gute Kontaktperson sein würden) ich erkannte, daß diese Leiden Sie dazu veranlaßt haben, einen ausreichenden Grad von Verständnis und subjektiver Wahrnehmungsfähigkeit zu entwickeln.«

Das Raumschiff begann zu sinken und reduzierte dabei die Geschwindigkeit. Unter seinen Füßen begannen die Lichter des Ortes aufzutauchen, von dem Fry gedacht hatte, eine ruhige, langweilige Nacht zu verbringen. Das Fahrzeug setzte wieder auf dem Feld auf, und die Scheinwerfer der Kabine gingen an. Die Stimme Alans gab ihm zu verstehen, daß er den Sitzgurt lösen konnte, und Fry stand auf. Neugierig schaute er sich noch einmal in der Kabine um und versuchte, sich alles bis ins kleinste Detail einzuprägen. Da fiel ihm eine Markierung, ein Emblem, an der Rücklehne des Sitzes auf.

EIN BAUM UND DIE SCHLANGE
DES VERLORENEN PARADIESES

Die Zeichnung war einfach: eine grobe Darstellung eines Baumes und einer Schlange. Der Eindruck, den Fry beim Erkennen des Symbols empfing, war so stark, daß Alan es merkte und einen Laut der Besorgnis ausstieß.

»Was ist los, Daniel? Ah, ich verstehe. Sie haben unser Symbol erkannt und stellen sich jetzt vor, was es bedeuten mag. Das war zu erwarten. Jeder Erdbewohner hätte es erkannt. Ich bedaure, daß wir sowenig Zeit haben, denn ich müßte Ihnen noch so viele Dinge erzählen. Unsere Vorfahren lebten auf der Erde, wie Sie schon erraten haben werden, als Sie unser Emblem sahen. Sie waren sehr fortgeschritten und lebten an dem Ort, den die Legenden der Erdbewohner Lemuria oder Mu nennen. Andererseits war die wissenschaftliche Entwicklung des Kontinents Atlantis auch sehr fortgeschritten, bis zu dem Extrem, daß seine Wissenschaftler lernten, die Kernenergie mit mehr Geschicklichkeit zu handhaben als die Erdbewohner es gegenwärtig können. Es gab eine gewisse Rivalität zwischen beiden Nationen, und ein Zusammenstoß war unvermeidlich. Aber mir bleibt jetzt keine Zeit, um noch mehr zu sagen, Daniel. Steigen Sie aus dem Schiff, und ich werde bald wieder mit Ihnen in Verbindung treten. Nein, denken Sie nicht, daß wir uns nicht mehr finden werden. Ich habe den wichtigsten Teil meiner Mission noch nicht beendet: die Nachricht, die Sie der Menschheit übermitteln müssen, Daniel. Auf Wiedersehen, Daniel, oder besser – bis bald.«

Fry stieg aus dem Raumschiff und entfernte sich von ihm wie ein Schlafwandler. Es war noch nicht einmal eine Stunde vergangen. Einige Meter weiter blieb er stehen und drehte sich nach dem Raumschiff um. Die Tür war wieder geschlossen, und ein orangegelbes Band umgab das Ufo wie ein phantastischer Gürtel. Das Gefährt hob dann plötzlich mit einer unglaublichen Geschwindigkeit ab. Der dadurch erzeugte Luftzug war so stark, daß Daniel zu Boden fiel. Als er sich wieder erhob, leuchteten die Sterne ruhig, und von dem Ufo war nichts mehr zu sehen bis auf einen Kreis niedergedrückten Grases auf dem Feld.

Dem ersten »Kontakt« mit dem geheimnisvollen Raumschiff und der nicht weniger mysteriösen »Stimme« folgten weitere Begegnungen mit Wesen aus dem Weltraum. Davon berichtete Fry bei darauffolgenden Gelegenheiten öffentlich. Im ganzen erlebte Fry, nach seinen Aussagen, vier »Kontakte« zwischen 1950 und 1954.

Siebzig Kilometer durch die Wolken

Der zweite Fall eines Transports durch die Luft, diesmal sogar mitsamt Auto, ereignete sich achtundzwanzig Jahre später auf dem südamerikanischen Subkontinent. Auf einer meiner Reisen nach Chile erfuhr ich von den Einzelheiten. Zusammengefaßt passierte folgendes:

Der Morgen graute gerade. Es war Samstag, der 23. September 1978. Der bedeckte, regnerische Himmel versprach keine guten Voraussetzungen für die Teilnehmer der internationalen Südamerika-Rallye, die auf der Fernstraße Nr. 3 stattfinden sollte, die praktisch parallel zur argentinischen Küste verläuft. In dieser Region hatte eine große Anzahl von Leuten nichtidentifizierte fliegende Objekte gesehen, die in das Meer eintauchten und wieder aus diesem hervorkamen.

Die Strecke des Automobilwettbewerbs sollte sich für die Insassen eines der an dem Rennen teilnehmenden Wagen zu einem ungewöhnlichen Erlebnis entwickeln. Einer davon war Carlos Acebedo, ein Argentinier und Sohn chilenischer Eltern. Der Achtunddreißigjährige war zum zweiten Male verheiratet, Vater von drei Kindern und Besitzer einiger Geschäfte in der chilenischen Hauptstadt, die ihm erlaubten, ein müßiges Leben zu führen. Er war zu jenem Zeitpunkt der Fahrer des Autos.

Der andere Insasse war nicht der offizielle Beifahrer. Durch eine Reihe von Schwierigkeiten, die in den letzten Tagen aufgetreten waren, hatte sich Acebedo entschlossen, statt seines offiziellen zweiten Fahrers Miguel Angel Moya, seinen zwanzigjährigen Mechaniker, mitzunehmen, den er schon seit mehreren Jahren kannte.

Das Fahrzeug, das sie fuhren, war ein Citroën GC 1978 aus französischer Fabrikation und Eigentum von Acevedo. Dieser Wagen sollte zum stummen Zeugen der alptraumartigen Momente werden, die den beiden Insassen bevorstanden.

Ich konnte die beiden auftreiben und bekam die Gelegenheit, ihrem Bericht aufmerksam zuzuhören. Hier ist er:

»Wir waren entspannt und ruhig. Es gab keinen Grund, irgendwie besorgt zu sein. Wir hatten den ganzen Tag zuvor geschlafen, und als wir von Viedma abfuhren, waren wir ausgeruht. Vor der Abfahrt schwatzten wir noch eine ganze Zeit lang mit den Leuten des Ortes und füllten den Zusatztank, da der andere schon voll war. Jeder der beiden Tanks hat eine Aufnahmekapazität von 40 Litern, und das Auto verbrauchte einen Liter auf zehn Kilometer.«

Bis dahin war der Bericht vollkommen belegbar. Ich sprach auch mit den Personen, die mit Acevedo und Moya vor deren Abfahrt gesprochen hatten. Ferner ist da noch die Empfangsbestätigung des Automobilclubs von Argen-

Der »Fall Laguna«. Ein weiteres Fahrzeug, das von einem Ufo »angesaugt« wurde. Dieser Vorfall ereignete sich im Mai 1968 in Brasilien.

tinien, die ordnungsgemäß unterzeichnet wurde, nachdem der Tank gefüllt worden war. Acevedo setzte dann seine Erzählung wie folgt fort:

»Wir waren so etwa 30 km gefahren, das weiß ich sicher, denn als wir von Viedma abfuhren, stellte ich den Kilometerzähler auf Null, um dem Routenplan ohne Schwierigkeit folgen und die angegebenen Durchschnittswerte verfolgen zu können. Da blickte ich in den Rückspiegel und sah ein Licht.

Wir waren allein auf der Straße, völlig allein, obwohl man ja bei einer Rallye nie so genau sagen kann, ob man wirklich allein ist...

Ich schaute also in den Rückspiegel und sah ein sehr starkes gelbes Licht von hinten auf uns zu kommen. Es strahlte einige kleine, sehr helle lilafarbene Funken aus, näherte sich uns mit großer Geschwindigkeit und nahm die ganze Sichtfläche des Rückspiegels ein. Ich dachte zu dem Zeitpunkt, daß es sich da vielleicht um einen der zurückgebliebenen Mercedes-Wagen handelte, weil ich zwei große Scheinwerfer in der Mitte und andere mittlerer Größe an den Seiten sowie zwei kleinere an den Enden erkannte. Es waren im ganzen sechs Scheinwerfer, soviel konnte ich sehen. Dann war alles voller Licht. Ich sagte zu meinem Begleiter:

›Hör mal, ich weiß nicht, ob da hinter uns ein Lastwagen mit 300 km/h kommt! Ich glaube, der will uns überholen... Da kommt er gleich... Schau doch mal, was das ist...‹

Moya erwiderte:

›Er hat mich geblendet. Ich kann nichts sehen. Die Augen tun mir weh!‹

Als er das ausgesprochen hatte, drang das Licht in den Innenraum unseres Autos ein, so daß alles hell war. Der Motor stoppte, das Auto hob sich plötzlich von der Straße ab, und ich fühlte einen starken Druck im Magen, als ob man in einem Düsenflugzeug fliegt. Ich schaute durch die Scheibe und sah, daß wir uns in die Luft erhoben – einen Meter, zwei Meter und mehr!«

SIE STIEGEN IMMER HÖHER

»Ich dachte, daß wir auf einen ›Maultierrücken‹ geraten waren – das ist der Spitzname für einen Straßenbuckel –, aber dem war nicht so. Dann dachte ich, daß wir bestimmt an einen Felsbrocken gestoßen waren. Wir stiegen immer höher. Das Lenkrad zitterte stark, und alles ging sehr schnell.

Meine erste Reaktion war, dem Mechaniker zu sagen, er solle doch mal aufpassen, ob am Wagen etwas nicht in Ordnung war, aber der saß an seinen Sitz geklammert, wie versteinert. Dann konnte ich nichts mehr sehen. Das Licht war überall. Ich sah nur noch Licht, und wir waren mitten in dieser Art von Lichtkegel drin. Ich glaube, es war ein Kegel, obwohl ich nicht nach hinten schaute.

Ich war natürlich erschrocken und ziemlich verzweifelt. Ich versuchte, die Tür zu öffnen und mich auf den Erdboden zu werfen, aber es gelang mir nicht. Auch heute noch geht sie schwer auf.

Alles geschah schätzungsweise in einem Zeitraum von einer Minute. Danach senkte sich der Wagen auf das Feld an der Straßenseite. Da konnte ich erkennen, daß das Licht die Form eines Dreiecks hatte und sich nach rechts bewegte, also zum Meer zu. Es verschwand dann zunehmend und war schließlich nur noch ein kleiner Punkt.«

DANACH WAR ALLES NORMAL

»Es war immer noch kein anderes Fahrzeug auf der Straße, und die Nacht blieb dunkel und regnerisch. Ich raffte mich auf, die Tür etwas zu öffnen, und versuchte, den Motor wieder anzulassen. Alles funktionierte normal, und wir fuhren in Richtung Villa Pedro Luro weiter, wo wir innerhalb weniger Minuten ankamen. Die Strecke bis dahin war auch normal. Als wir den Ort erreichten, meldeten wir uns bei der Polizei, die einen Beamten abstellte, der uns nach Behía Blanca begleitete, wo wir diese Rallyeetappe beendeten. Es geschah nichts Außergewöhnliches mehr.

Nachdem uns das seltsame Licht vor Villa Pedro Luro verlassen hatte, traten ein paar Störungen auf. Der Wagen fuhr ziemlich ruckartig, so daß wir beschlossen, den Zusatztank und die Elektropumpe einzuschalten, die für kräftigere Benzinzufuhr sorgt. Das Auto reagierte normal, aber wir waren doch ein wenig beunruhigt.«

LEERER TANK

»In Villa Pedro Luro, schon in Begleitung des Polizisten, entdeckten wir, daß einer unserer Kraftstofftanks leer war. Das war absurd, denn wir hatten von Viedma bis zu der Stelle, wo uns das Licht eingeholt hatte, nur 30 km zurückgelegt und danach 20 weitere von der Stelle, an der es uns verlassen hatte, bis Villa Pedro Luro. Wir hätten also kaum fünf Liter verbraucht haben müssen, aber ... es fehlten 35! Was mit diesem Benzin geschehen war, ist mir wirklich ein Rätsel ...«

Nach dem Kilometerzähler hatte das Auto von Acevedo 50 km zurückgelegt, aber von Viedma bis Pedro Luro sind es 120! Da war also eine Differenz von siebzig Kilometern! Acevedo sagte dazu:

»Ich glaube, daß die Strecke, die wir mit dem Licht zurücklegten, diese 70 km waren. Das Unglaubliche ist, daß wir sie innerhalb einer Minute zurücklegten, was bedeutet, daß wir uns mit 4200 km/h fortbewegten! Kein Mensch kann eine solche Beschleunigung aushalten. Ich bin aber sicher, daß es so war, und die Anzeigen im Auto beweisen es doch eindeutig.«

»Glauben Sie wirklich, daß das innerhalb einer Minute geschah?«

»Da war etwas Seltsames: sowohl die Uhr von Miguel Angel als auch meine zeigten einen Tag im voraus an. Ich kann mir das nicht erklären.«

Ich bekam die Gelegenheit, mir die beiden Armbanduhren anzusehen. Sie sind vom Fabrikat Orient Automatik und zeigen Tag und Monat an. Das Interessante war, daß beide Uhren nicht den Namen des Wochentages, sondern seine Zahl falsch anzeigten. Auf beiden war es Dienstag, der 25., statt Dienstag, der 26. des Monats. Ich muß dazu bemerken, daß man an diesen Uhren zum Ändern des Tages mit den Zeigern diese um vierundzwanzig Stunden drehen muß, wogegen man zur Änderung des Datums, als der Zahl des Tages, nur einen Knopf zu drücken braucht. Das Tagesdatum kann also leichter durch elektromagnetischen Einfluß verändert werden.

»Glauben Sie, ein Ufo gesehen zu haben?«

»Aber nein! Was ich sah, war ein Licht, und ich denke, daß ›da oben‹ eine Kraft ist, die dort kreist und an jeder beliebigen Stelle herunterkommen kann, so daß solche Dinge möglich sind. Ich möchte betonen, daß wir kein Objekt sahen, keine Maschine, nichts uns Bekanntes. Das war nur eine seltsame Form von Licht.«

EINE GEHEIMNISVOLLE ÜBEREINSTIMMUNG

Ein Hilfsfahrzeug der Rallye kam in Pedro Luro zu Acevedo und Miguel Angel, die von ihrem Erlebnis berichteten. Die Insassen dieses Hilfsfahrzeugs erzählten ihrerseits:

»Wir sahen kein Licht, kein Ufo, einfach nichts – aber als wir in die Umgebung von Pedro Luro kamen, fing der Motor zu stottern an, die Helligkeit der Scheinwerfer nahm ab und dann fiel auch schon die gesamte Elektronik aus, als ob die Batterie erschöpft wäre. Wir stiegen aus dem Wagen, aber alles war normal. Dann warteten wir einen Moment auf ein anderes Fahrzeug, aber unerklärlicherweise hörte die Störung wieder auf: Die Scheinwerfer schalteten sich ein und der Motor sprang normal an. Wir haben nie erfahren, wie das geschehen konnte.«

Diese Aussage kann als Unterstützung der Erzählung von Acevedo und seinem Mechaniker angesehen werden. Es bedeutet, daß die Insassen beider Fahrzeuge jeweils einen völlig anomalen Vorgang erlebten, der sich mit den technischen Kenntnissen der anwesenden Mechaniker nicht erklären läßt. Diese Übereinstimmung, dazu noch in Zeit und Ort, ist sehr bedeutungsvoll.

EIN WEITERER ZEUGE

Als ich Acevedos Mechaniker aufsuchte, hatte er sich hingelegt, und ich bemerkte, daß sein Schlaf sehr unruhig war. Nach dem Aufwachen erzählte er mir, daß er seit dem merkwürdigen Erlebnis nicht mehr ruhig schlafen konnte. Er hatte Alpträume und erlebte Angstzustände.

»Ich habe mich im Vergleich zu vorher sehr verändert«, sagte mir Moya. »Ich war so ein richtig verrücktes Huhn, machte gern Späße, sang – und jetzt weiß ich nicht, was mit mir los ist. Ich kann kaum noch sprechen ..., bin auf keinen Fall mehr derselbe.«

Ich lernte in Moya einen Menschen kennen, der einen emotionalen Schock erlitten hatte. Sein Erlebnis konnte er weder verstehen noch erklären. Miguel Angel Moya erzählte uns seine Version wie folgt:

»Wir waren unterwegs auf der Rallye und sahen ein riesiges Licht hinter uns ... Ich drehte mich auf meinem Sitz um, um danach zu schauen, aber ich konnte nicht, denn ich wurde geblendet ... Da fiel mein Blick durch die Seitenscheibe, und ich merkte, daß wir in die Luft stiegen ... einen Meter, zwei, drei und bis auf vier, mehr oder weniger.

Alles war hell, Licht auf allen Seiten. Da kauerte ich mich auf dem Sitz zusammen und hörte Carlos ausrufen: ›Was soll ich nur machen? Was soll ich machen?‹ Das Auto war nicht lange da oben – ich schätze so ein bis zwei Minuten ... Schließlich berührten wir wieder den Erdboden. Ich wußte nicht mehr, was um mich herum vorging. Das Licht entfernte sich.«

Ich habe die getrennt voneinander aufgenommenen Aussagen der beiden Zeugen miteinander verglichen und festgestellt, daß sie vollkommen übereinstimmen.

Dann verabschiedete ich mich von Carlos Acevedo und Miguel Angel Moya und sah, wie sie in ihrem Citroën in Richtung Santiago de Chile verschwanden. »Zwei Männer und ein Auto, Teilnehmer an einem seltsamen ›leuchtenden‹ Abenteuer.« Der eingehend geprüfte Motor wies keine Anomalitäten auf.

Sie erreichten Santiago ohne weitere Vorfälle. Ihr Abenteuer hatte geendet, und ich glaube, das ist nun der Zeitpunkt, einige Erwägungen zu dieser Erfahrung anzustellen.

1. Die Zeugen sahen nur ein Licht, das sich aber »intelli-

gent« verhielt, als ob es ein Eigenleben hatte oder von irgendeinem denkenden Wesen gesteuert wurde.

2. Die Aussage der Besatzung des Hilfsfahrzeugs stimmt in bezug auf den unerklärlichen Ausfall der Elektronik in Ort und Zeit mit der Aussage Acevedos überein.

3. Das vorgestellte Datum an den Armbanduhren: Ist das auf ein elektromagnetisches Problem zurückzuführen? Man muß bedenken, daß sich zwischen einer Armbanduhr und ihrem Träger ein symbiotisches Verhältnis entwickelt und daß der Mechanismus Störungen bei besonders starker Nervosität des Trägers erleidet. Auf diese Weise könnte sich die Störung der Uhren erklären, aber dann bleibt immer noch die Tatsache, daß beide Uhren genau die gleiche Fehlfunktion aufwiesen.

4. Es steht fest, daß das Auto sich nicht mit einer Geschwindigkeit von 5200 km fortbewegt haben kann, denn dann wäre es zerfallen. Deshalb nehmen wir an, daß die Zeit dieser Erfahrung viel länger gewesen sein muß als von den Zeugen geschätzt – so etwa um die 30 Minuten. Dies bedeutet, daß in den Zeugen während des Vorfalls eine Kontraktion von Zeit und Raum stattgefunden haben muß. Ich meine, man sollte die Möglichkeit nicht ausschließen, daß die Zeugen durch die Einheit Raum-Zeit gereist waren.

5. Ich stoße da auf einen Umstand, der mich vermuten läßt, daß beide Zeugen einen Teil des Vorgefallenen vergaßen. Nach meiner Meinung stiegen und sanken sie viel höher, als sie schätzten. Ich erinnere daran, daß beide darin in der Behauptung übereinstimmten, daß sie den Boden nicht mehr sahen. Wenn sie ihn also nicht mehr sahen, wie war es ihnen dann möglich, die Höhe zu schätzen, in der sie sich befanden? Also muß man vermuten, daß sie höher als angegeben stiegen und daß »etwas« passierte, was sie dann vergaßen.

Hier ist noch hinzuzufügen, daß keiner der Zeugen sich

an den Moment erinnerte, an dem sie wieder auf den Erdboden aufsetzten. Sie waren sich sicher, daß Acevedo die Wagentür öffnete, aber sind sich definitiv weder des Augenblicks noch der Art und Weise, in der das Auto wieder auf den Erdboden gesetzt wurde, bewußt.

Was war dieses Licht? Die Beschreibung der Zeugen läßt uns an ein stark beleuchtetes Raumschiff denken, das sich über das Auto setzte, es »hochriß« und siebzig Kilometer weit beförderte. Etwas, was – wie ich schon sagte – eine gewisse Ähnlichkeit mit dem Fall des Philippus damals im 1. Jahrhundert n. Chr. aufweist.

KAPITEL XI

Grimmige Attacken einiger Theologen und Bibelsachverständiger gegen Ezechiel. – Ich stelle mich auf die Seite des Propheten. – Zehn »offizielle« Hypothesen versuchen die »Vision« des Ezechiel zu erklären. – Wer befindet sich denn da im Steinzeitalter: die Wilden in Polynesien oder viele unserer Bibel-Kommentatoren?

Ein weiterer meiner »Lieblingspropheten« ist Ezechiel. Ich glaube, so wird es allen Ufo-Forschern gehen, deren Hirne noch nicht durch Statistiken, Computer oder monotone Fragebögen verkümmert sind.

Durch seine Beschreibungen von »feurigen Wagen« und »fliegenden Rädern« erhebt sich Ezechiel – und wie! – über den Rest der »Mannschaft« von Patriarchen, Propheten und Auserwählten des hebräischen Volkes. (Der Ausdruck »Mannschaft« soll nicht die kleinste Beleidigung darstellen.)

Nach den Exegeten hatte Ezechiel die ersten »göttlichen Visionen« etwa sechs Jahrhunderte vor der Geburt von Jesus Christus. Der Prophet, Sohn des Busi, gehörte zu den von Nebukadnezar an die Ufer des Flusses Kebar Verbannen, eines der Kanäle des Euphrat, der zur Bewässerung der Felder von Chaldäa diente. Ezechiel war ein Priestersohn und verbrachte einen guten Teil seines Lebens in Jerusalem im Dienste des Tempels. Er war demnach ein gebildeter Mann mit guten Manieren und kein »grober Bauer«, wie ihn einige »Gelehrte« der katholischen Orthodoxie herabzuwürdigen versuchten. Er war verheiratet – seine Frau war »die Freude seiner Augen« –, und obwohl er offenbar keine Kinder gehabt hatte, war er ein ausgeglichener, vernünftiger und normaler Mann. Ich weise auf all dieses hin, weil – wie wir in den »Interpretationen« der katholischen Theologen und Exegeten in bezug auf die »Visionen« des Ezechiel sehen werden – man diesen Propheten wohl schwerlich als unbesonnen, Phantast oder zu Halluzinationen neigend abqualifizieren kann.

Im Jahre 593 v. Chr. (das heißt nach fünf Jahren der Verbannung) hatte Ezechiel seine erste und »feierliche« »Vision«. Das Buch, das seinen Namen trägt, schreibt darüber wie folgt:

»Dreißig Jahre lang erging das Wort Jahves an Ezechiel, Sohn des Busi, Priester im Land der Chaldäer am Flusse Kebar. Es war im fünften Jahr unserer Verbannung, am fünften Tag des vierten Monats, als ich unter den Verbannten am Flusse Kebar weilte, da öffnete sich der Himmel und ich sah göttliche Gesichter und es kam über mich die Hand Jahves.

Ich schaute, und siehe, ein Sturmwind kam von Norden und eine große Wolke, von Lichtglanz umgeben, und loderndes Feuer, und aus seinem Innern, aus der Mitte des Feuers, leuchtete es hervor wie glänzendes Erz. Mitten aus ihm heraus wurde etwas sichtbar, das vier lebenden Wesen glich, und also war ihr Aussehen: sie hatten Menschengestalt. Vier Gesichter hatte ein jedes und ebenso vier Flügel. Ihre Füße waren gerade und ihre Fußsohlen wie die Sohle eines Stiers, und sie leuchteten wie der Glanz von geglätteter Bronze. Und sie hatten Menschenhände unter ihren Flügeln. Alle vier hatten die gleichen Gesichter und die gleichen Flügel, die die der anderen nicht berührten. Sie wandten sich nicht beim Gehen, ein jedes ging gerade vor sich hin. Ihre Gesichter aber sahen also aus: Ein Menschengesicht nach vorn und ein Löwengesicht zur Rechten hatte jedes von den Vieren, ein Stiergesicht zur Linken jedes von den Vieren und ein Adlergesicht nach hinten jedes von den Vieren. Ihre Flügel waren nach oben hin ausgespannt, je zwei berührten einander, und je zwei bedeckten ihre Leiber.

Und ein jedes ging gerade vor sich hin; wohin der Geist sie zu gehen trieb, dahin gingen sie, sie wandten sich nicht beim Gehen. Inmitten der Lebewesen sah es aus wie feurige Kohlenglut, wie wenn Fackeln zwischen den Wesen hin und her zuckten, und hellen Schein verbreitete das Feuer, und von dem Feuer gingen Blitze aus. Und die Wesen schossen gleich Blitzen hin und her. Und ich betrachtete die Wesen, und siehe da, je ein Rad war auf dem Boden neben den Wesen, bei allen Vieren, und das Aussehen der Räder war wie der Türkis, und es hatten die Vier dieselbe Gestalt. Die Art ihrer Ausführung war so, daß es aussah, als laufe ein Rad mitten im anderen. Sie liefen nach vier Richtungen, sie wandten sich nicht beim Gehen. Und hohe Felgen hatten sie, und ich schaute sie an, und diese Felgen waren voll von Augen ringsum bei den Vieren. Und wenn die Wesen gingen, gingen auch die Räder neben ihnen, und wenn die Wesen von der Erde sich erhoben, so erhoben sich auch die Räder. Wohin der Geist sie zu gehen antrieb, dahin gingen sie, und die Räder erhoben sich gleichzeitig mit ihnen, denn der Geist der Wesen war in den Rädern. Wenn jene gingen, gingen auch sie, und wenn jene stehenblieben, blieben auch sie stehen, und wenn jene von der Erde sich erhoben, dann erhoben sich auch die Räder gleichzeitig mit ihnen, denn der Geist der Wesen war in den Rädern.

Und über den Häuptern der Wesen war eine Art Feste, leuchtend wie Kristall, ausgespannt über ihren Häuptern.

Unter der Feste aber waren ihre Flügel ausgebreitet, die sich zwei und zwei berührten, der eine mit dem anderen, während die anderen zwei ihren Leib bedeckten. Und wenn sie gingen, hörte ich das Rauschen ihrer Flügel wie das Rauschen mächtiger Wasser, wie das Geräusch von aufziehenden Gewittern, wie das Geräusch eines Heerlagers, wenn sie gingen. Wenn sie aber standen, ließen sie die Flügel sinken.

Oberhalb der Feste über ihren Häuptern hörte ich eine Stimme. Da war etwas oberhalb der Feste, das aussah wie Saphierstein und einem Throne glich, und auf diesem thronähnlichen Gebilde war oben eine Erscheinung, die das Aussehen eines Menschen hatte. Oberhalb dessen, was wie seine Hüften aussah, war es wie das Funkeln eines glänzenden Metalls, und unterhalb dessen, was wie seine Hüften aussah, war es wie der Glanz des Feuers. Rings um ihn herum war Lichterglanz. Wie die Erscheinung des Bogens, der in den Wolken steht am Tag des Regens, so war die Erscheinung des Lichtglanzes ringsum. So sah das Schauspiel der Herrlichkeit Jahves aus. Ich schaute und fiel auf mein Angesicht und hörte die Stimme von einem, der zu mir redete.«

Bevor ich beginne, einige interessante Einzelheiten dieser ausführlichen Beschreibung des Ezechiel zu kommentieren, müssen wir die Meinung der Kirche über die »Vision der Herrlichkeit Gottes«, so wie sie die Heilige Schrift darstellt, kennenlernen.

Erst einmal zweifeln einige der Kommentatoren daran, daß das ganze Buch ein Werk des Ezechiel gewesen ist. Andere sprechen von einer zusammengesetzten Erzählung, die das Werk von zwei Propheten ist, und eine Minderheit schreibt den Text sogar einer Gruppe von mehreren Verfassern zu. Im Grunde genommen ist dies alles nicht wesentlich, da ja das Buch in die Liste der »von Gott inspirierten Bücher« aufgenommen worden ist. Wichtig aber ist, daß im »Ezechiel« eine ausführliche Beschreibung der »Herrlichkeit des Jahve« erscheint.

Aber eigenartigerweise scheinen einige Exegeten zu vergessen, daß der besagte Text das Vorrecht der göttlichen Inspiration genießt, und sie betrachten – wie zu erwarten war – den Propheten als ein Opfer »katatonischer Schizophrenie, mit einer unbewußten sexuellen Regression, schizophrenischer Zurückgezogenheit, Größen- und Verfolgungswahn«. So drückt es E. C. Broome aus. Wie mich doch diese psychiatrische Diagnose an diejenigen über die Zeugen von Ufo-Sichtungen des 20. Jahrhunderts erinnert, die, nachdem sie ihre Begegnungen mit diesen Raumschiffen oder ihren Besatzungen erzählten, von gestandenen Wissenschaftlern als »von Halluzinationen befallen«, »schizophren« und Opfer von »Größenwahn« bezeichnet werden!

Hier enden die »Lobgesänge« aber nicht, mit denen einige Studiosi Ezechiel schmeicheln. R. H. Pfeiffer zum Beispiel nennt den Propheten »den ersten Fanatiker, der in der Bibel erscheint und Spuren von dunkler mentaler Wildheit aufweist«.

Ich lade den Leser ein, beispielsweise den biblischen Kommentar *San Jerónimo* (Der Heilige Hieronymus), Band II, zu lesen und sich selbst von den Barbareien zu überzeugen, die solche erlauchten Bibelexperten wie Cooke und J. Steinmann gegen Ezechiel geschleudert haben ...

Aber wollen wir diese radikalen Einstellungen beiseite lassen. Es ist immerhin eine Tatsache, daß die Mehrheit der Theologen und katholischen Experten angibt, daß »viele der Beschreibungen des Ezechiel reine Einbildungen, Poesie und episch-literarische Darstellungsmittel« seien.

Schauen wir uns einmal einige Beispiele der Kritik von

Arnold J. Tkacik an, die in dem zitierten biblischen Kommentar *Der Heilige Hieronymus* enthalten sind[1]:

»Die Vision des *Wagen-Thrones* läßt sich als Sturm erklären ...« Er setzt die »lebenden Wesen« mit Cherubim, Wächtern des Thrones, den sie selbst bewegen, gleich. »Diese Komposition der Formen«, sagt Tkacik, »fanden wir auch bei babylonischen und assyrischen Skulpturen.

Der Geist: Es handelt sich um den Geist der lebenden Wesen, aber er geht von Gott aus, und in diesem Sinne ist er dem mächtigen Willen Gottes gleichzusetzen, der die Aktivitäten des Universums und des Menschen lenkt.

Hin und her zuckende Fackeln: Der Talmud gibt hier einen sehr treffenden Vergleich: ›Wie die Flamme, die aus dem Schlund eines Ofens tritt.‹

Die Räder: Tkacik behauptet, daß sie ›das Symbol der kosmischen Beweglichkeit‹ sind.

Felgen ... voller Augen: ›Das ist die Gegenwart Gottes, der alles sieht.‹ Wir haben hier also eine intelligente Orientierung hin zu den insensibelsten, veränderlichsten und leichtesten Elementen des Universums hin. Die Räder bewegen sich nach dem gleichen Willen, der auch die Lebewesen und den Propheten dazu bewegt, die Anrufe durch Jahve zu vernehmen und darauf zu reagieren.

Die Feste (oder Baldachin): Das ist das massive Gewölbe des Himmels, in dem die himmlischen Körper eingesetzt sind und über dem Gott als Herr des Universums thront.

Mächtige Wasser: Wir brauchen hier (sagt der Professor der Heiligen Schrift) keine Zuflucht zum mythologischen Kampf zwischen heidnischen Göttern und dem Abgrund zu nehmen. So wie im Buch der Psalmen (XXIX), in dem ein wirklicher Sturm sich über dem Mittelmeer entwickelt

---

[1] Tkacik ist diplomiert in Theologie und Heiliger Schrift, Professor für Heilige Schrift am St. Benedict's College and Seminary, Atchinson, Kanada. Er arbeitete mit 49 anderen Spezialisten von Weltruf an dem besagten biblischen Kommentar »Heiliger Hiernonymus«.

(›mächtige Wasser‹ oder ›immense Wasser‹), sind sie das Symbol der Macht und Majestät Gottes. So manifestiert sich auch seine Präsenz in seinen Geschöpfen.

Und oberhalb der Feste: Damit ist genaugenommen die Theophanie gemeint, aber es ist nicht das zentrale Element der Berufung des Propheten, wie es bei Jesaia geschah. Jahve erscheint nicht als Mann, sondern als die ›Erscheinung eines Mannes‹. Die Vision stellt nicht die ›Herrlichkeit des Herrn‹ dar, sondern ›die Ähnlichkeit mit der Herrlichkeit des Herrn‹.

Die Herrlichkeit des Herrn: Die Herrlichkeit des Herrn kann nicht richtig in Babylonien angesiedelt sein, bis er Jerusalem aufgibt. Außerdem taucht seine Erscheinung hier ohne jegliche Vorbereitung auf. Auvray weist darauf hin, daß, wenn Jahve in der Bibel in menschlicher Gestalt dargestellt wird, seine Herrlichkeit nicht präsent ist, denn diese wird gewöhnlich als Rauchwolke oder ein rundes Feuer, das von Rauch umgeben ist, oder im Tempel dargestellt ...«

Bei allem Respekt für diesen illustren Repräsentanten der biblischen Exegese und alle anderen, die wie er denken, sind die »Erklärungen« oder »Interpretationen«, die er über die »Vision des Ezechiel« anbietet – obwohl nichts erklärt wird – naiver Schüler würdig.

Als ich diese zehn Arbeitshypothesen las – die solange respektabel und diskutierbar sind, wie sie die Theologen nicht zu dogmatisieren versuchen –, erinnerte ich mich an jene berühmten Fotos, die in einer abgelegenen Ecke Polynesiens aufgenommen worden waren: Einige primitive Eingeborene, die noch in der Steinzeit lebten, bauten ein Flugzeug aus Baumstämmen und Stroh und begannen es anzubeten, in der Hoffnung, daß die »Götter«, die in solchen Gebilden flogen, wieder auf die Erde zurückkommen. Diese einfachen Menschen – ohne technische Kenntnisse und ohne genügend Begriffe und Worte, um sie zu beschreiben – hatten die amerikanischen Flugzeuge, die diese Inseln während des Zweiten Weltkriegs überflogen, für »Götter« vom Himmel gehalten.

Ich muß gestehen, daß ich in diesem konkreten Fall keinen großen Unterschied sehe zwischen diesen Wilden aus Polynesien und unsern Theologen und spitzfindigen biblischen Kommentatoren.

Warum konnte Ezechiel denn nicht geschrieben haben, was er wirklich gesehen hatte? Warum verstehen wir das nicht? Warum können sich die Exegeten nicht dazu durchringen, dies mit gesundem Menschenverstand als etwas schon Dagewesenes »einzuordnen« und zu »etikettieren«? Wie ich schon bemerkt habe: Wenn so etwas geschieht – und zum Verdruß der Schriftgelehrten geschieht das in der Bibel ja oft –, ist es doch so leicht und probat, solche Angelegenheiten aufs Abstellgleis zu schieben, indem man »rhetorische Figuren«, »delikate Poesie« und »einem episch-literarischen Genre innewohnende Übertreibungen« vorschiebt.

Diese Entschuldigungen und Erklärungen können denen zur Befriedigung gereichen, die noch nie mit dem Ufo-Phänomen konfrontiert worden sind und nicht daran glauben. Aber wir sind viele, die – glücklicherweise – solche Objekte gesehen haben oder über konkrete und ausreichende einschlägige Informationen verfügen. Die Ufos unserer Zeiten – und anderer – weisen nun mal eine frappierende Ähnlichkeit mit den »Rädern«, »leuchtenden Wolken«, »Feuersäulen«, »fliegenden Wagen« und »Engeln« auf, die ohne Unterlaß in den Heiligen Schriften erwähnt werden. Was sollen wir unter diesen Umständen wohl von »Interpretationen« wie denen von Tkacik halten?

Wenn dies wieder einmal ein Beispiel von »literarischem Gleichnis« ist, warum ist Ezechiel dann so genau bei der Angabe des Datums dieser ersten »Vision«. Wenn es sich um einfache »Poesie« handelt, warum führt er dann Tag, Monat und Jahr auf? Meiner geringen Meinung nach konfrontiert uns das – zum allermindesten – mit einer »historischen« Tatsache.

Was sollen wir eigentlich von dem »Sturmwind« halten, »der von Norden kam« und der dieser »Wolke«, die den einschlägigen Forschern schon sehr vertraut ist, vorauszugehen oder diese zu begleiten scheint? Handelt es sich da um eine normale Wettererscheinung, wie die Exegeten meinen?

Wenn diese Studiosi der Bibel sich die Mühe machen würden, nur in einem Teil der reichhaltigen Ufo-Unterlagen zu blättern, so würden sie erfahren, daß seit mehr als fünfunddreißig Jahren in allen Teilen der Erde äußerst glaubwürdige Zeugen aussagten, daß ähnliche Winde auch kurz vor und während der Sichtung von solchen Maschinen auftraten.

Vor einigen Jahren, als ich Untersuchungen in Andalusien durchführte, lernte ich den guten Manuel Giménez Junquera kennen, der praktisch Analphabet ist und mir folgendes berichtete:

»Es geschah während des Bürgerkriegs. Ich war als Hirte eines Nachmittags mitten im Gebirge von Cádiz mit anderen Ziegenhirten. Das Wetter war schön und die Tiere über den ganzen Berg verstreut. So gegen Mittag bemerkten wir einen starken Wind und hörten einen durchdringenden Lärm. Die Ziegen bekamen Angst, und wir verkrochen uns im Gebüsch. Da zog über unseren Köpfen ein rundes Ding dahin, wie aus Kristall, das starke ›Luftstrahlen‹ an seiner Unterseite ausstieß. Dadurch wurde viel Staub aufgewirbelt. Das war wie ein Wirbelwind...«

»Das ›Ding‹, wie mir Manuel sehr anschaulich erklärte, »hatte die Form von zwei aufeinanderliegenden Suppentellern mit vielen Fenstern ringsherum. Sie sahen wie Bullaugen aus, aber farbig. Oben hatte es so etwas wie eine spitze Mütze.«

Nachdem das Objekt – das einen Durchmesser von etwa 15 m hatte – über die erschrockenen Knaben hinweggeflogen war, ging es in Steinwurfweite von der Stelle nieder, wo sich Manuel befand. Und aus dem Ufo stiegen zwei Wesen aus (es schienen »Personen« zu sein), von hoher Gestalt und in »alte Rüstungen« gekleidet ...

Nach 15 Minuten – die Manuel wie Jahrhunderte vorkamen – gingen die beiden Gestalten wieder in das Raumschiff zurück, und dieses stieg inmitten eines »starken Wirbelwinds« mit viel Staub auf.

Ebenfalls in den dreißiger Jahren hatte ein anderer Zeuge ein Ufo-Erlebnis, bei dem ein starker und geheimnisvoller »Wind« die Bewegungen eines dieser Raumschiffe begleitete. Hören wir uns einmal die Geschichte von Paul Faiveley an:

»Es war am 14. Juli 1934. Damals war ich seit zwei Wochen in England, bei Ringwood in der Gegend von Southampton.

An jenem Tag war ich mit anderen Jungen, Freunden von mir, zum Haus von Mrs. Fraser, einer weiteren Bekannten, gegangen. Am Vormittag hatten wir Englisch-Unterricht gehabt, und am Nachmittag ritten wir und badeten im Schwimmbad. Um zum Schwimmbad zu gelangen, mußte man circa 400 m über einen kleinen Hügel gehen, der so gelegen war, daß man vom Haus aus das Schwimmbecken nicht sehen konnte und umgekehrt.

Also ich war am Nachmittag zum Schwimmen ins Freibad gegangen und so zur Abendbrotzeit wieder zum Haus zurückgekehrt. Um etwa 11.30 Uhr nachts ging ich zu meinem Zimmer hoch und las ein Buch von Maupassant. Als ich müde wurde, beschloß ich, mich ins Bett zu legen. Ich habe die Angewohnheit, meine Kleidung sorgsam zusammenzufalten und die persönlichen Gegenstände auf eine bestimmte Stelle zu legen. Das tat ich auch in jener Nacht und bemerkte dabei, daß mein Portemonnaie mit den Pfunden Sterling, die ich zum Bezahlen meiner Miete brauchte, fehlte. Ich dachte, daß ich es vielleicht in der Kabine des Schwimmbads vergessen hatte. Also wollte ich gleich nachsehen, kleidete mich wieder an und verließ den Raum, ohne auf Roy, mit dem ich das Zimmer teilte, zu warten.

Es war eine dunkle Nacht, so daß es recht lange dauerte, bis ich die Kabine fand. Da lag tatsächlich der Geldbeutel auf den Fliesen. Beruhigt begann ich, den kleinen Pfad, der zum Haus führte, wieder zurückzugehen. Ich hatte noch nicht den Gipfel des kleinen Hügels erreicht, als ich das Gefühl bekam, daß um mich herum alles heller wurde ...

Dies bestätigte sich, als ich meinen eigenen Schatten auf dem Erdboden sah. Was konnte das sein? Was ging da vor?

Diese Helligkeit war überall. Sie war so stark, daß man sich wie an einem sonnigen Julimorgen fühlte. Ich hielt an und schaute nach hinten. Ich war aber sicher, daß es hinter dem Schwimmbad keine Straßen gab. Also konnte es sich nicht um ein Auto handeln. Außerdem, welches Auto hatte schon solch helle Scheinwerfer?

Da fiel mein Blick auf die ›Quelle‹ dieser Helligkeit: ein scheibenförmiges Objekt, das senkrecht über mir in der Luft schwebte. Dieser Apparat bewegte sich langsam zum Haus hin. Um ihn herum war ein ›Ring‹ aus blauem Licht. Das war ganz außergewöhnlich!

Ich fragte mich mit lauter Stimme: ›Aber was ist das denn?‹ Das wiederholte ich immer wieder, während ich diese herrliche ›Sache‹ bewunderte.

Etwa zwei Minuten lang verharrte das Ufo dann ruhig und strahlend über mir. Danach entfernte es sich, und je weiter es weg war, um so schwächer wurde der blaue Ring, bis er ganz verschwand. Auch die Helligkeit der Scheibe selbst nahm ab, ging zu einem Gelbton über, und als das Ufo sich wieder zu bewegen begann, wurde es rot. Dann verschwand es ganz, wobei ich ein Rauschen hörte, als ob ein Wind durch die Bäume brauste. Das aber war ganz eigenartig, denn in dieser Nacht wehte nicht der kleinste Luftzug ...«

Ein Vorfall mit ähnlichen Merkmalen ereignete sich in dem schönen Ort Burela in der Provinz Lugo, Spanien. Die erste Nachricht davon bekam ich von meinen guten Freunden und Bewohnern von Vitoria, Carlos Fernandez Ormaechea, Joaquín Márquez Iglesias, José Manuel González und Ricardo Campo Antoñanzas. Auf einem meiner Besuche im spanischen Galizien konnte ich mich dann von der Glaubwürdigkeit dieser Meldung überzeugen.

Am 8. Juni 1980, während des Jahrmarktfestes dieses galizischen Ortes, lagen die Zeugen – deren Identität ich nicht angeben darf – schon im Bett. Es war zwischen 2 und 4 Uhr morgens.

Plötzlich wurde das Ehepaar, um das es sich handelte, von einem Geräusch »wie von einem sehr starken Wind« geweckt.

Der Ehemann stieg aus dem Bett, um die Fahnen, die wegen des Festes vor dem Fenster hingen, festzuzurren. Als er das Fenster öffnete, sah er ein starkes Licht. Er rief seine Frau, und beide sahen ein unglaubliches Schauspiel: »Da war ein sehr starkes Licht, das aus dem Westen kam und langsam von einer Höhe von 200 bis 300 m über dem Erdboden bis auf Meereshöhe hinunterging.«

Die Frau konnte nicht sagen, ob das Objekt dicht über dem Meer schwebte oder auf diesem schwamm. »Es schwankte jedenfalls im Rhythmus der Wellen.« Gemäß den Zeugen hatte es eine runde Form und war sehr groß. Im Innern des Ufos sahen sie eine Art von Speichen – etwa wie die eines Fahrrads –, die das Objekt in sechs Zonen aufteilten. In jeden dieser Zonen schien sich eine rote Lichtquelle zu befinden.

»Wir sahen auch eine Reihe von ›Flügeln‹, die sich strahlenförmig von der Mitte des Objekts nach außen erstreckten.«

Die Zeugen befanden sich etwa 250 bis 300 m von diesem Ufo entfernt. Nach etwa 15 Minuten begann das Objekt, ohne mit seiner Schaukelbewegung aufzuhören, in die Höhe zu steigen – zuerst langsam und dann mit großer Geschwindigkeit. Mit zunehmender Höhe änderte sich die Farbe des Ufos – das etwa die Größe eines Verkehrsflugzeugs hatte – zu einem dunkleren Rot (»wie Rotwein«). Als sich die Maschine entfernt hatte, »hörte auch der Wind auf«.

KAPITEL XII

In Pozo Gutiérrez hat man das »Rad« des Ezechiel auch gesehen. – Die Fanatiker versuchen, Gott unter allen Umständen zu verschleiern – und wenn es als »Rad mit Augen« ist. – Werden die Exegeten auch den Baupolier aus San Sebastian, der in der Gegend von Alicante ein »Rad mit Augen« gesehen hat, als »katatonisch schizophren« abqualifizieren? – Warum denn um den heißen Brei herumrede? Das Erlebnis Ezechiels am Fluß Kebar war »eine Begegnung der Dritten Art«.

Wie ist es möglich, daß uns Ezechiel von einem »Sturmwind« erzählt, der der »von Lichtglanz und loderndem Feuer umgebenen Wolke« vorausging oder sie begleitete, und andere Zeugen – zweitausend Jahre später – uns auch berichten, daß bei ihren »Begegnungen« mit Ufos »ein Geräusch wie bei einem starken Wind«, »Luftwirbel« oder »Wind, der durch die Bäume brauste« auftrat? Ist es nicht zu weit hergeholt, zu denken – wie die Kommentatoren der Bibel behaupten –, daß der Prophet hier den heiligen Text »ausschmückte« oder daß er »übertrieb«?

Wäre es nicht logischer – angesichts dessen, was wir von der Ufo-Forschung erfahren haben –, daß Ezechiel ein Raumschiff sah, das er für eine Wolke hielt, und in dem sich mehrere Besatzungsmitglieder befanden?

Wenn man die diesbezügliche, lange und sehr ausführliche Passage des Buchs Ezechiel aufmerksam liest, wird man überrascht zu sein von der frappierenden Ähnlichkeit der Beschreibungen des Propheten mit dem, was uns heutzutage die Zeugen von Ufo-Sichtungen erzählen.

»Räder«? »Ein Rad in einem anderen«? »Felgen voller Augen ringsherum«?

Aber, heiliger Himmel, was ist denn das alles? In unserem Jahrhundert – ganz zu schweigen von den vorherigen – gehen die Aussagen von Personen, die Objekte in der Form von »Rädern« fliegen und landen gesehen haben, schon in die Tausende. Wir verfügen auch über aufschlußreiche und unwiderlegbare Fotografien und Filme darüber ...

Vor nicht langer Zeit kam ich auf einer meine Ufo-Forschungsreisen in ein entlegenes Dorf mit Namen Pozo Gutiérrez, das wenige Kilometer entfernt liegt von der Insel Christina in der Provinz Huelva, Spanien. Nach den Informationen, die ich erhalten hatte, lebte dort ein altes Ehepaar, das am Heiligen Abend 1980 einen interessanten »Zusammenstoß« mit einem Ufo gehabt hatte. So gelangte ich dann an einem heißen Juli-Vormittag zu dem weißgekalkten und abseits stehenden Häuschen von Manuel Alvarez Barroso.

Wirklich, meine Informationen waren richtig. Der Landbewohner und seine Frau – Purificación Nieves Alvarez – erzählten mir in ihren einfachen Worten, wie an diesem Heiligabend, als sie dabei waren, die traditionelle Abendmahlzeit zu bereiten, »etwas« sehr Seltsames wenige Meter vor ihrem kleinen Haus erschien. Keiner von den beiden hatte je zuvor etwas von Ufos gehört. Ich glaube nicht, daß sie auch nur eine einzige Zeile über dieses Thema gelesen hatten. Und einer der Beweise für das, was ich hier sage, ergab sich im Laufe des Gesprächs: Zu keinem Zeitpunkt sprachen sie von Ufos oder »fliegenden Untertassen« oder machten auch nur eine Andeutung darauf. Für die liebenswürdige alte Frau, die das Objekt als erste entdeckt hatte, war »das Ding« ein »Rad« von roter Farbe, »so wie eine Kerze« ...

»Wir sahen es nicht kommen«, erzählte Purificación. »Ich war gerade dabei, ein paar Gambas zuzubereiten, und als ich mal durch die Tür schaute, sah ich es bei den Eukalyptusbäumen. Es war schön und hatte obendrauf so etwas wie ›Kronen‹.«

Als Purificación so das »Rad« vor ihrem Haus sah, rief sie ihren Mann.

»Zuerst dachten wir, das könnten Diebe sein, die unsere Orangen stehlen wollten ...«

Manuel Alvarez zeigte mir eine Gruppe von Orangenbäumen, die zwischen dem Haus und einem kleinen Eukalyptuswald standen. Die Entfernung dieser Baumgruppe bis zu dem Waldstück, an dessen Rand das »Rad« landete, betrug etwas mehr als 50 m.

»Aber die ›Kerze‹«, fuhr der alte Mann fort, »rauchte nicht. Das kam uns merkwürdig vor. Wir sahen auch niemanden in ihrer Nähe. Das war sehr seltsam ...«

Als ich dann in Gegenwart von Raquel Forniés, meiner Frau, und Aurelio Biedma, einem Lehrer auf der Insel Cristina, die mich begleitet hatten, näher nach der Form des Objekts fragte, blieben die Zeugen bei ihrer primitiven Beschreibung:

»Es hatte die Form eines Rades, bewegte sich geräuschlos und war etwa 2 bis 3 m oder etwas mehr über dem Boden.«

Das Ufo verharrte ungefähr fünfzehn Minuten still und unbeweglich vor den erstaunten Augen des Ehepaars. Die alte Frau ging in der Zeit ins Haus (»damit die Gambas nicht anbrannten«), kam wieder heraus, und das »Rad« war noch da, so etwa 200 m vom Haus entfernt.

»Die Hunde fingen erst an, laut zu bellen, als ›das Ding‹ verschwand.«

Dieses »Schauspiel«, für das das Eheppar von Huelva nicht die geringste Erklärung hat, erfüllte die alten Leute mit Staunen und einer merkwürdigen »Freude«. Purificación erzählte in ihrer einfachen, anschaulichen Art: »Diese Kronen, die es obendrauf hatte, sahen golden aus ... Es war sehr schön.«

Die Ähnlichkeit dieses Falles aus dem 20. Jahrhundert mit einigen biblischen Beschreibungen (einschließlich der

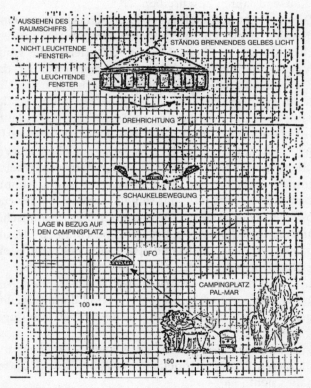

Auf den vom Zeugen, dem Baupolier Vicente Ruiz Lacasa aus San Sebastian, selbst angefertigten Skizzen können wir Form, Bewegung und Lage des Ufos gut erkennen. Ob dieses Raumschiff vom Propheten Ezechiel nicht auch als ein »Rad voller Augen« beschrieben worden wäre?

von Ezechiel) ist wieder einmal überdeutlich. Es ist doch eigenartig, festzustellen, daß im Jahre 1980 Zeugen, die keinen elektrischen Strom und kein Fernsehen haben, die so gut wie nie die Zeitung lesen und die nachweisbar siebenunddreißig Jahre fast völlig isoliert lebten und deshalb nichts von dem Ufo-Phänomen wußten, eines jener Raumschiffe mit den gleichen Worten wie die Menschen vor dreitausend Jahren beschreiben ...

Dies verleiht mir noch zusätzliche Sicherheit in meiner bisherigen Argumentation: Wenn diese Aussagen identisch sind und das Ehepaar von Pozo Gutiérrez die Wahrheit gesagt hat, was ich glaube, so ist doch offenbar, daß der Prophet Ezechiel auch nichts »erfunden hat«. Und was am wichtigsten ist: Ich bin überzeugt davon, daß Ezechiel uns die Annäherung und Landung eines Raumschiffs beschrieb, und das mit den ihm dafür zur Verfügung stehenden Ausdrücken. Eine aufsehenerregend ähnliche Geschichte wie die des Ehepaars von Huelva. Wenn Purificación und Manuel Alvarez keine Ahnung hatten, was ein Ufo ist – mit seinen Lichtern, seiner runden oder kugelartigen Form und seiner metallischen Struktur – wie konnten sie es dann beschreiben? Natürlich mit dem »nächstliegendsten« oder »bekanntesten« Ausdruck: dem des Rades.

Und was können wir zu dieser frappierenden Ausdrucksweise von Ezechiel sagen: »... und diese Felgen« – er bezieht sich hier auf die Räder – »waren voll von Augen ringsum ...«?

Wir haben ja schon gesehen, daß »Meister« Tkacik hier auf anderen Pfaden wandelt: »... die Gegenwart Gottes, der alles sieht ...«

Das ist schlicht und einfach absurd. Muß sich Gott denn als ein Rad voller Augen »verkleiden«, um die Früchte seiner Schöpfung zu betrachten? Manchmal beschleichen mich schreckliche Zweifel: Glauben diese Bibelsachverständigen und katholischen Theologen wirklich, was sie da schreiben? Oder machen sie sich über uns lustig?

Ist es nicht logischer, daß diese »Augen« Fenster oder Lichter waren, die sich an den »Felgen« oder Rändern der »Räder« oder runden Raumschiffe drehten? Da es zu jenen Zeiten kein elektrisches Licht gab und noch viel weniger Objekte, die fliegen konnten, was konnten die Zeugen denn sonst von dem Gesehenen denken?

Ich möchte den Leser hier nicht mit den Hunderten von Fällen ermüden, in denen Ufos »mit kleinen Fenstern« überall auf der Erde gesehen und sogar auch fotografiert worden sind. (Ich weise hier beispielsweise auf die spektakuläre Serie von Farbaufnahmen von P. Villa, New Mexico, USA, hin.) In diesem Zusammenhang will ich wegen der Aktualität nur einen Fall herausgreifen, bei dem ein so qualifizierter Mann wie ein Baupolier eines dieser Raumschiffe von circa 20 m Durchmesser sichtete, das etwa 5 Minuten lang in einer Entfernung von circa 150 m von den erstaunten Zeugen verharrte.

Der Vorfall ereignete sich am Abend des 15. August 1982 auf einem Campingplatz mit dem Namen Palm-Mar in der Nähe des Ortes Guardamar in der Gegend von Alicante, Spanien. Vicente Ruiz Lascasa, seine Frau und zwei Töchter von fünf und acht Jahren hatten gerade die Anmeldeformalitäten des besagten Campingplatzes beendet und schickten sich an, nach einem geeigneten Ort für ihr Wohnmobil zu suchen. Aber lassen wir es doch den Baupolier aus San Sebastian mit seinen eigenen Worten erzählen:

»Es war so gegen 9.30 Uhr abends, als es gerade dunkel wurde. Wir suchten einen geeigneten Platz für das Wohnmobil, als meiner Frau zu unserer Rechten etwas Seltsames auffiel, das Funken ausstieß. Sie dachte sofort laut: ›Das sieht mir wie ein Ufo aus!‹

Ich duckte mich auf meinem Fahrersitz, um besser nach oben sehen zu können, und sah ›das Ding‹ tatsächlich auch.

Es war ganz deutlich zu erkennen. Ein wenig Tageslicht war noch geblieben. Das Ding hatte eine runde Form und schien aus dunklem Metall von einer bronzeähnlichen Farbe zu sein. An seinem Rand, der ziemlich breit war, hatte es etwas, das zuerst wie blinkende Lichter aussah. Sie verliefen von links nach rechts über den ganzen Rand. Oben war ein helles Licht, das ständig brannte.

Später – die Sichtung dauerte fast 5 Minuten – sahen wir deutlich, daß dieser Rand aus einer Reihe von rechteckigen Fenstern bestand. Einige leuchteten und andere nicht, alle aber drehten sich entgegen dem Uhrzeigersinn. Daher kam der Eindruck sich bewegender blinkender Lichter.

Es war etwa 150 m von uns entfernt und ca. 100 m über dem Erdboden. (Ich bin Baupolier und habe ein ziemlich gutes Einschätzungsvermögen für Abstände und Proportionen.)

Außer der Drehbewegung um sich selbst schaukelte es auch noch langsam von einer Seite zur anderen, neigte sich ein wenig nach einer Seite, um dann wieder in die Horizontallage zurückzukehren – immer auf der gleichen Höhe. Es machte den Eindruck, als ob es schwebte ...

Die Lichter waren stark, aber sie blendeten nicht und glänzten auch nicht übermäßig. Ihre Farbe war ein ins Goldene gehendes Gelb.

In keinem Augenblick erzeugte es ein Geräusch.

Schließlich erhob sich das Objekt ein wenig in die Höhe und begann, sich langsam zu entfernen. Dabei drehte es sich mit einem leichten Schaukeln. Wir sahen dann die

Lichter immer schwächer werden, und auf einmal erloschen sie oder waren verschwunden. Ich muß hier hinzufügen, daß die Nacht sternenklar war, ohne Wolken und Dunst oder Nebel.

Wie Sie sich denken können, waren wir danach ganz verwirrt. Ich nahm keine Fotos auf, weil ich den Fotoapparat nicht zur Hand hatte und auch dachte, daß Aufnahmen bei so wenig Tageslicht doch nichts Richtiges werden würden.

Wir fertigten aber schnell eine Skizze von dem an, was wir gesehen hatten, wobei wir beide unsere Beobachtungen zu Hilfe nahmen. Auch die Mädchen ließen wir es zeichnen.

Durch Vergleiche mit bestimmten Objekten und uns bekannten runden Gegenständen kamen wir zu dem Schluß, daß das Raumschiff einen Durchmesser von etwa 20 m gehabt haben mußte.

Der Vorfall hatte auf dem Campingplatz keine Aufregung ausgelöst, weil die meisten Leute zu der Zeit vor dem Fernseher saßen. Nur kleine Personengruppen hatten das Phänomen durch die Lücken des Baumbestands dort gesehen ...«

Glücklicherweise wurde dieses Ufo von zwei gebildeten Personen mit hervorragenden Kenntnissen gesichtet, die eine derartig gute Beschreibung geben konnten. Ihr Wissen ließ sie begrüßen, daß sie eine außergewöhnliche Maschine gesehen hatten, die nichts anderes als ein Raumschiff gewesen sein mußte – eine runde Maschine mit kleinen Fenstern, die durch die Drehung den Eindruck von blinkenden Lichtern hervorriefen. Was würde wohl geschehen sein, wenn dieses Ufo Personen wie Ezechiel oder Mönchen des 14. Jahrhunderts erschienen wäre? Wahrscheinlich wären sie mit dem Gesicht auf den Boden gefallen oder hätten es als ein »Rad mit Augen ringsumher« beschrieben. Es wäre allerdings am wahrscheinlichsten gewesen, daß die meisten ihrer Zeitgenossen – wie es auch heutzutage noch geschieht – sie als »Verrückte«, »katatonisch Schizophrene« oder »von Halluzinationen Befallene« bezeichnet hätten.

KAPITEL XIII

Ein Ingenieur der NASA rekonstruiert das Raumschiff des Ezechiel. – So ganz hat Blumrich aber doch nicht recht. – Ein mysteriöser »Aperitif« vor dem Betreten des Raumschiffs. – Joe tauschte einen Krug Wasser für vier außerirdische »Kringel« ein. – Litt Ezechiel unter den Wirkungen der Schwerkraft? – Auch Jesus sprach von »leuchtenden Wagen«.

In einem anderen Absatz des Buchs Ezechiel erwähnt dieser eine ungewöhnliche »Feste«[1] Trotz der ausgesprochenen Deutlichkeit, mit der uns der Prophet diese beschreibt – »leuchtend wie Kristall, ausgespannt über ihren Häuptern« –, meinen einige Gelehrte wie der berühmte Herr Tkacik, daß diese »Feste« oder dieses »Firmament« »das massive Gewölbe des Himmels ... über dem Gott thront« ist. Dieser so »bemerkenswerte« Professor und Theologe läßt es sich also angelegen sein, den Ruf des Propheten Ezechiel herabzusetzen, indem er ihn mit diesem Kommentar schlichtweg als Schwachsinnigen hinstellt. Wenn Ezechiel Priester war und folglich anzunehmen ist, daß er ein Minimum an Bildung mitbekommen hatte, hätte er dann nicht unterscheiden können zwischen dem wahren Firmament und »etwas«, das wie Kristall leuchtete und außerdem über den Häuptern der »lebenden Wesen« »ausgespannt« war?

Ferner: Seit wann thront Gott »über dem massiven Ge-

---

[1] Anm. d. Übers.: In der spanischen Version zum Unterschied zum deutschen Bibeltext heißt es »Firmament«.

wölbe des Himmels« und nicht darunter. Ich habe immer geglaubt, daß die Große Kraft überall sei. Das ist wenigstens das, was man mir im Religionsunterricht beigebracht hat. Die folgende Interpretation Tkaciks – die mit der vorausgehenden eng zusammenhängt – leuchtet mir ebenfalls nicht ein. Ab Vers 26 heißt es: »Oberhalb der Feste über ihren Häuptern da war etwas, das aussah wie Saphirstein und einem Throne glich, und auf diesem thronähnlichen Gebilde war oben eine Erscheinung, die das Aussehen eines Menschen hatte ... Oberhalb dessen, was wie seine Hüften aussah, war es wie das Funkeln eines glänzenden Metalls, und unterhalb dessen, was wie seine Hüften aussah, war es wie der Glanz des Feuers. Und rings um ihn herum war Lichterglanz ...«

Ferner kommentiert der Exeget, daß Jahve nicht wie ein Mann aussieht, sondern wie die »Erscheinung eines Mannes«.

Wie soll man das nun wieder verstehen? Wenn wir davon ausgehen, daß der Prophet sich vor dem Anblick eines oder mehrerer Raumschiffe befand, in denen und außerhalb derer sich die »Astronauten« oder »lebenden Wesen« befanden, und wenn diese Besatzungen bis zu vier verschiedene Erscheinungsformen hatten, könnte es dann nicht möglich gewesen sein, daß Ezechiel die Formen dieser Wesen nicht genau erkennen konnte, eben wegen ihrer Raumanzüge und Helme?

Natürlich – und obwohl ich weiß, daß die Repräsentanten der Kirche und der biblischen Exegese mich als Verrückten und Phantasten herabwürdigen werden – war die »Vision« des Ezechiel nach meiner Meinung »eine Begegnung der Dritten Art«, wie man heute die Beobachtungen von Ufos und ihren »Piloten« aus der Nähe nennt. Die ausführliche Beschreibung, die uns der Prophet liefert, läßt keinen Raum für Zweifel. Aber diesmal werde nicht ich es sein, der im Detail auf das besagte Raumschiff eingeht. Dies will ich einer viel qualifizierteren Persönlichkeit überlassen: dem in den USA lebenden Österreicher Joseph F. Blumrich, Chefingenieur des Technischen Büros für Konstruktion und Projekte der NASA.

Blumrich ist Verfasser zahlreicher technischer Studien über Raumschiffe und folglich eine sehr wenig verdächtige Persönlichkeit. Also, dieser Ingenieur hat eine der kühnsten und solidesten Interpretationen der »Göttlichen Vision« des Ezechiel durchgeführt. Nach seiner Meinung und nach nicht wenigen Untersuchungen, die sich immer

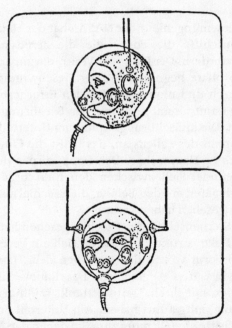

»Die vier lebenden Wesen hatten Menschengestalt«, erklärt Ezechiel. Es ist sehr gut möglich, daß der Prophet die Raumanzüge, Antennen, Sauerstoffanschlüsse usw. mit »Stier-, Adler- und Löwengesichtern« verwechselte.

auf die Beschreibungen im Heiligen Buch stützten, war das, was der Prophet an den Ufern des Flusses Kebar sah, ein Landemodul, das von einem Mutterschiff stammte. Dieses Modul könnte aus folgenden drei Teilen oder Systemen bestanden haben:

1. Einem halbkugelförmigen Hauptkörper in seiner oberen Hälfte und einer Spitze (wie eine Kreisel) in der unteren.

2. Der Besatzungskapsel, die sich im oberen Teil des Hauptkörpers befand.

3. Vier »hubschrauberähnlichen« Aggregaten mit Beinen zum Aufsetzen und Abstützen auf dem Boden.

Gemäß diesem Ingenieur der NASA »hat der Hauptkörper des Raumschiffs die Form, die die aerodynamischen Zwänge erfordern. Der Flug vom Weltraum zur Erde durch die Atmosphäre beginnt mit einer Geschwindigkeit von 34000 km/h und nimmt je nach den Erfordernissen der Reise zu. Dann nimmt er ab bis zur Berührung mit dem Erdboden. Die kreiselförmige Spitze am Unterteil gibt den Kurs während des Fallens an, das heißt die Flugrichtung entlang einer Hauptachse. Der Hauptkörper des Raumschiffs befindet sich zwischen den hubschrauberähnlichen Aggregaten mit den Beinen, die Ezechiel als ›lebende Wesen‹ angesehen haben könnte.«

Dieses Sternenschiff, das Ezechiel gesehen hatte, besaß nach der Rekonstruktion von Blumrich ein Verbindungssystem in Form von Säulen zwischen dem Hauptkörper und den besagten Aggregaten. Das Raumschiff müßte Lenkraketen mit ihren Treibstofftanks (zylindrisch oder kugelförmig) mitgeführt haben. Am Unterteil des Hauptzylinders hätte eine Öffnung zum Einziehen der Aggregate und Beine sein müssen. Vom Hauptkörper aus müßten mechanische Greifarme ausgegangen sein, die der Besatzung

Manipulationen an der Außenseite erlaubten, ohne das Schiff verlassen zu müssen.

»Der Rotor«, erklärte der Ingenieur weiter, »könnte aus vier Blättern bestanden haben, die sich im Ruhezustand paarweise nach oben oder unten klappen ließen (das werden doch wohl nicht die ›Flügel‹ gewesen sein, von denen Ezechiel sprach). Auf diese Weise hätte man sehr heftige Luftstöße vermieden.«

Diese kurze »Interpretation« des Mr. Blumrich wurde gleichfalls von einigen »traditionellen« (möglicherweise auch »reaktionären«) Sektoren der katholischen Kirche lächerlich gemacht. Ich meine allerdings auch nicht, daß der Ingenieur der NASA hier richtig liegt. Wenn wir nämlich vom Wesentlichen seiner Interpretation ausgehen – nämlich, daß Ezechiel ein Schiff aus dem Weltraum vor sich gehabt hatte –, glaube ich, daß der Mann aus den USA den biblischen Bericht in zu »veraltete« technische und aerodynamische Konzeptionen »übersetzte«, die eher die Luft- und Raumfahrtkenntnisse unserer Zeit berücksichtigten als die von Wesen, die uns Tausende oder sogar Millionen von Jahren auf diesen Gebieten voraus sein können. So glaube ich zum Beispiel nicht, daß das Raumschiff »hubschrauberähnliche Aggregate« brauchte und auch keine »Lenkraketen« oder »Treibstofftanks«. Soviel ich weiß, gibt es keine einzige Beschreibung von Ufos, die der dieses Technikers der NASA ähnelt. Ich neige eher zu der Hypothese, daß Ezechiel ein verhältnismäßig großes Raumschiff sah, aus dem mehrere »Astronauten« in ihren Raumanzügen und vielleicht mit verschiedenen Systemen für den Eigenantrieb versehen stiegen. Daher möglicherweise die Beschreibung der Wesen mit vier Gesichtern und der Räder mit Augen.

Was hätten wohl im 18. Jahrhundert oder die Bewohner des Themseufers zur Zeit von Richard Löwenherz gedacht, wenn sie einen Taucher oder Froschmann aus dem Wasser steigen gesehen hätten?

Dennoch, diese Möglichkeit von »Astronauten« in Raumanzügen an den Ufern des Flusses Kebar läßt mich auch daran denken, daß möglicherweise an diesem »Großen Plan« der Erlösung der Menschheit Wesen verschiedenen Ursprungs teilnahmen. Einige – vielleicht die Minderheit – brauchten Spezialgeräte, um in unserer Atmosphäre atmen zu können. Dies könnte den Umstand erklären, daß die »Astronauten«, die sich Ezechiel näherten, Helme trugen. Natürlich glaube ich nicht, daß viele Wesen teilnahmen, die Schwierigkeiten hatten, sich auf der Erdoberfläche zu bewegen. Aber auch wenn dem so gewesen wäre, hätte der wunderbare große Plan der Gottheit deshalb keine Schmälerung erlitten. Im Gegenteil . . .

Aber die Abenteuer und Heimsuchungen des Ezechiel enden ja nicht mit der Annäherung und Landung dieser Raumschiffe. Wer könnte sich vorstellen, daß er – noch dazu – »zu einem Aperitif eingeladen worden wäre«?

Ezechiel mußte beruhigt werden

Spaß beiseite, der Prophet Ezechiel war ja einer der wenigen »Auserwählten«, denen von den »Astronauten-Missionaren« auch Nahrungsmittel gereicht wurden. Wie ich in meinen Buch *Die Astronauten des Jahve* ausgeführt habe, erhielt auch Maria während ihrer Kindheit eine spezielle Ernährung. So erzählen es uns die apokryphen Evangelien von Matthäus und Jakobus sowie das *Buch über die Kindheit Marias*. Das wäre mehr als logisch, wenn wir bedenken, daß das Mädchen auf so ungewöhnliche Weise mit Jesus schwanger werden sollte.

Aber im Falle des Ezechiel konnte diese Nahrung – oder

was es immer gewesen sein mag – andere Zwecke gehabt haben. Unterziehen wir doch den biblischen Text einer Analyse. Als der Prophet mit dem Gesicht zu Boden fiel, zu Tode erschrocken vor den Raumschiffen, die in seiner Nähe landeten, richtete der »Mann«, der sich oben über der »Feste« oder »dem Firmament« beziehungsweise in einer durchsichtigen Kuppel befand – und der zweifellos einer der »Astronauten« war –, das Wort an Ezechiel:

»Menschensohn, stell dich auf deine Füße, daß ich mit dir rede!«

Halten wir einen Augenblick in dieser Erzählung inne. Es ist doch klar, daß die »Astronauten« anfangen mußten, den »Auserwählten« zu beruhigen, wenn sie nicht wollten, daß er dort auf der Stelle an einem Herzschlag starb. Wir erleben heutzutage ähnliche Fälle, in denen die Zeugen – durch ungewöhnliche Verfahren wie Lichtstrahlen, Telepathie, möglicherweise Hypnose usw. – von einem Gefühl des Friedens und einem außerordentlichen Wohlbefinden erfüllt werden. Die Ruhe, die absolut künstlich herbeigeführt wurde, geht immer von den Ufos oder ihren Besatzungen aus, mit denen die Zeugen konfrontiert werden. (Auch der »Engel der Verkündigung« ist ja sehr vorsichtig, und seine ersten Worte an Maria sollen sie beruhigen.)

So ist es nicht verwunderlich, daß die »Astronauten«, die zu Ezechiel kamen, zuerst versuchten, den Herzrhythmus des künftigen Propheten oder »Sprechers« zu stabilisieren, so daß sie den »Geist« auf ihn einwirken ließen, der ihn schließlich wieder auf die Füße brachte. Dieser »Geist« – wie der Leser schon erraten haben wird – kann ein Lichtstrahl oder eine Strahlung gewesen sein, der/die die Eigenschaft hatte, den Adrenalinausstoß zu stoppen.

Und eine ruhige Stimme – der »Astronaut«, der ganz oben im Raumschiff war und Ezechiel über eine Art Lautsprecheranlage ansprach – fuhr mit der Nachricht fort:

»Menschensohn, ich sende dich zu dem Haus Israel, zu den Abtrünnigen, die sich wider mich aufgelehnt haben; sie und ihre Väter haben sich gegen mich aufgelehnt bis auf den heutigen Tag. Es sind Söhne mit frechem Gesicht und hartem Herzen, zu ihnen sende ich dich. Du sollst zu ihnen sagen: ›So spricht der Herr Jahve.‹ Ob sie es hören oder ob sie es lassen – denn ein widerspenstiges Geschlecht sind sie – so sollen sie doch wissen, daß ein Prophet unter ihnen war. Du aber, Menschensohn, fürchte dich nicht vor ihnen, und hab keine Furcht vor ihren Worten. Wenn dich auch Dornen umgeben und du auf Skorpionen sitzt, hab keine Angst vor ihren Worten und erschrick nicht vor ihrem Blick, denn sie sind ein widerspenstiges Geschlecht. Und du sollst ihnen meine Worte sagen, ob sie es hören oder ob sie es lassen, denn sie sind ein widerspenstiges Geschlecht. Du aber, Menschensohn, höre, was ich dir sage. Sei nicht widerspenstig wie das widerspenstige Geschlecht. Öffne deinen Mund und iß, was ich dir geben werde.‹ Da sah ich, daß eine Hand zu mir ausgestreckt war, und siehe, es war eine Buchrolle darin. Er breitete sie vor mir aus. Sie war sowohl auf der Vorderseite wie auch auf der Rückseite beschrieben, und was auf ihr geschrieben war, waren Klagen, Lob und erbauliche Worte.

Und er sprach zu mir: ›Menschensohn, iß, was du da vor dir hast, iß diese Rolle und gehe hin und rede zum Haus Israel!‹ Und ich öffnete den Mund, und er gab mir die Rolle zu essen. Und er sprach zu mir: ›Menschensohn, gib deinem Leib zu essen und fülle dein Inneres mit dieser Rolle, die ich dir gebe.‹ Und ich aß sie, und sie war in meinem Munde wie süßer Honig.«

Der erste Teil der »Ansprache« des »Astronauten« bestätigt, was ich schon im Kapitel über Abraham hinsichtlich der möglichen langen Lebensdauer dieser Wesen sagte. Sie sind nicht Gott, aber ihre sehr fortgeschrittene Technologie versetzt sie in die Lage, eine viel längere Lebensdauer als die unsere genießen zu können. Das bot ihnen die Möglichkeit, langfristige Pläne ausführen zu können. Aber, wie in diesem Falle, reagierte das »auserwählte« Volk nicht immer wie gewünscht und vorgesehen. Es gab Rückfälle in die Götzenanbetung, Verschwörungen gegen die »Auserwählten« und Propheten des Jahve sowie die den Menschen eigenen Schwächen... Aus diesem Grunde will der »Astronaut«, der sich an Ezechiel wendet, diesen gegen Widerstand stählen und teilt ihm vorbeugend mit: »... ob sie es hören, oder ob sie es lassen ... so sollen sie doch wissen, daß ein Prophet unter inen war.« Die »Mannschaft« tat alles, was in ihrer Macht stand, konnte aber nicht die individuelle Freiheit jedes einzelnen Hebräers unterbinden ...

Im zweiten Teil der Botschaft begibt sich der »Engel-Missionar« schon auf ein prosaischeres Gebiet und gibt Ezechiel eine »Rolle«. In der Jerusalemer Version der Bibel ist die Überlieferung genauer, aber sagt im wesentlichen das gleiche:

»›Öffne den Mund und iß, was ich dir geben werde.‹ Da sah ich, wie eine Hand zu mir ausgestreckt war, und siehe, es war eine Buchrolle darin. Er breitete sie vor mir aus, sie war sowohl auf der Vorderseite wie auf der Rückseite beschrieben, es war auf ihr geschrieben: ›Klagen, Seufzen und Weh.‹«

Ezechiel, der immer noch sprachlos dastand wegen der Dinge, die ihm widerfuhren, war mißtrauisch, und er schaute neugierig hin, bevor er den Mund öffnete, so wie es ihn der »Astronaut« angewiesen hatte. (Manchmal habe ich mich gefragt, was wohl geschehen wäre, wenn Ezechiel – wie einige störrische Kinder – sich geweigert hätte, den Mund zu öffnen...) Und der Prophet verwendet einen seinen Möglichkeiten des Verstehens entsprechenden Ausdruck, um den »Aperitif« zu beschreiben: eine »Rolle«

oder »Buchrolle«. Zu jenen Zeiten und auch noch viele Jahrhunderte danach sahen die Bücher nicht so aus, wie wir sie heute kennen. Es waren Rollen aus Leder, Fell oder pflanzlichen Stoffen. Ich glaube nicht, daß die »Astronauten« ihn zwangen, tatsächlich eine solche Rolle oder solch ein zusammengerolltes Buch zu »essen«. (Der arme Ezechiel hätte ernsthafte Verdauungsschwierigkeiten bekommen.) Gewiß bot die »Mannschaft« dem Propheten irgend etwas wirklich Eßbares an, obwohl in Form einer »Rolle«. Daher die Verwirrung Ezechiels. Eine andere Frage ist natürlich, warum und wofür ...

Für einige Exegeten, die sich an diese seltsame Bibelpassage herangewagt haben, und besonders für den besagten Tkacik, erklärt sich diese Angelegenheit folgendermaßen: »Das Essen der Rolle ist als eine innere religiöse Erfahrung anzusehen, die bildlich den Umstand beschreibt, daß der Prophet eine profunde Kenntnis der Verbindung erlangt, die durch den Bund zwischen Gott und dem Volk hergestellt worden war.«

Was nun die seltsamen Inschriften betrifft, die der Prophet auf beiden Seiten der »Buchrolle« gesehen hat, so fährt Tkacik in der Darlegung seiner Geistesblitze fort und behauptet:

»Klage: Auf der Rolle erscheinen nur: ›Klagen, Seufzen und Weh.‹ Diese Klage ist die Botschaft des Propheten, denn ein Prophet, der den Frieden verkündet, ist verdächtig. ›Iß diese Rolle‹« – meint der Theologe schließlich – »bezeichnet die Geste, mit der sich Ezechiel die göttliche Botschaft ›einverleibt‹, so daß sein ganzes Wesen von ihr durchdrungen wird und es ihn quält, wenn er sie nicht weitergibt.«

Zum x-ten Male muß ich hier erklären, daß ich darin mit den illustren katholischen Bibelsachverständigen nicht übereinstimme. Diese Interpretation erscheint mir viel phantastischer als die meinen – bei allem Respekt.

Warum ist denn Ezechiel – soviel wir wissen – der einzige Prophet, dem »Jahve« ein physisches und berührbares Nahrungsmittel anbietet, das »im Munde wie süßer Honig« war? Hätte diese »Rolle«, die der »Auserwählte« verspeiste, den Sinn und Zweck gehabt, den ihr Tkacik zuschreibt, so wäre es doch logisch gewesen, wenn auch die anderen Propheten etwas ähnliches bekommen hätten.

Ich habe da einen anderen Standpunkt. Es gibt hier zwei Möglichkeiten: Entweder befand sich Ezechiel nicht bei bester Gesundheit, und jene »Nahrung« diente seiner Heilung oder als Vorbeugemaßnahme gegen eine Krankheit, oder die unmittelbar bevorstehende Reise, der er unterzogen werden würde, ließ es angebracht erscheinen, dem Propheten eine Spezialbehandlung angedeihen zu lassen, um den Einflüssen der »positiven« Schwerkraft entgegenzuwirken, der er, wie wir in der Folge sehen werden, unterworfen werden sollte ...

So einfach ist das.

Ein »Kringel«, der nach Pappe schmeckte

Bevor wir uns der »Entführung« oder »dem Wegholen« durch »Astronauten« zuwenden, möchte ich einen der wenigen mir zur Kenntnis gekommenen Fälle aufführen, in denen Besatzungsmitglieder eines Ufos einem Menschen auch ein »Nahrungsmittel« anboten. Wie der Leser gleich feststellen wird, war der Sinn oder Zweck der Überreichung jener Kringel an diesen Zeugen des 20. Jahrhunderts nicht der gleiche wie bei Ezechiel. Es waren andere Zeiten und Umstände. Aber immerhin wiederholt sich hier ein physisches Ereignis, das in seinem Ablauf dem vor fast zweitausend Jahren stattgefundenen sehr ähnlich ist.

Coral Lorenzen untersuchte den Fall, der sich am 18. April 1961 in Wisconsin, USA, ereignete, und schreibt wörtlich: »Dies war wahrscheinlich einer der polemischsten Ufo-Vorfälle der sechziger Jahre.« Hier die Details:

»Gegen 11 Uhr vormittags diesen Tages sah ein Bewohner von Eagle River, Joe Simonton, der damals sechzig Jahre alt war, die Landung eines Ufos auf dem Hof seiner Geflügelfarm bei dem besagten amerikanischen Ort. Er war zuerst von einem eigenartigen Lärm überrascht worden, ›der von oben kam‹, worauf er ans Fenster ging. Sein Erstaunen war grenzenlos, als er ein silberfarbenes Objekt erblickte, das senkrecht vom Himmel herunterkam und im Hof landete.

Joe ging ohne jede Furcht auf das Ufo zu und sah, wie sich an dessen Oberteil eine Luke öffnete. In dem Objekt waren drei Wesen, die menschenähnlich aussahen, mit dunkler Haut. Eines von ihnen hielt ihm dann einen ebenfalls silberfarbenen Krug mit zwei Henkeln hin und deutete Joe mit Gesten an, daß er etwas zum Trinken haben wollte. Simonton nahm den Krug ohne zu zögern, füllte ihn mit Wasser und gab ihn dem Insassen des Objekts zurück.

Bei dieser Gelegenheit musterte Simonton das Innere der Maschine und erblickte einen weiteren ›Mann‹, der auf einem Herd ohne Flamme etwas zu ›kochen‹ schien. Neben dem Rost – oder was es sonst war – bemerkte er mehrere kleine Gegenstände beziehungsweise durchbohrte Teilchen, die wie Gebäckkringel aussahen, die man zum Tee ißt. Als der unerschrockene Simonton fragte – natürlich mit Gesten –, ob er einen dieser Kringel bekommen könnte, reichte ihm einer der ›Piloten‹ vier davon.

Danach stieg das Objekt in einem Winkel von 45 Grad auf und verschwand innerhalb von Sekunden. Bei diesem Aufstieg neigten sich die Fichten in die Richtung, in die das Ufo flog.

Nach Bekanntwerden dieses Vorfalls stürzten sich die Forschungszentren wie die Geier auf dieses ›Gebäck‹. Der NICAP in Washington und dem bekannten Dr. Hynek gelang es, je einen dieser ›Kringel‹ zu bekommen. Den dritten hatte der rechtmäßige Eigentümer Mr. Simonton gegessen und den vierten und letzten bewahrte er als Erinnerungsstück auf. Joe gab an, daß der Kringel nach Pappe schmeckte.

Nach einer aufsehenerregenden Publizität um dieses Phänomen erklärte der NICAP, daß der Fall ›zu sensationsbeladen‹ geworden sei, und verzichtete auf eine Analyse des ›Gebäcks‹.

Aber die APRO – eine andere private Organisation zur Untersuchung von Ufo-Vorfällen – führte eine Analyse des Kringels durch und erklärte: ›Dieses Gebäck besteht aus Mais- und Weizenmehl mit möglichem Zusatz von anderen nicht ungewöhnlichen Stoffen.‹ Dennoch, die Fachleute konnten den genauen Ursprung des verwendeten Weizentyps nicht feststellen.«

Ezechiel »reiste« über den Fluß Kebar hinaus

Nachdem Ezechiel über das informiert worden war, was er seinen Landsleuten, den Verbannten, mitteilen sollte, und nachdem er die »Rolle«, die nach Honig schmeckte, gegessen hatte, brachten ihn die »Astronauten« in das Raumschiff, »holten ihn von jenem Ort weg« und transportierten ihn zum Fluß Kebar. Es handelt sich also um einen weiteren Fall von »zeitweiliger Entführung«, »Luftreise« eingeschlossen. Wenn ich ihn nicht ins Kapitel der »Entrückten« – Elias, Henoch, Baruch und Philippus – miteinbezogen habe, so war das eben wegen der Besonderheit, die diese Begegnung des Ezechiel von allen anderen unterscheidet: durch die geheimnisvolle »Buchrolle«, die er essen mußte, bevor er das Raumschiff betrat. Etwas sagt mir hier, daß der Prophet unter einem Schmerz oder an einer Störung litt (physisch oder geistig), was die »Mannschaft« dazu zwang, den neuen Auserwählten zu »verarzten«. (Aber das ist noch ein anderes »Labyrinth«, in das – wie ich wiederhole – ich mich jetzt nicht hineinwagen will.)

Jedenfalls betrat Ezechiel das Ufo oder wurde hineingebracht – der heilige Text ist in dieser Hinsicht nicht genau:

»Und der Geist hob mich empor«, sagt das Buch Ezechiel, »und ich hörte hinter mir das Geräusch eines gewaltigen Bebens: ›Gepriesen sei die Herrlichkeit Jahves an der Stätte ihrer Ruhe.‹ Es war das Geräusch der Flügel der Wesen, die aneinander schlugen, und zugleich mit ihnen das Geräusch der Räder. Und der Geist hob mich empor und ergriff mich, und niedergeschlagen ging ich dahin mit grollendem Herzen, und die Hand Jahves lastete schwer auf mir. So kam ich zu den Verbannten von Tel-Abib, die am Flusse Kebar wohnen, und ich blieb dort sieben Tage unter ihnen, starr und stumm.«

Die Beschreibung des Propheten kann nicht deutlicher sein. Der »Geist« – das heißt die »Kraft« des Raumschiffs – erhob ihn vom Boden, und Ezechiel hörte den Lärm, den das oder die Objekte erzeugte(n). Es kommt heutzutage nicht sehr häufig vor, daß Ufos mit einem großen Knall oder sonstigem Lärm landen oder starten, aber es gab auch zu unserer Zeit solche Fälle ... Daher erscheint es mir nicht seltsam, daß der Prophet solche Vibrationen oder Geräusche spürte oder hörte, wie beispielsweise das Schlagen von »Flügeln« und den Lärm der berühmten »Räder«.

Daraufhin – immer unter dem Aspekt des Phänomens der »Nichtidentifizierten« – gibt Ezechiel einen Kommentar ab, den wir heutzutage – und nur heutzutage, in der Epoche der Weltraumeroberung – mit einiger Sicherheit verstehen können ...

»... und niedergeschlagen ging ich dahin mit grollendem Herzen, und die Hand Jahves lastete schwer auf mir.«

Diese »Niedergeschlagenheit« kann als ein allgemeines Unwohlsein oder Angstgefühl (oder vielleicht eine Mischung aus beidem) als Folge des starken Schocks, den Ezechiel erlitt, ausgelegt werden. Wir dürfen aber auch nicht die Möglichkeit außer acht lassen, daß die eßbare »Rolle« begonnen hatte, im Organismus des Priesters Wirkung zu zeigen.

Nach meiner Ansicht ist aber der letzte Satz der Schlüssel. Ezechiel erzählt uns, daß die Hand Jahves schwer auf ihm lastete. Und das just in den Momenten, in denen »die Herrlichkeit Jahves ihn von seinem Ort erhob« gemäß der Übersetzung dieser Passage durch Nácar und Colunga. Heutzutage, wie ich sagte, und nur heutzutage, wo wir wissen, was die (positive) Schwerkraft[1] ist, der Astronauten, Piloten oder Passagiere beim Start eines Flugzeugs aus-

---

[1] Die Luftfahrtmedizin hat schon seit einiger Zeit sehr aufschlußreiche Untersuchungen über die Reaktionen von menschlichen Organismen auf Überbelastungen durchgeführt. Nachstehend einige Beispiele, die danach unterteilt sind, ob diese Beschleunigungen »positiv« – das heißt vom Kopf bis zum Sitz hinunter – oder »negativ« – das heißt vom Sitz bis zum Kopf des Piloten oder des Passagiers in einer Raumkapsel oder einem Flugzeug – sind:
Im Falle von positiven g-Werten (ein »g«, das Maß der »Gravitationsbeschleunigung«, beträgt 9,80665 m/s, was der Beschleunigung des Massenmittelpunkts eines Körpers entspricht, der sich im freien Fall auf den Erdboden zubewegt). 1 g entspricht normalen Schwerkraftbedingungen, das heißt denen auf der Erdoberfläche im Ruhestand. Ich beziehe mich natürlich auf einen Horizontalflug (bei konstanter Geschwindigkeit).
Bei 2 g hat man das Gefühl, in den Sitz gedrückt zu werden.
Bei 3 g werden der Unterkiefer des Piloten oder Passagiers, seine Gesichtsmuskeln und andere weiche Gewebe des Körpers zusammengepreßt. Kopf und Gliedmaßen werden schwer.
Bei 4 g verspürt der Pilot Atmungsschwierigkeiten als Folge der Verlagerung des Zwerchfells nach unten (zum Sitz hin). Er fühlt sich unfähig, Arme oder Beine zu heben. Ein Schweregefühl und heftige Schmerzen ergreifen die unteren Gliedmaßen und besonders die Waden. (Es handelt sich hier schließlich schon um eine Beschleunigung von fast 40 m/s.)
Wenn die – positive – Beschleunigung 5 g erreicht, verliert der Astronaut die Besinnung. Der sogenannte Grauschleier nimmt zu bis zu völliger Dunkelheit (»Schwarzschleier«). Der Verlust des Sehvermögens beginnt an der Peripherie des Sichtfelds und schreitet zum Zentrum fort. Der Pilot oder Passagier kann nichts mehr sehen, aber noch hören und denken.
Diese Reaktionen, ebenso wie bei negativen Beschleunigungen, wurden in Zeiträumen von 5 bis 60 Sekunden der Einwirkung gemessen.

gesetzt sind, werden wir den Bericht Ezechiels verstehen.

Wie sonst hätte der Prophet wohl die Gravitationsbeschleunigung beim Aufstieg des Raumschiffs beschreiben sollen? Für mich sind die gewählten Vergleiche so einleuchtend wie anschaulich.

Wenn ich diesen Umstand akzeptiere, befällt mich aber automatisch ein anderer Zweifel: War dieser heftige Aufstieg – mit einer gewaltigen Kraftentwicklung – das Vorspiel zu einer viel längeren und »intensiveren« Reise als der, welche uns der Prophet beschreibt? Wenn ich dem Faden der Logik folge – falls unsere »Logik« überhaupt mit der dieser Wesen aus dem Weltraum verglichen werden kann, so brauchten die »Astronauten« keinen besonderen »Anschub«, um den »Auserwählten« auf eine Höhe von wenigen Metern oder auch Kilometern zu bringen. (Vergessen wir nicht, daß sich der Vorgang die ganze Zeit in der Nähe des Flusses Kebar abspielte.) Wie ist es dann zu verstehen, daß das Raumschiff Ezechiel an die Ufer dieses Nebenflusses des Euphrat brachte, um ihn an einem Ort zu lassen, wo die Verbannten lagerten, am gleichen Fluß Kebar? Das macht nicht viel Sinn ... Und wenn ich die Annahme wage, daß das Raumschiff eine große Schubkraft entwickelt haben könnte, so eben wegen des fürchterlichen Bebens und der anschaulichen Beschreibung der Gravitationsbeschleunigung, die uns Ezechiel gibt. Nach den Erkenntnissen der Luftfahrtmedizin müßte der »Entführte« in diesen Augenblicken einer Beschleunigung in der Größenordnung von 3 bis 4 g ausgesetzt worden sein. Die Anfangsgeschwindigkeit von ungefähr 40 m/s könnte nur durch ein weitreichendes Projekt beziehungsweise »Flugplan« gerechtfertigt gewesen sein als dem eines einfachen »Sprunges« bis zum Lager der Landsleute des Ezechiel – beispielsweise durch eine »Reise« bis zur Stratosphäre.

Unter dieser Voraussetzung sind die Raumanzüge der »Astronauten« allerdings absolut verständlich, so daß meine vorherige Hypothese nicht zutrifft, daß es sich um Wesen handelt, die in unserer Atmosphäre nicht atmen können. Denn genau in den Situationen, in denen unsere Piloten und Astronauten Beschleunigungen von 2 oder 3 g ausgesetzt werden (und erst recht bei der Überschreitung dieser Grenzen), sind diese sogenannten Anti-g-Anzüge unerläßlich. Diese Anzüge haben Schläuche und Ummantelungen aus Gummi, die aufgeblasen werden können, wie bei einer Blutdruckuntersuchung. Sie üben automatisch einen Druck auf die Beine, Waden und den Unterleibbereich aus und reagieren, wenn die Überbelastung 2 g positiv übersteigt.[1] (Ezechiel war bei diesem Aufstieg einer positiven Beschleunigung ausgesetzt.)

Der Prophet sagte nichts über diese mögliche lange Reise, aber er läßt sich auch nicht weiter darüber aus, was er während des Fluges in dem Raumschiff sah. Das natürlich unter der Voraussetzung, daß er nicht besinnungslos oder absichtlich von den »Astronauten« betäubt worden war. Es ist sehr verdächtig, daß der Prophet nach seiner Reise »starr und stumm« blieb. Was war wirklich mit ihm geschehen, und warum diese Starrheit? Könnte er einen posthypnotischen Befehl erhalten haben – wie es heutzutage schon mit vielen von Ufos »Entführten« geschah –, damit er sich nicht daran erinnerte, wo er gewesen und was mit ihm geschehen war? Und wenn das so war, warum? Die »Rolle«, die man ihm zu essen gab, könnte die in irgendeinem Zusammenhang mit dieser vermutlichen »medizinischen Untersuchung« gestanden haben? Wenn man die darauffolgenden Kapitel der Heiligen Schrift liest,

---

[1] Es sind Experimente mit bestimmten Schutzanzügen – ausschließlich mit Astronauten und immer in Horizontallage – durchgeführt worden, bei denen in drei Minuten 11 g erreicht wurden.

in denen der Prophet einer merkwürdigen medizinischen Behandlung einschließlich einer strengen Diät unterzogen wird, scheint alles auf diese Hypothese hinzudeuten ...

Ich lasse den Leser jetzt seine eigenen Schlüsse ziehen.

Und zum Abschluß dieses kurzen Überblicks über »fliegende Räder« und »feurige Wagen«, die die »Astronauten des Jahve« benutzten – und immer noch benutzen – möchte ich einen fast vergessenen Absatz eines anderen apokryphen Evangeliums mit dem Titel *Geschichte Josephs des Zimmermanns*[1] zitieren, der mich regelrecht verblüffte. Im 28. Kapitel dieses Textes beklagt Jesus von Nazareth den Tod seines Adoptivvaters und ruft aus:

»Und was hindert mich jetzt daran, daß ich meinen guten Vater bitte, mir einen großen leuchtenden Wagen zu schicken, um Joseph zu erheben, damit er nicht spüre die Bitterkeit des Todes und damit er gebracht werde zum Ort der Rast in dem gleichen Fleisch, das er auf der Erde trug, um dort zu leben mit meinen körperlosen Engeln?«

Es ist möglich, daß viele sich fragen werden, ob denn Christus wirklich diese Worte aussprach. Ich stand vor dem gleichen Dilemma. Wir können die Wahrheit nicht erfahren. Laut Johannes tat der Meister so viele andere Dinge, daß sie nicht in alle Bücher der Welt passen würden. Logischerweise übertreibt der Evangelist hier. Aber es gibt da einen sehr glaubhaften Aspekt in seiner Behauptung: Während der drei Jahre seines öffentlichen Wirkens mußte der Mann aus Nazareth eine Fülle von Wundern verrichtet und viele Worte gesprochen haben, von denen bestimmt viele Reden und Aussprüche verlorengegangen sind und die – warum eigentlich nicht? – dank dieser apokryphen Evangelien und anderer Schriften, die von der Kirche so

---

[1] *Die Geschichte von Joseph dem Zimmermann* wurde erst 1722 in einer von G. Wallin veröffentlichten arabischen Version bekannt, wie aus einem aus Ägypten stammendem Manuskript in der Königlichen Bibliothek von Paris hervorgeht.

vergessen wie verachtet sind, gerettet werden könnten. (Wie hätte es mich gefreut, Jesus folgen zu können – und sei es auch nur in den letzten Wochen seines Lebens gewesen –, um all die erschöpfenden journalistischen Informationen über das zu sammeln, was er sagte und erlebte! Doch das bleibt natürlich ein unmöglicher Traum ...)

Aber vergessen wir einen Moment den unbehaglichen Zweifel darüber, ob Jesus wirklich diese Sätze über den Tod des heiligen Joseph gesagt hat, und versuchen wir, eine genaueste und überlegte Untersuchung dieser Worte vorzunehmen.

Wenn dieses apokryphe Dokument auf das 4. oder 5. Jahrhundert zurückgeht, wie es der Kommentator der Biblioteca de Autores Cristianos (Bibliothek Christlicher Autoren) Aurelio de Santos Otero, diplomierter Theologe und Doktor der slawischen und orientalischen Philologie, behauptet, und wenn alles eine Erfindung eines anonymen Schreibers war, wie ist es dann möglich, daß sich dieser Verfasser (vor fünfzehn Jahrhunderten!) auf einen »leuchtenden Wagen«, der Joseph hinwegholt, bezieht? Es gibt zwei Möglichkeiten: Entweder der Autor hatte Kenntnis von den besagten »Wagen« und »fliegenden Rädern«, weil er sie selbst gesehen oder man ihm davon erzählt hatte, oder es handelt sich um einen äußerst phantastischen Zufall. Ich sage hier absichtlich »Zufall«, weil erst im 20. Jahrhundert (1947, um genau zu sein) die Ausdrücke »fliegende Untertasse« und »Ufo« entstanden. Und erst in unserer Epoche sind von offizieller und privater Seite aus weltweit Forschungen zur Aufklärung dieses Phänomens in die Wege geleitet worden. Wie konnte dann der Verfasser dieses Apokryphs einen Ausdruck wie »leuchtender Wagen« benutzen? Die Antwort ergibt sich von selbst: Diese »Wagen«, die leuchteten und fliegen konnten, waren auch im Altertum eine Realität.

Lassen Sie uns weiter theoretisieren (obwohl mir dieses Verb immer falscher und künstlicher vorkommt).

Wollen wir voraussetzen, daß Jesus wirklich diese Worte über den »leuchtenden Wagen« sprach. Dies bedeutet dann nicht nur die Anerkennung des Vorhandenseins von Ufos und ihre Besatzungen oder »Astronauten« bei der Durchführung des »Großen Plans« der Erlösung der Menschheit, sondern auch – und vor allem – die faszinierende Möglichkeit, daß ein menschliches Wesen – wie es bei Joseph der Fall war – sich dem Tode entziehen könnte, indem er einen dieser »fliegenden Wagen« betritt. Der physische Vorgang, sich in ein Raumschiff zu begeben, bedeutet nun keinesfalls die Unsterblichkeit. Ein solches Wunder könnte nur durch die medizinische »Behandlung« und die Technologie dieser Wesen möglich sein. Sogar heutzutage, mit unserer rudimentären und vergleichsweise noch »steinzeitlichen« medizinischen Wissenschaft kann man doch schon einen Gehirntoten oder Patienten, die von den Ärzten bereits aufgegeben wurden, unbegrenzt lange am Leben erhalten. Wer hätte wohl im 1. Jahrhundert oder in der Renaissance erwartet, daß die Menschen einmal in der Lage sein werden, das Herz aus dem Brustkorb zu entfernen und es durch einen anderen Muskel dieser Art von einer anderen, kurz vorher gestorbenen Person oder sogar durch ein künstliches Herz aus Kunststoff und Stahl zu ersetzen? Wenn die gegenwärtige Wissenschaft in der Lage ist, das Geschlecht von Männern oder Frauen zu verändern oder so ganz nebenbei einen Atomherzschrittmacher unter die Haut eines alten Menschen einzusetzen, um ihm dadurch das Leben zu verlängern, was werden dann die Ärzte und Forscher des 21. Jahrhunderts nicht alles erreichen?

Warum sollten wir also so erstaunt über Worte wie die des Jesus von Nazareth sein?

Christus hatte schließlich viele »Begegnungen« mit diesen »Wagen« oder »leuchtenden Wolken« sowie mit seinen »Engeln« oder »Astronauten«, während er auf unserem Planeten weilte, und sogar noch nach seiner Wiederaufstehung. Und mehr noch: Seine eigene Geburt in der berühmten Grotte von Bethlehem war von »Phänomenen« umgeben, die den Ufo-Forschern sehr bekannt vorkommen. Oder welche Erklärung kann man denn sonst für die geheimnisvollen »Sterne« geben, die die Weisen aus dem Morgenland oder Heiligen Drei Könige leiteten und welche die Bewohner des kleinen Dorfes in der Nähe von Jerusalem so erregten?

KAPITEL XIV

Ein kleines Geheimnis: Ich glaube an die Heiligen Drei Könige oder die Weisen aus dem Morgenland. – Die apokryphen Evangelien berichten mehr und besser über den »Stern« von Bethlehem. – Herodes schenkte dem Jesuskind ein Diadem. – Fast alle stimmen darin überein: die drei Weisen aus dem Morgenland waren Perser. – Wo ist das »Testament Adams«? – Drei bis vier Monate konnte die Reise nach Bethlehem gedauert haben. – Esra war den Weg gezogen, den die drei Weisen zurücklegten. – Gab es eine »Ablösung« des »Sterns«, als sie nach Jerusalem kamen? – Die heilige Maria von Agreda »sah« den »Stern« auch. – Heutzutage glauben die Menschen nicht an Ufos, aber sie hängen einen »Stern« in den Weihnachtsbaum. – Zum Schluß »schütte ich mein Herz aus«.

Ich habe es ja schon einmal gesagt: Wenn ich eine besondere Vorliebe für ein bestimmtes Ufo hätte, dann wäre es das, welches die Weisen aus dem Morgenland nach Bethlehem führte. Vielleicht liegt der Grund in meiner Kindheit. Ich war ein glückliches Kind, und die Vorstellung der Weisen aus dem Morgenland oder Heiligen Drei Könige rührte mich immer sehr. Mehr noch – und dies ist ein Geheimnis, das ich noch nie verraten habe: Ich glaube immer noch an sie. An jedem 5. Januar werfe ich abends einen verstohlenen Blick auf den Himmel und suche diesen fast magischen »Stern«, der sie nun schon vor mehr als 1998 Jahren geleitet hat. Vielleicht wundert sich ein Leser, der mich nicht kennt, daß ich so mit der Tür ins

Haus gefallen bin. War denn der Stern von Bethlehem ein
Ufo?

Ich möchte hier nicht auf die auf der ganzen Erde in
Umlauf befindlichen wissenschaftlichen Erklärungen für
dieses wunderbare Ereignis eingehen. Sie sind in meinen
vorhergehenden Büchern *El Enviado (Der Abgesandte)*
und *Los Astronautas de Yavé (Die Astronauten des Jahve)*[1]
ausführlich kommentiert worden. Für jeden rationalen
und hinlänglich informierten Verstand kann ein »Stern«
wie dieser – der in der Lage ist, eine Karawane monatelang zu leiten, bei der Ankunft der Weisen aus dem
Morgenland oder Heiligen Drei Könige in Jerusalem zu
verschwinden, sich wieder zu zeigen, als sie die Stadt
verließen und über dem Haus, in dem sich »das Kind«
befand, stillzustehen – nicht als Explosion eines Himmelskörpers (Nova oder Supernova) identifiziert werden
oder mit einem Kometen mit langem »Schweif«, der bei
Eintritt in die äußeren Schichten der Erdatmosphäre
sofort zerfiel; auch nicht als ein planetarisches Zusam-
menwirken, wie es Kepler behauptet hat und es heutzutage viele Theologen und Exegeten verteidigen (es ist
unmöglich, daß sich solch ein planetarisches Zusammen-
wirken monatelang hinzieht, verschwindet, wieder auftaucht und sich dann noch über ein Haus setzt), oder als
einen Meteor oder einen Meteoriten, der sich – wie es
seiner Natur entspricht – darauf beschränkt, zu fallen
und nicht monatelang waagerecht zu fliegen, und auch
nicht als eine Sonne oder einen Stern, denn die Annäherung eines solchen Himmelskörpers an unser Sonnensy-
stem hätte die kosmische Ordnung in unserem Bereich
des Weltalls durcheinandergebracht, und auch nicht als

---

[1] *El Enviado (Der Abgesandte)* (1979: 12. Auflage bis 1980 und 100 000 in Spanien verkaufte Exemplare), *Los Astronautas de Yavé (Die Astronauten des Jahve)* (1980: 5. Auflage
und 30 000 verkaufte Exemplare).

ein »literarisches Gleichnis« bzw. eine »schöne orientalische Legende«.

Da nun diese möglichen wissenschaftlichen »Erklärungen« unhaltbar sind, was bleibt uns dann noch? Ganz einfach: Uns bleibt die Gegenwart – die wunderbare Gegenwart – eines »nicht identifizierten Flugobjekts«, also eines Ufos. Uns bleibt ein leuchtendes Himmelsschiff, gesteuert von jenen »Engel-Astronauten«, von denen ich schon sooft gesprochen habe. Aber als ich *Der Abgesandte* und *Die Astronauten des Jahve* schrieb, gab es in meinem Herzen viele Zweifel. Einige standen in Zusammenhang mit dem kaum bekannten Kapitel über die Heiligen Drei Könige – so zum Beispiel:

1. Woher kamen diese ersten Anbeter von Jesus tatsächlich?

2. Wer waren sie in Wirklichkeit?

3. Wie hatten sie von der Geburt des Messias erfahren?

4. Warum begleitete sie Herodes der Große nicht nach Bethlehem?

Der heilige Matthäus, der einzige »offizielle« Evangelist, der von dem »Stern« und den Weisen aus dem Morgenland oder Heiligen Drei Königen sprach, sagte wenig zur Beantwortung dieser Fragen. In seinem 2. Kapitel heißt es wörtlich:

»Als nun Jesus geboren war, zu Bethlehem im Lande Juda in den Tagen des Königs Herodes, da kamen Weise aus dem Morgenland nach Jerusalem und sagten: ›Wo ist der neugeborene König der Juden? Denn wir haben seinen Stern aufgehen gesehen und sind gekommen, ihm zu huldigen.‹ Als König Herodes das hörte, erschrak er und ganz Jerusalem mit ihm. Und er ließ alle Hohepriester und Schriftgelehrten des Volkes zusammenkommen und forschte sie aus, wo der Messias geboren werden solle. Sie sagten ihm: ›In Bethlehem im Lande Juda. Denn so steht es geschrieben beim Propheten: Und du, Bethlehem, Land Judas, bist keineswegs die geringste unter den Fürstenstädten Judas, denn aus dir wird der Herrscher hervorgehen, der mein Volk Israel weiden wird.‹

Da rief Herodes die Weisen heimlich zu sich und horchte sie aus, wann ihnen der Stern erschienen sei. Dann schickte er sie nach Bethlehem und sagte: ›Ziehet hin und forschet genau nach dem Kinde, und sobald ihr es gefunden habt, laßt es mich wissen, damit auch ich komme und ihm huldige.‹ Nachdem sie den König angehört hatten, brachen sie auf. Und siehe der Stern, den sie im Aufgehen gesehen hatten, zog vor ihnen her, bis er ankam und stehenblieb über dem Ort, wo das Kind war. Als sie aber den Stern erblickten, wurden sie von sehr großer Freude erfüllt. Sie traten in das Haus ein und sahen das Kind mit seiner Mutter Maria, fielen nieder und huldigten ihm. Dann holten sie ihre Schätze hervor und brachten ihm Geschenke dar, Gold, Weihrauch und Myrrhe. Und da sie im Traum die Weisung empfingen, nicht zu Herodes zurückzukehren, zogen sie auf einem anderen Weg heim in ihr Land.«

Matthäus sagt hier, daß sie »aus dem Morgenland« kamen. Aber was verstanden denn damals die Einwohner von Palästina unter dem »Morgenland«? Zweifellos Arabien, Chaldäa oder Persien. Einige apokryphe Evangelien werfen mehr Licht auf die Herkunft dieser berühmten und mutigen Männer. In dem Werk *Liber de Infantia Salvatoris (Buch von der Kindheit des Erlösers)*[1] wird uns folgendes berichtet:

---

1 Es handelt sich hier um eine Zusammenstellung in zwei großen Teilen: dem *Códice Arundel*, der im Britischen Museum aufbewahrt wird (14. Jahrhundert), und dem *Códice Hereford* (13. Jahrhundert). Es hat sich herausgestellt, daß der erstere älteren Ursprungs ist. Er führt diese Erzählung auf den heiligen Matthäus zurück und bringt als Vorwort den Brief des heiligen Hieronymus an Cromatius und Heliodor.

»Als Joseph die Weisen aus dem Morgenlande erblickte, sagte er: ›Was werden das wohl für Männer sein, die da zu uns kommen? Mir deucht, daß sie eine lange Reise hinter sich haben. Ich werde mich also erheben und ihnen entgegengehen.‹ Und während er auf sie zu ging, sagte er zu Simeon (einen der Söhne des heiligen Joseph, der schon verwitwet war): ›Ich glaube, es sind Wahrsager, denn sie bleiben nicht ruhig, beobachten und diskutieren miteinander. Auch scheinen sie mir Ausländer zu sein, denn ihre Kleidung ist anders als die unsere, sie ist sehr weit und von dunkler Farbe. Auch tragen sie Birette auf dem Kopfe und geschnürte Sarabarae an den Beinen wie ... Aber jetzt haben sie angehalten und einen Blick auf mich geworfen. Nun kommen sie wieder auf uns zu.‹ Als sie dann an der Grotte angekommen waren, sprach Joseph zu ihnen: ›Wer seid Ihr, sagt es mir.‹

Aber sie wollten dreist eintreten ins Innere. Da sprach Joseph: ›Um Euer Wohlergehn willen, sagt mir, wer Ihr seid, die Ihr so in meine Zuflucht eindringen wollt.‹ Und da antworteten sie: ›Unser Führer ist hier eingetreten, wie wir gesehen haben. Warum fragst du uns? Gott hat uns hergeschickt. Wir können Dir verkünden, daß das die Erlösung aller ist.

Wir haben am Himmel den Stern des Königs der Juden gesehen und sind gekommen, ihn anzubeten, denn so steht es geschrieben in den alten Büchern über die Bedeutung dieses Sterns: daß wenn dieser erscheint, der ewige König geboren werden und den Gerechten ein unsterbliches Leben erteilen wird.‹ Da sagte Joseph: ›Es wäre angebracht, daß Ihr zuerst Nachforschungen in Jerusalem anstellt, denn dort ist doch der Tempel des Herrn.‹ Und sie antworteten ihm: ›Wir sind schon in Jerusalem gewesen und haben dem König verkündet, daß

Christus geboren ist und wir gekommen sind, ihn zu suchen. Aber er hat uns gesagt: »Ich weiß den Ort nicht, an dem er geboren wurde.« Danach sandte er eine Botschaft an Schriftgelehrte, Weise, Hohepriester und Doktoren, die daraufhin zu ihm eilten. Und er fragte sie, wo denn Christus geboren werden sollte. Darauf antworteten sie: In Bethlehem, denn so steht es geschrieben darüber: Und du, Bethlehem, im Lande Juda, bist keinesfalls die geringste unter den Fürstenstädten Judas, denn aus dir wird der Herrscher hervorgehen, der mein Volk Israel leiten wird.

Als wir dies hörten, kamen wir, um ihn anzubeten. Ihr müßt wissen, daß der Stern, der uns erschienen war, uns vorausging, seitdem wir mit der Reise begonnen hatten. Aber Herodes, als er diese Dinge hörte, bekam Furcht und fragte uns nach dem Geheimnis des Sternes – wann er uns erschienen sei. Als wir dann gingen, sagte er uns: »Benachrichtigt mich sofort, und wenn Ihr ihn gefunden habt, laßt es mich wissen, damit auch ich ihm huldigen kann.«

Und der selbige Herodes gab uns das Diadem, das er auf seinem Haupte zu tragen pflegte (auf diesem Diadem ist eine weiße Mitra), und einen Ring mit einem kostbaren königlichen Stein als unverkennbares Siegel, das er vom König der Perser zum Geschenk erhalten hatte. Er hieß, uns dieses dem Kinde zu überreichen. Der selbige Herodes versprach, ihm noch ein Geschenk zu machen, wenn wir bei unserer Rückkehr wieder vor ihm erscheinen würden. Mit diesen Geschenken verließen wir Jerusalem. Der Stern, der uns erschienen war, zog vor uns her, seit wir Jerusalem verlassen hatten, bis zu diesem Ort hier, wo er in diese Grotte zog, wo du jetzt bist und uns nicht einzutreten erlaubst.‹

Da sagte ihnen Joseph: ›Ich will mich nicht widersetzen. Folgt ihm, denn Gott ist Euer Führer und nicht nur der Eurige, sondern von allen denjenigen, denen er seine Herrlichkeit erweisen will.‹ Als sie dies hörten, traten die Weisen ein und begrüßten Maria mit den Worten: ›Gegrüßet seist Du, voller Gnade!‹ Dann traten sie an die Krippe und schauten das Kind an.

Aber Joseph sagte zu Simeon: ›Sohn, sieh nach, was diese Fremden tun, denn es ist nicht gut, wenn ich ihnen nachspioniere.‹ Und der Sohn tat es. Danach sagte dieser zu seinem Vater: ›Gleich nach dem Eintreten haben sie das Kind begrüßt und sind mit dem Gesicht zur Erde gefallen. Dann haben sie ihn angebetet, wie es der Brauch der Fremden ist, und jeder küßte einzeln die Fußsohlen des Kindes. Was sie in diesem Augenblick tun? Ich sehe es nicht gut.‹ Da sagte ihm Joseph: ›Schau genau hin.‹ Und Simeon antwortete: ›Sie holen ihre Schätze hervor und bringen ihm Geschenke dar.‹ Da sagte Joseph: ›Was geben sie ihm denn?‹ Und Simeon antwortete: ›Ich glaube, sie geben ihm jene Geschenke des Königs Herodes. Jetzt geben sie ihm Gold, Weihrauch und Myrrhe aus ihren Schätzen und auch viele Gaben für Maria.‹ Da sagte Joseph: ›Sehr gut taten die Herren daran, das Kind nicht umsonst geküßt zu haben. Ich mochte jene Hirten nicht, die mit leeren Händen hierher kamen.‹ Und wieder sagte er ihm: ›Schau genau hin, was sie tun.‹ Das tat Simeon und sagte dann: ›Sie haben wieder das Kind angebetet und kommen jetzt zu uns.‹«

Der heilige Johannes gibt uns endlich eine Beschreibung der Kleidung dieser in Israel fremden Personen, die eigenartigerweise der klassischen Kleidung der Perser und ihren charakteristischen *Sarabarae*-Hosen entspricht. Ich weise auch darauf hin, daß viele traditionelle bildliche Darstellungen – wie die in den alten Katakomben – der Heiligen Drei Könige mit dieser Beschreibung genau übereinstimmen. Und das gleiche trifft auch auf einen guten Teil der Gebets- und Schrifttradition zu. (Diese Theorie wird, unter anderem, vom heiligen Justinus, Tertulianus und heiligen Epiphanius verteidigt.)

In anderen Aprokyphen wie dem *Arabischen Evangelium der Kindheit Jesus'*[1] sind auch klare Angaben über die Herkunft der Weisen aus dem Morgenland enthalten:

»Und da der Herr Jesus in Bethlehem von Juda unter der Herrschaft des Herodes geboren ward, geschah es, daß einige Weise nach der Vorhersage von Zaradust nach Jerusalem kamen. Und sie beteten ihn an und brachten ihm ihre Geschenke dar. Darauf nahm Maria eines der Windeltücher und gab es ihnen als Gegengeschenk. Sie fühlten sich sehr geehrt, es aus ihren Händen zu empfangen. Und zur gleichen Stunde erschien ihnen ein Engel, der hatte die gleiche Gestalt wie jener Stern, der ihnen auf dem Weg als Führer gedient hatte. Der Spur seines Lichtes folgend, gingen sie von dannen, bis sie zu ihrem Vaterland gelangten.

Und es kamen zu ihrer Begrüßung die Könige und die Fürsten und fragten sie, was sie gesehen und getan hatten, wie die Hin- und Rückreise verlaufen war und was sie mit

---

1 *Dieser apokryphe Text hat seinen Namen erhalten, weil er bis vor kurzem nur in der arabischen Version bekannt war. Aber dem gelehrten P. Peeters gelang es, ihn mit der sogenannten syrischen Übersetzung zu identifizieren, die auf einen viel älteren Ursprung zurückgeführt wird, und er veröffentlichte sie im Jahre 1914. Die arabische Version – natürlich in sehr lädiertem Zustand – besteht aus zwei Manuskripten. Das erste befand sich in der Bibliothek von J. Golius und ist gegenwärtig in der Bibliothek Bodleiana in Oxford (England). Es trägt kein Datum und ist im Katalog der arabischen und christlichen Manuskripte von Nicoll und Pusey unter der Nummer LII verzeichnet. Dieses Manuskript wurde von H. Sike für seine lateinische Version, die im Jahre 1697 veröffentlicht wurde, verwendet.*
Das zweite Manuskript – das sehr wenig untersucht wurde – ist der sogenannte Códice Orientalis 32, Eigentum der Biblioteca Laurenziana de Firenze (Florenz, Italien). Sie trägt das Datum 1299 und hat keinen Ursprungstitel. Ihr Band II beginnt mit einer Prophezeiung von Zoroaster. Darauf folgt die Fortsetzung der Erzählung, die so beginnt: »Im Jahre 304 der Ära des Alexander...«

sich gebracht hatten.¹ Sie zeigten das Windeltuch, das ihnen Maria gegeben hatte, worauf sie ein Fest feierten und nach ihren Gebräuchen Feuer anzündeten und es anbeteten. Dann warfen sie das Windeltuch auf das Feuer, und es wurde von dem Feuer angegriffen und schrumpfte zusammen. Aber als es erlosch, holten sie das Tuch in gleichem Zustand heraus, in dem es vor dem Wurf ins Feuer gewesen war, als habe es das Feuer nicht berühren können. Da begannen sie, es zu küssen und auf ihre Häupter zu legen und sagten: ›Dies ist wirklich eine Wahrheit ohne den Schatten eines Zweifels.² Gewiß ist es ein Wunder, daß das Feuer es nicht verschlingen oder zerstören konnte.‹ Dann nahmen sie das Tuch und legten es mit hohen Ehren zu ihren Schätzen[3].«

Dasselbe apokryphe Evangelium, aber in der äußerst interessanten und vollständigeren syrischen Version[4] berich-

---

[1] In der syrischen Version heißt es an dieser Stelle: »Die Weisen kamen zurück zur Stunde der Mahlzeit, und ganz Persien freute sich über ihre Wiederkehr.«

[2] In der ursprünglichen syrischen Version heißt es: »Dieses Windeltuch ist ein Kleidungsstück des Gottes der Götter, da das Feuer ihm nichts anhaben konnte.«

[3] Diese angebliche Reliquie wurde im 8. Jahrhundert in Konstantinopel aufbewahrt. Es scheint, daß sie danach nach Frankreich gebracht wurde, wo sie in der Französischen Revolution vernichtet wurde.

[4] Die syrische Version des fälschlich als »*Arabisches Evangelium der Kindheit*« bezeichneten Werkes, das von Peeters endgültig identifiziert wurde, wie ich schon vorher angeführt habe, besteht aus den folgenden drei Manuskripten:
1. 1890 ließ E. A. Wallis Budge eine »*Geschichte der Jungfrau Maria*«, die er in einem Manuskript aus dem 13./14. Jahrhundert gefunden hatte. Er stellte einen Vergleich zwischen diesem Exemplar und dem der Königlich Asiatischen Gesellschaft in London an, den er im Jahre 1899 zusammen mit einer englischen Übersetzung veröffentlichte *(The History of the B.V.M.: Luzac's Semitic Text and Translation Series (Die Geschichte der Gesegneten Jungfrau Maria: Luzac's Semitische Text- und Übersetzungsreihe, IV-5)*. Diese Geschichte der Heiligen Jungfrau beginnt mit Extrakten aus dem »*Protoevangelium des Jakobus*« und endet mit der »*Dormitio Deiparae*«. Zwischen diesen beiden befindet sich das gesamte »*Evangelium der Kindheit*«, gefolgt von einer Zusammenfassung des Lebens Jesu in der Öffentlichkeit.
2. Dem gesagten Manuskript der Königlich Asiatischen Gesellschaft von London.
3. Dem Manuskript der Vatikanischen Bibliothek (Sir. 159).
Der Inhalt dieser syrisch-arabischen Version des Apokryphs »Evangelium der Kindheit« ist von verschiedenen Quellen inspiriert. Es zitiert zu Beginn wörtlich das

tet andere Einzelheiten von großem Wert, zumindest über das mögliche Heimatland der Weisen aus dem Morgenland. Nach diesem syrischen Manuskript wurde in der Nacht der Geburt von Jesus ein »Schutzengel« nach Persien geschickt. Dieser erschien in der Form eines »glänzenden Sterns« vor den Magnaten des Königreiches (Anbeter des Feuers und der Sterne), als sie ein Fest feierten. Darauf nahmen drei »Könige«, Söhne von Königen, drei Libra Gold, Weihrauch und Myrrhe, kleideten sich in ihre besten Gewänder, setzten sich die Tiara auf und traten die Reise an. Die ganze Zeit über wurden sie von dem gleichen »Engel« geleitet, der Habakuk in den Himmel geholt und Daniel in der Löwengrube genährt hatte. So gelangten sie nach Jerusalem, wie es die Prophezeiung von Zoroaster oder Zaradust vorausgesagt hatte. Die »Könige und Königssöhne« fragten dann Herodes nach dem vor kurzem geborenen König. Dieser unterzog sie einem Verhör. Die Weisen antworteten auf seine Fragen und versicherten ihm, daß »einer ihrer Götter« sie von der Geburt des Königs der Juden benachrichtigt habe. Herodes der Große ließ sie ziehen, nachdem er ihnen empfohlen hatte, ihn nach der Anbetung den Ort, an dem sich das Kind befand, mitzuteilen. Als sie den Palast verließen, erschien ihnen der »Engel« wieder, aber diesmal in Form einer »Feuersäule«. Sie beteten das Kind an, und während der Nacht des fünften Tages der Woche nach der Geburt erschien ihnen wieder der »Engel«, den sie in Persien in der Gestalt eines »Sternes« gesehen hatten. Dieser begleitete sie dann bis in ihr Heimatland zurück.

Wie wir sehen, wird das Land Persien ständig in den Apokryphen wiederholt.

Die mysteriöse Prophezeiung des Zoroaster oder Zara-

Buch des Pontifex Joseph, und im Kapitel XXI spricht es von einem Evangelium der Kindheit, das sich von dem »vollendeten« oder kanonischen Evangelium unterscheidet.

dust basiert auf einem laurentinischen Manuskript des 8. Jahrhunderts, das in Florenz aufbewahrt wird. Diese Weissagung verkündet, daß eine Jungfrau einen Sohn zur Welt bringen wird, den die Juden opfern werden und der dann zum Himmel aufsteigt. Bei seiner Geburt wird ein Stern erscheinen, unter dessen Führung die Weisen aus dem Morgenland nach Bethlehem ziehen werden, um dort den Neugeborenen anzubeten.

Wie wir gesehen haben, ist diese Prophezeiung mathematisch exakt eingetroffen. Und dies weckt in mir den Verdacht, daß die »Astronauten« – aus noch unbekannten Gründen – »Propheten« außerhalb und innerhalb des hebräischen Volkes auswählten. Aber das ist eine andere Geschichte ...

Ein geheimnisvoller Brief

Durch die Lektüre dieser Apokryphen haben sich die drei Fragen, die sich mir bei der Geschichte der Weisen aus dem Morgenland immer gestellt hatten – nämlich: »Woher kamen sie? Wer waren sie, und wie hatten sie von der Geburt des Jesus von Nazareth erfahren? – hinlänglich geklärt.

Wenn die »Astronauten« den Besuch der drei Weisen in Bethlehem vorausgesehen hatten, so war es doch natürlich, daß sie in diese Gegend hinabstiegen, um einen direkten und persönlichen Kontakt mit den »Auserwählten« aufzunehmen, sie über die Geburt des Messias zu informieren und sie aufzufordern oder von ihnen zu verlangen – denn von der »Mannschaft« des Jahve konnte man alles erwarten –, ihrem »Stern« zu folgen. Bei der Lektüre des kanonischen Evangeliums des heiligen Matthäus kann man keine Aufklärung darüber erlangen, warum sich diese Weisen in das gefahrvolle und fast absurde Abenteuer stürzten, einem »Stern« zu folgen, obwohl sie auf der Suche nach dem König der Juden waren. Von meinen Gesichtspunkt betrachtet – und auch gemäß der Erzählung des Matthäus – bestand kein ausreichender Grund dafür. Es mußte noch »etwas« geschehen sein. Diese Weisen mußten eine genauere und schlüssigere Nachricht empfangen haben, zum Beispiel – wie es die apokryphen Texte besagen – den Besuch eines »Engels«, eines »Sterns« oder eines Raumschiffs, dessen Besatzung sie darüber in Kenntnis setzte. Nur so kann man die Entscheidung, sich auf eine solche Reise zu begeben, verstehen.

Die »Erklärung«, die einige der Exegeten hier geben, befriedigt mich nur teilweise. »Durch den Umgang mit den Juden, die ihre messianischen Hoffnungen im ganzen Orient verbreitet hatten«, lauten die offiziellen Kommentare der Kirche, »wußten die Weisen von dem erwarteten Messias, dem König der Juden, der – wie alle großen Persönlichkeiten – einen Stern haben mußte, der sein Geschick prophezeite. Dieser vorgefaßten Meinung bediente sich Gott, um sie zur Wiege des Erlösers zu führen. Die Natur dieses Sterns ist sehr mysteriös, nicht aber der innere Stern, mit dem der Heilige Geist die Seelen der drei Weisen erleuchtete und sie zum Stall in Bethlehem führte. Gott wollte sich ihres Aberglaubens bedienen, um sie zur Wiege von Jesus zu führen, von wo sie verwandelt und konvertiert zu Verkündern des neugeborenen Messias zurückkehren würden.«

Wie gesagt, das überzeugt mich nur teilweise, denn obwohl es gewiß ist, daß die über Babylonien und Persien verstreuten Juden dort ihre messianischen Hoffnungen [1]

---

[1] Schon in den Büchern des Henoch und in den Sprüchen des Salomon ist von dieser messianischen Hoffnung die Rede. Gemäß den Geschichtsschreibern Tacitus und Sueton waren diese Gerüchte sogar bis Rom vorgedrungen und hatten große Beachtung unter der Bevölkerung gefunden. (Die ersten jüdischen Wanderungen wurden schon so um das Jahr 2000 v. Chr. registriert.)

verbreitet hatten, erscheint mir das nicht als ausreichender Grund, um ein paar Weise aus ihren angenehmen Städten herausholen zu können. Eben weil sie gebildet und über das Thema der Prophezeiungen informiert waren, hätten sie wissen müssen, daß die Verkündung des »Kommens eines Messias« schon mehr als achthundert Jahre[1] alt und Motiv häufiger Polemiken unter den emigrierten Hebräern war. Eine der »Spezialitäten« der drei Weisen – laut der Überlieferung und den Angaben in den Texten – war die Beobachtung des Firmaments. Deshalb mußten sie an Gestirne und Himmelsphänomene wie Kometen, Meteoriten, Sonnenfinsternisse usw. so sehr gewöhnt gewesen sein, daß sie nicht von dem Erscheinen eines mehr oder weniger hellen Sterns »hingerissen« wurden, wenn nicht dieser »Stern« – so wie es ja die apokryphen Evangelien behaupten – vor den Weisen niederging, und die »Astronauten« oder »Engel des Herrn« den Prophezeiungen des Zoroaster und der heiligen jüdischen Schriften Wahrheitsgehalt verliehen. Die andere Möglichkeit, also die erwähnte »offizielle« Hypothese, erscheint mir wenig schlüssig und, wie so immer, »mit heißem Faden genäht«...

Was die dritte Frage – Wie hatten sie von der Geburt von Jesus erfahren? – betrifft, so gibt es da einen Text, dessen Glaubwürdigkeit zwar schwer nachzuprüfen ist, den ich aber doch nicht in meinen Archiven vergraben will. Er ist in einem anderen Apokryph enthalten, dem sogenann-

---

1 In dem Buch des Michäas (V-2) wird mit aller Deutlichkeit auf die Geburt Christi in Bethlehem hingewiesen. Dieser Prophet kündigte die Zerstörung Samarias und Judäas durch die Assyrer an. Zu dieser Vernichtung der jüdischen Unabhängigkeit gehören zwei Schlüsseldaten: 850–722 v. Chr., die Periode, in der die Assyrer einen großen Teil des alten Reiches von David und Salomon (1000–925 v. Chr.) eroberten, und 586 v. Chr., als die Babylonier nach einer Belagerung von einem Jahr schließlich die Reste des jüdischen Reiches vernichteten. Wegen dieser Eroberungen beschleunigte sich die Zerstreuung des Volkes der Hebräer und damit nahm auch die Möglichkeit zu, daß andere heidnische Völker von der Prophezeiung der Geburt des jüdischen Messias erfuhren.

ten *Armenischen Evangelium der Kindheit von Jesus*[1], und in ihm entdeckt man eine weitere mögliche »Informationsquelle« der Weisen über das Erscheinen von Christus. So lautet Kapitel V dieses Manuskripts wie folgt:

»Und ein Engel des Herrn eilte zum Land der Perser, zu benachrichtigen die drei weisen Könige und ihnen aufzutragen, das neugeborene Kind anzubeten. Und diese, nachdem sie neun Monate lang dem Stern gefolgt waren, gelangten an den Ort ihrer Bestimmung in dem Augenblick, als Maria Mutter wurde. Man muß wissen, daß zu jener Zeit die Perser durch die Macht ihrer Siege über alle Könige des Morgenlandes herrschten. Und die drei weisen Könige waren drei Brüder: Melchior, der erste, der über die Perser regierte; danach Balthasar, der über die Inder herrschte; und als dritter Kaspar, dem das Land der Araber gehörte. Da sie dem Geheiß Gottes gefolgt waren, kamen sie zu dem Zeitpunkt an, an dem die Jungfrau gebar. Sie hatten ihren Marsch beschleunigt und konnten deshalb die Geburt von Jesus erleben.«

Nachdem sie von ihrer Reise berichtet hatten, erzählten sie von ihrer Ankunft in Jerusalem und ihrer Unterredung mit Herodes. Hier gibt es eine eigenartige Passage:

»›Wer hat Euch erzählt, was Ihr da sagt, oder wie habt Ihr das erfahren?‹ Die drei Weisen antworteten darauf: ›Von unseren Vorfahren war uns ein geschriebenes Zeugnis davon überliefert worden, das unter Geheimhaltung

---

[1] Dieses Apokryph, das aus 25 sehr langen Kapiteln besteht, scheint in beträchtlichem Maße auf dem schon zitierten »Arabischen Evangelium der Kindheit« (in seiner syrischen Version) zu basieren. Heutzutage weiß man, daß die nestorianischen Propagandisten Syriens gegen Ende des 6. Jahrhunderts das »Buch der Kindheit« vom Syrischen ins Armenische übersetzten. Gemäß Peeters besteht die Möglichkeit, daß der gegenwärtige Text nichts anderes als eine paraphrasierte Aufbereitung des ersten Dokuments ist. Der ursprüngliche Text des armenischen Originals wurde von I. Daïetsi in zwei Versionen (A und B) im Rahmen der Sammlung der »Mequitaritas de Venecia« veröffentlicht. P. Peeters fertigte auch eine französische Übersetzung dieses armenischen Textes an (Paris, 1914), die als Grundlage für die spanische Version von E. González-Blanco (Madrid, 1935) diente.

versiegelt verwahrt wurde. Und über viele Jahre, von den Vätern zu den Söhnen und von Generation zu Generation, wurde diese Erwartung wach gehalten, bis sich das Wort endlich in unseren Tagen erfüllt hat, wie es uns durch eine Vision, die wir von einem Engel empfingen, von Gott mitgeteilt wurde. Dies ist der Grund, weshalb wir uns jetzt an diesem Ort befinden, der uns von dem Herrn angegeben wurde.‹ Herodes sagte darauf: ›Was ist die Herkunft dieses Zeugnisses, das nur Ihr kennt?‹

Und die Weisen antworteten: ›Unser Zeugnis stammt von keinem Menschen. Es ist die göttliche Erfüllung eines Versprechens, das Gott den Söhnen der Menschen gab und das bei uns bis zu dem heutigen Tage bewahrt worden ist.‹ Und Herodes sprach wieder: ›Wo ist denn das Buch, das Euer Volk besitzt?‹ Darauf erwiderten die Weisen: ›Keine Nation außer der unseren besitzt einen direkten oder indirekten Hinweis darauf. Nur wir haben ein geschriebenes Zeugnis. Denn man muß wissen, daß nachdem Adam aus dem Paradies verbannt worden war und Kain Abel getötet hatte, der Herr unserem ersten Vater einen Sohn des Trostes mit Namen Seth gab, und mit ihm überreichte er jenen geschriebenen Brief, unterschrieben und versiegelt von seiner eigenen Hand. Seth empfing ihn von seinem Vater und übergab ihn später an seine Söhne. Diese übergaben ihn ihrerseits den ihren, und von Generation zu Generation. Alle bis Noah erhielten die Anweisung, ihn sorgfältig aufzubewahren. Der Patriarch Noah übergab ihn seinem Sohne Sem, und die Söhne von diesem überlieferten ihn an ihre Nachfahren, die ihn ihrerseits Abraham übergaben. Dieser übergab ihn Melkisedek, König von Salem und Priester des Höchsten, durch den er in die Hände unseres Volkes in den Zeiten des Cyrus, des Königs von Persien, gelangte. Unsere Väter legten ihn mit allen Ehren in einem besonderen Saal ab, und so gelangte er bis zu uns, so daß wir dank dieses geheimnisvollen Schreibens im voraus von dem neuen Monarchen, dem Sohn Israels, wußten.

Und der König Melchior nahm das Buch des Testaments, das er als kostbares Erbteil von seinen Vorfahren übernommen hatte, wie wir schon sagten, und zeigte es dem Kinde mit den Worten: »Hier hast Du den von Deiner eigenen Hand unterzeichneten und versiegelten Brief, den Du unseren Vorfahren zur Aufbewahrung übergabst. Nimm dieses Dokument, das Du selbst schriebest. Öffne es und lese, denn es ist in Deinem Namen.«««

Jenes Dokument, das an Adam gerichtet war, begann so: »Im Jahre 6000, am sechsten Tage der Woche (der der gleiche ist wie der, an dem ich Dich schuf) und in der sechsten Stunde werde ich meinen einzigen Sohn, das göttliche Wort, senden, und er wird das Fleisch Deiner Nachkommenschaft annehmen und Sohn der Menschen werden. Er wird Dich wieder in Deine ursprüngliche Würde einsetzen durch die schrecklichen Leiden am Kreuze. Und dann wirst Du, o Adam, mit mir verbunden mit reiner Seele und unsterblichem Körper vergöttlicht und, wie ich, das Gute und das Böse unterscheiden können.«

In der Phantasie, die dieses Apokryph zu durchdringen scheint (besonders in bezug auf den Inhalt des besagten »Briefes«), entdeckt man aber einige ganz eigenartige Daten. So zum Beispiel: Dies ist nicht das einzige Mal, wo das rätselhafte *Testament oder Buch des Seth* genannt wird, ebenso wie das zitierte Manuskript bekannt ist. In der sogenannten *Chronik von Zuknin* wird auch davon erzählt. Zuknin ist ein Kloster in der Umgebung von Amida, in dem der Verfasser von Sammelwerken »Joseph der Säulenheilige« um das Jahr 755 herum die besagte Chronik geschrieben haben soll. Es findet sich auch in dem *Buch der Schatzhöhle* aus der Zeit vor dem 7. Jahrhundert und auf das ich

vielleicht bei anderer Gelegenheit noch zurückkomme ...
In all diesen Dokumenten wird der Berg der Siege als Ort
zitiert, in dem der besagte *Schatz* des Adam an seinen Sohn
Seth aufbewahrt wurde.

Es mutet ebenfalls seltsam an, daß diese Geschichte, die
die drei Weisen aus dem Morgenland Herodes erzählt haben,
auf dem Mosaik der Anbetung des Kindes durch die
Heiligen Drei Könige, das sich in der Basilika Santa Maria
la Mayor in Rom befindet, dargestellt wurde. Cecchelli
hatte den genialen Einfall, die in diesem armenischen Apokryph
aufgeführten Einzelheiten mit denen des Mosaiks
zu konfrontieren – die Übereinstimmung ist erstaunlich.
(Eine neben den drei Weisen stehende Frau, deren Gesicht
unter einem Tuch verborgen ist, hat eine kaum geöffnete
Buchrolle in der Hand, auf der man die von König Melchior
erwähnte Andeutung der Gabe des besagten *Testaments*
lesen kann. Die den Königswürden angemessene
Kleidung der drei Weisen stimmt auch mit dieser Version
des *Armenischen Evangeliums der Kindheit von Jesus* überein.)

Ich frage mich nun wieder: Wie viele Vorkommnisse
und Aufzeichnungen über Jesus sind wohl verlorengegangen
oder absichtlich von der Kirche »begraben« worden?
Wie schön und rührend wäre es, eines Tages diese Dokumente
und geheimen Pergamente entdecken zu können,
die der Vatikan vielleicht in den Tiefen seiner Archive und
Krypten verbirgt ...!

Dieser armenische Text erwähnt aber auch andere Angaben,
die mich nachdenklich stimmen. Die Reise der drei
Weisen – so lautet er – dauerte neun Monate. Mit seltenen
Ausnahmen stimmen alle Apokryphe darin überein, daß
diese persischen Astronomen und Astrologen ihr Land
verließen, als Jesus schon fast geboren war. Der heilige
Matthäus selbst spricht das in seinem Evangelium deutlich

an: »Wo ist der König der Juden, der geboren wurde?« Dies bedeutet, daß die drei Weisen, als sie in Jerusalem ankamen, schon Kunde von dem freudigen Ereignis hatten oder sich dessen bewußt waren. Wenn nicht, hätten sie ihre Erzählung geändert und Herodes gefragt: »Wo wird der König der Juden geboren werden?«

Aber dem war nicht so. Christus war schon geboren worden. Das Logischste wäre gewesen, wenn jenes Raumschiff, das auf dem Gebiet des Orients niederging und die Karawane nach Südwesten leitete, den Auftrag hatte, den illustren Heiden die gute Nachricht zu bringen. Es ist schade, daß die Evangelisten keine Nachforschungen über die Schriftgelehrten und Hohepriester anstellten, die Herodes der Große rufen ließ, um das genaue Datum zu erfahren, an dem der »Stern« sich zum ersten Mal den drei Weisen zeigte. (Im Text des Matthäus wird lediglich angegeben, daß der Tyrann sie zur Seite nahm und »anhand ihrer genauen Daten die Zeit der Erscheinung des Sterns bestimmte«). An späterer Stelle in seinem Evangelium behauptet Matthäus auch, daß Herodes, als er sich getäuscht fühlte, alle Kinder bis hinauf zum Alter von zwei Jahren töten ließ. Aber meiner Meinung nach stimmt hier etwas nicht. Konnte denn der unruhige Herodes diese ganze Zeit lang warten, ob sein Thron in Gefahr war oder nicht? Nach seinen heftigen und abrupten Entscheidungen zu urteilen, nehme ich an, daß er nicht gerade eine Person war, die sich hinsetzen und ruhig auf die Bestätigung einer solchen Nachricht warten konnte.

Entweder kamen die drei Weisen aus dem Morgenland nach Jerusalem, als Jesus schon etwa zwei Jahre alt war, oder Herodes der Große mußte sich dem Großteil dieser zwei Jahre mit anderen, dringenderen Angelegenheiten beschäftigt haben, zum Beispiel einer Reise nach Rom ...? Das wichtige *Apokryphe Evangelium des Pseudo-Mat-*

thäus[1] reflektiert in seinem Kodex D die im Mittelalter vorherrschende Meinung, nach der König Herodes am Tag nach der Ankunft der Weisen aus dem Morgenland wegen Regierungsgeschäften nach Rom reisen mußte und daß diese Reise ein Jahr dauerte.

Wenn wir dann beide Reisen zusammenzählen – die der drei Weisen und die des Tyrannen –, so wäre die Entscheidung des Herodes, alle Kinder von weniger als zwei Jahren umbringen zu lassen, logisch.

Natürlich gibt es noch eine dritte Möglichkeit: nämlich die, daß Herodes Judäa nicht verließ und die »Astronauten« erst mit den Persern in Verbindung traten, als das Jesuskind schon einige Monate (vielleicht ein Jahr) alt war. Denn es ist sicher, daß die Reise der Astrologen oder Weisen aus dem Morgenland nach Jerusalem mindestens drei bis fünf Monate dauerte. Obwohl uns der heilige Matthäus diese interessante Information nicht gab, ist sie aber doch nicht schwierig zu erlangen. (Und das betone ich wegen der hier vorhandenen unbestreitbaren Wichtigkeit für die Aufklärung dieses fesselnden Mysteriums des »Sterns«.)

Wenn diese illustren Persönlichkeiten also aus dem Orient kamen – und darüber besteht Einstimmigkeit und »Konsens« in allen heiligen Texten, kanonisch oder nicht –, so ist es am wahrscheinlichsten, daß sie von Mesopotamien aus aufbrachen oder von den wohlhabenden und kultivierten Städten Persiens weiter im Osten. (Wir haben

---

1 Wir haben hier einen der wichtigsten apokryphen Texte. Im Mittelalter war sein Einfluß sehr groß, besonders in Kunst und Literatur. Der Titel hat seinen Ursprung in dem Brief des Heiligen Hieronymus an Cromatius und Heliodor, der als Prolog in dem Kodex steht, in dem dieses Apokryph enthalten ist und in dem als Verfasser der Evangelist Matthäus genannt wird. Auf der Grundlage dieses Briefes des heiligen Hieronymus gab Tischendorf dem von Thilo 1832 als Pariser Manuskript Nr. 5557 A (14. Jahrhundert) veröffentlichten Text diesen Titel. Es scheint, daß trotz der vielen Strafen der Kirche, die im allgemeinen gegen diese apokryphen Texte ausgesprochen wurden, sich der heilige Toribius von Astorga im Fall des Pseudo-Matthäus – wie auch in einigen anderen, seltenen Fällen – dazu herabließ, einzuräumen, daß »einige der darin aufgeführten Umstände wahr sein könnten«.

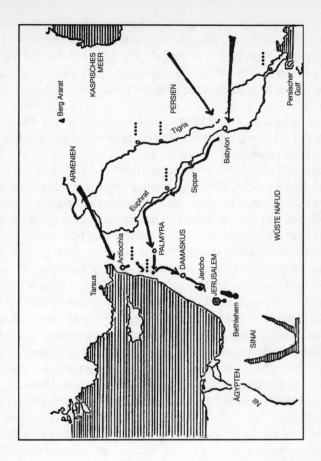

Die Pfeile zeigen die möglichen Herkunftsländer und Wege der Drei Weisen aus dem Morgenland bis Jerusalem und Bethlehem an: Rechts liegt Persien. Wenn die Astrologen von einer Stadt des persischen Imperiums gekommen wären, so wäre es wahrscheinlich, daß sie die großen Flüsse – Tigris und Euphrat – überquerten, um dann am rechten Ufer des letzteren von Ort zu Ort zu ziehen. Eine zweite Theorie basiert auf einer armenischen Herkunft, also von Norden. In diesem Falle hätten die drei Weisen diese Flüsse auch überquert, um nach Antiochia zu gelangen und von dort nach Jerusalem zu ziehen. Im Falle, daß sie von Babylon oder Sippar kamen, wäre der Weg einfacher gewesen.

ja schon gesehen, daß uns die Apokryphen ständig wiederholen, daß die Weisen aus den Ländern Persiens kamen und daß uns die verbal, schriftlich oder bildlich überlieferte Tradition diese Männer mit ihrer für das Land, das sich heute Iran nennt, typischen Kleidung darstellt.)

Nun gut, welchen Weg könnten sie in diesem Fall genommen haben, und wieviel Zeit brauchten sie, um nach Israel zu gelangen?

Fast alle Forscher stimmen darin überein, daß wenn sie aus Persien oder Mesopotamien gekommen wären, einer der ersten Orte, an dem sie Rast gemacht haben würden, Babylon an den Ufern des Euphrat gewesen wäre. Von dort nach Jerusalem gab es eindeutig zwei Möglichkeiten: entweder durch die arabische Wüste oder auf der traditionellen Karawanenstraße, die schon seit Abrahams Zeiten bekannt war. Alle Chronisten und Geschichtsschreiber neigen der zweiten Möglichkeit zu. Obwohl sie durch die gefährliche Wüste Nafud (zwischen dem Euphrat und dem heutigen Jordanien) viele Kilometer gespart hätten, wäre es für eine Karawane nicht empfehlenswert gewesen – und ist es auch heutzutage nicht. Dieses riesige Gebiet der arabischen Halbinsel ist in Wirklichkeit ein Sandmeer, auf das es nur an zwei bis drei Tagen pro Jahr regnet – wenn überhaupt. Deshalb zweifle ich sehr daran, daß die drei Weisen – die ja, was wir nicht vergessen dürfen, von dem »Stern« geleitet wurden – die Wüste wählten, um nach Jerusalem zu ziehen. Außerdem, da sie Leute waren, die keine Erfahrung mit Wüsten hatten, wäre es also das Natürlichste gewesen, die schon bekannte und sichere Route der Oasen einzuschlagen. Von Babylon aus und dann eventuell am rechten Euphratufer entlang hätte diese Expedition die Etappen von einer Wasserstelle zur anderen ohne große Schwierigkeiten bewältigen können und wäre so durch solche berühmten Orte wie Mari, Haleb, Hameth, Kadesh und Damaskus gekommen. Von dort nach Jerusalem führte die Straße ganz sicher am »Galiläischen Meer« entlang und parallel zum Fluß Jordan bis in die Nähe seiner Mündung in das Tote Meer. Von dort wären sie über Jericho – wahrscheinlich einem ihrer letzten Rastorte vor Jerusalem – weitergezogen. (Diese zweite große Etappe der Reise – von Damaskus nach Süden – ist heutzutage unter dem Namen »Straße der Pilger« oder »die große Straße von Mekka« bekannt.)

Im ganzen beträgt diese Strecke circa 1300 km. In welcher Zeit hätten sie diese wohl zurücklegen können, bis sie den Palast des Herodes erblickten?

Es gibt einen Bericht von T. E. Lawrence in seinem Werk *Die sieben Säulen der Weisheit* über das Schicksal der Araber, in dem er beschreibt, wie ein bis zur Höchstgrenze beladenes Kamel mit einem erfahrenen Reiter in 24 Stunden 80 bis 100 Meilen zurücklegen konnte. Ich sehe das als einen Rekord an und nicht als Norm. Es wäre also vorsichtiger, die Angaben zugrunde zu legen, die uns die Bibel selbst im Buch des Esra macht. Dieser im Gesetz des Mose versierte Schriftgelehrte, der in Babylon unter dem Perserkönig Artaxerxes (der von 465 bis 424 v. Chr. regierte) geboren worden war, reiste von dieser Stadt an den Ufern des Euphrat nach Jerusalem, indem er wahrscheinlich den gleichen Weg wie die drei Weisen vierhundert Jahre später nahm. Wie uns das Alte Testament erzählt, brauchte Esra fünf Monate, um diese circa 1300 km zurückzulegen.

Im 7. Kapitel (Vers 7 bis 10) dieses Buches heißt es wörtlich:

»Von den Söhnen Israels, den Priestern, Leviten, Sängern, Torwächtern und Tempeldienern zog eine Anzahl hinauf nach Jerusalem im siebten Jahr des Königs Artaxerxes. Er (Esra) kam im fünften Monat in Jerusalem an, das

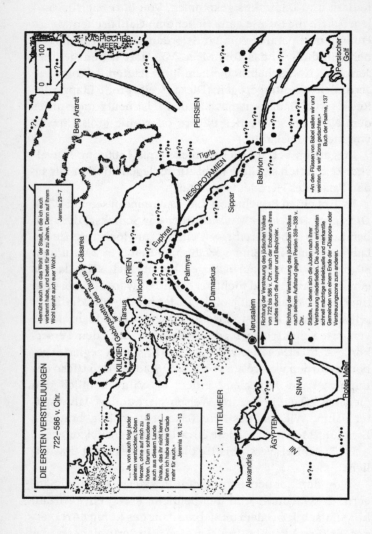

ist im siebten Jahr des Königs. Denn am Ersten des ersten Monats verfügte er den Auszug aus Babel und am Ersten des fünften Monats kam er in Jerusalem an, da die gütige Hand seines Gottes über ihm war.«

Wenn auch diese 80 bis 100 Meilen, die das Kamel gemäß der Beschreibung von Lawrence zurücklegte, übertrieben erscheinen, so kommen mir doch jene fünf Monate, die Esra und seine Begleiter von Babylon nach Jerusalem gebraucht haben sollen, länger als die gewöhnliche Reisezeit vor. Obwohl das Reisen mit Hunderten von Personen – und noch dazu zu jenen Zeiten – ein sehr ermüdendes Unterfangen gewesen sein mußte, so glaube ich doch nicht, daß die drei Weisen soviel Zeit brauchten. Das Wahrscheinlichste ist, daß sie diese etwa 1300 km in ungefähr drei Monaten zurücklegten, immer vorausgesetzt, daß sie nicht hasteten, um rechtzeitig zur Stelle zu sein, und daß die Reisevorbereitungen vielleicht schon zwei bis drei Wochen in Anspruch nahmen ... Natürlich würde sich die Anzahl der Kilometer beträchtlich erhöht haben, wenn die drei Weisen vom Inneren des persischen Hochplateaus aufgebrochen wären. Ephraim Syrus – ein eingefleischter Verteidiger der persischen Herkunft der drei Weisen – deutet uns noch eine andere mögliche Route an, die länger als die von Babylon nach Jerusalem ist. Für Syrus reisten sie auf dem südlichen Zweig der Alten Königsstraße von Persien bis Tegranacesta im Süden der armenischen Berge. Von dort überquerten sie den Fluß Euphrat, zogen nach Antiochia und von dort über Damaskus nach Jerusalem. (Diese Reiseroute würde allerdings die fünf Monate rechtfertigen – sogar noch mehr.)

Obwohl ich der erwähnten Strecke von Babylon nach Jerusalem über die häufig besuchte Oase von Palmyra zuneige –, können wir als Reisezeit der drei Weisen mit einiger Sicherheit zwischen drei und fünf Monate festlegen.

Dennoch folgt hier ein Problem auf den Fuß: Warum beschloß Herodes, die Kinder von weniger als zwei Jahren ermorden zu lassen? Wenn die drei Weisen die »Benachrichtigung« logischerweise bei der Geburt des Kindes oder kurz vorher erhielten und wenn sie drei bis fünf Monate brauchten, um nach Jerusalem zu kommen, warum gab Herodes dann nicht den Befehl, die Kinder, die jünger als *ein* Jahr waren, zu töten? Dies wäre die logischste Schlußfolgerung in einem blutrünstigen und berechnenden Hirn wie dem des Königs von Judäa gewesen.

Dieses »Mysterium« — auch in dieser Hinsicht — ist noch nicht befriedigend gelöst worden. In mein Herz wurde schon der Keim eines neuen Abenteuers gesät: Warum nicht die wahrscheinliche Route, die die drei Weisen bis Bethlehem einschlugen, rekonstruieren? Ich bin sicher, daß man auf solch einer faszinierenden »Pilgerfahrt« noch unbekannte Rätsel entdecken würde ...

Das Ufo von Bethlehem

Jetzt haben wir den Punkt erreicht, auf den ich zusteuerte: Wenn die Reise der drei Weisen etwa drei bis fünf Monate dauerte, welche Art von »Stern« konnte das dann gewesen sein, der sie diese ganze Zeit über leitete? Auch wenn wir uns der Hypothese von W. Keller anschließen, daß diese Pilgerfahrt fünfundvierzig Marschtage nicht überschritt, welche vernünftige Erklärung auf diese Frage könnte man akzeptieren?

Jeder einigermaßen vorsichtige Wissenschaftler lehnt strikt ab, daß ein »planetarisches Zusammenspiel« ein solches »Wunder« hervorgebracht haben könnte. Und noch viel weniger ein Komet oder Meteorit ...

Und da ich nicht akzeptiere, daß der Bericht des heiligen Evangelisten Matthäus die Frucht einer »orientalischen Legende« oder eines »literarischen Gleichnisses« ist – wie es viele katholische und protestantische Theologen und Bibelexperten behaupten –, zu welcher anderen Schlußfolgerung kann man dann gelangen?

Unter Berücksichtigung dessen, was am Anfang dieses Kapitels über den Stern von Bethlehem gesagt worden ist, »werden wir mit einem wunderbaren, intelligent gesteuerten Fahrzeug konfrontiert«; ohne Umschweife: mit einem bemannten Raumschiff. Fast alle Berichte über Bewegungen von Karawanen stimmen in einem elementaren Faktor überein: Seit dem tiefsten Altertum wurden solche Reisen immer von Sonnenauf- bis Sonnenuntergang durchgeführt. Mit wenigen Ausnahmen kampierten die Kaufleute, Hirten, Krieger oder einfachen Pilger des Nachts und möglichst in der Nähe von Brunnen, Flüssen oder Siedlungen. Die Gefahren des Weges – Räuber, wilde Tiere oder Orientierungsverlust in der Dunkelheit – waren so zahlreich und häufig in jenen Zeiten, das von einem Marsch während der Nacht dringend abzuraten war. Auch Esra – der auf dem gleichen Weg wie die drei Weisen gereist war – schrieb das in der Bibel:

»Dort am Fluß Ahava (in der Nähe von Babylon) rief ich ein Fasten aus, damit wir uns vor dem Antlitz unseres Gottes beugen, um eine glückliche Reise für uns, unsere Familien und unsere ganze Habe von ihm zu erflehen. Denn ich schämte mich, vom König Soldaten und Reiter zu erbitten, um uns auf dem Wege gegen die Feinde zu schützen ...«

Demzufolge, wenn der Marsch der drei Weisen bei hellem Tageslicht erfolgte, wie konnte dann ein »leuchtender Stern« am Himmel erscheinen? Auch diese wichtige »Einzelheit« haben die Exegeten und Superkritiker »vergessen«.

Die apokryphen Evangelien bieten uns hier – wieder

einmal – zusätzliche Informationen von großem Interesse für dieses Phänomen, »das die Einwohner von Bethlehem und Umgebung erregte«.

Das Protoevangelium des Jakobus zum Beispiel erzählt, daß die drei Weisen bei ihrer Ankunft in Jerusalem von Herodes mit folgenden Worten befragt wurden:

»›Was ist das Zeichen, das Ihr im Zusammenhang mit dem vor kurzem geborenen König gesehen habt?‹

Und die drei Weisen antworteten:

›Wir haben einen sehr großen Stern gesehen, der zwischen den anderen Sternen glänzte und sie auslöschte, so daß die verschwanden ...‹«

An späterer Stelle fügte der gleiche Text hinzu:

»Zu jenem Zeitpunkt – beim Verlassen von Jerusalem – kam dieser Stern, den wir schon im Orient gesehen hatten, wieder, um uns zu der Grotte zu führen, und er setzte sich über deren Eingang.«

Das Evangelium des Pseudo-Matthäus berichtet seinerseits:

»Aber außerdem war da ein riesiger Stern, der seine Strahlen auf die Grotte schickte vom Morgen bis zum Abend. Nie seit dem Bestehen der Welt hatte man einen solch großen Stern gesehen. Die Propheten in Jerusalem sagten, dieser Stern sei das Zeichen, daß der Messias geboren sei, der das Versprechen erfüllte, das nicht nur dem Volke Israel, sondern allen Völkern gegeben worden war.«

»Und während sie auf ihrem Wege weiterschritten«, fuhr der Pseudo-Matthäus fort, wobei er sich auf den kurzen Weg der drei Weisen von Jerusalem nach Bethlehem, circa 7,5 km, bezog, »erschien ihnen der Stern wieder, zog vor ihnen her und diente ihnen als Führer, bis sie endlich die Stelle erreichten, wo sich das Kind befand ... Als die Weisen den Stern erblickten, erfüllten sich ihre Herzen mit Freude ...«

Zu guter Letzt bezieht sich das Apokryph *Liber de infantia Salvatoris (Das Buch von der Kindheit des Erlösers)* auch auf diesen Stern, wie ich schon vorher angemerkt habe:

»Nachdem wir die Gaben erhalten hatten, verließen wir Jerusalem. Da aber zog der Stern, der uns erschienen war, vor uns her von unserem Auszug aus Jerusalem bis zu jenem Ort, und dort ging er in diese Grotte hinein, wo Du jetzt bist und uns nicht hineinlassen willst.«

Die Weisen schließen das, was sie dem heiligen Joseph am Eingang der Grotte erzählten, in der Jesus geboren worden war, mit folgenden Worten ab:

»Und zu der Frage, wie wir von dem Ereignis Kunde erhalten haben, so höre: Wir erfuhren es durch das Zeichen eines Sternes (der uns heller erschien als die Sonne), von dessen Glanz niemand gesprochen haben konnte. Und dieser Stern bedeutet, daß der Stamm Gottes in der Helligkeit des Tages regieren wird. Er zog nicht in der Mitte des Himmelzelts umher, wie es die Fixsterne und auch die Planeten tun, die feste Zeiten einhalten..., er ist aber auch kein Komet. Uns erschien es, als ob der ganze Himmel für seine Herrlichkeit nicht ausreiche. Auch die Sonne konnte ihn nie verdrängen, so wie sie es mit den anderen Sternen tut mit ihrem hellen Scheine. Sie schien schwächer zu werden, als er kam. Aber dieser Stern ist das Wort Gottes. Soviel es Worte gibt von Gott, soviel gibt es auch der Sterne. Und dieses Wort Gottes, so wie Gott selbst, ist unauslöschlich. So kann dieser Stern auch nicht in die Irre gehen. Er war unser Begleiter auf dem Weg zu Christus.«

Wenn man diese apokryphen Texte gelesen hat, überkommt einen das Gefühl, daß der Evangelist Matthäus unendlich viele »Notizen« im Tintenfaß ließ. So zum Beispiel: Über Bethlehem und seiner Umgebung müssen nicht nur einer, sondern mehrere Sterne gesehen worden sein...

Außer dem, von dem Matthäus berichtet, stand ein anderer »vom Morgen bis zum Abend über der Grotte«. Es ist sehr wahrscheinlich, daß die Propheten von Jerusalem sich auf diesen letzteren bezogen, als sie von dem erwarteten »Zeichen« sprachen. Wie es schon in zahllosen Fällen von Ufo-Sichtungen in unserer Zeit geschehen ist, »erloschen« oder verschwanden die Raumschiffe oder entfernten sich von den Zeugen bei deren Annäherung an eine Siedlung, um erneut über freiem Feld aufzutauchen, nachdem die »Verfolgten« oder »Beobachteten« aus den Siedlungen herausgekommen waren.

(In meinen Büchern *100000 kilómetros tras los OVNIS* (*100000 Kilometer zu den Ufos), TVE*: Operación OVNI (Spanisches Fernsehen: Operation Ufo) und *OVNIS*: Documentos oficiales del Gobierno español (Ufos: Offizielle Dokumente der spanischen Regierung) beziehe ich mich auf diese bestimmte Art von Sichtungen.)

Deshalb verwundert es mich nicht, daß das Raumschiff, das der Karawane der Drei Weisen aus dem Morgenland vorausgegangen war, kurz vor ihrem Eintritt in die heilige Stadt »erlosch« oder verschwand. Und obwohl es meiner Meinung nach den drei Weisen, nachdem sie die Information erhalten hatten, wo Christus geboren werden sollte, nicht sonderlich schwergefallen wäre, den Ort zu finden, so war es doch – nach so vielen Kilometern – am praktischsten und sinnvollsten, daß sich ihnen dieses oder ein anderes Raumschiff wieder zeigte und sie zu der genauen Stelle führte. Ich sage hier »oder ein anderes Raumschiff«, weil – wie wir ja schon gesehen haben – die Apokryphen uns erzählen, daß »der Stern ihnen vorausging, aber als Feuersäule«[1], als sie den Weg nach Bethlehem einschlugen.

In dieser Veränderung der Form des »Sterns« kann man

---

1 Syrische Version des sogenannten *Arabischen Evangeliums der Kindheit*.

eine Art Ablösung des Raumschiffs, das den Auftrag hatte, die drei Weisen zu führen, vermuten. Diese »Ablösung« kann mehrere Gründe gehabt haben. Einer davon, nach dem zu urteilen, was uns die Apokryphen erzählen, könnte das Ausschicken einer kleinen »Sonde« oder eines *Foo-Fighters* gewesen sein, die/der dort hingelangen konnte, wo es einem großen Raumschiff unmöglich war – nämlich in die Grotte, in der sich das Kind befand.

Obwohl ich weiß, daß ich mich dabei auf sehr spekulativen Grund begebe, möchte ich in diesem Zusammenhang die Aufmerksamkeit des Lesers auf eine andere Erzählung richten – diesmal auf die einer offiziell anerkannten Heiligen: Maria von Ágreda –, in der die Mystikerin von einer Vision berichtet, die sie über den Ursprung und die Bewegungen des Sterns von Bethlehem hatte:

»Zu jener Zeit«, schreibt die Franziskaner-Äbtissin, »schuf der Engel, der ihnen (den drei Weisen) vom Stall in Bethlehem aus gesandt worden war, aus der (oder in der) Luft mit der Macht Gottes einen Stern von besonderem Glanze, der aber dennoch nicht so groß wie die Sterne des Firmaments war, denn er war nicht am Himmel, sondern in der Luft darunter, um so die drei Weisen zum Stall von Bethlehem zu führen. Dieser Stern hatte einen starken Glanz, anders als die Sonne und die Sterne am Himmel.

Mit seinem bezaubernden Licht erhellte er die Nacht wie mit einer Fackel. Als sie aus ihren Häusern traten, sahen sie alle diesen Stern, obwohl sie von verschiedenen Richtungen kamen. Er stand so hoch und war so weit weg, daß ihn alle drei sehen konnten. Nachdem sie ihre Häuser verlassen hatten, vereinigten sie sich bald, und der Stern ging in der Luft herunter und glänzte in ihrer Nähe... Sie gingen dorthin, wo sie der Stern hinführte, und als sie Jerusalem erreichten – denn sie hatten erwartet, daß dort in der Hauptstadt der König der Juden zur Welt kommen würde – verschwand der Stern. Als die drei Könige Jerusalem verließen, tauchte der Stern wieder vor ihnen auf und führte sie nach Bethlehem, wo er anhielt.

»Dann senkte er sich ein wenig und wurde kleiner (im Umfang wie im Glanz) und zog in die Grotte oder den Stall, wurde immer kleiner, setzte sich auf das Haupt des Göttlichen Kindes, hüllte es mit einem herrlichen Licht ein und verschwand danach.«

Es ist doch äußerst erstaunlich, wie sehr die Vision einer Mystikerin – von anerkannter Heiligkeit – mit den apokryphen Erzählungen und, insbesondere, vielen der gegenwärtigen Beschreibungen aus dem Munde von Ufo-Augenzeugen übereinstimmt, bis in die Einzelheiten der Verringerung des Sterns in Größe und Glanz beim Sinken.

Wie erstaunlich ist es doch auch, daß die Menschen des 20. Jahrhunderts, die das Vorhandensein von Ufos abstreiten, jedes Jahr zum Fest der Geburt des Erlösers in die Zweige des Weihnachtsbaums einen silbernen »Stern von Bethlehem« hängen, der nach meiner Ansicht einfach ein Ufo war. Das ist erstaunlich und gleichzeitig auch schön. Vielleicht kommt einmal ein Tag, an dem die Menschen die Wahrheit erfahren, dieses Symbol des Friedens in seiner wahren Bedeutung wiedererleben und am Abend des 5. Januars an die Fenster treten werden, um auf die Raumschiffe der »Engel-Astronauten« zu warten, die NIEMALS ganz von uns gegangen sind.

Ein »Strom« von Zweifeln

Ich möchte diese »Skizze« oder diesen »Entwurf« über das, was sich nach meiner und anderer Forscher Ansicht in Wahrheit in Teilen der biblischen Geschichten zugetragen hat, nicht abschließen, ohne vorher mein Herz »auszuschütten«. Da ich an jenen Satz im Evangelium des heiligen Johannes glaube – »Jesus gab vor seinen Jüngern viele andere Zeichen, die nicht in diesem Buche geschrieben stehen« –, weiß ich auch, daß viele andere Ereignisse, von denen uns die Heiligen Schriften erzählen, in dem vorliegenden Werk nicht erwähnt und kommentiert worden sind. Aber dazu ist noch Zeit. Ich glaube, daß diese »Kostprobe« ausreichend klar und beredt ist, um zu den empfindsamsten menschlichen Herzen durchzudringen und – ich hoffe es sehr – zum Nachdenken anzuregen.

Aber lassen Sie mich hier noch die vielen Fragen andeuten, die in meinem Herzen umgehen:

1. Wenn Zeit nie ein Problem für die »Astronauten des Jahve« gewesen ist – vielleicht, weil ihre durchschnittliche Lebensdauer viel länger als die unsrige ist –, kann es dann nicht sein, daß sie immer noch über die Erde fliegen?

2. Wenn man die vorhergehende Frage bejaht, will das nicht heißen, daß der »Große Plan« der Rettung der Menschheit noch nicht abgeschlossen ist?

3. Wenn die »Astronauten-Missionare« vor viertausend und zweitausend Jahren »ihre« Propheten auswählten und wenn gewiß ist, daß sie immer noch hier sind, wer sind dann ihre neuen »Auserwählten« oder »Propheten«?

4. Wenn diese »Himmlischen« im Dienste Gottes sich in Raumschiffen fortbewegten, könnte es dann nicht sein, daß einige der Wesen, die sich in und außerhalb der Ufos sehen lassen, eben die gleichen sind, die über Abraham, Jakob und Moses wachten?

5. Und wenn das so ist, könnte es dann nicht sein, daß die »Propheten« oder »Auserwählten« des 20. Jahrhunderts eben diejenigen sind, die von sich sagen, daß sie von diesen Wesen aus dem Weltraum »kontaktiert« wurden?

6. Wenn wir diese Möglichkeit einräumen, welche »Propheten« oder »Kontaktpersonen« verkünden dann die

Ufo-Wirklichkeit und – was noch viel wichtiger ist – die Wirklichkeit einer »Neuen Ära«, sowohl in öffentlichem Rahmen als auch in dem kleiner Gruppen und Gemeinschaften?

7. Könnte es nicht sein, daß uns unsere »Dickschädel« – wie bei dem »auserwählten Volk – dazu verführen, die neuen »Propheten« lächerlich zu machen, zu ignorieren und sogar zu verletzen?

8. Geht es der »Priesterklasse« oder der großen »Bürokratiemaschine«, die die katholische Kirche in unseren Zeiten ist, nicht genauso wie der »Pharisäerkaste« vor zweitausend Jahren?

9. Kann es nicht sein, daß die neuen »Propheten« – wie damals Elias oder Johannes der Täufer – heutzutage keine Sutanen, keine Priesterkragen tragen und sich auch nicht die Brust mit Kruzifixen oder die Finger mit Ringen aus Gold oder Silber schmücken?

10. Verfährt die Kirche nicht heutzutage mit den Ufos so, wie sie vor mehr als dreihundert Jahren mit Galileo verfuhr? Gewinnt sie nicht auch wieder eine Schlacht, um nachher den Krieg zu verlieren?

Ich hoffe, daß der Leser mehr Glück als ich haben und in der Lage sein wird, angemessene Antworten auf diesen »Strom« von Fragen zu finden, die, wie ich schon im Vorwort sagte, uns immer überkommen, wenn wir die Bibel, die Religion und das Leben selbst unter diesem neuen »Licht« betrachten.

Die geheimnisvollen »Feuerzungen«, die den Aposteln zu Pfingsten erschienen, nach einer Darstellung von Doré. Vielleicht entdecken wir eines Tages, daß dieses Phänomen viel mit dem zu tun hat, was wir heutzutage als »Foo-Fighter« kennen.

Eine kleine leuchtende Kugel schwebte etwas mehr als einen Meter über dem Asphalt. Azagra ging auf sie zu und fotografierte sie zweimal. Links von dem »Foo-Fighter« kann man einen Baumstamm erkennen. Rechts von der »Feuerkugel« und ein wenig weiter entfernt ist ein Verkehrsschild zu sehen. Könnte so der »Feuerofen« oder die »flammende Fackel«, die Abraham beschreibt, ausgesehen haben?

Eine weitere außergewöhnliche Fotografie: Eine »Feuerkugel« wurde 1974 von einem Franzosen in der Gegend von Uzès aufgenommen. Das Objekt befand sich 23 m vom Zeugen entfernt.

Francisco Azagra Soria zeigt eines der Fotos der »Feuerkugel«, die er auf der Landstraße von Arguedas nach Tudela in der spanischen Provinz Navarra sah. (Foto: J. J. Benítez)

Ein Ufo nähert sich dem Erdboden in der Umgebung des Dorfes Mendaza (Navarra, Spanien). Die Gerste war verbrannt – wie es auf der Fotografie zu erkennen ist –, aber nur an der Stelle, an der das Raumschiff niederging. Der Rest des Gerstenfelds erlitt keinen Schaden. Nach meiner Meinung könnten die Vorsichtsmaßnahmen der »Astronauten des Jahve«, damit das jüdische Volks sich ihren Raumschiffen nicht näherte, mit solchen Strahleneinwirkungen in Zusammenhang stehen.

Mysteriöserweise sind die Ähren, die J. J. Benítez an der Stelle auflas, wo fast eine Landung eines Ufos bei Mendaza stattgefunden hatte, nur an einer Seite verbrannt. (Foto: Betargi)

J. J. Benítez im Genetiklabor der Naturwissenschaftlichen Fakultät der Autonomen Universität von Bilbao mit einer der Wissenschaftlerinnen, die die Analyse der in Mendaza (Navarra, Spanien) durch ein Raumschiff auf mysteriöse Weise verbrannten Ähren durchführte. Jeder Mensch oder jedes Tier, der/das sich in jenen Augenblicken dem Ufo genähert haben würde, hätte ernsthafte Schäden davontragen können, wie es bei der Landung des »Jahve« auf dem Berg Sinai geschah. (Foto: Betargi)

Heute wissen wir, daß dieses 1967 von Joseph L. Ferriere fotografierte Ufo ein »Mutterschiff« oder »Trägerschiff« für andere, kleinere Objekte gewesen sein kann. Seine Form ist typisch zylindrisch. Aber was hätten wohl die Juden gedacht, die Moses auf dem Exodus durch den Sinai begleiteten, wenn sie so etwas gesehen haben würden? Hätten sie das nicht eine »Feuersäule« nennen können?

Kein Astronom akzeptiert, daß die Dunkelheit, die Christus bei seinem Tod am Kreuz einhüllte, durch eine Sonnenfinsternis hervorgerufen wurde. Ich teile insbesondere nicht die Theorie einiger Theologen und Bibelexperten, die behaupten, daß es sich um einen Sandsturm, der die Sonne verdunkelte, gehandelt haben könnte.

Nach meiner Ansicht wäre das starke Licht, das Saulus auf dem Weg nach Damaskus zeitweilig blendete, heutzutage von den Forschern als von einem »nichtidentifizierten Flugobjekt« ausgehend bezeichnet worden.

Wenn die Missionare zum erstenmal in den Weltraum fliegen, wie werden sie da wohl gekleidet sein: mit Sutane oder als Astronauten? Warum dann jetzt ungläubig den Kopf schütteln, wenn man mit der Möglichkeit konfrontiert wird, daß andere »Missionar-Astronauten« aus dem Weltraum kommen?

Juanito, »der von den Weiden«, bei der Arbeit in der Nähe seines schönen Dorfes Castañuelo in der Umgebung von Huelva. (Foto: J. J. Benítez)

Esteban Peñate, ein anderer Zeuge, der durch ein Ufo zeitweilig gelähmt wurde. Wie ist es möglich, daß uns die apokryphen Evangelien genau solche Vorfälle wie den in der Gegend von Huelva geschehenen mit einem Zeitunterschied von 2000 Jahren beschrieben? (Foto: J. J. Benítez)

Was hätten wohl Moses und sein Volk ausgerufen, wenn sie unvermittelt dieses gigantische »Mutterschiff« und ein kleineres Ufo an seiner Seite gesehen haben würden? Das Wahrscheinlichste ist doch wohl, daß sie es »eine leuchtende Wolke« und »einen Feuerwagen« genannt hätten. 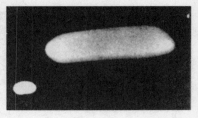 *Heutzutage, 3400 Jahre danach, zu Beginn der Eroberung des Weltraums, wissen wir, daß es sich um ein Fahrzeug außerirdischer Herkunft in Form einer »Wolke« handelte. (Die vollständige Bilderfolge dieser Ufos, die 1977 in den Pyrenäen bei Huesca aufgenommen wurden, ist in dem Buch von J. J. Benítez »La Gran Oleada« [Die große Welle] abgebildet.)*

Dieser Geigerzähler des Instituto de Asuntos Nucleares de Colombia (Institut für Nukleare Angelegenheiten von Kolumbien) stellte Radioaktivität an der Landestelle eines Ufos bei Ibagué fest.

Das Ehepaar Benigno und Martina Rueda Manzano, Einwohner des Dorfes Alvarado, mit ihren Kindern. (Foto: J. J. Benítez)

Auf dieser Landstraße in der Provinz Extremadura, Spanien, traf die Familie von Alvarado auf einen ungewöhnlichen Nebel. (Foto: J. J. Benítez)

Nach Ansicht der katholischen Theologen und Exegeten erlitt Elias eine »ekstatische Entrückung«. Was diese »Weisen« nicht sagen ist, warum er nicht von dieser »Entrückung« »zurückkehrte«. Nach meiner Meinung wurde Elias – wie es Alfredo G. Garamendi in seinem hier gezeigten Gemälde darstellte – von einem Raumschiff »weggebracht«. Elisa konnte nur noch den Mantel aufheben, der seinem Meister zu Boden gefallen war.

»Und wenn ihr es annehmen wollt: Er ist Elija, der kommen sollte. Wer Ohren hat, der höre.« So sprach Jesus zu Johannes dem Täufer (Matthäus 11, 14–16). Ist dies die Erklärung für das geheimnisvolle Verschwinden des Elias Jahrhunderte zuvor?

Wie hätten die Patriarchen vor 4000 Jahren »Wesen« wie diese hier mit ihrer Unterwasserausrüstung beschrieben? Ob sie wohl von »Froschmännern« oder eher von »Göttern«, die aus der Tiefe des Meeres aufgetaucht waren, gesprochen hätten?

Der Maler Garamendi stellte sich die »Vision« des Propheten Ezechiel so vor. Die »Interpretation« der katholischen Bibelsachverständigen ist noch »phantastischer«.

Purificación Nieves Alvarez und ihr Ehemann, Manuel Alvarez, leben seit 37 Jahren in völliger Einsamkeit in einer Gegend, die »Pozo Gutiérrez« (der Brunnen oder die Grube von Gutiérrez) genannt wird. Sie hatten nie etwas von Ufos gehört, und als sie 1980 eines dieser Raumschiffe erblickten, beschrieben sie es als ein »Rad«. (Foto: J. J. Benítez)

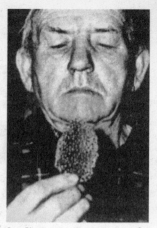

Joe Simonton zeigt uns einen der vier »Kringel«, die ihm von der Besatzung eines Ufos gegeben worden waren.

Im Jahre 1973 ging diese Skizze des Ingenieurs Blumrich um die Welt. Nach Meinung dieses Ingenieurs der NASA könnte so das Raumschiff ausgesehen haben, das vor den Augen des Propheten Ezechiel an den Ufern des Flusses Kebar in Mesopotamien niederging. Ich persönlich bin mit einigen Einzelheiten der Skizze nicht völlig einverstanden.

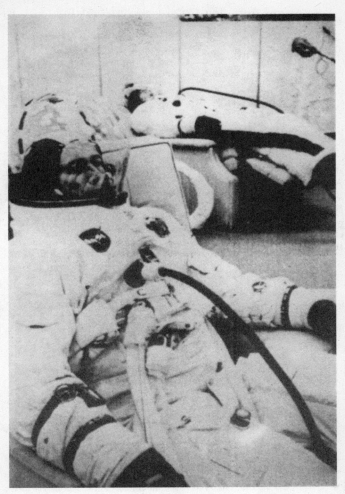

Heutzutage müssen unsere Astronauten die Auswirkungen der Schwerkraft mit Hilfe von Spezialanzügen überwinden. Nach meiner Meinung beschreibt uns der Prophet Ezechiel in seinem Buch die Wirkungen der positiven Schwerkraft auf seinen Organismus: »... die Hand Jahves lastete schwer auf mir.«

Das Alte und das Neue Testament sind voll von »feurigen Wagen und Rädern«. Für jeden einigermaßen gut informierten Ufo-Forscher ist es offensichtlich, daß diese biblischen Beschreibungen viel mit dem zu tun haben, was uns heutzutage Augenzeugen von Sichtungen solcher Raumschiffe erzählen (Fotografie eines Ufos in Form eines »Rades«, aufgenommen von dem nordamerikanischen Wissenschaftler Fry in Oregon).

Der »Stern«, der die Drei Weisen aus dem Morgenland leitete, tauchte vor diesen Persern wieder auf, als sie Jerusalem in Richtung Bethlehem verließen. Aber in diesem Moment – und gemäß den apokryphen Evangelien – hatte der »Stern« die Form einer »Feuersäule«, so etwa wie dieses leuchtende Ufo in Form einer solchen »Säule«, das in Argentinien fotografiert wurde.

Quellenhinweise
1. *Die Jerusalemer Bibel*
2. *Biblia comentada (Die kommentierte Bibel)* von Nácar-Colunga
3. Die *Vulgata*
4. *La Sagrada Eseritura (Die Heilige Schrift)*, Text und Kommentare von Professoren der Gesellschaft Jesu
5. *La Biblia Apócrifa (Die apokryphe Bibel)* von Bonsirven-Daniel Rops
6. *Los Evangelios Apócrifos (Die apokryhen Evangelien)* von Aurelio de Santos Otero, BAC
7. *Los Evangelios Apócrifos (Die apokryphen Evangelien)* (3 Bände) von Edmundo González-Blanco
8. *El Libro de Henoc (Das Buch des Henoch)*, Übersetzung von F. Martin, 1906.
9. *Los Evangelios ante la Historia (Die Evangelien im Lichte der Geschichte)* von Juan Manuel Igartua
10. *Así nació la Biblia (So wurde die Bibel geboren)* von Diego Arenhoevel (Ediciones Paulinas)
11. *Und die Bibel hatte doch recht* von Werner Keller
12. *Atlas der jüdischen Geschichte* von Martin Gilbert
13. *New Horizons in Biblical Research (Neue Horizonte in der Bibelforschung)* von W. F. Albright, London, 1966
14. *Atlas des Lebens Christi* von J. Stirling, London, 1954
15. *Atlas der Taten der Apostel und der Episteln* von J. Stirling
16. *Landkarte des römischen Palästina* von M. Avi-Yonah, Oxford, 1940
17. *Wörterbuch der Theologie* von Johannes B. Bauer
18. *Vokabular der biblischen Theologie* von X. Léon-Dufour
19. *Diccionario terminológico de la ciencia biblica (Terminologisches Wörterbuch der biblischen Wissenschaft)* von G. Flor Serrano und L. Alonso Schökel, Institución San Jerónimo

20. *Biblischer Kommentar zum »Heiligen Hieronymus«* (Band I und II) von Raymond E. Brown, Joseph A. Fitzmyer und Roland E. Murphy
21. *Vatikan II – Dokumente*, BAC
22. *Studien über das Alte Testament* von Gerhard von Rad
23. *Biblische Archäologie* von G. E. Wright
24. *Orígenes contra Celso (Die Ursprünge gegen Celso)*, BAC
25. *Introducción crítica al Antiguo Testamento (Kritische Einführung in das Alte Testament)* von Henri Cazelles
26. *Offenbarung und Theologie* von E. Schillebeeck
27. *Geschichte Israels* von Siegfried Herrmann
28. *Historia de las guerras de los judíos (Geschichte der Kriege der Juden)* von Flavius Josephus (2 Bände), aus dem griechischen übersetzt von Juan Martín Cordero
29. *Die Kontinente: Asien* von Pierre Pfeiffer
30. *Die Schätze der Pharaonen:* Alte Epochen, das Neue Imperium und die Frühen Epcohen – von Jean Yoyotte.

Unterschlagene Wahrheiten

Der berühmteste Ufo-Spezialist Spaniens ist davon überzeugt, daß die Regierungen in der ganzen Welt immer noch Dokumente über Begegnungen der dritten Art geheimhalten. Der Öffentlichkeit werden bewußt Informationen vorenthalten – aus Sorge, andernfalls Massenhysterien hervorzurufen? Die spanische Regierung brach ihr Schweigen durch einen hochrangigen Angehörigen des Militärs. J. J. Benítez kann so brisante Dokumente vorlegen, die jeden Zweifel an der Existenz außerirdischer Intelligenz restlos beseitigen.

J. J. Benítez
**100 000 Kilometer
zu den Ufos**
480 Seiten
Ullstein TB 35741

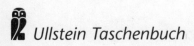

Die Zukunft steht in den Sternen

Spaniens und Südamerikas renommiertester Ufologe J. J. Benítez erstattet in diesem Buch den faszinierenden Bericht von Kontaktereignissen mit fremden Intelligenzen. Dabei handelt es sich um Botschaften, die die Zukunft der Menschheit betreffen und Auskunft über die vermeintliche Entwicklung des Menschengeschlechts geben.

J. J. Benítez
Ufos: SOS an die Menschheit
Deutsche Erstausgabe
208 Seiten
Ullstein TB 35703

Ullstein Taschenbuch